CW00832324

欢迎来到人间

WELCOME TO THE WORLD
BY BI FEIYU

毕飞宇 著

人民文学出版社

图书在版编目（CIP）数据

欢迎来到人间/毕飞宇著. —北京：人民文学出版社，2023
ISBN 978-7-02-018015-8

Ⅰ.①欢… Ⅱ.①毕… Ⅲ.①长篇小说—中国—当代 Ⅳ.①I247.5

中国国家版本馆CIP数据核字（2023）第094096号

责任编辑　徐子茼
责任校对　杨益民
责任印制　苏文强

出版发行　人民文学出版社
社　　址　北京市朝内大街166号
邮政编码　100705

印　　刷　三河市中晟雅豪印务有限公司
经　　销　全国新华书店等

字　　数　231千字
开　　本　850毫米×1168毫米　1/32
印　　张　11.25
印　　数　1—80000
版　　次　2023年7月北京第1版
印　　次　2023年7月第1次印刷

书　　号　978-7-02-018015-8
定　　价　59.00元

如有印装质量问题，请与本社图书销售中心调换。电话：010-65233595

一

　　户部大街正南正北，米歇尔大道正东正西，它们的交会点在千里马广场。从城市地图上看，千里马广场位于市区的东北部，委实有些偏了。但是，老百姓不买账，老百姓习惯把千里马广场叫作"市中心"。"市中心"原先只是一个普通的十字路口，五十年前，伴随着大规模的城市改造，十字路口在一夜之间就变成了椭圆形的废墟。为了体现时代的速度，一尊城市雕塑很快矗立在了椭圆形广场的中央。是一匹马，坐北朝南。绛红色，差不多像人一样立了起来，像跑，也像跳，更像飞。马的左前腿是弯曲的，右前腿则绷得笔直——在向自身的肌肉提取速度。马的表情异样地苦楚，它很愤怒，它在嘶鸣。五十年前，有人亲眼见过这匹马的诞生，他们说，天底下最神奇、最可怕的东西就是石头，每一块石头的内部都有灵魂，一块石头一条命，不是狮子就是马，不是老虎就是人。那些性命一直被囚禁在石头的体内，石头一个激灵抖去了多余的部分之后，性命就会原形毕露。因为被压抑得太久，性命在轰然而出的同时势必会带上极端的情绪，通常都是

1

一边狂奔一边怒吼。

有关部门还没有来得及给这匹暴烈的奔马命名，老百姓就已经替它想好了：千里马。广场的名字就更加顺理成章了，只能是千里马广场。老百姓好哇，他们无私。他们习惯于剔除自己和撇清自己，十分用心地揣摩好时代的动机，还能用更进一步的行动把它体现出来。五十年过去了，千里马原地不动，它的四蹄从不交替。然而，这不重要。重要的是，马是速度，然后才是具体的动物种类。——这匹马足以日行千里，它畸形的体态和狂暴的情绪足以说明这个问题。

千里马年近半百的时候，也就是二十一世纪初，户部大街和米歇尔大道再一次迎来了城市大改造。两条大道同时被拓宽了。事实上，街道的间距一丁点儿都没有变化，被拓宽的仅仅是老百姓的视觉，准确地说，错觉。——行道树被统统砍光了。上了年纪的人都还记得，户部大街和米歇尔大道的两侧曾经有两排梧桐。梧桐树高大、茂密，它的树冠如同巨大的华盖。因为对称，树冠在空中连接起来了，这一来户部大街和米歇尔大道就不再是马路，而是两条笔直的城市隧道。隧道绿油油的，石块路面上闪烁着摇晃的和细碎的阳光。

行道树在一个星期之内就被砍光了。砍光了行道树，市民们突然发现，他们的城市不只是大了，还挺拔了。以千里马的右前方，也就是户部南路的西侧为例，依次排开的是各式各样的、风格迥异的水泥方块：第一医院门诊大楼、电信大厦、金鸾集团、喜来登大酒店、东方商城、报业集团大厦、艾贝尔写字楼、中国工商银行、长江油运、太平洋饭店、第二百货公司、亚细亚影视，这还不包括马路对面的华东电网大楼、地铁中心、新城市广场、世贸中心、隆美酒店、展览馆、电视台、国泰证券。在以往，这些挺拔的、威严的建筑物一直在马路的两侧，它们对峙，文武不乱，却被行道树的树冠挡在了背后。现在好了，高大的建筑群裸露出了它们的面貌，峥嵘，摩登，那是繁荣、富强和现代的标志。

几乎就在裸露的同时，户部大街和米歇尔大道上的那些铺路石也被撬走了。那些石头可有些年头了，都是明朝初年留下来的，六百年了。每一块都是等身的，二尺见长，一尺见宽，十寸见高。因为六百年的踩踏与摩擦，石面又光又亮，看上去就特别硬。缺点也有，它们的缝隙太多了。对汽车来说，过多的缝隙相当不妙，汽车颠簸了，近乎跳，噪音也大。即使是弹性良好的米其林轮胎，速度一旦超过了八十公里，刹那间就会变成履带，轰隆隆的。比较下来，沥青路面的优势就体现出来了。沥青有一个特殊的性能，那就是"抓"——它能"抓"住轮胎。这一来轮胎的行驶就不再是"滚"，更像"撕"，是从路面上"撕"过去的。再暴躁的兰博基尼或玛莎拉蒂也可以风平浪静。

沥青同样有一个特点，深黑色的。深黑色很帅气。深黑色的路面不只是宽敞与笔直，还深邃。一旦刷上了雪白的箭头与雪白的斑马线，大都市的气象就呈现出来了。绝对的黑与绝对的白就是绝对对立，它们互不相让、互不兼容。漆黑、雪白，再加上宽敞和深邃，现代感和速度感就凸显出来了。是从什么时候开始的呢？不知不觉地，市民们也现代了，人们悄悄地放弃了"户部大

3

街"和"米歇尔大道"这两个老派的称呼。想想也是，那算什么名字？充满了半封建和半殖民地的气息，冬烘，烂污。人们把户部大街说成了"南北商业街"，简称"南商街"；米歇尔大道呢？毫无疑问就成了"东商街"。"南商街""东商街"，多好的名字，直接，敞亮。垒起七星灶，铜壶煮三江，不是买就是卖。

第一医院的地理位置相当独特，就在南商街和东商街的交叉点上。这样的位置用"寸土寸金"其实都不能评估。不少商业机构看中了这块地，希望第一医院能够"挪"一下。就在市人大的一次会议上，第一医院的傅博书记用平稳的语调总结了他们的经营情况："我们去年的年营业额已经超过了十个亿。"让一个年营业额超过了十个亿的"单位"从黄金地段上"挪"开去，开什么玩笑呢？

从视觉上说，第一医院最主要的建筑当然是它的门诊楼，所有的医院都是这样的。门诊楼马虎不得。门诊楼不只是实力，它还是展示与象征，它代表了一家医院所拥有的建制与学科，它理当巍峨。第一医院的门诊楼采用的是宝塔结构，它的底盘无比地开阔，足以应付每天九千到一万人次的吞吐量：挂号、收费、取药、医导和咨询。然后，每一层渐次缩小。到了它的顶部，钢筋与水泥戛然而止。三根不锈钢钢管支撑起来的是一座雕塑，简洁的、立体的红十字。在最初的效果图里，设计师选择的其实是大钟，类似于泰晤士河边的 BIG BEN。傅博书记一票否决了。傅博书记严厉地指出，"钟"就是"终"——中国人为什么不喜欢用钟表做礼物呢？"送终"了嘛，不吉利了嘛。作为明清二史的"民科"，傅博书记附带着回顾了历史，大清帝国为什么就不行了呢？帝国主义阴险哪，他们送来了自鸣钟。一个送，个个送，一窝蜂，都"送终"来了，大清就不行了嘛。傅博书记补充说，患者们来到医院，是治病的，是救命的。你倒好，你让人家来"送终"？糊涂了嘛。也是，"红十字"多好，它透明，其实是一盏巨大的箱灯——实际上，用"红十字"做医院的标志，并不那么规范。但傅书记说行，那就必须行。——夜幕降临之后，"红十字"照耀在千里马广场的上空，它一枝独秀。它是安慰，是保障，也是召唤，更是慈祥。生了病不要紧嘛，谁还能不生病呢？来嘛，来了就好了。

　　门诊楼后面隐藏了另外一座楼，也就是外科楼。徒步在南商街和东商街上的行人一般是看不到它的。然而，在第一医院医务人员的心目中，它才是第一医院的主楼。它的位置至关重要。它的重要性从第一医院的空间布局上就一览无余了。在外科楼的半腰，有两条全封闭的廊桥。一条是"人"字形的，一头连着门诊楼的腰部；一头岔开了，延续到门诊楼的左侧，那里是急诊。另一条廊桥划了一个巨大的弧线，连接着主病房。在这条巨大的弧线尾部，同样有一个小小的岔道，一般人并不容易察觉，那就是高干病房了。至于一楼，外科楼的过道就更加复杂了，几乎连通了所有辅助性的科室。外科楼的楼盘底下还有一条通道，沿着正北的方位走到底，再拐一个九十度的弯，那就是停尸房了。

　　说外科楼是第一医院的主楼，有一点不能不提，那就是外科的学术地位。说学术地位也许有点言过其实，骨子里还是中国人的习惯心理。就治病而言，每一种治疗手段都是同等的。然而，人们不这么看。人们拿吃药、打针和理疗不太当回事。即使患者死了，人们也能找到合适的理由，谁还能不死呢？可是，患者一旦来到了外科楼，一旦动了"刀子"，情况就不一样了，人们会惊悚、会恐慌。中国人其实是有些害怕"刀子"的，它牵涉一个定见——腔体一旦被打开，人的"元气"就泄漏了，那可是大忌讳。出于对"元气"的珍视和敬畏，中国人普遍认为，外科更复杂、更尖端、更艰难也更神秘。所以，看病有看病的易难程序：吃药、打针、手术刀，这就有点类似于女人的战争升级了：一哭、二闹、三上吊。

可外科和外科又不一样。最常见的当然是"普外"，也就是普通外科了。既然有"普通外科"，那就必然存在着一种不再"普通"的外科。想想吧，脑外科，胸外科，泌尿外科，它们面对的是大脑、心脏和肾，这些重要的配件都要"吃刀子"了，怎么说也不可能是一件"普通"的事情。

2003年6月的第一个星期四。烈日当空。

6月里的阳光把外科楼上的每一块马赛克都照亮了，接近于炫白。那些马赛克原本是淡青色的，可剧烈的阳光让它们变白了。酷热难当。当然，外科楼内部的冷气却开得很足，微微有些凉。阳光从双层玻璃上照耀进来，纤尘不动。干净的阳光使得外科楼的内部格外宁静。这安静具有非凡的意义，"非典"，它过去喽。虽然官方还没有正式宣布，但是，空气里的气氛到底不同，它松了下来。外科楼内部的空气一直很特别，它是会说话的，要么不开口，一开口就叫人心惊肉跳。在"非典"闹腾得最厉害的日子里，外科楼内部的空气始终闭紧了嘴巴。这一闭就让所有的人如临深渊。这可是外科楼哇，患者一旦染上"非典"，想都不敢想——好不容易救活了，最终却染上了"非典"，白忙活不说，你说冤枉不冤枉？

现在好了，外科楼内部的空气开口了，发话了，"非典"就要过去了。过去喽。

——过去了么？也不一定。泌尿外科的空气还没有说话呢。泌尿外科坐落在外科楼的第七层。除了过道里的一两个护士，别的就再也没有什么动静了。但是，第七层的安静和外科楼内部的安静又有些不一样，是那种死气沉沉的安静。说起来真是有点不可思议，"非典"以来，短短的几个月，泌尿外科接连出现了六例死亡，全部来自肾移植。肾移植是第一医院的临床重点，可以说是一个品牌。进入二十世纪九十年代之前，第一医院的人／肾成活率已经达到了百分之八十九，这很惊人了。就在这样的学术背景下面，患者的死亡率不降反升，这就不正常了。——外科大楼的第七层压抑得很，笼罩着缺氧的、窒息的气息。

六例死亡惊人地相似，都是并发症。虽说肾脏的成活状况良好，但是，因为急性排异，患者的肺部出现了深度的感染——肺动脉栓塞。栓塞会让患者的肺失去弹性。弹性是肺的基础特性，弹性即呼吸。一旦失去了呼吸，患者只能活生生地给憋死。从临床上说，移植手术始终都有一个无法调和的矛盾：为了控制排异，必须对患者的人体免疫加以抑制；抑制的结果呢，人体对"闯入者"不再排异了，可是患者的免疫力却下降了。虽说是泌尿系统的手术，患者的呼吸系统却特别脆弱，很容易感染。仿佛是老天安排好了的，在"非典"期间，第一医院没有出现一起"非典"死亡，肾移植的患者却死在了呼吸上。好好的，患者的血液就再也不能供氧了。

接近午休的时间，泌尿外科病房办公室的医生与护士正说着闲话，有一搭没一搭的。他们回避了临床，故意把话题扯到别的东西上去。比方说股市。股市，还有房产，这都是恒久的话题了，类似于薯条、山楂片或者虾片，在某些特殊的时刻，它们都可以拿出来嚼嚼。傅睿并没有参与这样的对话，他坐在办公桌前的椅子上，歪着，似乎已经睡着了。到底是在打瞌睡还是假寐，没有人知道。傅睿的习惯就是这样，一旦闲下来，他就要坐到自己的座位上去，闭上他的眼睛开始养神。傅睿不喜欢说话，别人聊天他似乎也不反对。你说你的，他睡他的；或者说，你说你的，他想他的。要是换一个地方，傅睿这样的脾性是很容易被大伙儿忽略的，然而，这里是第一医院的泌尿外科，没有人可以忽略他。他是傅睿。

办公室就这样处在了常态里，一个护士却来到了办公室的门口。她没有进门，只是用她的手指头轻轻地敲了两下玻璃。敲门声不算大，可是，声音与声音的衔接却异常地快。几乎就在同时，傅睿的眼睛睁开了。

护士戴着口罩，整个面部只能看到一双眼睛，这样的眼睛外人也许很难辨认。医生却不一样，他们一眼就可以准确地辨别她们。敲门的是小蔡。刚看到小蔡的眼睛，傅睿的胸口咯噔就是一下，人已经站起来了。

傅睿预感到小蔡要说什么，抢在小蔡开口之前，傅睿已经来到了门口，问："多少？"这是一个医用的省略句，完整的说法应当是这样的："血氧饱和度是多少？"

说话的工夫傅睿已经走出办公室了。"七十八，"小蔡说，又迅速地补充了一句，"还在降。降得很快。"

傅睿听见了。傅睿同时注意到了小蔡的口罩。她的口罩被口腔里的风吹动了。尽管小蔡尽力在控制，但她的口罩暴露了她口腔内部汹涌的气息。

外科医生与外科护士时刻面对着生死，某种程度上说，在生与死的面前，他们早就拥有了职业性的淡定。然而，肾移植是第一医院新拓展的一个科目，而傅睿正是第一医院的母体大学培养的第一代博士，所有的人都盯着呢。泌尿外科说什么都不能再死人了，不能再死了。

傅睿来到五病房，在十四病床的边沿站定了。田菲正躺在床上。这个十五岁的少女躺在床上，在望着他。田菲的目光是如此的清澈，有些无力，又有些过于用力。她用清澈的、无力的，又有些过于用力的目光望着傅睿。她在呼吸，但她的呼吸有些往上够。傅睿架好听诊器，在田菲的胸前谛听。田菲的母亲一把揪住傅睿的袖口，已经失魄了。她问："不要紧吧？"

傅睿在听，同时望着田菲，很专注。他们在对视。傅睿突然想起了自己的表情，他在口罩的后面微笑了。傅睿没有搭理田菲的母亲，而是把田菲的上眼皮向上推了推。傅睿笑着对田菲的瞳孔说："不要动，没事的。"

傅睿微笑着抽回自己的手，缓缓转过了身躯，一步一步地向门口走去。他眼角的余光在看小蔡。刚出门，小蔡就听到了傅睿的声音："通知麻醉科。插管。送抢救。"

田菲，女，十五岁，汉族。双林市双林镇风华中学初三（2）班的学生。2002年9月起自感厌食、恶心、少尿。2003年2月出现明显水肿。2003年3月12日由双林第一人民医院转院，2003年3月15日入院。

某种程度上说，孩子的病她自己有责任，拖下来了。早在2002年9月，她就自感不适了，第一次诊断却已经是2003年的3月12日。拖得太久了。当然，她不能不拖。她刚刚升到初三，要拼的。为了年级与班级的排名，为了明年能上一个好高中，不拼不行。她在懵懂和沉静之中和自己的不适做了最为顽强的抗争，直到她的意志力再也扛不住的那一刻。

傅睿记得田菲是在父亲的陪同下于3月13日上午前来就诊的，一见面，田菲就给傅睿留下了深刻的印象。傅睿记得田菲有一个小小的动作，有趣了。因为水肿，田菲的面部已经严重变形，成了一个圆盘大脸的胖姑娘。傅睿问诊的时候，田菲一直病恹恹的，却不停把玩着她手里的学生证。玩到后来，一张相片从学生证里滑落出来了，就在傅睿的手边。傅睿捡起来，一看，是一个陌生的小姑娘，宽额头，尖下巴，也就是所谓的"瓜子脸"。挺漂亮的。小姑娘正站在柳树的下面，一手叉腰，一手拽着风中的柳枝，她在迎风而笑，挺土气的一张照片。田菲望着傅睿，突然笑了，这一笑傅睿就从眉梢那儿把田菲认出来了。相片里的小姑娘不是别人，正是田菲她自己。田菲自己也知道的，她已经面目全非了。浮肿让她成了另外的一个人。但是田菲渴望告诉每一个人，她其实不是这样的，不是。她真的蛮漂亮的。当然了，这些话要是说出来就不好了，也没意思。所以呢，要用最有力的事实来做最有效的说明。事实还是胜于雄辩的。傅睿端详着田菲的相片，心坎里揪了一下。这孩子，都病成这样了，念念不忘的还是她的好看。傅睿一下子就喜欢这个姑娘了。他莞尔一笑，他用他的笑容告诉她，他已经知道了，她原本是个好看的姑娘。

傅睿把相片还给田菲，说："不要急，啊，病好了，肿就消了，你还是你，是不是？"

小姑娘终于没有忍住，她对着相片说："这才是我呀！"

"那当然，"傅睿说，"我可以把你还给你。"

"你保证吗？"

这怎么保证？傅睿是医生，他没法保证。小姑娘却犟了："你保证么？"

"我保证。"

血项报告却没有傅睿那样乐观。田菲的数据相当地糟糕。

肌酐：1500 μmol/L；尿素：46 mmol/L。人体正常的肌酐指标是每毫升35—106微摩尔；尿素则是每毫升2—7毫摩尔。田菲的肌酐和尿素分别达到了1500和46，疯了。结论是无情的，终末期肾病，俗称尿毒症。即使第一医院在终末期肾病的治疗水准上已经接近世界最高水平了，傅睿能做的其实也只有两件事：一透析；二移植，也就是换肾。

　　小蔡把田菲推向了抢救室。傅睿听见过道里刹那间就乱了。说乱是不准确的，只不过脚步声急促了而已。它来自过道，仿佛也来自另外一个空间。傅睿在最近几个月里已经第七次听到这样的声音了。和以往有所不同，傅睿终于确认了，这声音来自自己的心跳，他不敢相信自己的心脏可以如此铿锵，到了不管不顾的地步。可傅睿马上又想起来了，这不是自己的心脏，是田菲的。田菲的心脏在疯狂地供氧。

　　田菲在抢救室里依然看着傅睿。这孩子就这样，只要一见到傅睿，她就会望着他，用她清澈的、无力的目光笼罩住傅睿。但是田菲的呼吸越来越依赖嘴巴了，可嘴巴却无能为力。事实上，氧气管一直都插在田菲的鼻孔里，她有足够多的氧，全是她的。

　　麻醉科的医生过来了。她的到来其实只用了两分钟。这两分钟在傅睿的这一头漫长了。她没有说话，直接用她的肘部把傅睿支开了。她要插管。利用这个短暂的空隙，傅睿撩起了田菲的上衣。刀口的手工很好，可以说，漂亮。这些活儿本来应当是实习医生或住院医生做的，傅睿没让，他亲自上手了。如果说，刀疤不可避免，傅睿一定要为这个爱美的小姑娘留下一道最美的缝补线。傅睿轻轻地摁了几下刀口的周围，没有肿胀的迹象。一切都好好的，肾源也一定是好好的。他已经死了，她会再死一次么？

它还会再死一次么？

傅睿盯着田菲的刀口，失神了。他看见了自己的瞳孔，它在放大，它的面积足以笼罩整个世界。

做完组织配型之后，傅睿抽出一点时间，和田菲的父亲做了一次短暂的却也是详细的谈话。这个谈话是所有手术所必备的程序。事关生死，傅睿是主刀医生，一些话就必须在术前讲清楚。傅睿一点儿也不喜欢这样的谈话，可他必须说。不说怎么行呢？

短短的几个月，田菲的父亲似乎换了一个人，他的眼睛干了。也不是眼睛干了，是他的目光干了。这样的目光傅睿再熟悉不过了，大部分时候，傅睿都选择回避。他和患者家属谈话的时候一般不看他们的眼睛。正因为如此，傅睿给患者家属留下了不好的印象，他过于傲慢了 —— 郭栋大夫就随和得多。

谈话刚刚开始，田菲的父亲就把话题扯到钱上去了。天底下最为混乱的一样东西大概就是患者家属的那颗心了。它忧伤，绝望，没有一丝一毫的逻辑性，却又有它内在的规律。其中，有一个阶段是和"钱"紧密地联系在一起的 —— 只要有足够的钱，或者说，把钱花光了，亲人的性命就一定有救。在这个阶段，家属们盲目地认定，钱就是亲人的性命。这个阶段一旦过去，他们的内心才会涌上来一股更大的恐惧，这恐惧超越了死亡 —— 它叫鸡飞蛋打。

可是，无论你处在哪一个阶段，"钱"始终是一个无法规避的话题。都说尿毒症是"富贵病"，没错的。它实在是太耗费了，简直就是烧钱。别的不说，光是透析，一星期三次，一次三千元，一个月就是五万。这样的压力对任何一个普通家庭来说都是不堪的。相对于一般的家庭，等病人熬到手术台，一个家差不多也就空了。

傅睿是外科医生，不管钱上的事；也正因为他是外科医生，他对每一个环节的费用又清清楚楚。傅睿坐在田菲父亲的对面，突然感觉到自己成了一个营业员：客人问一声，他报一个价；客人再问一声，他再报一个价。之所以是营业员而不是小商贩，是因为谈话的双方都知道，这里面没有讨价和还价，都是一口价。

田菲的父亲却始终有些鬼祟，他不停地偷看周边。他在观察。好不容易等到办公室里只剩下他和傅睿两个人了，田菲的父亲欠过上身，十分迅速地拉开了傅睿的抽屉，朝抽屉里扔进来一把现钞。是卷着的，有零有整。也许是为了凑一个整数，中间还夹着了几枚硬币。田菲的父亲向傅睿伸出了一只手指，随后就把抽屉给推进去了。他的动作极为麻利，极为迅速，一眨眼，他就把所有的动作都做完了。想来他在脑子里已经把这个动作演练过很多遍了。做完了这一切，他回到原先的位子上去，力图恢复他们最初的对话关系。傅睿一时都没能反应过来，等反应过来了，也不知道该如何处置了，只好望着对方的眼睛。这一眼让傅睿意外地发现了一件事，人穷志短和倾家荡产原来是这样的，都在眼眶里。

傅睿同时还注意到，田菲父亲的表情突然轻松了，甚至都有一丝笑意。——能做的他都做了，希望就在眼前。

傅睿刚想说点什么，来不及了。田菲的父亲离开了，他是倒着退向门口的。一边后退一边做出"留步"的手势。他的动作快极了，巴结，猥琐，欢乐，甚至还撞了一下门框。

傅睿拉开抽屉，望着抽屉里的现金，摘下了眼镜。他把眼镜扔到了桌面上——抽屉里的现金模糊了，花花绿绿的。他一把就把抽屉推进去了。红包他也不是没有收过，收过的。但是，现金，还零零碎碎，这就怪异了。他把抽屉里的现金拾掇好了，捏在了掌心，捏着钱的那只拳头被他放进了白大褂的口袋。假装着查房，他来到了田菲的病房。在玻璃的外侧，他用手指把田菲的父亲叫了出来。傅睿打算把他带到卫生间去。田菲的父亲却堵在了去卫生间的拐弯口，他当然懂。憋了很久的话就直接被他说出口了——

"你不收我不放心。"

傅睿的手放在口袋里，不知道该如何是好。傅睿的拳头刚刚在口袋里动弹了一下，田菲的父亲就一把把他的拳头摁死了，傅睿感到了疼。傅睿很生气，没有挣扎，放弃了。心事沉重。

监视器就在田菲的左上方，除了田菲，所有的人都能看见。血氧饱和度还在下降，下降的速度越来越快。血，还有氧，它们是一对冤家。血是离不开氧的，氧又离不开肺。当肺不能工作的时候，血就会拼命。它们会争先恐后，一起涌向心脏。这一来心脏就被劫持了。它就是人质。田菲十五岁的心脏已经发癫疯了，每分钟能跳到202下。为了给血液送上一点可怜的氧气，她只能依靠自己，她开始了艰苦卓绝的努力。她在张嘴。她张嘴的动作却越来越像假动作，张得很大，"吸"进去的内容却极其有限。她的嘴只能越张越大、越张越快。即使到了这样的地步，田菲依旧在看着傅睿，她的目光里既没有祈求也没有抱怨。

傅睿握着田菲的手，无助了。他的无助类似于镇定。所谓的"抢救"，说白了也就是一个程序。在该做的都做完之后，一个医生，其实也只有等待。等待什么呢？是死亡。死亡真的已经很接近了，它得寸进尺。

抢救室彻底安静了。抢救室其实一直都是安静的。田菲的眼睛半睁着，没有人知道她在看什么。当然，傅睿是知道的。全力以赴的呼吸已经耗尽了田菲仅剩的那么一点体能。她想休息一会儿。就在休息一会儿之前，她的下巴往上够了一下，却没能够着。她就松下去了。这一松只是一个开始，随后，她的整体就一起松下去了。即使松了下去，傅睿注意到，田菲依然在看着他。他弯下腰，凝视了片刻。田菲其实已经不看他了。她的瞳孔缓缓地失去了目标。

傅睿就那么站着，不动。他不动，小蔡和麻醉师自然就不能动。小蔡摘下口罩，喊了一声"傅大夫"；傅睿也摘下口罩，挂在了右耳上。他在恍惚。他的心已经碎了。他不该心碎的，但是，已经碎了。小蔡又喊了他一声，傅睿看见小蔡朝门口使了一个眼色。这个眼色傅睿当然懂。有些事护士是不便做的，有些话护士也是不便说的。只能是主刀大夫。傅睿把口罩取了下来，团在掌心，塞进了口袋。傅睿朝门口走去，他推开了抢救室的大门。门口站着许多人，他们似乎是从天而降的。傅睿在一大堆眼睛当中找到了田菲父亲的眼睛。

眼神是天底下最坏的一样东西。眼神在语言之上。只看了傅睿一眼，田菲的父亲就转过身去了。一个端着盘子的护士刚好从过道里经过，田菲的父亲扑上去，一把抢下盘子，回过头，抢足了，对着傅睿的脑袋就是一下。

咣当一声，人倒下去了。倒下去的却不是傅睿，而是小蔡。这个虚弱的男人为了发力，身体特地向后仰了一下，这才给小蔡留下了扑上来的时间。过道里顿时乱了，响起了一连串打砸声和爆裂声，随后就是号啕声。到处都是碎片与滚动的声音。一片狼藉。

——"没良心的东西！你还我的女儿！"

——"是你弄死了她！"

医院一共动用了五个保安才把傅睿护送出去。保安受过专门的培训，他们站成了梅花状，从五个不同的方位把傅睿夹在了中间。他们用身体挡住了失控的人群，一边挡，一边退。他们没有选择电梯，而是选择了楼道。到了楼道口，保安分成了两组：一组三个，守住楼道口；一组两个，陪同傅睿下楼。在这些问题上保安可是犯过一些错误的，他们以为医生只要下了楼梯就不需要保护了。事实上，一些患者的家属因为陪护的时间比较长，他们已经把外科楼的空间结构给摸清楚了。对他们来说，外科楼早就不是迷宫。去年就出过一件大事，三个保安好不容易把消化科的主刀医生带离了现场——医生下楼了，可刚来到了一楼的出口，他就把自己送上门了。消化科的主刀医生当场就断送了一颗门牙和两根肋骨。

已经是一楼了，傅睿却站住了，说什么都不肯走。两个保安看了看四周，没人。他们对傅睿说，不要紧，雷书记很早就发过话了，我们一定会把医生送到家。傅睿就是不走。保安说，放心吧，有我们呢。傅睿恍惚得很，就好像他的身边根本就没有这两个人。好在傅睿终于迈开他的脚步了，刚走了两步，却走到相反的方向去了。保安跟上去，正准备拉他，傅睿拐了一个弯，从另外一个入口再一次走进了外科楼。

外科楼在结构上的复杂性外人永远难以预料。傅睿走进的其实是外科医生的更衣室，也就是外科医生的第一个关口。只要有手术，外科医生都必须在这里把自己扒光了，清洗干净，换上统一的、消过毒的短褂、裤子，戴上帽子、口罩。就功能而言，这地方相当于外科医生的浴室。

傅睿一进来，柜台后面的值班护士就站起来了，十分熟练地递过钥匙牌和包裹。她客气却也有点疑惑地招呼说："傅大夫今天没有手术吧？"

傅睿没有搭腔。他换了拖鞋，取过钥匙牌和包裹，进去了。两个保安正要往里跟，护士拦住了："你们干什么？"保安说："我们要把他送回家。"护士说："外面等。"保安的口气即刻硬了："出了事你负责？"值班护士软绵绵地说："我不负责。外面等。出去。"

傅睿站在花洒的下面，对着花洒张大了嘴巴。他在喝水。洗浴用水是不能喝的，傅睿顾不得了。喝饱了，傅睿低下了脑袋，细小而又滚烫的水柱冲着他的后脑勺，水花四溅，雾气腾腾。

傅睿突然想起了烟。他想吸根烟。平日里傅睿并不吸烟，不能算有瘾。但是，傅睿也抽烟。每一次手术之后，傅睿到家后的第一件事就是吸烟。书房就是他的吸烟室，那里有一张款式非常特别的沙发，有点像女人用的美人靠。那是他的妻子作为生日礼物送给他的。他喜欢半躺在沙发上，把两条腿跷起来，一直跷到写字台上去。每一次吸烟之前傅睿都要忍一会儿，把烟盒拿过来，取出一根，把玩把玩，十分用心地点上。然后呢，很猛、很深地吞上一大口；再然后，伴随着烟雾，把那口气徐徐地呼出来。像长叹。傅睿吸烟为的就是这一声叹息。因为烟雾的缘故，他的叹息可视了——他能看见自己的一声叹息以一条直线的方式从胸腔内部十分具体地排放出去。体内一碧如洗，万里无云。再然后，他的注意力就集中到两条腿上，仔细详尽地体会血液回流的感觉。都说足球运动员是靠两条腿吃饭的，外科医生才是。傅睿最大的一个享受就是把他的两条腿给跷起来。

傅睿也不是每天都吸烟，只要开始了，通常就不再是一根。这和烟瘾无关，它取决于手术的数量。一台一根，也可能是一台两根。傅睿喜欢利用吸烟的工夫把自己做过的手术再"做"一遍。

他在追忆，像默诵。外科大夫的记忆很有意思，大部分医生明明记得，他们却选择遗忘，或者说，强迫自己遗忘。这样的努力当然合理，手术都做完了，刀口都缝上了，只要自己尽了努力，那就不应当再记住它们，忘得越干净越好。另一部分医生也想遗忘，却做不到，星星点点的，他们总是能够回忆起来。傅睿的情况正好相反，他怕遗忘，他热衷于回味，像女人的性爱。傅睿的回忆其实更像是检索，这就牵扯到手术的一个具体问题了，也就是手术台上的判断。手术随时都需要判断，所谓的预案，通常都不管用。无论科技多么地先进，医学的预判与"打开"之后的情况总有一些出入，甚至，面目全非。现场的一切只能取决于主刀医生。他拥有一切权力，判断的权力和实施的权力。遗憾的是，他没有纠错的权力。从这个意义上说，主刀医生无法果断，通常都会犹豫。也正因为无法果断，他只能加倍地果断。这一来，"果断"就伴随着疑问，越果断，疑问越多。能够检验这个疑问的，不是生就是死。

没有一个外科医生会愚蠢地认定病人的死是自己造成的；也没有一个外科医生会轻松地认定患者的死和自己毫无关联。疑问是存在的。疑问是折磨人的。尤其在术后。

浴室和更衣室里空空荡荡。现在是什么时候了呢？傅睿赤裸着身躯，疑惑了。外科医生永远也不可能在自然光下面工作，他们面对的是无影灯。只有光，没有影。这就给时间的判断造成了障碍。他们时常不知道自己是在白天还是在深夜。

他只想吸烟，躺下来，跷上腿，好好地吸一根烟。此时此刻，他的体内全是烟，傅睿想把它们都吐出去。他对着四周张望了几眼。完全是下意识的，他把手术室的衣服给穿起来了。傅睿戴上帽子、口罩，来到了楼梯口，一步一步朝七楼爬去。

肾外科的手术室在七楼，这一刻，整个楼无限地阒寂。真是静啊。平日这里也是寂静的，但是，那种寂静和现在的不一样。那是人为的静，是控制住的静。是多年严格的，甚至是苛刻的培养所导致的那种静。声音其实是有的，类似于鸟鸣山更幽。

现在的静它不叫静，它叫空。傅睿走在空空洞洞的过道中，在左手第三道门的门口，他站住了。这里是第七手术室。但同行们从来不叫它"七室"，而是郑重其事地把它叫作"肾移植室"。没有人觉得这个称呼叫起来麻烦。这也是"傅睿的"手术室。他伫立片刻，决定进去。虽然傅睿刚刚冲完了淋浴，但是，只要进入手术室，他必须再一次洗手、消毒，这也是程序，学生时代就开始这样了。傅睿用他的膝盖顶开了水龙头的开关，他的"洗手"是从手部开始的，然后是腕关节，然后是小臂，最后是肘部。两遍之后，他又用碘酒擦拭了两遍，最终，架起胳膊，傅睿来到了"肾移植室"的门口。他贴上墙壁，用膝盖摁住了墙上的开关，手术室的大门缓缓地打开了，与此同时，所有的灯都一起亮了，是跳跃着亮起来的。傅睿绕过呼吸机，站在了手术台的前面。手术台空着，除了固定带，一无所有。呼吸机上方的监视器正处在黑屏的状态。没有舒张压。没有收缩压。没有心率。没有体温。没有呼频。没有血氧饱和度。

傅睿一直盯着黑屏，他眼角的余光却意外发现了一样东西。

凝神一看，是自己的手，十个指头全是张开的，似乎在等待器械护士给他上手套。傅睿做手术的时候总盯着自己的手，仿佛是全神贯注的，其实从来也没有真的留意过它们。即使看，所能看到的也不过是奶油色的手套。现在，他的双手裸露在自己的面前了，他看了看手心，又看了看手背。必须承认，这是一双几近完美的手，洋溢着女性的气质，却又放大了一号。这"放大"出来的不是男性，是女性的拓展与延伸。骨感，敏锐。指头很长，到了不可思议的地步，每一根手指的中关节又是那样的小，预示着藏而不露的灵活与协调，完全可以胜任最为精微的动作。傅睿紧紧地凝视着自己的手指头，十个手指分别指向了不同的方向。十个不同的方向，预示着九死一生。问题是，哪一个方向才是生路呢？傅睿吃不准。

这么一想，傅睿的后背就感受到了一丝的凉，他侧过脸，墙壁的控制面板上显示的是23.5摄氏度。这是手术室的恒温，傅睿却感觉到了凉。温度显示的上方是时间显示，北京时间1：26。1：26，什么意思呢？是下午的一点二十六分还是深夜的一点二十六分呢？傅睿想了很长的时间，最终都没能确定。没人，也没人可以问。时间没了，空间也没了，傅睿架着自己的双臂，每一条胳膊的末端分别连带了五根手指。固定带是空的，没有什么需要固定。没有阴影。

回到家已经是凌晨三点。傅睿的钥匙也不知道哪里去了，只能敲门。他是用膝关节敲的门，声音很闷，节奏也不对，听上去像踢。给傅睿开门的是傅睿的妻子王敏鹿。她穿了一件灰色的真丝睡衣，已经睡了大半个觉了。对敏鹿来说，大半夜给丈夫开门并不是什么稀奇的事 —— 移植手术和大部分手术不同，许多手术都放在了夜里。这也不是医院不讲道理，是移植的特殊性。——谁知道肾源在什么时候到呢？深更半夜的，傅睿在家门口时常找不到自家的钥匙。可这一次的开门却骇人了，王敏鹿只看了傅睿一眼，脸上顿时就失去了颜色 —— 她的丈夫趿着拖鞋，居然把手术室的蓝大褂给穿回来了，两条涂满了碘酒的胳膊还架着。傅睿走进了家门，依然架着双臂，步履机械。他抬起头，和自己的妻子对视了一眼。这一眼出大事了，这一眼抽空了傅睿，他虚脱了，眼睛一闭，身体靠在了大门上，房门咚的一声，关上了。敏鹿还没有来得及伸出胳膊，傅睿的身体已经顺着房门一点一点滑落下去了。王敏鹿一把搂紧了自己的丈夫，失声说："宝贝！"

除了这一声"宝贝"，夫妇俩再也没有一句话。什么也不用说的，什么也不能说了。王敏鹿懂，懂啊。她知道发生了什么。敏鹿把傅睿扶进卧室，替傅睿把蓝大褂脱了。傅睿赤裸着上身，上了床。王敏鹿脱去自己的睡衣，侧着身，正对着傅睿，躺下了，附带着抱紧了傅睿。傅睿往下挪动了几下，他把他的鼻尖一直埋进敏鹿的乳沟，拱了几下。他的身体是蜷曲的。他抓住敏鹿的手，十指相扣。几乎在躺下的同时傅睿就睡着了，他的鼻息粗重而又安稳。

傅睿睡熟了没？敏鹿并没有把握。但傅睿的手醒着，这个是一定的。傅睿对王敏鹿的手一直保持着高度的警觉。偶尔也有脱开的时候，但是，用不了多久，他就开始寻找敏鹿的手了，抓住了就不放。傅睿的身体突然就是一个抽搐。为了配合这个抽搐，两条腿还踹一下，然后，开始磨牙。傅睿的磨牙十分地吓人，凄厉，狰狞，似乎在全力以赴，和他平日里温和儒雅的样子极不相称。王敏鹿相信，傅睿的睡眠从来都不是睡眠，而是搏斗。这搏斗紧张、恐怖、持久，不是你死就是我活。

二

赤身裸体，相拥而眠。这样的睡姿通常都是在做爱之后。它疲惫，满足。即使不做爱，谁又不渴望这样的睡眠呢？王敏鹿却不能入眠了。她抚摸着丈夫的后背，没有满足，只有疲惫。她害怕这样的睡姿，她只是不能拒绝。

医院里又死人了，这是一定的。死亡一旦出现，傅睿就必然会经历一场丧事。她丈夫到底是与众不同的，他会把患者的丧事带到他们家的床上。敏鹿搂着自己的丈夫，彻底失去了睡意。这个黑夜漫长了。因为傅睿的鼻尖正对着敏鹿乳沟的缘故，这漫长就不再是静态的，它具备了势能，没完没了。傅睿的每一次呼气都要从敏鹿的乳沟中间穿梭过去。来来回回。床上的事情就是这样，它经不起重复，重复的次数多了，呼吸就能变成手指。傅睿睡着了，敏鹿的身体却开始了她的主张，一副什么都预备好了的样子。只有预备，没有后续，这就不好了。有点难的。傅睿的呼吸怎么就那么粗、那么重呢？敏鹿只好张开嘴巴，呼了一口气。这口气很烫，到了不管不顾的地步。可敏鹿怎么能在这样的时候要求那种事呢？当然不可以。敏鹿只好松手，挪开了一些。刚刚挪开，傅睿的鼻梁却仿佛安装了定位系统，铆上了，再一次埋进了她的乳沟。敏鹿害怕弄醒自己的男人，不敢动了，胯部的那一把却特别地想扭。可她到底还是忍住了。这哪里还是熄灯瞎火？是火烧火燎。敏鹿不知所以。

　　敏鹿拥有令人羡慕的婚姻，却也有一个隐秘的遗憾，说不出口——好端端的，傅睿"不要"她了。这个"不要"当然只局限于床上。敏鹿与傅睿自然也有过火树银花般的床笫生涯，谁能想到呢？到了最好的年纪，傅睿这棵树在，银花却没有了。这里面自然有一个缓慢的过程。一开始当然还好，傅睿兴兴头头的，也维持了相当长的一段时间。是从哪一天开始的呢？傅睿磨叽了。敏鹿琢磨过，这磨叽也挺好，是婚姻生活的别样景致。敏鹿知道的，自己算不上一个"好事儿"的女人，但是，就在儿子进了幼儿园之后，不对了，就像电视里的北京人所说的那样，她成床上的"事儿妈"了。她的乳头碰不得，她在搓澡的时候亲眼目睹过这个迷幻的迹象：好端端的，它居然能立起来，像缺氧，个死样子。——敏鹿只能加倍地怜爱自己，身体怎么就那么美好的呢？连搓澡都能搓成这样。你傅睿不是磨叽嘛，也好，那就找点事情给你做做。做老婆的刚刚洗完澡，无缘无故地，她忧伤了。无缘无故的忧伤所欠的仅仅是一巴掌，傅睿说："别闹。"敏鹿说："就闹。"床单就是这样，在"别闹"与"就闹"之间，有它的侧重，它偏向于"就闹"。这就让敏鹿开心了，她哪里能想到呢？她这个举世公认的玉女原来会，她也会哎。这就是婚姻了，这就是婚姻最为迷人的人文景观和自然风光了。在她的床上，敏鹿是一头沉睡的母狮，当她醒来的时候，必将震惊整个卧室。

2002年的4月20日，一个平常的日子，一个普通的夜晚。敏鹿终于受到了沉重的一击，"就闹"被"别闹"KO了，都用不着数秒。傅睿和往常一样，有些蔫，可敏鹿偏偏赶上了一场强势而又有力的忧伤。傅睿是心事沉重的样子，特别累，注意力一直不能集中，或者说，注意力一直集中在宇宙的某一个神奇的维度上。敏鹿在卧室里霸道惯了，存心想欺负傅睿一下。还没"戏"，敏鹿直接就骑了上去。傅睿平躺着，目光空洞，就那样望着自己的老婆。最终，摇了摇头。在床上，做丈夫的摇头有什么用？最终的结果只能取决于做老婆的愿不愿意摇屁股。摇屁股可是大工程，体现的是整体性，能源来自于胯。胯是多么特殊的生理组织，带有宣言性，向左摆动是不屈，向右摆动则是不挠。傅睿毫无办法，只能说话。傅睿说："今天不行。"敏鹿又摇。傅睿说："明天有手术。"敏鹿一下子就蒙了。"手术"是怎么回事，敏鹿是医生，懂。可事情都已经"闹"到这一步了，做老婆的哪里有自己爬下来的道理？没这个道理。做丈夫的需要应急公关，好话必须说，空头支票也要开。傅睿没有，直接闭上了眼睛。——这就僵住了。敏鹿还能怎么办？只能自己爬下来。这是一场灾难，毁灭性的。为了表达她的悲愤，敏鹿一躺下就把身体侧过去了。这不够，远远不够。次生灾难就这样降临了，敏鹿一不做，二不休，抱起枕头就往面团的房间去。——我要是再回来我就不是我妈生的！我还不信了我。

2002年的4月21日，晚上8点16分，傅睿，作为第一医院泌尿外科的主刀医生，终于走上了手术台。——经历了本科、硕士、博士，经历了见习医生、实习医生、住院医生和主治医生，傅睿走上手术台了。在未来，他必然还是一位副主任医生和主任医生。这是傅睿第几次走上手术台了？这些都不重要。重要的是，傅睿主刀了，仅仅依靠主治医生的身份，傅睿就主刀了。理论上说，这不可以，他还不具备相应的资质。傅睿的资质走的是特殊的渠道和特殊的流程——都是为了满足第一医院的战略需要。为了这个战略需要，一位权威人士特地引用了莱蒙托夫的话："第一个教大学的人一定是没有上过大学的人。"莱蒙托夫是谁？没人知道；他有没有说过这句话？也没人知道。但是，既然权威人士把莱蒙托夫的名字给报出来了，莱蒙托夫就必须说过。肾移植毕竟是第一医院的新项目和新学科，没人哪。在人才培养方面，这个学科完全没有现成的规律可循。当然，人命它不是儿戏，第一医院在任何时候也不可能拿患者的性命去做实验。为了慎重，傅睿的导师，周教授，他全程跟踪。周教授就在现场，随时都有可能接手。然而，和以往不同的是，傅睿站在了教授的位置上，教授只能在他的身后。

周教授一言不发，就站在傅睿原先所站的那个位置上。虽然只是一个位置的对调，这里的分量傅睿是能够感受得到的。患者是丁旷达，税务部门的一个中层干部，此刻，他已经被麻醉了。

是麻醉，不是睡眠，它们的表现有着根本的区别。傅睿望着进入麻醉状态的丁旷达，突然来了一阵恐惧。这话也不对，这恐惧陪伴他已经有相当的一些日子了，从上一次内部会议就开始了，进一步说，从周教授选择他的那一天就开始了。现在，他站在了他最为恐惧的时刻，同时也站在了他最为恐惧的地点。傅睿意识到自己的体力有些不支，他回头看了周教授一眼，周教授精力充沛，虽然他比傅睿足足大了三十岁。傅睿感觉到了自己的颤抖，他特地看了看自己的手，没抖，但是，他知道，它在抖。口罩似乎比以往厚了许多。周教授就站立在傅睿的左侧，也在观看傅睿的手。他只是看着，并没有特殊的含义，一个习惯罢了。

　　周教授喜欢傅睿的手，在私底下，周教授一直说，傅睿天生就该是一个外科大夫，不在肾外科，就在胸外科，要不就是眼科。傅睿的手确实是有些特色的，薄，大，长。尤其是手指，长得有些出奇，到了指尖的部分甚至还有点尖。在周教授的眼里，傅睿的这双手既不像男人的，也不像女人的，有些妖，像天外飞仙。说起外科医生，外人都有一个错觉，统统把他们看作"做手术"的医生，都一样。其实，这里的区别大了去了。虽说都做手术，每个医生的侧重点其实都不一样，最终，他的擅长也就不一样。——有些人的概括能力极强，善于总结，他们在临床上虽然和别的医生并无多大区别，最终，有所建树的却是理论。他们会著书立说，最终的名望也就不一样了。另一些人呢，他们看重的则是术后的康复。周教授和他们统统不同，他看重的就是手术，手术本身。简单地说，就是一个医生手上的"活儿"。周教授特别看重"手上"的大夫，这也对，再怎么说，你的手跟不上，那还叫什么"外科医生"呢？在周教授的眼里，外科医生可是分了等级的：第一级，自然是用手去做；第二级，却用手指去做；最好的那一级，所动用的必须是他们的指尖。所有的秘密都取决于手指的第三个关节，它们灵活，精密，准确，稳定，利索，细致，有力。这样的秘密很难去阐释。如果一定要把它给说清楚的话，只能借助于神秘主义——天赋。外科手术也许是这个世界上最明亮的一件事了，它比太阳还要明亮，任何一间手术室都不会有任何一块阴影。可是，生命科学却很幽暗，人类的天赋也很幽暗，带有私密的和不可言说的特性。周教授望着傅睿的手，微笑了。傅睿一定会比他强，嫉妒不得。

丁旷达腹部的脂肪翻滚出来了。手持电烙铁的是傅睿。从头到尾，周教授没有说一句话。傅睿是不需要导师说话的，他了解导师的每一个步骤。可以这样说，这一台手术傅睿只是完整地拷贝了他的导师，周教授只是借用了傅睿的手。不，在某个神奇的刹那，周教授甚至发现，傅睿这个人并不存在，仅仅是自己的一个意念。傅睿是他手指上的第四个关节——这就是嫡传的魅力。当巡回护士给傅睿擦汗的时候，周教授甚至不自觉地侧了一下脑袋。当然，周教授并没有出汗。要说傅睿和他有什么区别，大概就在这里了。这孩子太爱出汗了。这不好。当然了，这也不是事儿。——这孩子总算是让自己给"带"出来了。就在器械护士剪完最后一个线头的同时，傅睿抬起了头，用他的眼睛去寻找他的老师。除了父子，除了师徒，没有人知道这一眼意味着什么。周教授却直接掉过了头。傅睿知道的，师傅这是满意了。傅睿突然就有些晕，还好，静止了片刻，也就过去了。他多么想找一个游泳池，平躺在水面上，一心一意地望着那些高不可攀的蓝。

　　离开手术台之后，傅睿没有和导师做任何的交流。傅睿自己知道，手术非常成功，近乎完美。但他们不可能庆祝。数据是多么地无情，即使第一医院的肾存活率已经抵达了百分之八十，在国内已经很领先了，患者的存活率依然很不乐观，很难维持到三个月。原因只有一个，呼吸道感染。这是没有逻辑的。为此，周教授熬白了头，这才几年？他的头发全白了。他找不到感染的原因，整个团队都找不到。谁也没有想到的事还是在1998年发生了，当第一台ECMO——也就是身体体外膜肺氧合机——从机场运回第一医院之后，死亡率在一夜之间就降低了，患者存活率一下子飙升到了惊人的百分之九十五，整个团队都吓了一大跳。回过头来想想，道理是多么地简单——全是插管惹的祸。呼吸道的插管划破了气管，气管的破损招致了气管感染，最终感染了肺。气管的破损原本微不足道，换一个健康的人，两颗抗生素就解决了，甚至可以不用药。可问题是，患者需要抗排异，抗生素就不再抗菌，再小的感染都足以致命。就这样。——周教授松了一口气，可以退休了，可以退休喽。这项进口如果能提早两年，他姓周的何至于全白了头？但是，值得。第一医院崭新的品牌学科出现喽，不仅仅在全国领先，也走在了世界医学界的前列。是的，谁还不知道第一医院有一个泌尿外科呢？更别说接班人了，傅睿，还有郭栋，都是自家培养的孩子，成长起来喽。周教授欣慰，欣慰啊。

做完丁旷达的手术傅睿就再也没有回家。他留在了医院，几乎不睡，也不敢睡。其实也就是待着，每过一两个小时就要在病房的过道里出现一下。这样的场景感人了，对患者的家属来说尤其是这样。家属们当然是害怕的，这种没有先例的手术谁能不害怕呢？但是，主刀医生在，那就踏实多了。家属们不能知道的是，傅睿也怕，也许更怕，他就担心丁旷达有什么不测。自丁旷达转入病房的那一刻起，傅睿就陷入了无边的焦虑，他对死有一种根性的恐惧，尤其在自己手上。他无法摆脱有关死亡的假设种种，在傅睿的假设中，死亡从来都不是静态的事情，它动。这一来，傅睿的恐惧就开始痉挛了，有一种往内收缩的颤抖，边收缩还边蔓延，像分枝菌丝，无孔不入，一不留神就是一大片。

在丁旷达的一切都趋于平稳之后，傅睿回了一趟家。他要泡个澡，换一身衣服，同时在家里吃一顿晚饭。一切都顺利的话，他甚至还可以在自家的床上躺一躺。——经历了丁旷达的手术，傅睿哪里还能记得他的床上曾经发生过什么？敏鹿正和他冷战呢。然而，所谓的冷战只是敏鹿一个人的战争，是她的一厢情愿。哪里有什么冷战？没有的事。事实也正是这样，就在傅睿守着丁旷达的这几天，敏鹿已经把她的枕头挪到主卧去了，还放在傅睿枕头的内侧。傅睿到家了，表情凝重。他没有和敏鹿说话，甚至都没有和面团说话。——这就不对了吧，你这就太过分了吧，傅睿，枕头都放回去了，你居然还撅脸子！这都多少天了，苏联都解体了，你冷战还冷出气焰来了。不行，这不行，敏鹿得和他谈谈。一个做太太的，想和自己的丈夫做爱，这有错吗？值得你一到家就撅脸子吗？值得你拉上书房的房门吗？值得你抽烟抽得孤苦伶仃、跷腿跷得趾高气扬吗？要谈。要谈的。可敏鹿计划的这次谈话并没有谈成，傅睿连晚饭都没来得及吃，一个电话就把他叫回病房了。——这就是外科大夫，这就是外科大夫的太太。

　　敏鹿与傅睿的故事起始于大三。傅睿她当然听说过，一进校门就听说了，也在校庆的文艺汇演上见过一两回。和大部分自以为漂亮的女生不一样，敏鹿从来不参与有关傅睿的讨论。她和傅睿八竿子也打不着，嚼他的舌头干什么呢。医科大学没有一个本科生不知道傅睿，道理很简单，傅睿的父亲，傅博，是医科大学附属医院的党委书记。依照日常的逻辑，人们很容易把傅睿与纨绔子弟联系起来，实际上不是。太不是了。人们在舞台上见识过傅睿的才艺，拥有如此才艺的人怎么可能是纨绔子弟呢？说他是校园内部的传奇都不为过。那么，傅睿究竟是谁呢？这反而成了一个"问题"。人们偶尔也会发现傅睿在校园里路过，他一个人，一直是一个人，永远是一个人。他的衣着可真是考究啊，斯文，走的是富裕和优雅的线路，一眼就可以看出他的家境。与衣着相匹配的是，傅睿的身上没有一点浮浪气，他的举手投足始终带着一股子家教严明的况味。冷月无声啊。傅睿帅。傅睿漠然。傅睿孤傲。傅睿鹤立鸡群。他是薛定谔的猫，在"这里"，也不在"这里";他属于"我们",也不属于"我们"。傅睿没有恋爱,这是显而易见的。——话又说回来了,恋爱了还有什么可嚼的呢?普遍的看法是,傅睿不需要恋爱。在恋爱这个问题上,傅睿类似于鸟类,准确地说,类似于鹤。在水草之间,他单腿而立。傅睿的存在只是为了给自己制造一个倒影。还是不要可怜他的孤单吧,只要他想,"那一只"就会翩然而至。热衷于鸟类的女生已经把傅睿的恋爱搞成卡通画面了,会有那么一天,"那一只"会来的,先是滑翔,然后,在傅睿的倒影旁无声地降落。当她收拢好翅膀、在傅睿的身边同样单腿而立的时候,她会把她修长的脖子卷到自己的翅膀里去的。对,就是她了。——算喽,姑奶奶的脖子没那么长,够不着自己的胳肢窝,不烦那个神喽。

敏鹿来自本埠,城南。家境极其普通,平平常常的姑娘,当然,是偏于好看的那一类。这一类的好看有一个共同的基点,那就是甜,平庸,安静,也就是通常所说的乖。敏鹿本不属于独生子女那一代,就在敏鹿出生后不久,父母望着如此漂亮的宝贝,犹豫了,要不要再生一个呢?精明的父母不要了。他们知道一个常识,生孩子可不是洗照片,哪能捞出来的都一样?生孩子是钓鱼,这一竿是刀鱼,下一竿完全有可能是一只王八。就那么一犹豫,基本国策替他们决策了,只生一个好。行吧,敏鹿也就混迹于独生子女的这一拨了。独生子女是如何恋爱的呢?敏鹿不关心。敏鹿只关心自己,她有她的婚恋观,这个恋爱观从她懂事的那一天起父母就给她确立了。管理好自己,将来自然就有一个好结果。在恋爱这个问题上,敏鹿的父亲相当地严格:和男同学交往,可以的，必须要有父母的监督。敏鹿自然知道父母的意思，在对自己严加管理这个问题上，她甚至比她的父母更苛刻。但凡和男同学交往，她一定先汇报，得到父母的同意并有了父母的监督之后，她才愿意出门。可以说，敏鹿慎独，一切都为了守身如玉。敏鹿十分赞成父母的看法，女孩子的命运总是要靠婚姻来改变的：婚姻赚了，一生就赚了；婚姻赔了，一辈子也就赔了。稍有不同的是，敏鹿并不像自己的父母那样好高骛远，她反而务实。好高骛远不好，最终会导致幻象。幻象是天底下最不好的一样东西了，表面上赚，骨子里都得赔进去。所以，敏鹿是不可能早恋的，初中男生，高中男生，他们懂什么呢？谁知道他们的将来怎么样呢？即使进了大学，敏鹿依然管得住自己，急什么呢？可是到了这样的关头，敏鹿和父母的想法终于出现了分歧。父母急了，他们提出了相亲。敏鹿一听"相亲"两个字当场就愤怒了，庸俗，丑，丑疯了。她王敏鹿什么时候长成"相亲"的样子了呢？这可是二十世纪九十年代，恋爱都已经进入"睡时代"了。相亲？冬烘了。不去。

相亲的"那一头"却传来了惊人消息，说石破天惊都不为过。男方是医科大学在读博士，姓傅，叫傅睿，家境相当不错。敏鹿不敢相信，这个傅睿不就是那个傅睿么？问题是傅睿怎么可能相亲？傅睿怎么可能相亲？傅睿怎么可能相亲？中间人的回话却很平静，是傅睿啊。傅作义的傅，师傅的傅，睿智的睿，医科大学的在读博士。这就有意思了。这就有意思了。这个就很有意思了。敏鹿要去的。敏鹿要去，当然不是想和傅睿相亲，她是想看傅睿相亲。傅睿又是如何相亲的呢？敏鹿想象不出来。那就先去和他相亲吧，去了就看见了。

在父母的陪同下，敏鹿出发了。没有修饰，没必要的，就素面。敏鹿自小就懂得一个道理，不抱希望。希望是多么歹毒的东西，怎么能那样呢？在这个问题上敏鹿可以说是无师自通的，也可以说是完完全全地继承了父母的良好基因。怎么能有希望呢？生活的全部要义就是跟着混，别人让生活变成怎样，那生活就该是怎样，这多好啊。敏鹿一只胳膊挽着母亲，另一只胳膊挽着父亲，轻轻松松地，来到了指定的"山间茶坊"。作为男方，傅睿的一家先到了，坐在那里等。敏鹿一进门就知道，她冒失了，再也轻松不起来了。这是敏鹿第一次近距离地接触傅睿。只看了一眼，要了命了。不是傅睿的帅要了敏鹿的命，是傅家的阵仗。王家是三个人，傅家也是三个。一样的空间，一样的桌椅。但是，傅家人是如此地不同，有阵仗。阵仗到底是一个什么东西呢？敏鹿也说不上来，它在，无形，兀自巍峨。傅家的比重大，权重更大。敏鹿知道了，她不是来相亲的，她面试来了。气氛在刹那间就压抑了。说压抑实际上也不对，"那边"轻松得很，一点都没有仗势欺人的意思，相反，客气得很，谦和得很。敏鹿瞥了一眼她的父亲，还有她的母亲，他们的故作镇定是多么地不堪。他们在努力地自信。这样的努力伤害了努力，很可能也伤害了结果。一切都还没有开始呢，敏鹿"看相亲"的劲头已经泄了一大半，这件事事实上已经结束了。自取其辱罢了。她不该好奇，不该来的。平心而论，她和傅睿"对不上"，她的家和傅睿的家也"对不上"。还好，介绍人机灵，能张罗。关键是会说。这一点太重要了，现场丝毫也没有出现压迫或冷场的局面，这就不尴尬了。起码"看上去"不尴尬。不过总体上，七个人所构成的局面还是偏于安静的，怎么说呢，有肃穆和做作的成分在里头。好在服务员进来了，七个人，七杯茶。傅睿的母亲与傅睿的父亲自然没有去碰茶杯，这一来，敏鹿的父亲与母亲也就不好去碰它们了。傅睿也没碰，敏鹿也就没有碰。七杯茶，成了小小的盆景，各自归位、各自安好。敏鹿注意到了，傅睿的母亲正式地微笑了，换句话说，面试开始了。面试的方式当然是一个问，一个答。还好，傅睿的母亲并没有咄咄逼人，相反，很随意，是想到哪儿就说到哪儿的样子，很随和的。这随和装不出来，它只是养尊处优的一个惯性。敏鹿唯一不能适应的是她的普通话，真的是标准啊，都到了失真的地步，仿佛是事先录好的语音。普通话是有感染力的，敏鹿也只能用普通话应对。但是，许多字的发音，尤其是后鼻音，敏鹿达不到悠扬的程度。敏鹿有点吃力了，她希望自己的父母能在这个时候适当地站出来，他们却没有。伴随着对话的深入，傅睿母亲的目光慢慢有了一些变化，不只是随和，还慈祥了。她慈祥起来的目光像手掌，软绵绵的，在敏鹿的身上四处抚摸。好在敏鹿小时候上过两年舞蹈班，两年的民族舞训练终于在这个时候派上了用场。敏鹿暗地里把她的上半身"拉"了起来，坐得笔直的，腰部那一把还形成了一道很有型的反弓。傅睿的母亲侧过脸，微笑着看了介绍人一眼，目光里头有话了，是咨询的样子。到了这一刻，傅睿的母亲到底还是露出了她的"狐狸尾巴"，她说："不错呢，这孩子有希望呢。"敏鹿不只是看在眼里，也听在心里。自尊了。

生气了。却没有发作。敏鹿的面颊却涨得通红，像疑似的喜悦。她一定要做一点什么的。

第一轮询问过后，敏鹿走神了，她想找到一种体面的方式结束这场闹剧。简单地说，赶紧收场。这么一想敏鹿也平静了，决定做。她大大方方地侧过脸，附带看了一眼傅睿。傅睿正在端详她，很专注的样子。敏鹿哪里能想到呢，她的这一眼让傅睿彻底地慌了神。傅睿立即避开敏鹿，看他的母亲去了。这个微小的举动刹那间就改变了敏鹿的心情，甚至可以说，它改变了局面。——傅睿是慌张的，傅睿居然比自己更慌张。谁能想到呢？敏鹿有些不相信了，刹那间就安稳下来了，定心了。她就那样笃笃定定地看着傅睿的视线在自己与他的母亲之间迅速地切换。接下来的事情就更有意思了，切换目光的不只是傅睿，也包括傅睿的母亲。整个过程加起来也不到两秒钟。但是，这两秒钟是决定性的。它改变了现场的动态，傅睿的母亲都拿起茶杯了，虽然一口也没有喝。

傅睿的母亲端起了茶杯。傅睿的父亲也端起了茶杯。榜样的力量是无穷的，敏鹿的父母和介绍人也纷纷端起了各自的茶杯。这个动作再普通不过了，意义却重大。敏鹿没动，傅睿也没动。两拨人即刻就区分开来了。周遭的氛围当即就愉悦起来，傅睿的母亲放下茶杯，她回过头去对她的丈夫说："天气这么好，我们干吗不走走呢。"是啊，干吗不走走呢，天气这么好。傅睿的父母站了起来，介绍人往前跨了一小步，拽了拽敏鹿母亲的衣袖，敏鹿的父母也站了起来。——这就结束了么？是啊，结束了，还坐着干吗呢？

七个人，走了五个，桌面上依然保留了七杯茶。这等于说，敏鹿和傅睿需要面对眼前的七杯茶。寡不敌众啊。很严峻。王敏鹿明白的，这哪里是结束了呢，一切都还没有开始呢。七杯茶就那样摆放在桌面上，因为被大家动过的缘故，它们之间的空间关系不再像先前那样刻板了，它们是随意的，自然的，构成了日本式的枯山水。海面辽阔，孤峰独峙，风平浪静。天地已打开，一切静态都是开始的样子。

　　傅睿，这传说中的传奇，这孤零零的"问题"，他哪里骄傲，一丁点儿都没有。他的胆怯和拘谨让敏鹿心疼。敏鹿知道了，傅睿是一个"妈宝"，属于乖巧和无能的那一类。这个发现给敏鹿带来了十分重要的心得，重点是，她自信了，附带着也就具备了恋爱的总方针和大政策。当然，那是以后的事。不管怎么说，敏鹿所需要的是恋爱，不是"相亲"。她不能接受相亲。敏鹿突然就来了一股子勇气，敏鹿说："没想到在这里遇上你，这么巧。"她把她的意思几乎都挑明了，她，还有他，是巧遇，属于邂逅，不是他人的安排。傅睿笑了笑，说："都是杨阿姨安排得好。"这句话让敏鹿很失望——真是个呆子，是个书呆子。然而，敏鹿在刹那之间又犯过想来了，这样的家庭走出一个书呆子，总比活霸王好。只能说，她敏鹿捡到了一个大便宜。——傅睿的眼睛是多么地好看哦，目光干净，是剔透的。像玻璃，严格地说，像实验室的器皿，闪亮，却安稳，毫无喧嚣。这样的器皿上始终伴随着这样的标签：小心，轻放。敏鹿会的，她会小心，她会轻放。敏鹿就那么望着傅睿，心里说："傅睿，欢迎来到人间。"

三

虽然退下来有些日子了，作为一个老领导，老傅在第一医院的余温还在。一大早，院办来电话了。他们并没有把电话打到傅睿那里去，而是直接打到老傅的座机上。这是星期天的上午，理论上不办公的，然而，电话还是来了。办公室的汇报不只是及时，重点是讲究，就三条：一，医院出现了比较严重的袭医事件，造成了一些影响，这么大的事情本来就该向老领导汇报；二，患者的家属极不冷静，直到今天上午依然没有离开现场，为了避免事态的扩大，如何处置，还请老领导定夺；三，傅睿大夫是个好大夫，这是公认的，泌尿外科的风险也是全世界公认的，医院里的同行都有正确的认识，并没有出现"不恰当"的言论，这一点一定请老领导和傅睿大夫放心。

老傅并没有亲自接电话，拿起乳白色话筒的是老傅的爱人闻兰。这也是常态了。在老傅退休之前，医院里的电话当然是老傅亲自接听。既然退下来了，处理这一类事情自然就换成了闻兰。老傅表过态，不再过问具体的工作。老傅的姿态高，继任者的姿态就不能低。落实到具体的工作上，他们一般都是先"和闻兰老师沟通"。闻兰听完了，当然会向老傅汇报的；老傅有什么指示，也是由闻兰代为转达。所以，在第一医院的这一头，"闻兰老师"的使用频率已经超过了"老傅"。在具体的问题上，工作人员通常是这样转述的："闻兰老师说了"，"闻兰老师来过电话了"，"闻兰老师很高兴"，"闻兰老师说话的口气不太好"，"闻兰老师非常生气"，当然了，院方从来不说"闻兰老师"有什么具体的意见，他们重视的大多是闻兰老师的态度。态度包括意见，有可能大于意见，也有可能小于意见。然而，当他们和"闻兰老师"说话的时候，他们反而又不用"闻兰老师"这个称呼了，一律使用"老领导"。他们会这样说——"请老领导放心"，"我们一定把老领导的意见落实好"。

老傅一大早已经在公园里"走"完了。这个"走"有点复杂，是老傅自己发明的一种行进方式。它首先必须是走，在走的同时，伴随着深呼吸、变速、甩臂、扩胸、扭腰、转颈、小跑以及小幅度的拉抻。重点是心肺，同时也兼顾了各个关节。回到家，老傅听完了闻兰的转述，明白了，傅睿那一头出现了医患纠纷。医患纠纷当然是任何一个医院的重点，某种程度上说，它比死亡的麻烦还要大——医院哪有不死人的呢？老傅侧着身子，站在了那里，听，同时也若有所思。不过老傅这一次的重点不在纠纷，反而是死因。移植项目又出现死亡，他不能不问问。老傅来到厨房门口，对太太说："闻兰哪，你给敏鹿去电话，让她把傅睿送过来。"

老傅把儿媳妇与小孙子面团都支了出去。离这里不远有一家销品茂，小孙子可以在那里玩。闻兰给老傅与傅睿各泡了一杯茶，父子两个也没动。傅睿把香烟掏出来，点上了。

闻兰从来没有见过傅睿抽烟，有些吃惊："你怎么也抽烟了？什么时候开始的？"

傅睿望着手里的烟，突然想起来了，说："我不抽烟。"过了一会儿，傅睿补充说："偶尔。"再过了一会儿，又补充说："两三年了吧。"最后，他补充说："也不上瘾。"

老傅曾经抽过四十年的香烟。就在六十岁生日那天，也就是正式退休之前，他宣布说，他要戒烟。所有人都以为是一句戏言，没想到，老傅说戒就戒了。也有人问他的诀窍，老傅笑笑，说，诀窍就一条，不抽下一根。戒了香烟的父亲看了一眼刚刚学会抽烟的儿子，没说话，却拿起了儿子的一支烟，放在手上捻，捻完了，老傅也就放下了。老傅说："谈谈吧。"

傅睿抬起头，问："谈什么？"

"昨天的事。"

闻兰喊了一声"老傅"，意思很明确，好好的，说这个干什么呢？

"回避不是办法，"老傅的口吻郑重了，他望着傅睿，说，"我们来谈谈，问题到底出在哪个环节？"

傅睿听出来了，现在，老傅已不再是他的父亲，直接就是他的导师；而他，则是一位刚刚经历了医患风波的外科医生。傅睿沮丧。作为一个主刀医生，这是他的第七例死亡。从统计上说，是正常的，如果放在整个移植外科去统计，那就更正常了。可现在的问题是，为什么又是他的患者呢？

老傅望着傅睿手里的烟，拧着眉头，咬住下嘴唇，含在了嘴里。他在思忖，其实是等。因为等，傅书记的语调格外地恳切，可以说，循循善诱了。他对傅睿说："具体一点，到底是哪个环节呢？"

是啊，哪个环节呢？说起环节，傅睿的记忆力惊人了，他能轻易地回忆起手术台上的每一个环节，每一个环节又可以分成若干个细节。就细节而言，傅睿的手术无懈可击。傅睿的痛苦正来源于此。当无微不至的记忆和不可避免的死亡联系在一起的时候，记忆就残忍了。它会盘旋，永不言弃。

傅睿耷拉着好看的双眼皮，说："我不知道。"

"事必有因，不存在没有前因的后果。"老傅说。

"当然，事必有因。"傅睿说。

"那么，这个因是什么呢？"

傅睿愣在那里。"那么，这个因是什么呢？"傅睿说。

"也许我们可以选择这样的思路，"老傅灵光一现，当即提出了一个全新的策略，"比方说，空难。我们给空难做结论一般可以罗列出这样几个层面 —— 主要原因、有可能的原因、不能排除的原因。"

傅睿说："这是哪儿对哪儿？"

"也许我们可以先选择假设 —— 大胆地假设。"

"我不想假设。"

"不想假设，也行。"老傅说，"那么，具体的原因到底是什么呢？"

"我不知道。"

"你怎么能不知道呢？"

"我要是知道，患者就不会死。可她死了。"

"死一定有原因，对吧？"

"当然，它在。"

"那么，——是什么？"

"肺动脉栓塞。"

"为什么栓塞？我们早就配置了ECMO，1998年。十六台呢。"

"我不知道。"

"傅睿大夫！"老傅突然就激动了，"你这么说我万万不能同意，既然它在，你怎么可以说你不知道？我们从头捋，一点一点地捋。"

"好吧，老傅书记，患者死亡的原因是终末期肾病。"

"然后呢？"

"移植。"

"手术的进程如何？"

"完美。"

"然后呢？"

"肺动脉栓塞。"

"就这些？"

"就这些。"傅睿的脸色难看了，想说什么的，咽下去了。他的身躯在沙发上半躺了下去。傅睿说："——我们不说这个。"

"为什么？"老傅张开了他巨大的、修长的双臂，它们展开了，犹若笼子里的鹰，老傅说，"我们不应该回避问题 —— 你首先应当找到你的原因。"

"你是说，我是死亡的原因？"

"老傅！"闻兰说。—— 哪有这么找原因的呢？哪能把死亡的原因往自家人的身上拉呢？傅睿瞥了一眼闻兰，随后就望着手里的半截子香烟，他把半截子香烟丢进了茶杯。不是烟缸，是茶杯。嗞的一声，半截子香烟死了，它的尸体漂浮在水面上。

"我们不应该回避问题。"闻兰说，"家属为什么要打人？这才是问题，我们不该回避的也正是这个问题。—— 为什么要打人呢？"

老傅的逻辑被打断了，很不高兴。老傅对着闻兰叹了一口气，说："我们在讨论问题。"苦口婆心了。

"我们要讨论的就是问题。打人是不是问题？"闻兰提高了嗓门说。

"谁说打人不是问题了？"

"那你说，打人是什么问题？"闻兰说。她的口气咄咄逼人了。到底和老傅在一起生活得久了，闻兰早就学会了自问自答，"这是一个道德的问题，一个司法的问题，更是一个十分严重和亟须解决的社会问题。"

"你不要转移话题好不好，闻兰同志。"老傅站起来了，同时张开了他的双臂，因为身躯的庞大，张开双臂的老傅特别像一只鲲鹏，在翱翔，"道德的问题，司法的问题，社会的问题，都重要。但是，现在是两个医生在探讨业务的问题，是科学的问题。你不要掺和，好不好？"

老傅收拢了他的"翅膀"，终于喝了一口水。因为喝的动作比较潦草，他把一片茶叶喝进了嘴里。为了把茶叶挪到嘴唇与牙齿之间，他费了很大的努力，最终，他把那片茶叶吐回了茶杯。老傅对着茶杯说："你一直有一个缺点，喜欢插话。我也批评过多次了。—— 不要插话！—— 不要打岔！好不好？我再说一遍，这是两个医生在讨论科学的问题、医学的问题。"老傅转过头来，对傅睿说，"我们不应该回避问题。"

傅睿说："不说这个了。"

"为什么？"

"你不是医生。"

客厅里即刻就静止了。傅睿这句话不是话，是深水炸弹。它掉进了海水，默无声息地往下坠。水面上并没有传出震耳的爆炸声，顶多也就是一声闷响。然而，海水变成了柱子，在水面上耸立了起来。"你不是医生"这句话在老傅的身体内部爆炸了，老傅的血液也成了柱子，在他的天灵盖上耸立了。老傅的脸庞涨得通红。

"再这么闹下去，这个社会要出大问题的。"闻兰说。

"你别打岔？！"老傅离开了他的沙发，再一次张开了他的双臂。他沉重而又魁梧的"翅膀"业已挣脱了牢笼，再一次在客厅里翱翔。老傅对着客厅里的空间说："我不是医生，可我拥有医德，还有医生的精神。"

望着激动起来的老傅，闻兰也激动了。她问了老傅一个问题：

"打人是什么精神？"

老傅再也没有想到闻兰会冒出这样的一句话来。这句话很冷，很邪，格外地冲。这就是闻兰了，她的话时常有一个诡异的起点，然后，一刀子就能捅死你。在老傅看来，这个做了二十四年播音员的女人哪儿都好，但是有一点，她市侩。她说话的方式就很市侩，可偏偏又字正腔圆。她字正腔圆的普通话很容易给人带来误解，以为她是一个高级知识分子，或者说，艺术家。她什么都不是，就会胡搅蛮缠。胡搅蛮缠有一个功能，像点穴，像暗器，像飞镖，刹那间就会让你失去行动的能力。

老傅被闻兰的话噎住了，被她混账和神奇的逻辑给堵住了。打人是一种什么精神？什么精神呢？老傅的目光茫然了。这个太太他防不胜防。

"庸俗！"老傅说。老傅负气出走了，他离开了客厅，独自走向了他的书房。即使是回到了书房，老傅也没能平息他的愤怒。他斜坐在椅子上，跷起了二郎腿，两只手交叉起来，放在了自己的腹部。这是老傅特有的一个坐姿，它表示了事态的严重程度，有时候也表示了老傅的愤怒程度。在第一医院，只要老傅选择这样的坐姿，所有人都会闭嘴。打人居然还是精神！——打人是一种什么精神？笑话了嘛。

老傅的书房可不是一般意义上的书房，藏书很单一，差不多都是关于明代的书。老傅没有经受过任何意义上的史学教育和史学训练，他所倚仗的，仅仅是一股对于历史的热情。所有的过往当中，哪一段最有意思呢？当然是明代。老傅为什么会对历史产生那么大的兴趣呢？他当了领导了，他要管理。"管理"这个词自然是舶来品，但是，他们懂什么呢？他们最多搞一些设备，再加上几颗药。要说管理，还得数明代，那就需要研究并继承。老傅当然不会买书，抱回来的大多是地摊货。可是，正因为不会，老傅自信得很，地摊书的特点就在这里，越读越让人自信。总体上说，符合自己知识结构的就是好书，那就该读。反过来，经过阅读，地摊书又进一步巩固了老傅的趣味。老傅就愈发自信、愈发充实了。在老傅与书架之间，早就建立起了真理与真理的互证关系。这个互证关系是以书写作为前提的。被书写就是历史，没被书写就不是。在历史面前，老傅承认，他其实是犯了错误的。作为院方负责宣传工作的人，他亲手书写了第一医院的断代史。他书写着，偏偏就遗漏了自己。多么沉痛。多么沉痛。老傅就这么坐着，望着书架上的书，它们是一大堆的背脊，像远去的大明帝国的背影。老傅突然就有些心酸。天不假年，天不假年哪。如果他再年轻几岁，或者说，他的职业生涯再延长那么几年，他完全可以把他的第一医院推到一个更高的层面上去。不管怎么说，第一医院是在他的"手上"发展并壮大的。门诊大楼重新建过了；医院的营业额翻了一番；最关键的是，一些新的学科建立起来了，它们从无到有，声誉日隆——泌尿外科就是一个成功的标志。老傅坚信，他是为第一医院建立了丰功伟绩的人。可他偏偏忽略了自己，他自己把自己给屏蔽了，遗憾哪。却又是感人的——他具备了多么博大的胸怀。平心而论，老傅认定了自己是崇高的，常人不可企及。老傅的眼眶突然就是一热，要哭。他被自己感动了。也有点难为情。因为难为情，老傅将自己的思考深入下去了——一个人究竟可不可以为自己感动呢？这是一个哲学问题。哲学如果还需要进步，这个问题就可以研究，也可以讨论。老傅最终还是克制住了，是巨大的谦卑阻挡了他巨大的泪珠。为了给自己的情绪做一个总结，老傅站起了身。他用他伟岸的身躯尽他的可能去体验书房的局促和渺小。——傅睿啊，你太狭隘，狭隘了。你是医生，但你仅仅是一个医生。在死亡面前，你拘泥的是具体的死亡，那些具体的人。这不行的。"大医精诚"，这个"大医"就不可以狭隘，历史不可能容纳任何一种形式的狭隘。患者的死亡怕什么？总结嘛。今天死，是为了明日生。这才是大医的胸怀和气度。

闻兰终于把老傅打发了，她松了一口气。闻兰所担心的是他们吵起来。闻兰可是了解她这个儿子的——嘴笨。嘴笨的人往往有一个特征，在他山穷水尽的时候，出口就是毒，能毒死人的。唉，这个老傅也是，不知道他的胳膊是怎么长的，他的胳膊肘只对外、不对内。哪有这样对待儿子的呢？闻兰挨着傅睿坐下了，拉起傅睿的手，就那样放在巴掌里头，一遍又一遍地摩挲。闻兰后悔啊，在傅睿选择什么职业这个问题上，她没有坚持。是她这个做母亲的最终妥协了。傅睿不适合学医，尤其不适合外科，她可是一而再、再而三地错了。苦了这孩子了。谁能想到呢？医患还成了社会热点了。记者们真是吃饱了撑的。

是从什么时候开始的呢？菜场和电影院的纠纷慢慢地停息了，热爱打架的人换了地方，约好了一样，都跑到医院去折腾了。附带还搞出了一个专有名词：医患纠纷。回过头来想想，医患之间什么时候没有纠纷呢？一直有。可这是什么时代？是传媒的时代，是大媒体的大时代，尤其是报纸。报纸哪里还是纸，是捆，一捆一捆的。她闻兰哪一天的早晨不要看三五斤的报纸。比较下来，电台就尴尬了，可是，无论多么尴尬，闻兰终究是一个媒体人，同时也还是院方的家属，这一来，闻兰对医患纠纷的关注就不同于常人了。一般说，媒体就是正义，但是，媒体的正义时常有它的相对性，或者说，季节性。有时候，站在医院的这一边；换一个时候，它又站到患者那一边去了。其实，无论媒体站在哪一边，对医生，永远都是毁灭性的。闻兰的结论是，医患纠纷并不可怕，可怕的是纠纷变成了新闻；新闻也不可怕，可怕的是新闻变成了系列报道。系列报道的结果只有一个 —— 事情不再是事情，直接就上升到了事件。问题是，媒体是需要事件的，这又和正义无关了，它决定了报纸的厚度。有事还是没事？是事情还是事件？报道的系列性和报纸的厚度说了算。

　　——老傅是多么地糊涂，糊涂啊。都什么时候了，他居然还有心思和自己的儿子讨论"医学"，还"精神"。现在最要紧的是什么？是赶紧给昨天的事"定性"。尤其重要的是，让院方给事情"定性"。这不是医疗事故，是寻衅滋事，是患者在殴打医生，是刑事案件。然后呢，然后自然是院方的退让，是院方对患者的原宥与包容。千万不能激化。在这样一个紧要的关头，什么都可以讨论，唯一不能讨论的就是"哪一个环节出了问题"。讨论就意味着院方的承认，承认就意味着定性。傅睿的前程还要不要了？这不是把屎盆子往自己头上扣么？傅睿怎么能被扯进"医疗事故"里去？绝对不能。

闻兰没有做过一天的领导，但是，在这件事情上，她看问题和抓本质的能力表现得更像一个领导。上午的电话是闻兰接的，没等老傅回家，闻兰就十分清晰地表达了她的三点看法：一，医院的应急处理及时、稳妥，值得肯定；医生受到了院方很好的保护，这很好。二，一定要体恤和安抚好患者的家属，绝不允许把家属打人这样的恶性事件透露给媒体。一旦透露出去，会给患者的家属带来二次伤害，我们不能这样。谁透露，谁负责！三，妥善照顾好护士小蔡。小蔡是一个见义勇为的好同志，先通知她不要上班，让她进行一段时间的医学观察。告诉小蔡，要相信组织。

作为一个媒体人，闻兰有远见了，基本上也给事情定了性——这起纠纷的当事人不是傅睿，而是见义勇为的护士小蔡。保护好小蔡才是工作的重点。小蔡究竟会有多大的作用？这就取决于事态的发展了。事态如果不发展，小蔡只需在家里待上几天，事情自然也就过去了；事态万一发酵了，那么，小蔡就必须要走法律程序，这是必须的。她会走进"系列"，她会成为法律维护的对象。——这个老傅，这个老傅，这一点都没搞明白，还在家里过领导的瘾呢。个猪脑子，说什么好呢！

闻兰放下儿子的手，想了想，小声说："小蔡这孩子不错啊，多大了？"既像询问，也像自语。

"哪个小蔡？"

"护士啊。护士小蔡。"

"哪个护士小蔡？"

"你们病房的护士啊，小蔡。"

"你怎么会认识她？"

闻兰笑笑，说："我不认识。我怎么会认识她？我就是不知道她伤得重不重。"

"她为什么会受伤？"傅睿问。

闻兰的身体斜向了后方，在她与傅睿之间拉开了一些距离。闻兰非常失望地说："傅睿，你也要学会关心关心人哪。人家可是为了保护同事，见义勇为，受伤。头部。"

傅睿望着自己的母亲，目光游移。像追忆，也像失神，不好说了。他就那样望着自己的母亲，目光后来又挪开了。闻兰打量着自己的儿子，叹息了，内心有了失望，却不愿承认这样的失望，痛心了。——他的高智商都哪里去了呢？愚蠢啊，愚蠢。在他的身边发生了这么大的医患纠纷，他居然是麻木的。这一对父子都在想什么呢？有其父必有其子，有其子必有其父。

闻兰无声地望着儿子，又叹了一口气，从口袋里摸出一张纸片，再从傅睿的上衣口袋里掏出傅睿的手机。她把纸片上的手机号码输进了傅睿的手机，连机主的名字都替傅睿写好了：护士小蔡。闻兰把手机塞到了傅睿的手上，说："你得谢谢人家。见个面，喝杯茶、喝杯咖啡什么的。人家可是替你挡了子弹的。这孩子不错，能见义勇为。"

四

是傅睿大夫吗？是的，是傅睿大夫。小蔡哪里能想到呢？傅睿大夫给她来电话了。

小蔡是外科病房的护士，能在外科病房做护士，相当不错了。她自己也相当地满意。实际上，护士是一个十分笼统的说法，在她们内部，有差别的，甚至可以说有等级的。衡量护士之间的差距不外乎这样几个标准：一，翻不翻班。翻班就少不了熬夜，一熬就一个通宵，相当累。不翻班的当然就好很多。二，收入。不同的科室有不同的收入，这里的差别相当大。如果一定要做一个比较的话，在眼科做一名护士最理想不过了。可以这样说，眼科就是护士们的黄金科室。这里环境好，干净；工作简单，轻松；最要紧的是，收入高。有一句戏言是怎么说的？眼科的护士"会点眼药水就可以了"。虽说眼科也有翻班，可眼科又能有什么重大的突发事件呢？几乎就是换一个地方睡觉，可以十分安心地睡一个整觉。当然了，一般人去不了眼科。这个大家都懂。不要说眼科，口腔科都进去不了。大部分护校毕业生只能在内科和外科之间做选择。外科的收入高，乡村出身的护士们大多会选择这里。当然了，外科的内部也有区别，是手术室和病房的区别。比较下来，手术室用不着翻班，自然更理想一些。但是，不管护士与护士之间有怎样的差别，有一点她们又是共通的：她们大多来自普通家庭，甚至是乡村底层。她们所渴望的，是大都市里安稳的、精致的小生活。上班与下班的那种。这个类型的女孩子反而有一个特征，她们时尚，她们也留心时尚。说她们引领了时尚固然是不对的，但是，她们很少被时尚所抛弃，基本上都能维持在时尚的中上水平。她们关注商业、关注传媒、关注大时代。她们的言谈举止最能够体现时代的气息，也能够在自己的小圈子里营造出一种独特的文化。比方说，在第一医院的外科病房，护士们就时尚得很。她们紧紧跟随着娱乐化的社会总态势，消费起自己的明星来了——那些外科的主刀大夫们。在私底下，她们有自己的语言，整体是夸张，具体的表现则是麻辣和酸爽。她们的语言可以刺激激素水平，自然也就可以提高代谢能力。她们会给主刀大夫们打分和定级：长相俊朗但业务能力一般的，偶像派；业务突出而长相拉胯的，实力派；至于那些业务又好、长相也好的呢，只能是偶像实力派，简称偶实。傅睿大夫就是外科大楼里的"偶实"。当然，没有人冲着"偶实"傅睿大夫索要签名和合影，那不至于。但是，在内部的一些小型会议上，轮到傅睿出场或发言了，女孩子们通常要贡献一些尖叫。这个待遇要给。

　　小蔡哪里能想到"偶实"会请自己喝咖啡呢？想都没想过。虽说小蔡和傅睿大夫一上班就可以见面，可那是工作。现在是什么？是"偶像见面会"。见面会就该有见面会的样子。挂上傅睿的电话，小蔡看了一眼时间，要不要去做个头呢？显然，不现实了。就在前几天，因为朋友的聚会，小蔡就想去做一次了，没想到耽搁了。现在呢，不要说来不及，就算来得及，不合适了——她脑袋的左侧有一块很大的肿胀，无论如何也承受不了做头的高温。不管怎么说吧，小蔡要把自己拾掇一下，这是必须的。她把所有的裙子都取了出来，平放在床上，一件一件比对过去。最终，她确定了上衣、裙子和鞋。最后当然是化妆。小蔡一开始选择的是淡妆，发现不太对，总是想补。这里补充一下，那里强调一下，最终的结果还是浓妆。也对，她哪里有能力化淡妆呢？

傅睿端坐在尚恩咖啡的临窗座位，藏青西裤，白衬衣。干净，寂寥，神情忧郁。与其说在等人，不如说在发愣。透过落地玻璃窗，小蔡大老远的就看见傅睿了，她冲着傅睿打了一个手势。傅睿却没有看见。小蔡来到落地玻璃窗前，弯起了食指，开始敲击玻璃。傅睿抬起头，没有反应——他没能把小蔡认出来。小蔡只能再敲。傅睿在玻璃的内侧对着小蔡打量了好半天，到底认出来了。是吃了一惊的样子，同时还说了一句什么。小蔡当然听不见。但是，小蔡突然就喜欢上这样的对话局面了，明明白白的，却熄灯瞎火。小蔡说："你今天看上去很帅哦。"轻快了。傅睿自然听不见，却把耳朵贴到玻璃上来了。这个举动出乎小蔡的意料，她就笑。别看傅睿大夫在医院里那样，进入生活也会冒傻气的。——你把耳朵靠上来又有什么用呢？个傻样子，个呆样子。

小蔡一不做，二不休，隔着玻璃不停地示意傅睿点头。傅睿不明就里，脸上是同意的样子。小蔡说："你和我好吧？"傅睿点了点头。小蔡说："我是说，你做我男朋友？"傅睿又点了点头。小蔡开心死了，她占的可是"偶实"的便宜呢，"偶实"哪里还有一点"偶实"的派头呢？个呆样子，个傻样子。"偶像见面会"都还没有开始呢，小蔡就已经乐开了花，整个儿都轻松下来了。

小蔡进门了，喜滋滋的。她把手里的包扔下了，两只手背在了身后。她就这样站在了傅睿的对面。玉树临风。然后，小蔡坐在傅睿的对面。她把上身靠在了靠背上，双臂搭住沙发的扶手，左腿架在右腿上，完全是女王的派头。她望着傅睿，无声地笑。

傅睿有些歉意，说："你穿上衣服了，真的没认出来。"

这话怪异了，小蔡却是懂的。对许多人来说，护士就是"护士"的样子，其实是制服的款式。即使是傅睿，他所见过的也仅仅是"护士小蔡"。日常里的他们都还没见过彼此呢，更何况小蔡还化了很浓的妆。

如果对面坐着的不是傅睿，而是郭栋大夫，那就简单了。小蔡一定会说："你总不能让我脱光了吧？"郭栋是傅睿的同门师兄弟，同龄，同一天来到医院，做着同样的工作，可做人和做事的风格却相去甚远。傅睿矜持，而郭栋随和，关键是，郭栋健谈、开朗，什么样的玩笑都可以开得起。说到底小蔡在傅睿的面前还是紧张的，是紧张导致了小蔡的夸张。总之，不自然。

咖啡已经点好了，是两杯美式。小蔡望着桌面上的两杯咖啡，心里头偷偷地笑了。嗯，这就是傅睿了——喝咖啡就是喝咖啡，至于客人要喝什么咖啡，完全用不着问。看得出，他是个好男人，但不一定是好情人。傅睿说："我母亲让我来看看你。"

这句话小蔡却听不懂了。傅睿大夫的母亲为什么要让他来看望自己呢？小蔡问："你母亲是谁？"

傅睿认真回复说："我母亲？当然就是我妈妈。"

小蔡笑了。傅睿也笑了。亏了是在咖啡馆，这样的对话要是放在疯人院，那也是可以成立的。

就在笑完的刹那，小蔡终于明白过来了，是"老傅"书记的夫人让她的儿子慰问自己来了。

"受伤了没有？"傅睿问。

"有一点儿。"

"哪个部位？"

"脑袋。"

"重不重？"

"不重，就一点儿轻伤。"

说话的工夫傅睿已经起身了，他示意小蔡坐到一边的三人沙发上去。小蔡刚刚坐定，傅睿弓着腰，两只中指的指尖顶住了小蔡的太阳穴。小蔡的脑袋就被卡稳了，端正了。然后，傅睿用他的手指拨弄小蔡的头发。该死啊，该死，他的指尖怎么就那么体贴、那么柔和的呢，这哪里还是看伤，盘头了。小蔡后悔死了，她再也没想到傅睿会弄这一出，说什么也该洗了头再出门的。头发是个特别鬼魅的东西，一如凉粉，它自身没有味道，全靠作料。新洗了头，小蔡是一个人；没洗头，小蔡就是另一个人。可小蔡已经两天没洗头了，小蔡的腰肢不由自主地挺了起来，绷得直直的，脑袋也不自觉地偏了过去。傅睿的指尖在一点一点地拨弄小蔡的头发，最终，在脑袋的左侧，傅睿发现了创部。肿了，相当大的一块。傅睿用他指尖的指腹轻轻地摁了一下，小蔡屏住了呼吸。傅睿蹲下了身去，左手搭在了小蔡下巴的底部，把小蔡的脑袋拨向了自己。他要观察小蔡的瞳孔。傅睿凝神了，小蔡只能望着他。日你妈妈的，傅睿的目光就这样走进了小蔡的瞳孔，直截了当。他们就这样对视上了，小蔡的脖子当即就软了，脑袋差一点就挂在了脑后。而傅睿已经把他的大拇指搭到小蔡左眼的上眼睑上，在往上推。看完了小蔡的瞳孔，傅睿伸出了他的食指，放在了小蔡的鼻尖前。

小蔡说："一。"她知道的，她在抖。

傅睿随即又补充了他的中指，是"二"。也许是太紧张的缘故，小蔡伸出了她的"剪刀手"，她把她的"剪刀手"一直送到傅睿的面前，大声说："耶——！"

这个动作是即兴的，属于"说时迟那时快"，小蔡就这么做出来了。有些好笑，小蔡自己就笑了。傅睿却没笑。他绷着脸，收回了他的手指，就好像什么都没有发生过。等小蔡安静下来了，傅睿再一次伸出了他的两根手指。小蔡知道了，她不可以在傅睿的面前造次。傅睿正无比专注，小蔡都能够看见傅睿瞳孔上面的放射状纹路了。小蔡颤了一下，身不由己，说：

"一。"

傅睿收起了他的指头，说："你需要检查。"

小蔡低声地提醒傅睿："傅大夫，我们是在咖啡馆哎。"

傅睿十分果断地站起身，说："我带你去检查。"

小蔡看了看四周，低声说："我查过了。"

"什么时候？"

"昨天。第一时间。"

"谁读的片？"

"那我怎么知道？这么大的医院。好像姓杨。"

"结论呢？"傅睿说。

"好好的。"

"单子给我。"

这个傅睿，还真拿这当医院了，谁会把单子放在身上呢？傅睿不说话了，他不满意，这一点毫无疑问。他回到了自己的座位。他对小蔡的不满已经在脸上了。这里反正也不是病房，小蔡不怕他的。然而，但是然而，既然傅睿把这里当作了病房，为什么不呢？好吧，这里就是病房。小蔡现在可是傅睿大夫的患者了呢，傅睿大夫，他查房来了呢。他要检查的这个患者就是小蔡。这么一想，小蔡居然幸福了，脑袋当即就疼，脖子也无力。她的脑袋不由自主就歪了过去。——傅睿帅啊，帅。其实又不是帅，是干净。他的西服干净。衬衣干净。领口、袖口干净。牙干净。指甲干净。面部的皮肤干净，找不出一块斑点。眼镜的镜片干净。瞳孔和目光干净。干净的镜片和干净的目光原来是相互呼应的，那样地相得益彰。头发。耳郭。脖子。还有他的气味。当所有的干净全部组合在一起的时候，干净就不再是干净，这个文弱的男人顿时就有了一股盛大的势能——他的干净坚不可摧，什么都不可改变。

小蔡平日里就热衷于八卦。她的八卦有一个永恒的主题：偶像、实力和偶实。除了上班，小蔡特别想知道，他们的"日常"是怎样的呢？他们"在外面"又是怎样的呢？这就不好说了，水应该很深。不过，小蔡很快就意识到一件事了，此刻，她和傅睿大夫就是"在外面"。这就很吓人了。这意味着一件事，小蔡甚至都可以八卦她自己了。她已经成长为八卦的一个部分啦。

小蔡如此地热爱八卦有她的前提。这个前提是公开的，也很隐晦。它关系到一件事，也关系到一个人。这个人就是安荃。安荃可以算是小蔡的师姐了，瘦瘦高高的，年长小蔡七八岁的样子。从道理上说，小蔡应该叫安荃"师姐"才对。小蔡却没有冒失，她选择了大伙儿的叫法，把安荃叫成了"安姐"。而实际上，这是她们小一辈的叫法，安荃最为普遍的称呼还是"荃姐"，这里头自然也包括一部分医生。安荃在外科大楼相当特殊，甚至可以说，相当有地位。她有外遇。她"外遇"的是傅睿的同事，郭栋大夫。郭栋是在来到第一医院之后成的家，有孩子；安荃也是在来到第一医院之后成的家，也有孩子。当然，这里头有区别。因为安荃没有读过硕士和博士，她在第一医院的资历就比郭栋老多了，在内部，说安荃是郭栋的前辈也不为过。他们就是好上了，各自也没有离婚。——他们到底是什么时候好上的呢？没有人知道。安荃原先是眼科护士，眼科是个什么概念？在医院待过的个个懂。这说明了一件事，安荃这个人多多少少有那么一点背景。有背景的人都任性，安荃就是放弃了眼科，直接跳到了泌尿外科，岗位是手术室的巡回护士。不可理喻了。但是，后来的事实证明，安荃的选择很合理，她选择的不是岗位，是郭栋。——安荃这个女人帅，真是帅。就是她，硬是把"婚外恋"上升到了常人难以认知的地步。按理说，婚外恋通常是幽暗的、隐秘的和鬼祟的，安荃不。她大方，通透，一点都不鬼祟。她把一切都放在了明处。他们的关系很容易让人联想起一句诗：郭栋——大漠孤烟直；安荃——长河落日圆。这是一览无余的景观，无限地彰显。外人是很难八卦的。人家安荃都这样了，都在医院过日子了，你还探什么幽、八什么卦呢？谁八卦谁醒龊。肾移植的手术室在七楼，病房则在十九楼，郭栋的休息室只能在十九楼。那里就是安荃和郭栋的家了。劳累了，安荃就会到十九楼来，病房的护士哪有不熟悉安荃的呢？她行走在十九楼的姿态真的是漂亮啊，整个人都是放松的。肌肉放松，关节放松，韧带也放松，那是内分泌的高度均衡所体现出来的协调。无欲，也无求；自我，也无我。人畜无害。这样的人放到哪里都会受到真切的欢迎。小蔡经常可以遇见安姐，那是她从郭栋大夫的休息室走出来的时候，完全是休息好了的样子。满足，从容，真的像在她的家一样。小蔡不嫉妒，只是羡慕。作为一个女人，小蔡就此知道了一件事，一个女人，引人羡慕而不招嫉妒，那就是模板了。

傅睿大夫有一搭没一搭地，喝着他的咖啡。小蔡也有一搭没一搭地，喝着自己的咖啡。并不说话，主要是傅睿没有说话的意思。不说就不说，也挺好。小蔡已经安静下来了，偶尔也会把指头放在嘴边，慢慢地咬。静和静是多么地不一样，此刻的静其实是动态的，能够漂移，可以渗透。小蔡用她的目光把整个咖啡馆重新打量了一遍，最终，她的目光落实在了傅睿大夫的额头上。傅睿的额头小蔡太熟悉了。在平日里，因为帽子与口罩的缘故，他裸露出来的其实只有额头的这一小块。现在，傅睿大夫的脸终于完整了。借助于这样的完整，比例关系显现出来了。在傅睿大夫的面部比例里，他的额头偏高。不是谢顶之后的那种高，是天然的，有一道笃定的和稳固的发际线。毫不松懈。傅睿的额头好看哪，饱满，圆润。有明晰的光，也干净。可谁能想到呢，小蔡对傅睿额头的研究还没有完成，傅睿大夫喝完了最后一口咖啡，起身了。他再一次表达了谢意，但是，还"有点事"。小蔡有些失望，这哪里还是喝咖啡呢？是出诊。诊断好了，咖啡也喝完了，那就必须结束。傅睿再一次看了一眼小蔡的头部，还想交代一些什么的，终于还是没有交代。他走了，完全符合一个"偶实"的做派，出现得突然，离开也必须突然。

小蔡并没有离开咖啡馆。她所预估的这次会面要重大得多，时间也会比较长。傅睿突然离开了，等于是把小蔡撂在这里了。反正也没事，那就再坐一会儿吧。小蔡取过包，掏出了她的镜子，重新将她的头发缓缓捋向了耳后。她尝试着用傅睿的眼光把自己打量了一遍，都挺好。小蔡干脆站了起来，挪到傅睿的座位上去了。桌面上依然有两只杯了，因为换了位子，也就是角度，况味完全不同了。虽说也无聊。但无聊是多种多样的，有些无聊带有终结的意味，另一些无聊则刚好是开始。

小蔡凝望着两只马克杯。它们的大小、造型、颜色乃至于色泽几乎都一样，它们的相似是绝对的。有什么不可以假设的呢？傅睿大夫用过的这只杯子是自己，而自己用的那一只呢，则是安荃。小蔡把"安荃"拖到了身边，附带拿起了小勺子，敲了敲。当——！又敲了敲自己，完全不同了，远远达不到"安荃"的那种悠扬。无论相似度有多高，天下也没有两只相同的杯子。人不能踏进同一条河流。

小蔡踏进的却始终是同一条河流，七次。她总共受过七次伤。这个伤当然是内伤，外伤不算。内伤有内伤的硬指标，必须发展到身体内部。但恋爱就是这样，身体的内部不再是脏器，是灵魂。但灵魂一旦被触动了，可供感知的又还是身体。小蔡疼，到处疼，就是说不出具体的位置。当疼痛与位置失去了对应，那就只能再一次反过来，把肉体归结为灵魂。小蔡一共谈过多少次恋爱呢？也记不得了，但是，触及灵魂的一共有七次。作为一个从乡下来到城市的姑娘，小蔡荒唐了。她只是知道了一件事，大时代开始了。为了尽快地融入城市与时代，小蔡相当地尽力。然而，什么是时代？什么是城市？小蔡并不知道。她能够选择的只是修正对身体的态度。正如麦当娜站在阳台上所吟唱的那样，小蔡有过她的 wild days，自然也有过她的 mad existence。一阵乱穿，一阵乱喝，一阵乱睡。说到底，她还是穷，没钱哪。没钱就只能跟着别人的钱混，也许这就是城市，也许这就是时代。就在小蔡毕业前的最后一个学年，她再一次修正了自己，穿也穿了，喝也喝了，睡也睡了，还是好好地谈一次恋爱吧。小蔡就这样第七次踏进了那条河流。悲剧起始于电子一条街。小蔡要置办一台手提电脑，这就开始了。

小伙子是电脑商店的销售员。形象并不差，类似于年轻的知识分子，口才极好。他所擅长的就是有关电脑的科学指导，一开口就类似于演讲。无论什么样的品牌、什么水准的配置，他都能从电脑的特征、性能、优势、局限、性价比等不同的层面做出具体的分析。小蔡有选择障碍，听来听去，不知所措了，都挺好，或者说都不理想。小伙子只能做进一步的论述。这一笔小小的生意就此进入了恶性循环：销售员越说越来劲，顾客则越来越拿不定主意。

几个来回下来，小蔡也有收获，她收获了小伙子在电脑方面的渊博，还有他的耐心。他丝毫也没有兜售的迹象。这就诚恳了。小伙子的诚恳给小蔡留下了极好的消费感受。再往下聊，深入了，不只局限于电脑，进而拓展到整个的 IT 产业。一问，居然不是学计算机的，居然是卫校毕业的。再问，天哪，还是自己的师兄，护理专业。怎么就没见过呢？ 也对，有几个学护理的男生会待在校园里呢？ 他们将来也不可能做护士，早就纳入了"大潮"——电子一条街才是他们大展身手的好地方。当然了，师哥是大专，这就不用多问了。护士"升本"是从小蔡她们这一届开始的，这个不会错。这么一想，小蔡这个做师妹的在心理上顿时就有了优势。所谓的心理优势就是砍价的力度——"那就再便宜一些呗。"这个师兄就做不了主了。他拨通了电话，口吻既霸道又谦卑。他就这样说了一通霸道与谦卑的话，最终对师妹说："等于是一分钱也不挣你的了。"这是抱怨，更是师兄对师妹必须体现的情分。

当天晚上他们一起吃了饭。因为电脑省下了一笔开支，师妹欠下了人情，这顿饭她必须请。师兄没有和师妹探讨谁"请"的问题，就着啤酒，话题已经扯开了，幅员辽阔。他原来并不是在这里打工，他只是潜伏，目的是为了做市场的考察，最终的目标还是研发。当然，是和另外几个兄弟一起做的。小蔡这才明白过来，也替师兄渊博的知识找到了一个合理的出处 —— 他这是微服私访来了。为了长话短说，师兄跳过了中间的一些环节，一下子就跳到了"品牌"这个严峻的问题上。"品牌"，小蔡当然知道，可等师兄讲完了，小蔡才发现，她不知道。"品牌"可不是"牌子"，"品牌"是一个文化的、专有的、庞大的"概念"，它隐含着一个巨型的帝国。这帝国是一个金字塔，处在最顶端的，反而不是物，是"概念"。从这个"概念"出发，派生到物与人，从而延伸到整个世界。"我们也会有自己的品牌。"师兄说。小蔡知道师兄所说的"我们"指的是谁，那是他和他的精英团队。但是，在这样一个微型的酒局上，酒兴正浓，"我们"似乎又模糊了，滋生出了不着边际的含义。还好，师兄并没有在"我们"这里做过多的纠缠，他开始展望。展望当然很空洞，但展望的美不就得益于空么？它是精神性的。师妹必须听。听到后来，师妹看到了自己的命运。命运让她和某一款国际品牌的电脑联系在了一起。师兄在做大事。她注定了要辅助。

既然决定了一起做大事，那就必须从最小的事情做起。他们上了床。就在他们温存的时候，伴随着尖锐的快感，小蔡的内心滋生了情感，对，这一次就是他了。不要小瞧了小蔡这个乡下姑娘，她的心其实大。这个大倒也不是她渴望做多大的事，是相反的，她的内心有绿叶的冲动。她愿意成全别人去做大事。——伴随着即将到来的高潮，她用尽全力，顶了上去，这也是辅助。她内心涌起了隐秘和剧烈的愿望——用她的一生协助他、成全他。小蔡流下了眼泪，知道了，这一次她真的不是瞌睡，她要结婚的，而现在仅仅是恋爱。

回过头来想想，小蔡发现了一条真理，相对于一对恋爱的人来说，第一次做爱不重要，第一次吃饭才要紧。第一顿饭不是别的，是谶言。许多事情都会在第一顿饭里留下征兆，后面的一切都将应验。比方说，买单。因为第一顿饭是小蔡请的，这就埋下了祸患。乡下姑娘有乡下姑娘的特点，怕人家觉得自己穷，规避的办法只能是豪迈。小蔡豪迈了，为了师兄和爱情，小蔡愿意掏出她的最后一块硬币。可是，话也不是这样说的。这到底是恋爱，也不是商人宴请官员，凭什么总是她做师妹的买单呢？买单也不是不可以，你总得送点礼物吧？意思意思是很重要的。小蔡真正在乎的就是这个"意思"。——每一次都是师妹请，这成什么了？就好像师妹还有求于师兄似的。这就伤自尊了。小蔡有点生气，但是，这个气不可以表现出来。表现出来多小气啊？城里长大的姑娘和乡下长大的姑娘最大的区别就在这里，城里长大的姑娘不担心被人说小气，乡下姑娘却怕。小蔡就这么别扭了，这个恋爱谈得也没那么爽。

摩擦自然就是这么来的。要说有多严重,也说不上,就是小吵和小闹。可谈恋爱不就是小吵和小闹么?小吵吵、小闹闹,再加上生气和别扭,这可不就是恋爱了么。师妹和师兄就更应该这样了。他们一星期见面两三次,做爱两三次,然后呢,小吵小闹两三次。还好,师兄的演讲能力与日俱增。这哪里还是演讲,简直就是独幕剧。师兄最吸引师妹的就在这个地方。他的独幕剧永远只有他一个人物,由大段的独白构成。独白的内容当然是他有关未来的展望,重点在布局。在布局方面,师兄气魄宏大,说雄才大略一点也不过分。他的内心有地图,也有地球仪。他的独幕剧十分接近于战争剧,小规模的战争当然只能发生在国内 ——战区涉及西北、东北、华北和西南;大规模的战争,他必须动用地球仪了。他的战略空间一下子就荡漾了开去,波及欧洲、北非、远东、北美和南太平洋。小蔡承认,师兄在演讲的时候非常帅。是的,地球仪之所以是地球仪,就是一些男人帅,同时,也可以使一些男人帅。

这是平安夜,好端端的,师兄却哭了。是酒后。在酒后,他们当然做了爱。性却是醒酒的,醒了酒的师兄并没有休息,决定接着喝。就在第二次大醉快要降临的时分,师兄的不应期也过去了,那就再接着做。师兄的这一夜闹腾的,就在醉酒和做爱之间反复地轮换。—— 圣诞节就要来临,师兄突然愣在了那里,停电了一般。不说了,不喝了,不做了,面无表情。就这样停止了相当长的一段时间,师兄突然来了一股子的悲伤。这悲伤破空而来,不铺叙,无前奏,却骂人了。他开始骂,他鄙视那些电脑的大鳄，他们惊人地无知，他们惊人地愚蠢。他们压根儿不懂科技、不懂市场，他们是黄鱼贩子和卖生姜的。他们那个怎么能叫电脑呢？就他妈是积木，是乐高，是鸭四件和卤水拼盘。他们凭什么就成了高科技公司的董事长或总经理？他们会静脉注射么？他们会备皮么？他们不会。师兄的咒骂洋溢着骁勇的自信与骁勇的自伤，愤懑，困惑，张力无穷。好好的，师兄却又不骂了，他只是抬起了头，瞳孔似乎也鼓出来了，小蔡注意到了，师兄的瞳孔并没有鼓出来，鼓出来的是他的泪，直挺挺往下掉。最终，师兄说："我只是缺钱。只要有钱，我什么都能干成。"他把师妹的乳头衔在了嘴里，用力地吸，就好像师妹的乳房里贮藏了他所需要的全部资金。小蔡哪里能想到师兄的口腔会有如此的马力，简直就是喷气式飞机的涡轮。他太能吸了，小蔡疼得就差晕死过去。

师妹在这个凌晨并没有入睡。她的乳房空了，是在刹那之间空的。师妹觉得自己的乳房可以填满西北、华北、东北、东南、西南以及欧洲、北美、中东和南太平洋地区。又一个梦，啤酒之梦，杜蕾斯之梦。师兄有师兄的幻觉，师兄本身就是一个幻觉。师兄这个幻觉最终变成了小蔡的幻觉。多重的幻觉就是好，反而像现实。小蔡搂紧了师兄的脖子，把他放平了，吻着他，好让他安心地入睡。师妹望着窗帘上的晨光，知道天会亮的，什么也挡不住。又是一场恋爱，唯一不同的是，这场恋爱自始至终伴随着幻觉，无限地盛大。师妹蹑手蹑脚的，一半依仗着晨光，一半依仗着摸索，她把自己的东西都收拾好了，没留下一根头发。小蔡在当天的中午就更换了手机的号码。小蔡就是这样的决绝，开始的时候决绝，结束的时候也决绝。没给自己留下一丁点儿痛苦，小蔡连一滴眼泪都没有。

谁能想到呢？几天之后，痛苦却找上门来了。这就不可思议了。这痛苦不锐利，却厚实，横在那儿，堵在那儿。有时候在横膈膜的附近，有时候却塞满了肺部，另一些时候却在咽喉这个交通要道上。小蔡想哭，也哭不出来。哭不出来当然就不是痛苦了，它只是便秘，是代谢被终止的征候。小蔡多么想找一个公共卫生间，把恋爱、男人、女人、爱情、婚姻、啤酒、杜蕾斯都拉出去。也拉不出去。还好，马上就要毕业了。都快毕业了，我靠。还是毕业了好哇，一旦穿上崭新的护士服，那就是新天地。

咖啡馆却走进了一个高大的男人，是一个和尚。光头，四方脸，巨耳，微胖，土黄色的长袍。气色红润，面目是绵软和谦恭的样子。右手的手腕上缠了一只布口袋。他是什么时候进来的呢？小蔡正神游八方呢，一点都没能留意到这个。等小蔡发现他的时候，他已经冲着小蔡微笑了。这就给小蔡带来了一个错觉，这个男人是冲着自己来的。小蔡一骨碌坐了起来，发现自己不只是把鞋子脱了，连袜子都脱了，正在沙发里半躺着呢。

男人在小蔡的对面坐下了，动作缓慢。回过头去要了一杯水，回头的动作则更加缓慢。他的脸上一直都悬挂着微笑，是那种没有由头的、也就显得更具普遍意义的笑。显然，他不是冲着小蔡来的，他的微笑来自于世界恰好又回归于世界了。说是"微"笑，其实他的笑也挺大，有一股子大圆融和大喜乐，很肉。

"渴了，"男人说，他在自言自语，而从实际的情况来看，似乎又是在和小蔡说话，"进来讨一杯水喝。"

男人说："面相好。"这句话说的是小蔡，确凿无疑了。他正望着小蔡。

干脆，男人端详起小蔡的面庞来了，说"端详"有点草率了，说"研究"也许更加准确。研究了好半天，男人的结论出来了——"好面相"。

这就是夸自己了。小蔡哪里能不懂得"好面相"的含义呢？它暗含了漂亮，却比漂亮高级得多，带上了命运感和宗教性。那小蔡就必须坐正了，用白居易的说法，叫"整顿衣裳起敛容"。

"大师好。"小蔡说。

服务生送来了一杯清水，男人——现在叫大师——拿起了杯子，抿了一小口，再把杯子轻放在台面上。他哪里渴了，一点也不渴。他喝水可不是为了解渴，是仪式。一点烟火气都没有，却山水相连，林泉高致。

"有福之人。"大师说，"得八方惠泽。"

这就是给小蔡做了最后的总结。放下水杯，大师捻动起手里的念珠，在普通人手里一般都叫作手串。他的手腕上戴着一个，是木质的，直径相当的大。手里头捻着的却是另一个，要小一些，紫色，看不出质地，有点像玻璃，也有点像矿石。大师的从容从他捻动手指间的念珠就可以看出来了，缓慢，播撒均匀。

小蔡对大师手里的念珠产生好奇了。——"可以么？"小蔡说。小蔡语焉不详，其实有些唐突。但大师是普度的人，知道小蔡在说什么，并不忌讳小蔡。他把中指和食指并在了一处，然后，紫色的念珠就悬挂在大师合并的指头上了。大师把念珠一直送到了小蔡的面前。他的手真是大呀，手指圆润、饱满。小蔡接过来，也捻，好看的圆珠相互摩擦，发出了好听的声音。这就是天国的福音了吧。

"年轻啊，还是躁。"大师乐呵呵地说。他慈善的目光看着小蔡，像嘉许，也像指导。他的牙整洁了，达到了光亮的程度。整齐与光洁的牙让大师平添了几分俗世的帅，这说明了一件事，他也不是高不可攀的，他属于人间。阿弥陀佛。大师静穆了好大一会儿，说："你的手指动得太快了。"

大师批评说："像数钱。"

这话有趣了。可不是么，小蔡的手指动得确实快了点，真的像数钱。小蔡突然就大笑了，整个咖啡馆都听得见。小蔡当即捂住了自己的嘴。她就是唐突，她就是造次。可是，大师的话太有意思了，不笑也是不行的。今天到底是什么好日子？被"偶实"约了出来，最终却遇见了大师。

"躁也不可怕。"大师说，"年轻嘛。"

大师的话并没有具体的指涉，一句闲聊而已。小蔡有些躁，然而，有原因的，年轻嘛。

好吧，水也喝了，歇也歇了，因为缘由，该见的人也见了。大师站起身，打算走人。这才多大的一会儿，大师这就要走人了。对，和"偶实"有"偶实"必备的风格一样，大师也有大师的风采，无碍，无挂。小蔡连忙起身，把手里的念珠还给大师。大师宽厚地笑了，显然，他都忘了。为了对小蔡的诚实表示奖励，大师想了想，从布口袋里掏出了另一串念珠，这个小蔡认识的，是菩提子。"带回去吧，开了光的。"大师说，大师附带着还把他的玩笑推进了一步，"——不是在银行工作吧？别一天到晚数钱，伤人。"

小蔡又笑，一下子却起了贪念。既然大师都赠送她菩提子了，她为什么就不能得到更喜欢的那一个呢？她喜欢紫色的那一款，和她的肤色般配。既吉祥，也漂亮，配衣服也很容易。小蔡把菩提子攥在掌心，目光却盯住了大师圆润和饱满的手。大师是何等通透，脸上即刻就浮上了为难的神色。小蔡看出来了，她这是夺人所爱，也算是强人所难了。

大师却没有迟疑太久，已然做出了决定。他要普度。他指了指小蔡的右手，让小蔡抬起她的胳膊。大师把紫色的念珠撑成一个更大的圆，穿过小蔡的手，最终套在了小蔡的腕部。小蔡当然是知道的，她已经夺人所爱了，那就不能白拿。小蔡脱口说："多少钱？"大师收敛了笑容，但即便是收敛了笑，他的面目依然是和善的、绵软的、光润的。"不好这样说话，"大师说，"功德的事，源自情愿。"

小蔡又唐突了。是的，事关功德，哪里还是钱的事呢？小蔡再也不敢马虎了，佛法无边她总是知道的。然而，大师的批评让小蔡为难了——总得有个数啊。大师又笑了，无限慈祥。他的慈祥已经消弭了小蔡的冒失与无知。他哪里能不知道小蔡的心思，慢腾腾地说："取决于你的缘。取决于你的诚。取决于你的心。"

大师的这一番话说得非常见底，带上了烛光与香火的色相，也不是一口气说完的，在不停地补充，袅袅的，体现了内在的递进，或者说，升腾。这一来小蔡就更难办了。她的心理价位是两百，可两百似乎也拿不出手，于是宽到了四百。大师没有接，笑着说："口彩不好。"是的，四，岂不是死？不能。不吉利。那就六百吧。大师没动。小蔡想起来了，既然说到了口彩，哪里还有比"八"更好的呢？只能是八百了。大师依然没有伸手，显然是未置可否。大师最终说："既然要圆满，我就替你做个主，凑个整。"还好，小蔡是一个有钱的人，就凑了一个整。小蔡把一千元现金放进了大师的功德箱，也就是布口袋。大师笑笑，立起了他的单掌，转过他伟岸和软软的身躯，走了。

大师离开之后，小蔡总觉得哪里有点不对，怎么个不对，也说不好。说到底她还是心疼钱的。她火速起身，就想到门口问问。小蔡立在了咖啡馆的门口。哪里还有大师？左侧是马达轰鸣，右侧是车轮滚滚。一片红尘。

五

　　如果一切正常的话，老赵这会儿应当和他的儿子一起，生活在旧金山了。

　　旧金山好哇，比纽约好，比迈阿密好。虽说都在美国，可是，对老赵来说，东海岸还是西海岸，这里头的区别大了去了。站在东岸，极目东望，那边可是欧洲，和老赵一点瓜葛也没有。而伫立在西海岸呢？不同了，远方是他的祖国，中国的东南沿海，其实就是老赵的家了。老赵是个潇洒的人，他用遥感一般的语调描绘了自己和儿子的空间关系："也就是一水之隔。"一水之隔，这个说法好。小溪是一水，河流是一水，太平洋也是一水，多大的事呢。

　　老赵迷恋旧金山，虽然严格地说起来，他对旧金山依然一无所知。退休之前，儿子邀请他去旧金山小住过几次，每一次也就个把月。一来一去的，他就爱上了。这个城市有这个城市的腔调，最突出的一点是它的地势，高高低低的，这才是地球的表面应有的样子。老赵喜欢这个城市的有轨小火车。它们咣里咣当，摇摇晃晃，沿着山势的表面，上去、再下来、再上去、再下来。这一来，旧金山的城市交通就不再是交通，像娱乐，成了真正的过山车。谁还不喜欢娱乐呢？尽管老赵说不来英语，那也要经常出去坐一坐小火车的。老赵没有目的，并不去哪里，就是为了体验上上下下的喜悦。在过山车上，他喜欢看那些又高又壮的黑色男人，他们扳动手闸的样子才像真正的工人阶级——手闸真长啊，充分调动了杠杆原理的力学机制。这可比崭新的、明亮的、靠电脑操控的地铁好玩多了。地铁嘛，那是在地下，说不上风景。对喽，老赵坐小火车就是为了看风景，那些山冈，那些水湾，那些布满了涂鸦的贫困街区。太平洋岸边的那一段山坡他最喜爱了。那一段其实并不属于太平洋，但老赵有老赵隐秘的固执，那就是太平洋的岸边。为了这一段山路，他通常会选择小火车的最后一排，倒着坐，像张果老倒骑着毛驴。随着小火车的爬坡，他的位置越来越高，而太平洋的湾区却在他的眼皮底下越来越深、越来越宽和越来越远。到底是太平洋啊，浩瀚哪，碧蓝的，视觉上干净极了。波澜不惊，太平，是太平的景象，要不怎么叫太平洋呢？旧金山，美国的城市，现在是他儿子的城市，他儿媳妇的城市，也是他未来的孙子和孙女的城市。儿子已经是半个美国人了，而他，作为一个"外国人"，作为"美国人的爸爸"，他将踏遍这里的青山与绿水。这样的感受最是美妙，占尽了伦理上的优势。他会思念他的故乡么？当然会。他思恋的是说话。他想说话，可是，一天到晚也说不了几句。儿子原先就是个闷葫芦，又忙，指望不上了；儿媳妇倒是会说中国话的，却是一个香港人，说的话听上去和英语也差不多；孙子还没有出生，是不是"孙子"呢，其实也说不好；而孙女儿只会说"哒哒哒"，搞不清是英语还是汉语。老赵孤独，好日子其实也没法好好过。可老赵自有老赵的办法，他会在晚霞缤纷的时刻来到太平洋岸边，对着遥不可及的西方 —— 其实是真正的东方 —— 道一声"早安"。那里有东方式的黎明，伴随着油条和豆腐脑的气味、伴随着咳嗽与吐痰的脆响、伴随着竹制大扫帚的婆娑、伴随着鹦鹉或鹩哥古怪的问候 —— "尼袄（你好）""公以化才（恭喜发财）"。当然，老赵也就是想想。老赵发现了，无聊和孤独是两把钝刀，类似于缓慢的割，有别样的疼。终于有那么一天，老赵望着暮色里的太平洋，海水幽蓝幽蓝的，静穆，汹涌，近乎空，他的坏情绪被蓝颜色放大了，眼眶一下子就湿润了。他还是不能习惯这里的生活，不习惯哪。不习惯从来不空洞，它是如此地具体，其实就是想家。老赵当然拥有自己生活的习惯，作息的习惯，饮食的习惯，包括口味的习惯。现在，老赵身体内部的传统被腰斩了，一两天还可以，时间久了，也折磨人。想家呀。老赵发现了，想家其实也不是情感，是一种得不到满足的生理需求，类似于渴了、饿了、困了，类似于特别地想喝一口咸菜茨菰汤。老赵读过汪曾祺，汪曾祺就写过这道菜。——咸菜茨菰汤真的就好喝么？也不一定，可是，解馋哪。这么一想，老赵就有些馋，似乎都要流口水了。这一波馋的强度相当大，是突发性的，聚集在了口腔的两侧，都呼啸起来了。可老赵是一个有情怀的人，馋，这可太低级了。老赵有一个心理习惯，他喜欢站在高端的层面去审视自己，他喜欢精神。他馋了吗？当然不是。

他这是思念祖国，他正在爱国。这个念头的兴起让老赵一下子看到了自己博大的胸襟，这里有被放大的惊喜，他很满意。他感动了。他望着满眼的碧蓝，再也忍不住，泪水夺眶而出。因为这一次酝酿得比较充分，他的泪水澎湃了。老赵也就不控制了，他一手叉着腰，一手扶着说不出名字的树，望着太平洋，流吧。流泪是痛快的，舒坦。是的，流完了眼泪的老赵多么地轻松。就在当天晚上，老赵更新了他的帖子，他必须向他的读者袒露他的心迹。对，准确的说法应该叫情操。老赵披肝沥胆了。当然，跟帖并不理想，也没那么和谐。老赵喝了一口可乐，怒从胸口起，他雄赳赳的，第一次在他的键盘上大开了杀戒。他的反击势大而又力沉，庄严，崇高，同时也撒泼。老赵发现，一旦杀急了也是一个青皮呢，会操你妈。——键盘的下方潮湿了一大片，那是旧金山的水，却是祖国的泪。经历过汹涌之后，它们落在了键盘上，很静，吓了儿子一大跳。

退休之前老赵是报社的领导，副职，分管广告。这个岗位的副职一般是上不去的，老赵却从来没有为这样的事纠结过。是真心的。他的岗位不费心、不费力，内心却很容易得到满足。说到底他只是一个分管的领导，具体的业务不用他负责。能够做上分管广告的副职，能够安安稳稳地从这个岗位上退下来——时髦的说法叫软着陆——已经是他八辈子修来的福。不管怎么说，老赵"做了一辈子的新闻"，这很体面，虽说只是做了半辈子的广告。和一般的广告人不同的是，老赵有一个特别好的心态，他容得下别人发财。说到底还是他的修为了。老赵这辈子最为成功的地方就在这里。有一句广告词他极为欣赏："他好，我也好。"这话多透彻，道尽人间万象。虽说不是夫妻、不是情人，也不在床上，可"他"好了，"我"又怎么可能不好呢？广告是哲学，爱智，培智，践智。老赵的哲学就是盼着别人好。

平心而论，老赵这个人过得硬，无论别人怎么个"好"法，老赵都只为朋友高兴，至于别的，免谈了。也有人尝试过的，回来说，是真的，老赵这个人"确实不贪"。老赵很看重这个，他看重自己的形象。可无论老赵如何地不贪，架不住他的命好。就在老赵职业生涯的黄金阶段，巧遇了房地产的高歌行进。他赶上了。

说起房地产，老赵并不懂。他拒绝懂。他要懂这个干什么呢？老赵只是坚守一条，老百姓要买房子，他就必须焐热媒体的这一头。房地产是飞机，它的引擎不可能只有一个，别的引擎老赵管不着，他不能让媒体这台发动机熄了火。老赵有关时代的认知哪里是一般的业务员可以比拟的呢？他明确地告诉自己的手下，房地产的开发不是别人的事，是"我们的事"。

毕竟分管着媒体的广告，老赵的优势明显了。买地的是朋友，卖地的也是朋友；贷款的是朋友，放贷的也是朋友；做建筑的是朋友，买房子的也是朋友；搞销售的是朋友，做中介的还是朋友。老赵就是一朋友人。谁还不知道老赵呢？温润如玉，涓涓如细流一般。无论是做人还是做事，他先做一滴水，一滴一滴地来。他不招摇，怎么说润物细无声的呢。老赵只有一个业余爱好，那就是买房子，每次只买一套，一滴；老赵还有一个业余爱好，他喜欢卖房子，每次还是一套，一滴。规规矩矩的，一点也不过分。

但水就是水，终究还是要流淌，哪怕只是一滴，运动起来艰涩一点而已。如果有了两滴和三滴呢？那就不同了，流淌它势在必行。是时代给老赵创造了奇迹，当然，还有耐心。涓涓细流终于汇集起来了，它冲出了峡湾，奔腾了，咆哮了，吼声如雷。老赵哪里能想到他会有这样的一天呢？他更温润了，如同倒了大霉。他对每一个人都格外地客气，类似于感恩。终于有那么一天，老赵的游戏换了一个打法，蚂蚁搬家一样，他把手里的房子一滴一滴地全卖了，换成了北京一滴、上海一滴、广州一滴、深圳一滴、青岛一滴、厦门一滴、成都一滴、三亚一滴。和什么都没有一个样儿。就在老赵快退休的时候，老赵想都不敢想的事情却自然而然地发生了，他冲出了亚洲，直接抵达了世界。旧金山一滴，洛杉矶一滴。这一切都不是老赵精打细算的结果，是水到渠成。只能说，时代是宽阔与湍急的洪流，他没有被抛弃。仅此而已。

宽阔与湍急的洪流给老赵带来了愿望，他滋生了崭新的人生目标，他终于可以把自己过成一列火车了，辽阔与远方就是他的家。但这也麻烦，老赵这个人骨子里不喜欢远方，他恋旧，他就是喜欢他现在的家。他现在的家在鼓楼区郑和里，离千里马广场只有几分钟的脚程。这是一个盘踞在市中心的、老旧的、逼仄的、灰头土脸的小区。要是细说起来的话，鼓楼区郑和里可是风光过的，堆积了一大批市级机关的福利房。大多两居室，也有少部分的三居，使用面积从六十平米至九十平米不等。可不能小瞧了这些房子，在当年，它们是豪宅了。这些豪宅不只是巨大的福利，也是地位的象征。为了郑和里的一个套间，那位采访过袁伟民、聂卫平、年维泗和赵剑华的体育部主任差一点就献出了自己的生命，他已经把汽油桶拎上总编办公室所在的四楼了。郑和里的地段实在是好哇，买菜、看病、看电影、吃鸭血粉丝汤，什么都方便。当然，毛病也有，伴随着旧时代的远去和新时代的来临，它免不了相对狭小的趋势。因为这个缺陷，另一个毛病也就显示出来了，有地位和有钱的人一个又一个选择了离开。这让它的软价值打了很大的折扣。老赵却不为所动，他留了下来。这和他低调的行事风格高度地契合。别墅老赵是有的，一套在城南，面积比较大，院子却有点局促；另一套在东郊，面积小了一些，院子却可以放羊。如果一定要比较一下的话，老赵最为钟情的还是东郊的那一套。他是可以在这里做农民的。为什么要做农民呢？这就和老赵对中国文化的迷恋有关了。他渴望着天人合一，日出而作、日落而息。既然有一个可供稼穑或放牧的院子，他的生命就应当像大地那样季节分明。然后呢，就在自家的院子里，汗滴禾下土。为了做一个本分的农民，老赵决定了，装修的风格就要搭配，家具的风格也要搭配，最好黄花梨的明式家具。明式家具好，简朴，细胳膊细腿，极端地雅致。老赵当然也算过一笔账，为了这一套家具，他必须舍弃一套房子。当然了，老赵依然在犹豫，他喜欢东郊的别墅，也喜欢鼓楼的郑和里，这就不好决策了。未来的科学最应当关注的就应当是这个：一个人，既可以在这里，也可以在那里。

就在这里与那里悬而未决的时刻，命运给了老赵当头一棒。

他被尿毒症缠上了，他的退休手续都没来得及办理呢。尿毒症，多么阴鸷的一种病，无论手术多么地顺利，他术后的生活也难了。首先是吃药，抗排异是必不可少的，不说它了。真正的麻烦是日常，你必须时时刻刻伺候着你的身体。稍一疏忽，即使是一次普通的感冒，病菌都有可能杀死老赵。每一天都如临大敌，每一天都如履薄冰，这还是生活么？天不假年哪，老赵的人生规划全毁了。他只能深居简出。深居简出这话还是轻飘了，郑重一点说，他必须幽闭。——再见了，旧金山。——再见了，西雅图。——再见了深圳、厦门和成都。——再见了韭菜、土豆、洋葱和大蒜。老赵日复一日地枯坐在书房里，盯着地球仪，心思浩淼，也心思茫然。他想不通。尿毒症毁掉的不只是他的下半辈子，还有上半辈子。他上半辈子的所有劳作全他妈的白废了。老赵只能心疼他自己。他在心疼自己的同时拨动了地球仪，地球仪转动了，很快。速度所产生的离心力失心疯了，它们把地球表面的楼盘全扔了出去，嗖嗖的，犹如元宵之夜的烟火。老赵看见了，他所有的房产正对着太空呼啸而去，成了黑洞的一个部分。虚妄啊。他回到了三十亿光年之前。老赵即刻就用他的巴掌揿住地球仪，他希望地球的表面还能留下一些什么。老赵一只手摁在了中国，一只手摁在了美国。在胳膊与胳膊之间，虚拟的海水打湿了他。太平洋，你真的存在么？老赵拉起了地球仪表面并不存在的拉锁，嗞的一声，太平洋不复存在了，北美和东亚即刻就合上了。儿子，回家吃晚饭喽。

上午六点整，爱秋会准时叫醒老赵。老赵睁开眼，并不立即起床，而是躺着。依照爱秋的关照，醒来之后要再躺上十分钟，他的心脏会利用这一段时间得到一个合理的缓冲。十分钟之后，老赵会在爱秋的搀扶之下来到卫生间，刷牙、洗脸。然后，回到客厅，吃药。吃完药，老赵就围绕着餐桌，缓慢地溜达二十来分钟。经过二十来分钟的慢走，老赵的肠胃差不多也醒了，它们开始蠕动。蠕动的肠胃会让体内的液体、气体和固体慢慢地沉降下去，在腹腔的下半部形成一种高压。等这些高压慢慢地汇总起来，老赵会再一次回到卫生间，借助于负压强，把那些该死的液体、气体和固体统统赶出他的身体。轻松啊，该大的大了，该小的小了，该放的放了。压力被排除了，泌尿系统与消化系统刹那间就迎来了崭新的一天。这是老赵每一天里最为轻飏的时刻，说快慰都不为过，类似于童年的某种感受。等做完了这一切，洗过手，老赵才会回到餐桌，而他的早餐也预备好了。老赵的早餐很讲究。这个讲究不是昂贵，是科学。蛋白质、维生素、碳水包括纤维素都有合理的、近乎苛刻的搭配。至于咀嚼，爱秋给老赵下过死命令，左侧的磨牙咀嚼十五次，换到右侧的磨牙上去，再咀嚼十五次。爱秋动不动就会引用傅睿大夫的话："不要把牙齿的工作转移给胃。"如果老赵吃得太烫，爱秋依然会引用傅睿大夫的话："不要把嘴巴不能承受的高温移交给胃。"老赵都一一照办了。照办了之后，老赵明白了一件事，他的这一生其实都在犯错误，是错误的一生，是一场疾病给他带来了自新。疾病好哇，他终于拥有了正确的人生。老赵不只是学会了细嚼慢咽，他还学会了在咀嚼的时候闭嘴，不吧唧了。这是他从旧金山学来的。一个人在咀嚼的时候确实应该把嘴闭上，优雅，也高贵，嚼着嚼着，嘴里的东西就贵重了。但这种吃法也有毛病，它太费时间啦。可问题是，他老赵节省出来的时间又能有什么用呢？也没用。他的余生不再是别的，就是一座闹钟，唯一的功能就是显示时间。吃完了早饭，老赵会简单地歇会儿，差不多也是一个小时。到了这个时候，家里的钟点工，也就是阿姨，明理，也就来了。利用明理打扫卫生的工夫，爱秋就会给老赵戴上口罩，下楼。没有电梯，只能靠爬。就在郑和里的院子里，爱秋和老赵手拉着手，慢走四十分钟。这四十分钟往往要分成两节，有时候也分成三节。到底是两节还是三节，取决于老赵当天的精神状态和体能情况。但是，不管是两节还是三节，步行的时间都取决于爱秋脖子上的那块码表。说起计时，手表与手机其实也一样，爱秋却郑重了，特地去体育用品商店买了一块码表，就挂在自己的脖子上。这样的郑重有点搞笑的，就好像老赵家的生活已经演变成了某种运动项目，老赵是运动员，裁判则是爱秋。

慢走完了，爱秋再搀扶着老赵上楼。理论上说，上了楼，这个上午就结束了。所谓的下午，其实并不存在，就是上午的另一个翻版。——爱秋会安置老赵去睡午觉。一觉醒来，老赵的生活自然而然就回到上午的程序上去了，唯一的区别是老赵要省略一次大便。接下来就到了晚上了。晚饭之后，爱秋会陪着老赵看电视，一般是连续剧。九点半则是老赵吃药的时间。吃过药，爱秋帮着老赵简单地收拾一下身体卫生，大部分是淋浴，天气寒冷的时候则采取干擦。然后上床。北京时间二十二点整，也就是晚十点，爱秋会十分准时地说一声"睡觉"，同时熄灯。一天的议程就这样走完了，可以休会。

爱秋的口令和眼前的漆黑同时降临。每到这样的时刻，老赵的内心都会涌上一股黑灯瞎火的成就感，接近于胜利。是喜悦。——这一天又让他活下来了。这是很现实的。这哪里是现实，也还是预兆。——既然今天是这样活下来的，那么，一模一样的明天他也依然可以活下来。至于后天，那基本上就是一个不存在的东西。现实很具体，这个具体是通过局限来实现的，只有今天和明天。生活只需要今天和明天这两个轮子，足够了，它可以运行。在今天和明天之间，多出来的东西都应该剔除，它们属于有害物质。昨天的昨天和明天的明天都应当被看作谎言。

可是，话又得说回来，老赵的喜悦也不单纯，也复杂。——他的生活过于规律了，都齿轮化了。大齿轮，一天就是一个大齿；小齿轮，一小时就是一个小齿。还可以细分。这让老赵有一种说不出口的忧伤。仅仅是为了活着，对老赵来说，有两样东西就显得特别地难对付，一个叫上午，一个叫下午。先说上午，上午十点过后爱秋就把老赵扶上楼了，离十二点的午饭还有两个小时；到了下午，老赵返楼的时间则是三点，三个小时之后才能等到晚饭。把它们累加在一起的话，一共有五个小时。在这五个小时里头，爱秋对老赵的管理严格了，不能下楼就不说了，即使是在自家的客厅里，老赵的走动都受到了严格的管控。他的吃是指令性的，他的喝也是指令性的。晚上当然要好一些，有电视，大白天就不好办了，只能看电视的重播。老赵会把他的遥控器握在掌心里，不停地调整频道。爱秋批评说："你看看你，浮躁。要看就好好看，不好看就关了。调过来调过去，你看连环画呢？"老赵只能赔笑，有的时候也不赔笑，这取决于老赵的心情。时间真是一个鬼魅的东西，为了活着，老赵争取的是时间；回过头来，折磨他的不是别的，还是时间。时间是人，也是鬼。时间一旦落实到了老赵的身上，老赵既不是人也不是鬼。

　　为了对付时间，老赵想了很多的办法，首先是读书。读书好哇，老赵曾劝过许许多多的年轻人，要读书。"读书是最美的姿态"，"阅读可以改变人生"，类似的人生格言老赵也说过很多遍。说起来有点不可思议了，手术之后，老赵最害怕的一件事就是阅读。他读不进去。把目光落在纸面上，这个他可以做到，但是，用不了五分钟，他一定会走神，书本上的纸面生动起来了，成了毛坯房的墙面。这一来，老赵的阅读就成了搞装修，汉字与汉字不再是汉字与汉字，是小青砖与小青砖，也可以说，是埃及黄与埃及黄。至于空白，只能是墙体上的勾勒。—— 这哪里还读得下去？哪里还有最美的姿态？那就不读书，改读报。也不行，他通常只能看一眼标题。当然了，作为一个前报人，老赵是知道的，报纸就是标题。可是，一张报纸又能有几个标题呢？用读报纸去对付时间，实在是一件效率极低的事情。老赵只能换思路，练习书法呢？这个办法好。老赵还真的让明理预备了笔墨纸砚，可是，老赵再也没有想到，书法太难了。每一个字都在字帖上，肉眼可见，可是，你要想依样画葫芦，把字帖上的笔迹落实到宣纸上去，老赵做不到。字帖上的起笔是多么地漂亮，要么正大，要么娟秀，要么威猛，要么洒脱；而老赵呢，他的起笔统统被宣纸洇成"一堆"；到了收笔，也还是"一堆"。光是最为基本的那个一"横"，老赵就写了十几天。写来写去，所有的"一"就成了一排哑铃。这就让老赵很窝火。本来是修身养性的，居然上火了。书法不是好东西——书法来到世界，从头到脚都滴着让人恼气的东西。扔了。

那只能再想办法。老赵关上书房的门，独坐在那里。这个爱秋是不管的。是啊，静坐也比书法好。老赵的静坐有意思了，可以说，是枯坐，也可以说，是闭目养神。时间久了，老赵对枯坐有了一些心得——是不是利用这个机会念念佛呢？老赵是一个没有信仰的人，但是，如果信仰可以提升静坐的质量，那么，选择一个仰来信一下，又有什么关系呢？新的问题却又来了，既然信仰可以选择，那相信上帝和相信菩萨就没有任何区别。那么，他是该祷告呢还是念经呢？应该都可以。老赵只能把释迦牟尼和耶稣放在了一起，比较他们，权衡他们。但是，新问题又来了，选择即放弃。——老赵该放弃谁呢？放弃即得罪。想过来想过去，老赵一个都不想得罪。得罪了菩萨和得罪了上帝，哪一样都不好办。

老赵在上帝与菩萨之间犹豫了相当长的一段日子，明白了，他为什么一定要选择呢？那就不选。他所需要的只是忘我，这和耶稣与释迦牟尼又有什么关系呢？老赵把他的眼睛半眯上了，只留了一道缝隙。完全闭上了肯定不行，那样很容易陷入睡眠。老赵不敢入睡，白天睡多了，夜里就容易失眠。老赵不能失眠，也不敢失眠。爱秋就睡在他的身边，万一他的失眠被爱秋发现了，那可不是闹着玩的。"好好的，你为什么要失眠？—— 你想什么呢？"

老赵在忘我的日子里努力了一些时间，眼见得就要有收获了。突然有那么一个刹那，老赵想起来了，他怎么可能忘我呢？ 不能的。他可是一个接受了肾脏移植的人呢。—— 关于肾移植，老赵一开始就有一个误解，以为医生会给他摘除一个，再补上一个。其实不是的。不需要切除，只是在他的腹部再补进来一个。那个补进来的肾替代了他业已丧失了功能的肾，在替它运转，替它代谢。肾当然不是人，但肾必须是一个人，是另一个人，就存活在他的腹部。老赵一旦忘我，一旦忽视了自己是谁，"他"会不会跳出来，借此占领或取代老赵呢？ 这个念头吓了老赵一大跳，不敢往下想。其实，老赵一直想搞清楚一件事，"他"和他现在是混合的，那么，"他"的感知、思考和情感在老赵的感知、思考和情感里到底占有多大的比例呢？ 为了活着，术后的老赵必须接受这样一个折磨人的事实，他是异己的。这导致了一个结果，他的自我反而陷入了神秘。他不能让自己处在忘我的处境里，那不是忘我，是自我的背叛，是自我的离弃与放逐。

但静坐就是静坐，偶尔也有特别好的时候。比方说，老赵会出现错觉。也许就是所谓的禅意了。—— 禅意有它的工具性，禅意会让老赵的书房变成一架飞机，宽体的，就在太平洋的上空。这和老赵的经验自然就有了一点出入，通常来说，太平洋上空的飞机大多是波音，那可是瘦而长的飞行器。当然了，这些问题不重要，重要的是，他的书房在飞驰，在由东向西，或由西向东。老赵是多么喜爱太平洋的上空啊，上、下、左、右都一片湛蓝。飞行失去了参照，类似于绝对静止。像史前，趋于洪荒。静止的蓝。薄而厚的蓝。无穷无尽的蓝。荒蛮的蓝。没有呼吸的蓝。失去了肌肤的蓝。渡一切苦厄的蓝。

老赵也蓝了，抽象。渡尽劫波的蓝。吉祥和如意的蓝。不寂不灭的蓝。老赵终于和蓝融为了一体，圆融啊。老赵在一万一千米的高空以九百八十公里的速度摆脱了书房，主啊！阿门！阿弥陀佛！

——老赵的眼睛不再眯着，他睁开了眼睛，他是多么地慈悲。

老赵的一举一动当然离不开爱秋的视域。老赵的神神叨叨都被爱秋看在了眼里。作为一个太太，爱秋好就好在这里，只要老赵不过分，她就什么都不说。爱秋是称职的。爱秋不只是对老赵外部世界的管理很称职，对老赵内部世界的把握也同样称职。她发现了老赵的新动向，替老赵做主了。——特地去了一趟工艺美术大厦，她替老赵请来一尊观音。这尊观音的面相实在是好哇，嘴角微微有些上翘，和善。老赵瞅了一眼，说："原来是送子观音。"爱秋说："是啊。"老赵说："可我生不出孩子了。"爱秋想不到老赵会说这样的话，也没有和他计较，说："你这是说到哪里去了？这可不是一个病人该说的话哈。你可是越来越不像你了哈。"

老赵的眼珠子活络起来了，这个很难得的。——"那我像谁？"老赵问。

这话爱秋没法回，也没有必要回答。过日子又不是说相声，是吧。哪能逗哏的说一句捧哏的就必然跟一句，是吧。爱秋说："你爱像谁就像谁。"

爱秋把观音菩萨放在了老赵身后的博古架上，观音就一直在老赵的背后慈祥着，护卫着老赵。因为得到了观音菩萨的庇护与鼓舞，老赵安详了，内心涌起了别样的意愿。他不再是端坐在波音777内部的一个乘客了，他就是波音777。引擎关闭了，波音777张开了翅膀，正横空孤游。这孤游不是振翅高飞，是静止的滑翔。滑翔是多么地动人，羽毛与气流之间构成了无比动人的关系。老赵在宇宙的边缘敏锐地捕捉到了气流的一个坡面，它光滑，在视觉之外。迎着这个坡面，老赵背对着苍穹，几乎承载着全部的宇宙，正对着太平洋俯冲。老赵就是在这一波的俯冲过程中失重的，失重的感觉是多么地骇人，然而，它也是快感，灵魂出窍一般的。慢慢地，失重感消失了，速度还保持了原样，老赵自由啦。他依然在俯冲，迅猛，稳健，无声无息，零消耗。就在抵达太平洋表面的那个刹那，老赵再一次把自己"拉"上去了，他做了一个大范围的盘旋。这个盘旋太辽阔了，他的身躯居然掠过了白令海峡—日本—冲绳岛—新西兰—智利—厄瓜多尔—洪都拉斯—阿拉斯加。天风浩荡。老赵眯起了眼睛，他的视网膜真冷啊，蓝幽幽的天风正在抚摸它们。而老赵的内心是恬静的，有一些喜乐。他两侧的嘴角微微地翘了上去。他是观音。

老赵微微地翘着他的嘴角，他保持了自己的表情。他要去一趟卫生间。他想在镜子里验证一下，他想看看自己到底像不像观音。不看不知道，一看吓一跳。镜子里的那个人哪里是观音？老赵又丑又老，布满了术后所特有的那种丧。黄。脸比过去长了，而嘴角也比过去固执了。老赵已经完全不是老赵了。那么，老赵是谁呢？会不会是"他"呢？到了晚饭的时候，老赵正坐在爱秋的对面缓慢地咀嚼，一抬头，老赵十分意外地在爱秋脸上找到了答案。他发现，他像爱秋。老赵突然就是一阵惊骇——他怎么会像爱秋呢？说不通啊。老赵都不敢动了，只能机械地咀嚼。可老赵意识到了，他甚至连咀嚼都像他老婆了。

爱秋退休比老赵早两年。退休之前，她是市工会的一名工作人员。说起工会，爱秋在工会的工作算得上人尽其才了。爱秋不爱说话，没脾气，也没什么能力，偏懒，就是爱笑。说爱秋爱笑其实也不准确，她并不怎么笑，她只是一如既往地把笑意挂在脸上。对谁说话她都是那个样子，语调也格外地和蔼。爱秋就这么微笑着、不声不响地在她的办公室坐了一辈子，几乎什么事都没做。因为什么都没做，爱秋也没有得罪过任何一个人。这一来爱秋在单位里就有了一个特别好的口碑，她是整个工会的"爱秋大姐"。还没退休，爱秋就已经德高望重。爱秋的职业生涯是一笔标准的零和游戏，没有赚，也没有赔。按照机关的流水，不该她得的她什么都没有得，该她得的什么也没有落下。就这样。爱秋之所以这样安稳，还是得益于她的第一任主席，那时候爱秋还是一个小姑娘呢。工会主席似乎受到了什么特别重大的打击，最终落脚到了工会来了。他是一个好为人师的男人，中文系出身，谢顶，高度近视，几乎只读文言文。在一次闲聊的时候，他问了爱秋一个问题："你干吗总是那么忙呢？"爱秋就笑，说："这不是工作么。"工会主席拧着眉头，尽量平和地对爱秋说："忙成这样，说明你还是没理解你的工作，也就更没理解工会。"爱秋自然就问了："照你这么说，工会是什么呢？"主席并没有直接回答爱秋的问题，他用禅意十足的语调告诉爱秋："回去照镜子吧。"他的表情既诡异也旷达，什么也没有补充。爱秋回到家，真的照了镜子，什么都没有发现，什么都没有明白。终于有一天，当爱秋从镜子的面前走过的时候，顿悟了。她在镜子的里面和在镜子的外面其实没有任何的区别。镜子外面的是她，镜子里面的也是她；镜子里面的她是镜像，镜子外面的她说到底也是镜像。一个镜像，有什么可忙的呢？完全用不着忙的。爱秋就此顿悟了工会，也就真的顿悟了自己。爱秋在工会用三十七年的时间完善了三件事：安静、软弱和无为。工会里的人都知道，爱秋无能。那又怎么样呢？除了时光流逝过去，爱秋在她的职业生涯里几乎就没有任何的消耗，然后就德高望重了。

爱秋的安静是真实的。她的无能也是真实的。她最为常见的动态就是手足无措。相对于自己的手足无措，爱秋当然不习惯，多少还有一些惭愧。可是爱秋很快就发现了，手足无措根本就不是事儿。——她不需要去补救什么，把一切都推到明天就可以。当明天真的来临的时候，新的手足无措又来了，然后呢，奇迹出现了，她的手足无措自然就成了昨天。昨天是什么？还能是什么，过去了呗。既然这样，爱秋的"有措"和"无措"又能有什么区别呢？没有区别。爱秋不只是在单位这样，回到家，也还是这样。家里有老赵。老赵就是他们家的擎天柱。爱秋就是这样木讷、笨拙和羞愧地活了大半辈子，也没耽搁什么。她与工会就这样彼此成就了对方。

爱秋都没来得及办理退休手续，老赵确诊了。爱秋没有哭，没有手足无措，她的木讷、笨拙和镇定和过去也没有两样。那就看病吧，一样一样地来。她用起了笔记本，依照时间这个基本的顺序，把所有要做的和做完的事情一件一件记录下来。尿毒症是什么，爱秋有数。她告诉自己，不能再依靠老赵了。儿子又远在美国，那个指望不上。为了未来的生存，她能够依靠的只有自己。被诊断的老赵躺在床上，万念俱灰，他唯一能做的也就是看着爱秋张罗。老赵自己也没有想到，他的大半辈子怎么就积累了那么丰厚的人脉呢？平时也看不出来，一旦躺下了，他的人脉全凸显出来了。这里头无限错综的人际：院方，报社，银行，开发商，销售公司，代理公司，公证，公安，法院，政府，亲属，邻里，工会——他这哪里还是住院，成外交了，同时也成了贸易。爱秋笨手笨脚的，同时也笨嘴笨舌的，不算很得体。但是，相对于病人的家属，谁还好意思要求爱秋得体呢？不过有一点在爱秋的身上体现得相当地清晰：该退让的退让，该争取的争取。在大节上，她不乱。某种程度上说，爱秋的笨拙反而显示出了分量，是横刀立马的样子，是办大事必须具备的气度。也是，伶牙俐齿哪里上得了台面。——再怎么说，她也是个副处级的领导呢。这一刻，她像了，像一个副处级的领导了。老实说，在得知具体的病情之后，老赵崩溃过，他曾经在医院淡蓝色的过道里失声号啕。怕死是一方面，为爱秋担忧也是一方面。万一他有个好歹，爱秋这个没用的女人无论如何也活不下去。万一她再有一个好歹，儿子又远在美国，他这个家和灭门还有什么区别？这个念头刹那间就击垮了老赵，老赵五内俱焚。——谁能想到呢？爱秋掌控了局面。其实，她什么也没有掌控。她只是如此这般，确实又掌控着。这还是爱秋么？当然不是。这太难为她了。作为爱秋的丈夫，老赵知道的，爱秋这只是应急，说到底爱秋是一个没用的人哪。一个人的应急状态又能支撑多久呢？老赵闭上了眼睛，不敢想了。眼泪从他的眼角一直流进了耳蜗。

老赵的肾"存活"了。老赵也存活了。但是，一切都充满了不确定性。和术后漫长的、事无巨细的护理比较起来，"存活"又算得了什么？南丁格尔的伟大就在这里，她揭示并完善了一个几乎被所有人都忽略的事——如果没有后续的护理，所有的一切都将归零。生命不取决于手术，生命取决于护理。爱秋把她的家当作病房了，所有的一切都围绕着老赵。爱秋的日复一日不只是老赵看在眼里，整个郑和里也看在眼里。郑和里的人都说，老赵有福啊，爱秋大姐把老赵"伺候"得多好啊。这里头也有潜台词，带有戏谑的成分，也许还带有反思与批判的成分。谁还不知道老赵呢？老赵这个人哪，在外面是虞姬；一回到家，变脸了，立马就成了霸王。年轻的时候老赵甚至都对爱秋常动手的。爱秋怕他，郑和里个个都知道。现在好了，疾病变了一个戏法，它把老赵家的局面活生生地给颠倒了过来：老赵倒下了，他的"镜像"——

爱秋——却一柱擎天。生活是多么地公道。极端的说法也有，一位退了休的官员很赞赏爱秋，他说了这样的一句话："要是没有爱秋，不要说到现在，老赵，你能不能坚持一个月都是问题。"这是不是真的呢？不知道。但极度的赞美一定是超验的真理，不可验证。因为不可验证，极度的赞美才具备了真理的绝对性。老赵含着热泪，完全同意，坚决赞成。他慑服。他举起了右手，一个表决了。老赵什么都没说，当着郑和里老老少少的面，老赵坐在简易座椅上，仰望着爱秋，笑了。他的笑巴结，近乎愚昧。许多人望着这样的场景，被老赵的近乎愚昧的表情感动了。是的，智慧从来都不具备感人的力量，只有愚昧才感人。把感人再统计起来，那就是真理。

退休官员的话不只是影响了老赵，同样也影响了爱秋。是啊，她的责任重了。爱秋当然不会重复退休官员所说的话，在私底下，她却是认可的——没有爱秋，老赵怎么活？爱秋能做的，只能是更加地精心，把日常生活进一步细化。就说老赵的吃药，老赵早就可以在院子里缓慢地走动了，自己吃药一点问题都没有。但是，爱秋没有。爱秋坚持老赵的每一次吃药都由她亲手配送。——爱秋延续了病房护士们的配送方式：先从药瓶里数出颗粒，放在瓶盖里，再把瓶盖摆成一排，用一个盘子托到老赵的面前。这样做有一个好处，准时，剂量和品种也不会混乱。服药讲究的是科学性，科学就来不得半点马虎。

科学跨越了时空，伴随着老赵的出院来到了爱秋的家里。爱秋家的生活就只能科学。爱秋把自己的卧室弄成了病房。说起吃药，老赵有意思了，就在手术之后，老赵生死未卜，他哪里还是吃药？像求签，乖巧得很。现在不同了，老赵对自己的身体有了信心，豪迈得很，像干杯，先饮为敬。老赵依次端起那些彩色的瓶盖，一仰脖子，酒到杯干。老赵那副撒娇的样子，家里的阿姨都有点看不下去了，明理一边清理卫生间一边对爱秋说："阿姨啊，你不能这样惯叔叔，你把他惯成啥样了。——叔叔都好了，就让他自己吃吧。"

这原本是普普通通的一句家常话，此刻，被老赵听在了耳朵里，不一样了。老赵哪里能不知道呢？明理的这句话带有马屁的性质。但这句话也是有节点的，节点就在叔叔的病已经"好了"。这个马屁能有多高级呢？说不上。然而，马屁的芬芳就像花朵的芬芳，有些花说不上名贵，就是馥郁，就是香。是的呢，叔叔都"好了"。究竟什么才是"好了"？这里头还是复杂。就临床而言，出院就是好了。但那个不算数。老赵仔细地思忖了一番，所谓的"好了"，其实是有硬指标的，那就是他老赵的一切都恢复了过往的日常。他有没有恢复呢？恢复了，家里已经很日常了。老赵把他的下嘴唇含在嘴里，反复地吮吸，就像自己吻着自己。他决定了，他要撒一个大一点的娇，打明天起，自己的事自己做。

第二天一早，老赵抖擞起精神，抢在爱秋给他取药之前，老赵说——

"我自己吃。"

"那怎么行呢？"爱秋说。

"我自己吃。"老赵说。

"为什么呢？"

"我自己吃。"

"是我哪里做得不好？"

"那不是。"

"那你这是哪一出呢？"

老赵眨巴了一通眼睛，说："你看看哈，是这么回事。这个药呢，每一顿吃什么、吃多少，我到现在都是一笔糊涂账。我呢，衣来伸手、药来张口。万一你不在家，这个药我就没法吃了。——到现在我连药的名字都没搞清楚，这怎么行呢？这样，今天你辅导我一次，我自己来。自己动手，丰衣足食嘛。"老赵为自己即时的反应感到满意。他原先并没有这样想，但是，既然都说出来了，他原先就只能是这样想的。

"老赵你说我不在家？"爱秋说，"我为什么不在家？你想把我送到哪里？"

这是哪儿对哪儿呢？老赵笑了："不是这个意思。"

"那你把你的意思说给我听听。"

这就把老赵给难住了。这个问题老赵是没法回答的。在这个家里，从来都没有出现过这样的对话关系。在这个家里，一直都是老赵说什么就是什么，非常简单。老赵虽然病了，但老赵说话不能没用。老赵想了想，他决定迂回。他反过来问了爱秋一个问题：

"看起来我自己的药我自己还吃不得了？"

这话有情绪了。这句话的情绪体现在老赵连用了两个"自己"

上。而到了后一个"自己"，老赵的脖子上已经连带了多余的动作。很自我，很倔强。这个苗头不好，很不好。爱秋一听到这话就笑了，看起来老赵的身子骨确实是硬挣了。嗯，硬挣了。可喜可贺。身体硬挣了，嘴巴当然就硬，脖子会更硬。爱秋看了老赵一眼，随手拉过来一把椅子，一直拉到老赵的身边，坐下了。爱秋微笑着，嘴角像观音那样翘了上去。爱秋软绵绵地、近乎笨嘴笨舌地说："老赵你什么意思？"

老赵又眨巴他的眼皮，反问道："什么什么意思？"

"我来问你，你在医院里头是怎么吃药的？"

还能怎么吃？当然是护士送什么他就吃什么。老赵说："人家那是护士。"

"老赵，"爱秋说，"护士给你吃药是想救你，我给你吃药是想害你。——是这意思吧？"这是一句普通的话，但是，在这样的一个节骨眼上，这句话蕴含了巨大的情感力量，尤其是委屈。爱秋当然委屈，在这个家里，她这个做老婆的连一个护士都不如了。但委屈的话固然可以示弱，有时候，也有不可言说的谴责，谴责的对象自然是过河拆桥和死里逃生的宵小。

老赵听懂了。老赵说："话可不能这么说。"

老赵随即又补充了一句："这么说就不讲道理了嘛。"

爱秋望着老赵，是凝视。这凝视其实就是谴责在延续，像音乐上的"渐强"。爱秋的眼眶就是在这个渐强的过程中渐渐地变红的。她当然没有哭。她是不会哭的。为了克制自己的情绪，爱秋伸出了一只巴掌，在空气中摁，摁了又摁。最终，她背过身去了，她站了起来，附带着把椅子挪到了一边，然后走向了阳台。

明理支着拖把，就站在客厅里。她都看见了。她都听见了。明理尴尬了。这样的场景无论如何也不该发生。都因为她嘴快，多话。这下好了。明理立即把拖把靠在了墙上，蹑手蹑脚地，走到了茶几的面前，她要亲自纠正自己的错。

"明理，"爱秋在阳台上说，"拖地去！"

明理看了一眼阿姨，回过头去看了一眼叔叔，再回过头来看阿姨，最终，她服从了爱秋。对一个钟点工来说，这是理所当然的。谁给她工资她听谁的。可是很不幸，老赵把这一切都看在了眼里。他清清楚楚地看见了明理的眼神，清清楚楚地看见了明理的目光所作的判断与选择。明理的交替着的目光如同一把刀子，最终捅进了老赵的心窝。这个他不能接受。他连家里的阿姨都使唤不得了，这怎么得了？老赵在刹那间就体悟到了人生的苍凉。悲从中来。这才几天？沧海桑田了。沧海桑田啊！他奶奶的，明理的眼睛不只是学会了投票，还学会站队了。——在老赵还健康的时候，他哪里会留意这样的鸡零狗碎，犯不着的。但此刻，有件事他清清楚楚的，钟点工看谁的脸色谁就是这个家的主人。他老赵已经不是主人了么？他只是病了，他就不是这个家的人了？老赵突然就怒了。他想怒吼。但老赵立即就意识到一件事了，一个人在怒吼之前是需要深呼吸的。他的身体却提醒他了，他呼吸的深度根本就不足以支撑他的愤怒，这更令人忧伤了。即使是和家里的阿姨，这个仗他也不能打，他的设备不行。老赵伸出了他的指头——那个无往而不胜的食指。他的食指指向了门口，十分克制地对明理说："出去。"

明理当然没有出去，只是不敢抬头。她闷着脑袋，重新拿起了拖把，格外小心地擦拭。当她的拖把来到老赵跟前的时候，老赵赌气了，不动。——你不死不听我的嘛，好，我就不听你的。老赵就不挪脚了。老赵不挪脚，明理又能怎么办？可也不能不干活，她只能让拖把从老赵两只脚的边上滑过去了。拖把上有水，水迹在橡木地板上留下了清晰的水迹，亮晶晶的。老赵望着地板，发现了一个问题，地板上的水迹太不吉利了——他被限定在特定的图案里了，画地为牢，或坐井观天。更加糟糕的是，图案的几何形状不是圆形的，类似于一个方框。这就大不吉了。对，方框里还有一个人，那就是"囚"了。这可不是闹着玩的，它是司法问题，很严重。是可忍，孰不可忍。老赵借助于双臂的力量站了起来，他从方框里头突围了出去，气急败坏了。他指着地板呵斥说："你还会不会干活？"

明理不明所以，只能朝着四周看。——她做错了什么呢？没有啊。病人的心有多深，明理哪里能理解呢？明理也委屈。委屈的人总是急于补救，明理说："叔叔你该吃药。"

这话骂人了。明理的这句话算是把老赵搞急了。老赵伸出手，呼的一下，茶几上的药都给他撸了。明理再也没有想到事情会发展到这样的地步，彻底慌了，只能加倍地勤快。明理拿起了笤帚，飞快地把地板上的药物给打扫干净了。老赵说："吃什么药？啊？"这句话不解气，老赵只能补充，来一个解气的——"我就不信了，不吃我就能死了？！"

老赵的这一顿药就算是落下了。没吃成。到了晚上，爱秋把饭菜都盛好了，搁在了餐桌上。她是一个人吃的。吃完了，也不看电视，也没洗漱，一个人上床去了。爱秋的这个行为其来有自——远在老赵生病之前，他们的日子其实就是这样的，爱秋只是做好饭，却各吃各的，同时也各睡各的。老赵以往喜欢的就是这样：等爱秋休息了，老赵就如同一个人占有了一套完完整整的房子。老赵喜爱夜晚，他痴迷夜晚的时光，其实也不做具体的事情，就是一个人磨蹭。每天都要磨蹭到十一二点之后。但是，今天，此刻，爱秋突然来上这一出，况味和过往大不同了。是撒手不管的态势。现在，爱秋业已上床，老赵空空荡荡的，一个人，面对着空空荡荡的房子。老赵固然体会到了那种久违的自在，可再怎么说，药他也不能不吃，都已经耽搁一顿了。傅睿大夫是怎么交代的？"一顿都不能少。"老赵望着电视柜上的药瓶，犯嘀咕了。哪一种药要吃几颗，他大致上也有数。——可吃药是一件精确的事，不能估算。该不该把爱秋从床上叫起来呢？老赵只能和自己做斗争。斗争了一个多小时，老赵采取了一个折中的办法，他开始了自言自语。"吃药了，"老赵说，"吃药啦。"

老赵的自言自语没能得到响应。他只能冲着床高喊了一声："吃药啦。"声音相当大，床听见了，枕头也听见了，但是，爱秋没听见。老赵知道，她是铁了心了。这么多年的夫妻，爱秋没有和老赵顶过一句嘴，杀手锏却也有，就是睡着了之后你叫不醒。老赵只好来到床沿，伸出手，扯了扯被窝，小声说："吃药了。"是有求于人的口吻，核心是认错。

这一次爱秋醒了。她翻过身，依然躺着，一脸的蒙。她抬起了脑袋，四下里看了看，想知道发生了什么。爱秋用了很长的时间才明白过来，明白过来之后平平静静地告诉自己的丈夫："好的，吃完了你早点休息。"这话说得多好，亮堂堂的，却很阴，很损，很堵人。爱秋过去可从来也不这样。她这是得寸进尺，暗含了往老赵头上爬的趋势。老赵又能怎么办呢？没办法。药他不能不吃，可终究也不能乱吃。

老赵站了半天，憋屈了半天，最终说："吃药了。"这一回的口吻算是端正了。

爱秋掀起被窝，坐在了床上，两条腿在床上放得又平又直，像大写的字母"L"。爱秋说："啥意思？你再说一遍？"

"吃药了。"

爱秋挪了挪她的身子，在床的边沿放下了她的双腿，就坐在了床上。老赵呢，则站在她的面前，两只胳膊却是垂挂的。爱秋拿起老赵的手，放在了掌心，不停地捏。"老赵，"爱秋说，"你多大的人了？还没活明白吗？——你能够活下来，容易吗？你活下来是你的福，也是儿子的福，更是我的福。"话说到这里，爱秋停住了。这番话的情感力量毕竟在那里，爱秋怎么还能说得下去？说不下去的。爱秋的眼眶子一红，哽咽在了那里。好不容易才抑制住，爱秋站了起来，她和老赵换了一个位置。她让老赵坐，自己却站在了床沿。这些都是爱秋无微不至的地方。爱秋放下老赵的手，哽咽也过去了，顺了。爱秋说："挑开说吧，你不想让我管，是吧？你嫌我管多了，是吧？你不舒服了，是吧？你我夫

101

妻这么多年，你那点心思我还不懂？我懂。这点事我要是还不明白，也就白做了你这么多年的老婆了。你也用不着藏着、掖着，在这个家里，你做主惯了，你做大爷惯了。现在呢，你不甘。我给你挑开来说吧，你还想回到过去的样子——老赵，我说得没错吧？我现在就明明白白地告诉你，可以的。可以的。我可以不管。我可以走。我也可以离婚。法院、协议，你挑一个。但房子你必须给我一套，就东郊的那套。我喜欢那个院子。这是我应得的。回头我就搬过去。我就安安心心地做我的寡妇。""寡妇"这个词原本不在爱秋的计划之内，是看不见的手把它送到爱秋嘴里的，爱秋说出来了。爱秋又说不下去了。这一次不是因为老赵，是为她自己。

如此干脆，如此透彻，这番话哪里像是爱秋说出来的？不像。可是也像。当爱秋说到"寡妇"这两个字的时候，老赵浑身就是一个激灵。他的心受到了冲击。他一把抱住了爱秋，因为是坐着的，而爱秋恰巧又站着，这一次的拥抱就没法完成了，老赵只是搂住了爱秋的腰。老赵把他的身躯和脸一股脑儿扑在了爱秋的腹部，仰起头来，嘴巴一咧，失声了。他"哇"的一声，哭了。老赵完全不顾了脸面，他的大哭投入、委屈、忘情、丑陋，带有后悔的成分。失散了多年的孩子，终于见到了他的母亲。

这个夜晚是凄凉的，也是温馨的。爱秋只是流泪，没有一点声音。老赵哭到后面也已经没有力气了，只能是抽泣。老赵是多么地后悔，他差一点就犯下了大错。而现在，他是多么地幸运，迷途知返了。爱秋先用自己的巴掌把自己的泪水给擦了，然后，还是用她的巴掌，把老赵的眼泪也擦了，还有鼻涕。爱秋后来就扶着老赵，让他躺下了，然后，走到电视柜前，取药，她把所有的药物分在了不同的瓶盖里。当她再一次来到床边的时候，动人而又温暖的画面再一次出现在了这个家里 —— 瓶盖整整齐齐的，被爱秋码在了床头柜上。爱秋递上水，说 ——

"吃药。"

老赵一口一口地，吃完了。特别的乖。爱秋坐在另一侧的床头，开始脱衣服，然后，拿起码表，等了几十秒，说："十点了。"就在关灯的同时，爱秋说 ——

"睡觉。"

黑咕隆咚的，老赵躺在床上，很快就睡着了。这一天闹的，因为情绪方面的波动，他的体能出现了严重的透支，此刻，早已是疲惫不堪了。老赵紧紧抓着爱秋的手，放在了自己的胸前，睡着了。

深夜两点，万籁俱寂。客厅里的电话铃突然响了。因为隔了一道卧室的房门，电话的铃声显得有些遥远，还是把熟睡中的爱秋给吓醒了。这只能是旧金山的电话，可儿子从来不会在这个时候来电话的，一定是发生了什么。爱秋不愿意吵醒老赵，鞋都没穿，光着脚就扑向了客厅。

不是旧金山。静电的声音没那么幽暗，电话里的噪音就更不对了。爱秋用了很长的时间去辨别电话里的声音，却怎么也辨别不出来，只能问。—— 哦，—— 哦，原来是傅睿大夫。爱秋哪里能想到傅睿大夫会在这样的时刻来电话呢？都没来得及细问，却听见门外的动静了，有人在门外小声地说话。这不闹鬼了么。爱秋机警起来了，一只耳朵在听电话，另一只耳朵却关注着门外。但是，耳机和门外的声音开始合拍了——

"麻烦你开门好吗？我已经在你家的门口了。"

——这是什么意思呢？傅睿就站在家门口？在自家的门口给自己打电话？这是怎么说的呢？爱秋疑惑了，也紧张。爱秋只好蹑着脚走到房门的背后，把她的左眼贴到防盗门的猫眼上去。走廊灯的下面确实站着一个人，弧形的，形象猥琐。是傅睿。就他一个人，正在听电话呢。这个画面让爱秋有些蒙，像做梦。爱秋不知所以了，开门好呢还是不开门好呢？但是，傅睿在等，在等爱秋说话，也在等爱秋开门。

爱秋犹犹豫豫地拉开防盗门，傅睿大夫已站在了门缝里。"——你好。"傅睿说。

"傅睿大夫好，"爱秋说，"这么晚了，你看——"

"我来看看老赵，"傅睿说，"——老赵他还好么？"

"好。"爱秋说。

"我可以——进来看看他么？"

"当然可以。"爱秋说，身体却没有动。爱秋过了好大一阵子才意识到自己的身体还挡着傅睿，脸上马上浮现出了歉意的笑容。哎，谁会在这个时候接待客人呢？这半睡半醒的。爱秋侧过身去，傅睿同样侧过身子，就这样挤进了家门。

慢性病人的听力都格外地灵敏。早在爱秋起床的时候，老赵其实已经被电话铃吵醒了。此刻，他全听见了，是傅睿大夫，是傅睿大夫到他的家里来了。老赵看了一眼手机，这是深夜的两点，什么意思呢？傅睿为什么要在这样的时候到他的家里来呢？傅睿是他的主刀医生。关于主刀医生，老赵矛盾了：一方面渴望在出院之后能和主刀医生建立起长久的联系；另一方面，却是永不相见。老赵一点儿都没有意识到，他已经起床了，一只手扶着卧室的门框，两条腿正微微地颤抖。

傅睿没有坐，直接和爱秋一起把老赵扶进了客厅。老赵坐在了三人沙发上，开始观察傅睿的脸，还好，还算轻松，就是憔悴了一些，也消瘦了一些。傅睿也在观察老赵的脸，目光专注，仿佛重新确认。确认完了，傅睿翻开老赵左眼的上眼睑，又翻开老赵右眼的上眼睑。

"最近有没有不良的反应？"傅睿望着老赵，和蔼地问。

老赵咽了一口口水，正要回答，爱秋说："没有。"

"饮食怎么样？"

爱秋说："挺好。四顿饭，两顿水果。上午榨汁，下午干啃。"

"睡眠呢？"

爱秋说："挺好。很规律，质量也好。偶尔有些呼噜。"

"大小便呢？"

爱秋侧过脸去看了一眼老赵，老赵说："小便挺好，大便也还行。"

"药物反应呢？"

爱秋说："没有新的迹象，挺好。"老赵想了想，补充说："挺好。"

爱秋用目光示意老赵躺下，老赵便把身体挪移了九十度，在沙发里躺下了。爱秋替傅睿撩起了老赵的上衣下摆，傅睿摁了几下刀口，弹性不错。这个刀口傅睿再熟悉不过了，傅睿把食指、中指和无名指并在了一处，开始下压。"有没有不良反应？"傅睿问。

爱秋把她的十个手指都交叉起来了，放在了腹部。爱秋说："应该没有。"

老赵用十分坚决的语气回应说："没有。"

看得出来，傅睿出门的时候有些仓促，没带听诊器。他便把老赵的手腕要了过去，指尖搭上去，像中医一样，计算老赵的心率。老赵躺得笔直，没头没脑地问了傅睿一个问题："傅大夫，你听说什么了吧？"

这话不通，外人都听不懂。——病人与病人之间有一个特殊的江湖，江湖上流传的永远是传说，有些传说很吉祥，有些传说却很凶险。老赵的话傅睿是能听懂的，但是，傅睿的注意力在脉搏上，没接茬儿。傅睿说："心率偏快。你放松。——我就是来看看你。"

这么说着话，傅睿的手指已经离开了老赵的手腕，他的目光再一次落在了老赵的脸上。还没等傅睿开口，老赵张大了嘴巴，舌头吐向了傅睿。

"不需要吐舌头，没让你吐舌头。"爱秋说，"傅睿大夫又不是中医。"

老赵刚刚想把舌头收回去，傅睿却说："看看也是好的。"老赵再一次把他的舌头给吐了出来。

看完老赵的舌苔，傅睿说："很好。"语调平静而又愉快。傅睿把他的话重复了一遍："很好。"口吻很积极，关键是权威。

老赵张大了嘴巴，他的目光片刻也没有离开傅睿。爱秋说："都看过了，收起来吧。"老赵便把他的舌头放进了口腔，放进去之前，他在左侧的嘴角舔了一下，也在右侧的嘴角舔了一下。

傅睿向老赵伸出了他的右手，握了握，再把右手伸到爱秋的面前，也握了握。傅睿说："你们早点休息。打搅了，再见。"

回头觉总是格外地香甜。傅睿离开之后，老赵再次上床，马上就回味起傅睿大夫所说的话来了。"很好。"这可是傅睿亲口说的，老赵所回味的则是傅睿的语气。老赵把傅睿的话重复了很多遍，重复到后来，成数羊了，睡意再一次涌了上来。睡意像温水，涨到了他的脚面、他的膝盖、他腹部的刀口、他的下巴，然后，漫过了他的头顶。他的头发像水草一样摇荡起来。老赵感受到了这种迷人的荡漾，他睡着了。

虽说回头觉只睡了四个小时，但是，很不同。关于睡眠，老赵有他的心得——睡眠本身也是有心情的。有些睡眠很愉快，有些睡眠却窝心。这四个小时老赵睡得十分地愉快，都没等爱秋宣布，老赵就一觉醒来了，精神头加倍地饱满，腹部也有了异态。这个异态就是暖，暖洋洋的。很久没有这样了。要是仔细地回溯一下的话，老赵在四十岁之前经常这样，一夜的睡眠总能在他的腹部积累出许许多多的"暖和"，集中在肚脐下方的那一块。中医把那一块神奇的区域命名为"丹田"。还是借用中医的说法吧，所谓的"暖和"其实就是"气"，"气"当然是动态的，它能运行，会自行集中到下面去。是的，老赵在四十之前时常有一个错觉，经过一夜的"静养"，到了清晨，他的阳具就充满了"气"，鼓鼓的。这就是所谓的"晨翘"了。老赵当然不可能"翘"着出去上班，那就要解决。这就要了爱秋的命了，太仓促了，一点头绪都没有。老赵可不管这些。老赵不管，爱秋自然也就管不着。

老赵翘着，心情舒畅。——这是多么好的征兆啊，当然，远远没有抵达需要解决的地步，初步的意向而已。可这个意向很值得玩味，甚至是品鉴。爱秋也就是在这个时候醒来的，她"咦"了一声，很惊奇老赵比她醒得还要早，这可是个回头觉呢。

"家长早上好！"老赵说。

一大早的，爱秋没想到老赵突然来了这么一句，看上去心情很不错。——今天是个好日子啊，爱秋想。爱秋已经很有经验了，相对于慢性病人来说，一大早好了，一天都好；反过来，一天都阴沉。老赵的一切都在表明，他的身体在向着明朗的方向发展，都调皮了。爱秋笑笑，说：

"小 —— 鬼！"

家政界有一条黄金铁律，所有的阿姨都知道：帮忙 —— 不帮病。帮病的那个叫护工。家政是帮忙的，只要付费合理，就算是工作累一点、脏一点，都好说。反过来，如果是伺候一个病人，尤其是慢性病人，这样的钱你最好不要挣。除非你去医院做护工。

老赵叔叔刚一生病，明理就打算辞去赵家的工作了，仓促之中也没能说得出口。毕竟在这里干了这么多年了，情面上挂不住。明理还是明理的。明理进城也十来年了，前前后后总共做过十来家。说起来也真是倒霉，明理在任何一家都很少能做满一年，不是在这家被嫌弃就是在那家被嫌弃。好好的，她就被女主人辞退了。辞退是城里人的说法，说白了就是开除。比较下来，爱秋阿姨却非常好，关键是老赵叔叔好。一旦爱秋阿姨挑剔了，老赵叔叔一定会正确地指出："这不挺好的嘛。"明理不怕累，怕的是挑剔。她在城里一共打了两份工，都是不那么挑剔的人家。一份是长工，就在爱秋阿姨的家里；一份却是短工，主要是看运气了。

　　好好的，老赵叔叔病了。老赵生病之后，爱秋给明理提出了一个要求，希望明理把另外的一家辞掉，一心一意的，就住到爱秋的家里来，价格好商量。明理没答应。"住到家里来"明理做不到。明理知道自己的，她离不开男人。别看明理穷，别看明理不漂亮，别看明理的一家就闷在拥挤的出租房里，明理的小日子却龙精虎猛。她的男人好哇，羊脾气，鼠胆子，却有牛一般的体格，在床上极其有能耐。明理离不开他的这一口。她怎么舍得住在外面呢？再说也还有孩子呢。爱秋和明理只能坐下来谈。这个谈话有意思了，明理把爱秋叫作"阿姨"，爱秋也把明理叫作"阿姨"。两个阿姨商量了半小时，结果出来了：明理不辞职，反而把另外的一家给"辞退"了。在爱秋阿姨这里，明理阿姨的收入翻倍，日常班，有点像坐办公室了。爱秋阿姨把明理阿姨的工作重新做了部署，重点不再是洗衣和做饭，而是"环境卫生"。爱秋强调说，不是"卫生"，是"环境卫生"，语气很严重了。这话明理也没听懂，爱秋就解释了——"卫生"呢，就是日常生活；"环境卫生"则不同，要严格得多，属于管理与科学这个范畴。明理终于懂了，肾移植的病人最害怕的不是旧病复发，而是呼吸系统的并发症，难怪老赵叔叔这么大热的天还戴着口罩。至于怎样才算"环境卫生"呢？爱秋阿姨亲自做了示范：一，不能有死角；二，窗明几净之外，每一处都要做到一尘不染。为了贯彻落实"环境卫生"的具体要求，抢在老赵叔叔出院之前，爱秋和明理全面处理了老赵的书房：每一本书都拿到了楼下，用刷子刷，刷完了之后重新上架。明理哪里能知道呢，书是个脏的东西，每一本书的顶部都积压了厚厚的一层灰，随便一拍都足以在老赵的书房弹起一层雾霾，炸弹一般。利用清理图书的机会，爱秋干脆新换了一排书架，带玻璃门的那种。清理玻璃最简单的方式当然是用鸡毛掸子，但是，爱秋强调说，鸡毛掸子是不能用的。鸡毛掸子是个婊子货，看上去越干净骨子里就越脏。——鸡毛掸子哪里是剔除污垢，不是，是激活，是把器物上的尘埃转移给了空气。对老赵来说，这是灾难。爱秋给明理提出了明确的要求，玻璃一律要用潮湿的抹布擦。明理说"知道了"，心里头却禁不住叹气，哪一个钟点工不知道呢？用潮湿的抹布擦玻璃，等同于尿床之后拿屁股烘，烘得再干也瞒不住，还要用干抹布擦第二遍的。

　　窗明几净，一尘不染。老赵端坐在书房。明理一进书房就感受到了今天的异样，准确地说，感受到了老赵叔叔的异样。叔叔的脸色祥和了，完全不是昨天的那副死样子。他把手提电脑给翻出来了，老花眼镜也架在鼻梁上了，正噼里啪啦地敲击键盘呢。

明理无数次看见老赵枯坐在书房里，一脸的倦态，一脸的病容，整个人都是散的。明理也心疼他。明理多次建议老赵，像过去那样，把电脑打开，上上网，解解闷。老赵没搭理她。今天的老赵虽说还是坐在老位子上，然而，整个人都聚拢起来了，全都集中在电脑的屏幕上。这是一个普通不过的举动，对一般的人来说几乎就不是一个事儿。但是，对老赵来说，这个举动不同寻常了，可以说意义重大。整个家里都洋溢着全新的气象，明理当场就松了一口气。

"赵老师你上网啦？"

老赵抬起头，十分缓慢地把他的老花镜架到额头上去。明理平日里叫老赵"叔叔"，今天特地换了一个称呼，都叫"老师"了。新生活就该有个新气象。赵老师对着明理笑笑，和颜悦色说："没有上网。"

明理端着脸盆，也笑了，说："明明在上网，为什么要说没有？"

因为心情好的缘故，老赵饶舌了，说："明明没有上网，为什么要说上网呢？——我在写东西呢。"

明理没想到赵老师居然"写东西"了。对明理来说，"写东西"可是非比寻常的，是大事。明理说："赵老师，我们乡下人不撒谎，你今天看上去特别地好，就和好人一个样。"

老赵又笑，说："我们城里人也不撒谎，我今天也感觉自己就是一个好人。"

　　这话很无趣，但是，它流露出了老赵渴望有趣的迹象。这就好了。明理就笑了，还笑出了声音。老赵的书房里头一下子发出了欢乐的动静。明理不失时机地送出了一个马屁，明理说："赵老师，看你今天的样子，都能耕田了。"

　　"都能耕田了"，这句话老赵喜欢。昨天夜里傅睿大夫是怎么说的？"很好！"但具体是怎么个好法呢？傅睿大夫没说。此刻，明理却给出了答案，像牛，都能耕田了。老赵干脆把老花镜从额头上摘除下来，平放在桌面上，对明理说："明理啊，我让你猜猜，昨天夜里两点，我们家发生了什么事？"话刚刚出口，老赵即刻就意识到了，这话不好猜。老赵就换了一个问法，轻声说："谁到我们家来了？"

　　明理说："小偷。"

　　"——你闹呢嘛，"老赵说，"我有什么可偷的？"老赵收敛了笑容，认认真真地告诉明理，"是傅睿大夫，我的主刀医生。昨天夜里两点钟，他特地来看我，亲口给了我两个字——很好。"

　　"那太好啦。"

　　"好吧？"

　　"好。"明理说。可明理突然想起了什么，反过来问了一个问题，说："他干吗夜里两点钟来啊？他还睡不睡觉啦？"

　　"做医生的，忙嘛。"老赵感叹了，"深夜两点，难能可贵啊。"

　　老赵眨巴着眼皮，说："难能可贵啊——你说说明理，我们该如何感谢人家呢？"

"包一个红包呗。"

老赵的半个巴掌在书桌上轻轻地拍了四五下，最终，抬起手来，用他的食指指了指明理，有些沉痛地说："这个社会就是被你们这些人给搞坏了的。"

——这话重了。明理端着水盆，什么也没做，她怎么就把"这个社会"给搞坏了呢？

老赵闭上眼睛，说："不是说你，我是说，你们。"

"这不一样么？"

"这怎么一样呢？"

明理还想说些什么，老赵已经用他的指尖弹击起桌面了，他的表情略显沉痛，带上了使命的迹象。老赵说："这样的医生一定要送到岗位上去。要不然，可惜了。"

说话的工夫，明理已经开始干活了。她把水盆放在了地板上，打算用抹布擦拭书柜的下半部分。——这是她每天都要做的工作。然而，老赵今天注意到了一件事，明理这个人有意思了，她不习惯于下蹲，宁可选择弯腰。这个动作其实更费力气的。明理把她的脑袋垂得很低，臀部却留在了高处。伴随着角度的轮换，有几次，她的臀部刚好就对着老赵了。此刻，明理的臀部是如此的开阔、如此的浑圆，体现出了精妙的对称关系。虽然隔着一层纺织品，因为紧绷的缘故，和赤裸也没有两样，完全是臀部的样子。老赵把他的目光挪开了。然而，弯腰总是吃力的，不一会儿，明理就发出了喘息声。非礼勿视，老赵做得到；非礼勿听，老赵要做到就有点困难。老赵听到了别样的喘息，还有别样的节奏。久违啦，这迷人的节奏。老赵干脆把他的眼睛闭上了，既无我，又凝神。老赵有些陶醉，他的身体终于对外部的世界做出了恰如其分的反应。

老赵的起立有些突如其来。他来到了明理的身后，伸出手，贴在了明理的臀部，还轻轻地拍了两巴掌，最终，捂住了。明理当然吃惊不小，却没敢声张，她只是直起身、抬起头，盯住了老赵，看。她终于还是把老赵的手掌给弹开了，压低了声音说：

"叔叔，你闹。"

六

三个女人一台戏,这话对,也不对。在许多时候,两个女人也可以是一台戏。

敏鹿和东君一直有一个策划,两家联合起来去西郊搞一次"农家乐",好好地体会一番老地主的日子。因为敏鹿的懈怠,这件事就这么拖下来了。多亏了东君和敏鹿的一番"电话粥",咕嘟了两个小时,东君最终拍板,就这么定了。

敏鹿和东君的家里各有一台座机,利用率却很低。从实际的效果来看,更像是两个女人的专线。专线的使用大多在孩子上床之后。有时候是敏鹿打过去,有时候是东君打过来。话题却是开放的,宛如新闻大战之后的报纸,动不动就是64个版面。64个版面就是64个版面,不是一个话题的64页。这里头有新闻,有社论,有特写,有深度报道,有简讯,有短评,自然也有广告。两个闺蜜的话题随时都可以深入,也可以随时翻篇。她们闲啊,谁让她们嫁得好呢。敏鹿就不说了,大学还没有毕业,她未来的婆婆——闻兰——亲自出面了,在省级机关医院的办公室给敏鹿安置了一份闲差。闻兰的意思很明确，这个家不需要那么多的医生。至于东君，在中医院忙活了两年，实在也忙不出什么头绪。一纸令下，由她家的外科医生托人，最终走进了机关——市卫生局，她们就这样告别了专业，成了两个幸福的机关干部。机关干部的话题就广了，当然了，最常规的话题是孩子，有时候也能牵扯到公公与婆婆。专题讨论也有，比方说，私家车、股票、房产、奢侈品、基础教育。说话的方式主要是抱怨。当然了，电话就是电话，自然是东一榔头西一棒。但是，有一样东西她们绝对不谈，那就是各自的丈夫。倒也没有达成协议，反正就不谈。

敏鹿和东君的关系非同一般了，属于源远流长和亲上加亲的那一路。敏鹿清楚地记得，她和东君是在傅睿的博士生宿舍里认识的，就在她和傅睿相亲之后不久。那是一个双人间，一张写字台，两张床，只住着傅睿和郭栋这两个博士。双人间里的恋爱最不容易了，是一个技术活。傅睿——敏鹿有傅睿与敏鹿的时空，郭栋——东君则又有郭栋和东君的时空。时间只有那么多，而空间只有一个。——两对恋人该如何错峰呢？考验的必然是两对恋人的统筹能力。统筹牵扯到系统论，也牵扯到信息论，复杂了。然而，敏鹿和东君是多么地聪明，就在彼此的谦让与争取之间，两个女大学生都在暗地里了解了对方的系统性信息，那就好办了，该回避就回避呗。回避就是争取。不到一个月，两个人成了"妯娌"。毕竟是在同一个屋子里谈恋爱的女人呢。屋子里山有多高、水有多深，只有她们两个人知道。"妯娌"，多么古怪的两个字哦，形状怪，发音也怪，同时还连带着某种遗留性气味。话又说回来了，也只有古怪的字形、古怪的发音和古怪的气味才能充分地表达"妯娌"之间古怪的关系。

谁能想到呢，从周教授那里毕业之后，傅睿和郭栋一起来到了第一医院。同一栋大楼、同一个专业、同一个科室，这不是亲上加亲还能是什么？一般来说，这是不可能的，可肾移植是第一医院的新学科、重点学科，周教授的博士怎么能够外流呢？这一来，敏鹿和东君就只能越来越亲密。但妯娌就是妯娌，不是姐妹，当亲密抵达一定的地步，自然会有分寸。两个无话不谈的女人不约而同，各自都避开了自己的男人。

在这些日子里，东君每个晚上都要给敏鹿打一通电话。"这些日子"是什么意思，外科大夫的妻子都懂。不管怎么说，傅睿在医院出了那么大的事，已经传开了，傅睿的压力可想而知，敏鹿的压力一样可想而知。做外科医生的就是这样，出了人命不要紧，要紧的是不能出"事"。一旦出了"事"，后面的事情就不好说了。处境越好的医生就越是这样，把一辈子都赔进去也不是没有可能。敏鹿焦虑啊，不能说，也不好问。就是在这样一个节骨眼上，东君来电话了，电话的内容只有一个，诉苦。敏鹿还能怎么办呢？只能在电话的另一头好言相劝。这是两个冰雪聪明的女人之间特有的、反向的默契。

敏鹿知道的，聪明人都一样，在他们遇到困境的时候，最不喜欢的其实就是别人的安慰。听不进去。反过来就完全不同了，一个需要安慰的人如果能够安慰别人，那就更不同了。这就是"听"和"说"的完美区别。效果不一样的。人哪，倒霉的时候就这样，不想听，只想说。说着说着，最终就把自己给说通了。

作为一个已婚女人，东君的问题是老问题：婆媳关系。婆媳关系，当然了，它永远都像婆媳关系。但东君和她的婆婆之间不免又有些特殊。郭栋是一个标准的凤凰男，是他寡居的母亲，也就是乡村小学的教师一手给带大的。郭栋不只是读完了博士，还成了第一医院的主刀大夫。这一来，郭栋的成功自然就带上了双重的性质：他不只是家庭教育的典范，也是校园教育的楷模。创造这一切的，是郭栋的母亲。因为郭栋，郭栋的母亲权威了。威望给她带来了自信，自信给她带来了跋扈，跋扈所带来的，则是规范和准则的制定权。郭栋在婚后把骄傲的母亲从乡下接到了城里，他哪里能想到呢，生活的规范与准则也一起走进了家门。在东君的家里，郭栋的母亲掌管了一切：从厨房到客厅，从书架到卧室，甚至红烧肉的咸淡，甚至长筒袜的卷放。这些东君都能忍。她最不能忍的是老太太干涉郭栋的床事。这也怪东君自己，她的嘴欠，憋不住啊。无论她怎样管控，到了那个节骨眼儿上，她一定要撂一嗓子。黑咕隆咚的，差不多就是直播。老太太心疼儿子，她心疼儿子往往伴随着古老而又奇特的逻辑，这个小学老师就觉得自己的儿子亏了——儿子的气血全让她的儿媳妇给盘剥光了。这不行啊。老太太当然要发话。她发话的时机通常选择在第二天的早餐时间，她把剥了皮的鸡蛋一直送到儿子的手上，要儿子"补"。老太太还说话："细水长流啊。"这话很臊人，也没法接。这他妈的是你的儿子熬不住好吗？他不抽风，我能发出那种声音么？哪个缺心眼儿的女人会把声音弄成那样？——"千万不能嫁给乡村教师的儿子，"东君对敏鹿说，"天底下哪有她不懂的？ 天底下哪有她做不了主的？ 我们一家就是一块黑板，她想怎么写就怎么写——我还有生活吗？ 没有了，我的生活就是完成她布置的家庭作业。——敏鹿，你说我还怎么过！"

东君说："敏鹿，我想死。"东君说："敏鹿，我们一起出去玩玩吧。"东君说："敏鹿，我已经在网络上看过照片了，就在郊县，离机场也不远。"东君说："敏鹿，农家乐，新开发的旅游项目，也不贵。"东君说："我就想透透气，敏鹿我真的活不下去了。"

这哪里还是商量呢，是哀求。敏鹿再不答应就有些说不过去了。敏鹿放下电话，心里头禁不住就是一阵温暖。——她也该出去透透气了，这个家是该出去透透气了。

东君家的车是一辆红色大众，司机是郭栋；敏鹿家的则是白色本田，开车的却是敏鹿。傅睿会开车，和敏鹿一块儿学的，等敏鹿拿到驾驶证之后，他连驾驶证的考试都放弃了。上了高速，红色大众在前面领路，白色本田就在后面随行。敏鹿打开了音响，是《回家》。这首萨克斯单曲早就臭大街了，无论是游泳馆还是健身房，无论是销品茂还是咖啡厅，但凡到了打烊的时刻，那些人约好了一样，一定会播放《回家》。——臭不臭大街敏鹿管不着，她喜欢。这是敏鹿最为珍爱的私人收藏。它暗含了傅睿对敏鹿说的话，那还是傅睿读博士的时候，他们的电影往往只能看到一半，傅睿对敏鹿说：我们"回家"吧。他们哪里的"家"？ 她的身体就是他的家。敏鹿也给自己的恋爱做过总结，她的恋爱就是《回家》。

面团在后排玩电子游戏。"面团"是儿子的昵称，奶奶取的。人家其实已经瘦下来了，早就不是面团了。傅睿侧过了脑袋，他在端详车窗外的空气。今天的空气特别地脏，黏稠得很，都有些发黄了。实际上，空气一直都是这样的，傅睿没有留意过罢了。傅睿很少注视二十米之外的远方，更不用说天空了。傅睿一直待在室内，基本处在灯光的下面，空气总是那么干净，它透明，接近于无。这一切原来都是假象，空气结结实实的，固体一样凝聚在一起。

敏鹿打了一个右转，汽车拐了一个巨大的弯，侧着身子离开了高速。这是敏鹿最为喜爱的驾驶动态了，它会带来快感，类似于下坠。下坠的感觉怎么就那么美妙呢？敏鹿对性爱的偏爱也在这里。虽说傅睿并不是那种体能充沛的男人，然而，他的撞击类似于打桩，一下又一下，每一下都会把敏鹿砸向深处，直至暗无天日。神奇就在这里，傅睿是一下一下的，敏鹿的反弹却只有一次，在暗无天日的深处原路反弹，类似于发射，能上天。傅睿望着窗外的庄稼，打算给孩子做一次农业的科普。他回过头去，对面团说："面团，看大地，高的是玉米，矮的是水稻。"面团十岁，双手紧握着掌中宝，头都没抬，说："老爸，不要说弱智的话。拜托。"傅睿被面团噎住了，不知道该说些什么，居然笑了。敏鹿瞥了一眼丈夫，偷着乐。她摁了一声很长的喇叭，权当热烈的、经久不息的掌声。傅睿是他爸爸的宝贝，他妈妈的宝贝，敏鹿的宝贝，更是第一医院的宝贝。可在十岁的面团面前，他不算东西。敏鹿最爱听的就是儿子与傅睿对话了，她就是喜欢傅睿在面团面前毫无尊严与笨嘴拙舌的样子。

　　汽车最终停在了一座绛红色农舍前面。绛红色的砖头，绛红色的瓦。既像农家院，也不像农家院。郭栋钻出了驾驶室。郭栋一出驾驶室就吓了敏鹿一大跳，她盯着郭栋看了好大一会儿。念博士的时候郭栋可不是这样。他喜欢运动，这个敏鹿知道，可是，几年没见，郭栋居然像换了一个人，成肌肉棒子了，一定是在健身房捣鼓出来的——郭栋哪里还像一个医生呢？"郭栋，"敏鹿说，"你都干什么了？怎么把自己弄成了土匪？"郭栋关上车门，随口说："队伍散了，踢足球的人再也凑不起来，只能健身。不求人哪。"敏鹿回过头去，对傅睿说："跟你说过多少次了，要锻炼。——你看看。"傅睿没听懂敏鹿的话，他天天和郭栋泡在一块儿，天天见，郭栋的变化傅睿反而看不出来。说话的工夫，东君和她的女儿已经从红色大众里头钻出来了，敏鹿用略显夸张的语气喊了一声"子琪啊"，随手拍了儿子的脑袋，说："面团，去，亲亲你的女朋友去。"面团走了上去，十分敷衍地在子琪的面颊上头"啪"了一口。东君则来到傅睿的面前，招呼说："傅睿好。"他们也有一些日子没见了。傅睿笑笑，嘴里说："东君好。"脑子却一直在搜索。这是一次失败的回望，郭栋不在眼前还好，此刻，郭栋就在他的身边，傅睿再也想不起郭栋读博士的模样来了。

　　农家乐的主人是一对六十开外的夫妇。说是"农家乐"，其实和农家没什么关系，更像香港电影里的"情景客栈"。这是商家刚刚研发出来的旅游新产品——三间绛红色的砖瓦平房当然就是客房，房间和酒店的客房并无二致。可以共享一个客厅，也就是堂屋。客厅开了两道门 —— 南门对着天井。天井是水泥地面，差不多有一亩地，种了六七棵梨树，都挂果了。吃梨是免费的。能不能吃上梨，完全取决于游客的运气，取决于节令。天井的东侧是厨房，做饭之外，还设置了舂米、筛糠、鼓风和磨豆腐这几个娱乐项目。价格面议。那对老夫妇就蜗居在厨房，他们是农家乐的主人、公司的雇员、客房部与餐饮部的服务员与农家生活的群众演员。客人随叫，他们随到。西侧则是羊圈和猪圈，分别圈养了四只羊和三头猪。到了年底，不少客人会提出杀猪与宰羊的服务需求。价格面议。鸡窝也有的，换句话说，想杀鸡也可以，十几只芦花鸡就静卧在梨树下面。价格面议。—— 北门则是后院。后院比天井大一些，其实是一块菜地，开出了几块不同的菜畦，分别种植了青菜、四季豆、扁豆、丝瓜和西红柿。价格面议。也有小面积的葱、蒜、韭菜与芫荽。价格面议。菜畦的北端是一条河，河里不只有鸭子，也吊了四五个网箱。想吃鱼就再简单不过了，垂钓可以，把网箱吊起来直接捞也可以。价格面议。河边有几棵大树，有槐树，也有柳树，它们又高又粗，看起来是有些年头了。柳树下安置了两张吊床，免费。东君把天井与后院都逛了一遍，说："敏鹿，好地方啊。"敏鹿站在河边，仰着头，她在眺望着槐树巅的喜鹊窝。东君说："听我的，永远也不会错。"

　　敏鹿看出来了，东君神采飞扬。气色和语调在这儿呢，她的身上哪里有一点"快憋死了"和"没法活"的样子，一点儿也没有。不管怎么说，这份情敏鹿是记下了，东君也无非是想带自己出来散散心。可是，敏鹿毕竟又有些不舒服，东君你低调一点又能怎么样么？这么大热的天，东君却带来了好几套行头，你这是到乡下来操办夏季时装秀么？东君的行头贵气了，衣服、鞋帽和包包的品牌在这儿呢。对，大品牌的包不能叫包，得叫包包。毫无疑问，为了这一趟农家乐，东君做足了功课，特地背了一款最新款的包包。敏鹿望着东君的背影，不舒服了。——这哪里还是出游，她这是炫耀来了，东君的家庭已不再是发展中家庭，宏观经济已经有了扶摇直上的趋势。看起来郭栋在第一医院混得不错。郭栋这个人敏鹿还是了解的，他可不是傅睿，他活络，手也狠。敏鹿突然就有了一个新发现，乡下人一旦进了城，城里人大多搞不过他们。无论他们操持的是什么职业，都有可能让他们的职业变现。也对，他们在异地，走的是异路，没有庇护，没有安全感，得靠自己"挣"。这就是所谓的"凤凰男"了。男人和男人的区别真的是太大了，都在他们太太的身上。

有一些传闻敏鹿也听说过，在更小的范围内，也就是第一医院的"嫡系"里头，一直有这样一个说法：傅睿是贵族，带有"世袭"的成分；郭栋则是草莽英雄，全靠自己的"逆袭"。这样的说法早在医学院里头其实就有了苗头。平心而论，傅睿和郭栋都是靠自己的实力走上去的，都是周教授的心肝宝贝。但是，在两个心肝宝贝之间，存在着微妙的却是根本的区别。普遍的看法是，郭栋在智力和能力上都更胜一筹，只是被"压"着了。人们羡慕的是"贵族"，打心眼里佩服的，还是一路杀出来的好汉。这是基因认同。再怎么说，所谓的历史就是一路杀出来的历史。基因有基因的呐喊，要杀。

还没有整理好行李，两个女人就不约而同了，她们一起来到了后院的河边。敏鹿和东君对菜畦都不在行，也就没什么兴趣。她们在意的是风景。后院的风景好哇，尤其是沿河的那几棵树。它们高大，古拙，品相庄严。河的对岸则是一大片农田，用傅睿"弱智的"说法，高的是玉米，矮的是水稻。空气再污浊，庄稼们依然是绿油油的，一大片。它们给视觉带来了纵深，它们给东君和敏鹿带来了远方。远方，心旷神怡的远方，混浊的远方，死寂的远方。似乎也不全是死寂，田野上空也有几只鸟，太远了，敏鹿和东君完全不能分辨。敏鹿和东君就站在了河的这一边，奋力地看。一阵风来了，这是田野的风，柳枝婆娑。

　　风带来了气味。可以说是庄稼的气味，也可以说是河流的气味，甚至也可以说是泥土和大树的气味。东君最终确认了，不全是，掺杂了鸡屎味与鸭屎味，也许还有从南院飘过来的猪粪味和羊粪味。敏鹿静下心来，用心嗅了嗅，确实，空气并不单纯，有它的复杂性，说不上好，也说不上坏。因为不强烈，一点也不刺鼻。是恰到好处了，蕴含了无限的生机，和动物的身体有关，是时隐时现的骚。昂扬，具备了生命的现场感。敏鹿做了一个深呼吸，说："挺好的。"

　　室外到底还是热，东君与敏鹿在后院转了一圈，还是回到了堂屋。郭栋却把堂屋里的空调关了，同时打开了北门和南门，大声说："这叫'穿堂风'，只有我们乡下人懂。"是的，穿堂风很凉爽，在体感上，比空调要更胜一筹。别看农家乐的客房是按照酒店的格式装修的，堂屋却保留了农家的风格，还被刻意放大了，是田园应有的样子。在堂屋的正中央，放置了一张八仙桌，四四方方的，四个侧面则是四条长凳。北墙则靠了一张条台，条台上有一个神龛，供奉的当然是财神。神龛的两侧有一副小小的对联，上联：风调雨顺五谷丰登；下联：自己动手丰衣足食；横批：招财进宝。对称，却不对仗，近乎狗屁不通，意思却很好，欢腾。东西两侧的山墙有意思了：东山墙上依次悬挂了钉耙、锄头、连枷与丫杈；西山墙则是扁担、草鞋、蓑衣和斗笠。不要小看了这几样东西，有它们在，乡野和农耕的气氛被烘托出来了。而屋顶上配置的却是射灯。射灯的效果就在这里，它不吃大锅饭，只是分门别类地强调。这一来闪闪发光的就不再是墙体，而是农具。堂屋一下子就成了展厅，或者说，空间装置。很高端，"诗意地栖居"就应该这样。

郭栋一家选择的是西房，傅睿一家自然是东房了。体现在八仙桌上，郭栋自然选择了西侧的那一张条凳，面东。他变戏法一样，从行李包里头取出了几个布口袋。打开来，却是茶具。当然也自备了茶叶，一应俱全的。负责烧水的是大爷，他已经把开水烧好了。另一位主人兼服务员，也就是大妈，则安安静静地站在了大爷的对角线，耳目很顺，是随时听从吩咐的模样。东君也坐下了，面南。郭栋看了一眼东君，用他的下巴指了指对面，说："坐对面去。"东君说："啥意思？"郭栋说："那个位子哪里是你能坐的？面南朝北，是你坐的？敏鹿，你请。"敏鹿有些不解，说："这是什么个讲究？"郭栋说："你是嫂子，就这么一个讲究。"敏鹿坐下了，面南；东君也坐下了，面北。等客厅里的一切都妥当了，郭栋对着东厢房吼叫了一声，说："傅睿——喝茶！享受了！"其实他也没有吼，因为豪迈的大嗓门，说什么他都像吼。

傅睿慢腾腾地从东厢房走了出来，坐在了郭栋的对面。他平日里也喝茶的，仅仅是喝茶，就是把茶叶泡在茶杯里的那种。郭栋却不是这样，他讲究。郭栋自备了一把上好的紫砂壶，开始理茶了。他把泡好的茶汤倒进了公道杯，拿起公道杯，均匀地分向了四只茶盏。郭栋端起茶杯，回头看了一眼大爷和大妈，说："这里没你们的事儿了，你们下去。"大爷和大妈低下头，屈膝，齐声说："嗻！"敏鹿愣了一下，笑场了，说："怎么搞得像清宫戏了？"大妈没笑，表情谦卑，解释说："我们也培训的，我们都拿了合格证的。——老爷——太太，请用茶。请慢用。"

孩子们是不喝茶的。面团留在了东厢房，子琪留在了西厢房。两个人都不肯出来。东君抱怨说，现在的这些孩子，一天到晚只愿意和空调在一起。

两个家，四个人，十分缓慢地喝上了茶。利用喝茶的工夫，有一件事情就要商量了，那就是晚上吃什么。用郭栋的话说，这个晚上我们该如何去"享受"，要论证的。傅睿对吃并不讲究，不说话。敏鹿则是一个拿不出主意的人，也不说话。东君的意思比较简单，到后院去拔一些蔬菜，洗巴洗巴，再炖一只鸡，齐活儿了。郭栋却在思忖，犹豫了半天，说话了，他的意思是宰一只羊。郭栋的提议即刻遭到了两位女士的反对——这么大热的天，吃什么羊呢，燥死了；再者说了，那么大一只羊，总共才六个人，还包括两个孩子，哪里吃得下去呢？郭栋歪着嘴笑笑，说："你们哪，脑子被切了。——谁说杀了羊就一定要吃完？先吃，余下的两家分了，带回去呗。"郭栋对傅睿说："傅睿，你说呢？"傅睿其实没听，听郭栋这么问，回答说："也对。"郭栋用他雄伟的、线条分明的胳膊拍了一下厚粗的八仙桌面："享受！"就这么定了。

因为宰羊的缘故，晚饭的时间就只能延后。利用这个空当，两家决定先去田野里走走，正好把宰羊的过程给规避了。这个建议是敏鹿提出来的。她存了一点私心，她想利用某个机会和郭栋好好地谈一谈——医院内的情况她还是要了解一下的。说起郭栋，敏鹿相信了一句老话，士别三日当刮目相看。他真是跟上这个时代了，整个人都蓬勃，正享受着这个享受的时代。比较下来，敏鹿有一个直觉，傅睿在泌尿外科并不开心，吃力得很，说受罪也不为过。和博士时代比较起来，傅睿整个人都没那么帅了，他身上的神采似乎被鬼偷走了。——男人还是要帅的，这不是一个长相的问题。敏鹿迅速地瞄了郭栋一眼，有些感伤地对自己说，不该啊。

敏鹿、傅睿、东君、郭栋，再加上面团和子琪，他们拉拉胯胯、花花绿绿——出发了。等真的来到了田野，敏鹿发现，她失算了。哪里有什么风景？所谓的风景有它的前提，那就是距离。风景只能、必须在远方。田野毫无可看，田野局促，没有路，有的只是田埂，窄得很，根本容不下并肩而行的人。田埂上只有前后，没有左右，敏鹿还怎么和郭栋说话呢？说不起来了。难怪乡下人都是大嗓门，嘴巴和耳朵隔那么远，只能喊。再说了，在田野里说话也无须避讳，玉米和水稻不关心你们的事。

敏鹿最终也没能找到合适的机会和郭栋闲聊。在田埂上，六个人的行走形成了一个瘦长的纵队，仿佛一支吃了败仗、正在转移的游击队：郭栋走在最前头，子琪和傅睿紧跟其后，他们形成了一个小组；敏鹿、面团和东君则是另一组，拖在了后面。郭栋和傅睿有没有说些什么呢？不像。而面团隔在敏鹿和东君的中间，这又给两个女人的谈话构成了障碍。但是，这点障碍对东君来说算不了什么，她一直在面团的身后说话，扯着她的嗓子。

东君说话的热情像夏天的气温一样高，重点是钱。挣点钱不容易啊，她大声地告诉敏鹿。她算过了，还有二十五年她就退休了。——退休可以分成两种，一种有钱，一种没钱。有钱的叫退休，没钱的叫老了。一想到老了之后没钱，东君说，夜里都睡不着觉。

敏鹿不太适应野外的说话方式，好几次想搭腔，气息都提起来了，她觉得费劲，最终也只能放弃。为了保持礼貌，也为了表达歉意，敏鹿就一个人微笑，这是一种十分空洞的微笑，其实毫无意义——东君在她的屁股后面好远呢，中间还隔着一个面团。可东君的那一头有意思了，因为没有对话关系，从头到尾，她都像自言自语，嗓门又大，发了癔症一样。敏鹿到底还是听出来了，东君这几天在股市上亏了钱。

——你说那些钱都哪里去了？专家说，蒸发。——放他娘的屁。物质不灭，怎么会蒸发？蒸发了的那叫水蒸气，会倒挂在天花板上的，落下来还是水。——你说说看，这怎么能是蒸发？

东君对着漫天的雾霾和遍地的庄稼抱怨说，股市不是东西！基金不是东西！银行不是东西！古玩拍卖也不是东西！

敏鹿不炒股，不买基金，更不可能去搞古玩。这些她都不懂。因为嫁了傅睿，攀了高枝儿，敏鹿哪里还会去操劳她的生计呢？伴随着东君的抱怨，敏鹿感觉出来了，东君的日子过得已经相当地不错了。敏鹿抬起头，该死的天空是那样的黏稠，空气很结实，每一次吸进鼻孔都要咯噔一下。

——东君的思路直接跳过了股市，迅速地抵达了房产，准确地说，别墅。东君大声地告诉敏鹿，她最近可是做了功课的，没事就开着车，往郊外跑。"——你知道吗敏鹿，"东君说，"现在的郊外漂亮啊，开了眼了，可开了眼了。——敏鹿，世界变啦，城市的周边不再是乡下，是花花世界。到处都是小洋房，独栋的、联排的，都把城市围成一圈了。有南欧风，有中欧风，有北欧风，有东欧风，还有北美风。连护照都不用掏，一出城直接就出国了。"

东君在那里自言自语，其实，这一趟也有她的小九九。她在西郊的"蓝色海岸"看中了一套独栋别墅，是湖景房。公司正在做"活动"，也就是促销。公司所采取的促销方式是捆绑，还是传销的老路子。传销嘛，它的精髓就不在交易，而是下家。东君已经和公司谈好了，只要她能带进来一个下家，她就可以得到一个免费的院子。两百个平米呢。这就太诱惑人了。东君很有数，在她的闺蜜里头，有实力购买别墅的，除了她自己，剩下的也只有敏鹿。道理很简单，她老公的手上也有一把手术刀。郭栋能挣到的钱，傅睿一分一毫都不会少。傅睿只会更多。——东君的这一趟就是为了这笔生意。东君抬起头，附带着看了一眼敏鹿的背影，她的身材保持得可真是好啊。敏鹿的屁股尤其好看，左半边值一百个平米，右半边值一百个平米。绝对值。

一道大菜对宴会的作用是关键性的。谁也没有想到，大爷不只是"大清"的顺民、一个好老板、一个优等的服务员、一个本色的好演员，他还是一个隐藏在民间的超级大厨。民间大厨有民间大厨的特点，刀功没那么讲究，营养的协调性也没那么在意，装盘就更谈不上了。他们的重点就两个字：好吃。何为好吃？当然不是清淡，是重口味，是口腔对高脂肪和高胆固醇的巅峰体验。这是由人类的味觉基因决定了的。人类的生活么，一日三餐，然而，这是一个假象。人类一日三餐的历史其实很短，在人类的绝大部分时刻，人类和所有的野生动物一样，过的都是有一顿没一顿的日子。为了让自己活下去，野生动物的身体自创了一种本能——尽一切可能去储存脂肪。脂肪本身有它的需求或记忆，那就是储存，这是肉体最基本、最原始的隐秘。人类还想减肥，那不是做梦么，是反生命和反人类的。为了激励储存和嘉奖储存，肉体强化了一种机制：一旦遇上脂肪，或胆固醇，味蕾就会亢奋，就会手舞足蹈并引吭高歌，然后疯狂地分泌。这个隐秘的机制隐藏在所有的生命里，人类却给了它最为璀璨的命名——好吃。"好吃"不是别的，它是"吃"的附加值，是"吃"本身的利息，是鼓舞，目的就一个——储存脂肪。谁知道下一次"吃"是什么时候呢？

大爷的菜好吃啊，他最为擅长的就是爆炒。一头体态中等的山羊被他预先宰杀了，羊肉也被大爷割好了，均分了，统统被塞进了冰柜——在客人临走的时候，他会替他们装进后备厢。至于晚上的大菜，大爷自有大爷的主张，他放弃了羊肉。他要用羊的"附件"——也就是肠、肚、心、肺、胰、舌头、睾丸，再加凝固的、被切成小块的羊血——为客人们做一道"天上人间"。"天上人间"这个名字当然不是他取的，它来自总公司。大爷只是依照公司的文案负责操作、负责解读、负责宣传。大爷在炝锅的时候所选用的油也不是植物油，是羊油。羊油早就被大爷熬制好了，现在，所有的羊油都在锅里，大火，高温。铁锅里生烟了。大爷把事先预备好的大葱、姜、花椒、辣椒扔在了油里。炝完了，厨房里芳香四溢，未成曲调先有情哪。油锅就是在这个时候燃烧起来的，它的火苗蹿得比大爷的脑袋还要高。大爷瞅准了这个时机，倒进了羊杂——当然了，肚、心、肺、舌头事先是煮了的，油锅嗞啦一声，既像疼，也像高潮。烈火烹油，鲜花着锦。所有的羊杂当场就改变了它们的颜色与造型。利用这个短暂的瞬间，大爷倒了一些料酒。酒是挥发的，它可以带走内脏的腥。这就是"烹"了。它的关键是时机，最为核心的技术也是时机。这里所倚仗的，全部是大叔的经验和直觉。锅非常地大，油相当地足，火相当地旺。大爷一边炒、一边颠。所谓的炒和颠其实是为了降温。到底是加温呢还是降温呢？一切都取决于大爷神奇的视觉和神奇的嗅觉。就在颠炒的过程中，大爷放盐了。盐永远也不是一道菜的主角，谁会去吃盐呢？但是，盐可以决定主角的命运。它足以成事，亦足以败事。加完了盐，也就是"片刻"，大爷起锅了。这个"片刻"是特定的，是关于火的时间概念，也叫"火候"，任何钟表都无法去界定它。它是模糊的，更是精确的；它分秒必争，也锱铢必较。临了，大爷在锅里"点"了"少许"的醋，这个"少许"究竟是多少呢？全世界只有一个人知道——这个时刻的这个大爷。

起——走——

"天上人间"刚一上桌就把两个家庭给镇住了。六分惊悚，六分痴愣，六分摩拳擦掌。香啊，香。这不是一般意义上的香，像命运的撞击。它带上了浓郁的人间烟火气，又是非人间的。它伴随着致命的诱惑，惊为天人。天上人间，不枉此生。

望着"天上人间"，郭栋并没有在第一时间动筷子。他弓着腰，站起来了。看得出，他的身体都敞开了，惊人的唾液与胃酸都替他预备好了。郭栋搓起了巴掌，说："享受啊。"他转身去了一趟天井，回来的时候一手拿着白酒，一手拿着威士忌，胳肢窝里头还夹了一瓶红酒。敏鹿就奇了怪了，郭栋的汽车哪里还是汽车，它的后备厢简直就是一个百宝箱，什么样的宝贝都有。郭栋把三瓶酒蹾在了桌面上，说："傅睿，好好享受！喝什么，你挑。"傅睿滴酒不沾，在犹豫，傅睿最终说："我来点红酒吧。"别看大爷是个农民，开起红酒来却是一把好手。刀法流畅，锥子用得也熟稔。最终，在软木塞子离开瓶口的刹那，啵的一声。郭栋却不急，他变戏法一样掏出了三只杯子，分别是白酒杯、威士忌杯和红酒杯。他前后用了三趟，分别给自己加上了白酒、威士忌和红酒。敏鹿望着郭栋面前的酒杯铺子，说："郭栋，这是怎么一个说法？"东君说："贪。"郭栋说："全面出击，全面享受。"

这顿饭并没有吃出欢乐和盛大的气氛，冷清了，甚至出现了豆腐饭的格局。问题首先出在孩子们那一头。两个孩子哪里见过如此热烈的羊杂，他们跪在了条凳上，几乎就是抢。孩子们一抢，吃饭的节奏就给带动起来了，一边吃一边欢呼。吃饭是不能快的，一快就容易饱；一旦饱了，吃的热情就再也没法提升了。——也就是二十来分钟，高油、高脂肪、高胆固醇和重口味的"天上人间"就把两家六口同时给"噎"住了。"噎"是吃的大忌讳，饭局的氛围下行了，出现了稳中有降的态势。饭局一旦停滞，傅睿的形象就凸显出来了，他不怎么吃，几乎也不喝，更不说话。他寡欢的气质在酒席上慢慢地就占了上风。郭栋知道傅睿不喝酒，和傅睿吃饭他本来也没打算喝酒。可郭栋哪里能抵御"天上人间"的召唤，硬是把酒给拿上来了。麻烦了，这个酒有点喝不起来。

敏鹿和傅睿毕竟是多年的夫妻，她最了解傅睿吃饭的方式了，早就适应了。敏鹿还记得第一次和傅睿吃饭的情景，那是让敏鹿大开了眼界的。傅睿实在是太优雅了，在他用餐的时候，上肢架得很直，速度相当地慢，真的是"一口一口"的，几乎不说话，即使说话了，声音也相当地克制。只有长期的和严格的家教才能养成傅睿那样的"吃"，斯文，高贵，装不出来的。敏鹿十分迷恋傅睿身上的这股子派头，一直想按照傅睿的样子去塑造面团，却不成功。可是，话又要分两头说的，敏鹿从自己的父亲那里继承了一手好厨艺，公正地说，甚至超过了她的父亲。哪一个下厨的女人不希望自己的丈夫狼吞虎咽呢？好吧，就算做不到狼吞虎咽，你总得表现出你对食物的渴望和喜爱吧？相对于"饭"，

"吃"是"做"的一种回馈,是响应。"吃"最能够缔造美满的家庭气氛了。傅睿倒好,他吃"佛跳墙"与喝矿泉水都没有区别,你永远都不知道傅睿对食物的反应。他只是永远地斯文,永远地优雅,永远地高贵。哎,要说居家过日子,还是郭栋这样的吃货欢腾,看他一眼都丰衣足食。

　　孩子们的喉咙终究很浅,风卷残云了一番,饱了。主食都没来得及上桌,两个孩子就回到东厢房玩掌上宝去了。这一来八仙桌就退化成了四仙桌了,也可以说,升格成了四仙桌。而所谓的四仙,其实只有三仙,傅睿是不能算的。而所谓的三仙,其实只有一仙,两个女人是不能算的。到最后,所谓的聚餐,成了郭栋的自斟与自饮。他一个人喝,白酒、葡萄酒和威士忌轮番着来,看着闹腾,实则寡欢。郭栋喜欢酒,更喜欢的却是酒席的闹,最好能有人站出来,和他斗酒。没人闹,没人斗,他的豪迈就受到了抑制。郭栋还能怎么办? 一个人享受呗。但爆炒羊杂是好吃的,真他妈的满足。

　　说起吃和喝,东君对郭栋相当地不满。无论郭栋多么聪明、多么能挣,他是个乡下人,这个底子他永远也脱不掉。他实在是太能吃、太能喝了。关键是他的吃相很不得体。东君提醒过多次,改不了。首先是夹菜。郭栋的块头足,胳膊粗,手大,又稳。这都好。可是,在他夹菜的时候,难看啊,筷子的张口太夸张了,一筷子夹下去就是小半个乾坤。这就带来了一个问题,因为夹得多,怎么进嘴呢? 嘴就必须张得大,是抵达极限的样子。太凶残了。一张嘴给塞得满满的。总要咀嚼吧,咀嚼之前总要调整好食物和牙齿的空间关系吧。郭栋的调整马虎了，粗枝大叶。他吃得快，咀嚼就粗疏，也就是象征性地动几下，然后就是下咽。对郭栋来说，这就到了最为要命的一个环节。郭栋的下咽不流畅。不流畅也没关系，郭栋会努力，也就是向脖子上的肌肉借力。这一下残暴了，郭栋的脖子一定要往前伸一下。郭栋最为难看的地方就在这里，东君对郭栋最不满意的地方也在这里，还说不出口。他的吃相太贪婪了，太丑陋。郭栋的每一顿饭都像玩儿命。是争分与夺秒，是强取与豪夺。是落荒。是饿狗遇上了新鲜屎。而他在喝酒的时候就更没有分寸了。郭栋的社会地位虽说没有那么高，但是，宴请郭栋的人有身份哪，没身份郭栋也不会去。人家是有求于郭栋的，当然要客气，是把郭栋给架起来的意思。你郭栋呢，起码要矜持一些，拿起酒杯意思一下也就可以了。你可是"第一医院"的主刀医生呢。郭栋不。郭栋一喝酒就搂别人的脖子。一些人的脖子是一定不能搂的，而另一些人的脖子则是千万不该搂的。郭栋不管，统统搂。东君也不是不管，管的；郭栋也不是不装，装的。可他永远也坚持不了一小时。郭栋学不会，他爬不高的。他没气场，他就是不愿意养他的"浩然之气"。在东君的眼里，第一医院的主刀医生就该是傅睿这样，矜持，拿着，端着，这才是高级知识分子的举止，还带着前沿科学的深奥。可以预见，用不了多少年，傅睿一定是挽救生命的菩萨，是所有人见到他都要烧香的样子。权威，持重，沉稳，慈悲。郭栋做不到。凤凰男永远是凤凰男，说到底，他就是一个手艺出众的打工仔。不得不承认，郭栋还是个混社会的。东君嫁给他，也就是捞个现。当然，很好了。

眼见得家宴的气氛没落下去了，那怎么行呢？别墅的事情还没有谈呢。东君倒了一些红酒，用她的指尖捏着酒杯的高脚，对傅睿说："傅睿，咱们喝。咱俩走一个。"东君的目光清澈，她望着傅睿，酒杯的沿口碰撞了一下，悠扬，动听。红酒在酒杯的底部晃来晃去。东君说——

"我可都告诉敏鹿了哈，蓝色海岸。"东君对傅睿说，"我买了一套，你们也买一套。将来做邻居。离机场多近哪。"

傅睿不知所以。但是，猜得出，东君说的是别墅。傅睿笑笑，说："我怎么买得起。"

东君正在喝。她仰着脖子，耷拉着眼皮，睃了傅睿一眼，说："傅睿，这话可不像你说的。咱们四个可都是知根知底的。"

"我真的没钱。"

郭栋放下白酒酒杯，要插话了，却被东君拦住了，说："不是先有钱后买房，是先买房后有钱。"

这话傅睿听不懂，敏鹿却懂。几口酒刚下去，傅睿的脸已经微红了，这种红是铺开的，仿佛某种毫无必要的耿直。傅睿并没有倔强，看上去却特别地倔强："我确实没钱。"

郭栋说："会有的。都会有的。"

敏鹿也端起了酒杯，对郭栋说："郭栋你别理他。他木头。他真的不懂。我们喝。"

郭栋说："好。享受一个。"

郭栋盯着敏鹿的红酒，突然想起什么来了。郭栋说："敏鹿，

136

你红酒，我白酒，没这个喝法。"郭栋回过了头去，高喊了一声，
"——那个谁？"

大爷即刻赶了进来，弓着腰："老爷您吩咐。"

"换杯子。"

"嘛。"

换杯子就换杯子。敏鹿平日里不喝酒，那是因为傅睿不喝的
缘故。敏鹿倒也不是一点酒量都没有的人，娘家带来的。在敏鹿
的娘家，逢年过节了，父亲一定会喝一点儿。敏鹿有时候也会陪。
不能说敏鹿贪酒，那不会，但小酌，敏鹿就很愿意，说向往都不
为过。——敏鹿的父亲是一个普通蓝领，健康、世俗、快乐，每
时每刻都欢天喜地。敏鹿的父亲并没有什么特别的爱好，一定要
说有的话，那就是爱吃。他对生活的基本理解就是吃，关键是会
吃。从敏鹿懂事的那一天起，父亲就是家里的大厨。每一天的晚
上，敏鹿的父亲都要做一件相同的事情，他会来到敏鹿的房间，
先敲门，然后在门外大声地问："丫头，明天想吃什么？"父亲可
不是随便问问，对他来说，那就是生活的方向。每一天的大早上，
他都要去一趟菜市场，不是买菜，而是完成宝贝女儿前天晚上所
交代的任务。敏鹿的父亲亲自下厨，不许敏鹿的母亲插手。到了
周末，那就是父亲宴请女儿的大日子。他会把老婆和女儿赶出家
门，让她们"散步去"，然后呢，关上厨房的门，插上。系好围裙，
给自己斟上一杯酒，预备着。择菜，洗菜，切菜，做菜。在烹饪
的过程中，他喜欢琢磨，偶尔有了心得，或者说，因为他的别出
心裁，他会把事先斟满的酒杯端起来，自己奖励自己一小口。他

享受这样的过程。他知道的，女儿会夸他。女儿不会说爸爸的菜烧得好，也不会说"爸爸我爱你"，那些虚头巴脑的东西一点儿意思都没有。女儿会夸人啊，她会说爸爸的菜"特好""巨好""超好""狂好""傻好""瞎好""欧耶好"和"玩命好"。他享受女儿的夸，也扛不住女儿的夸。女儿一旦夸狠了，他会流泪。——他的这一辈子美满哪，幸福。都没边了。他亲手喂了一头老母猪，又亲手喂了一头小母猪。还有比这个更好的么？没有了。她们"特好"。她们"巨好"。她们"超好"。她们"狂好"。谁能想到呢？他的女儿，一个吃货，一头粉嫩的小母猪，居然被他喂进医科大学。他想都不敢想。这是怎样的功德！圆满啊。这个靠体力养家的男人在私底下坚信：女儿为什么能嫁得那么好？全是他这个饲养员饲养得好。

如果傅睿爱吃、能吃，再能对付几杯小酒，敏鹿会有多幸福呢。她每个星期都会把丈夫和孩子带回姥姥和姥爷的家。她愿意和她的母亲一道，看着三个男人饿虎扑食。那是敏鹿所渴望的日子。敏鹿遗憾了，傅睿和她的父亲吃不到一起去。也可以这样说，傅睿不喜欢敏鹿的父亲所做的菜。这就生分了。敏鹿的父亲是一个多么知趣的男人，老傅家的门槛多高哇，哪里能看得上他们家的酱瓣气。

郭栋既然要喝，喝呗。敏鹿端起了白酒。还没来得及说话，她的"儿媳妇"子琪却突然从东厢房冲了出来，一出门就哭。东君把子琪搂了过去，想问问为什么。子琪哪里还来得及，已经开始了她的控诉："面团咬我。"

东厢房并不遥远，面团当然能听得见，他辩白说："是她先咬我的。"

——"你先！"子琪说。

——"是你先！"面团说。

"你先！"

"你先！"

"就你先！"

"就你先！"

这是怎么说的，这是怎么说的呢。

"干了吧?"敏鹿邀约说。

傅睿说："干了。"

"干了！"郭栋说。

东君瞥了敏鹿一眼，说："干了。"

敏鹿大清早就醒来了。醒得早并不意味着她睡得好，相反，敏鹿睡得并不好。毕竟喝了一点儿酒，有欲望的。不过，傅睿的那一头很寂静，又是在外面，还是不要自讨没趣的好。当然了，敏鹿没有睡好的根本缘由还是来自西厢房。东君她太能闹了，真闹啊。虽然只叫了两三声，可这两三声太骇人了，还装着很克制，完全是纸包不住火的样子。东君你也太会装了，都装到床上去了。你要么就别出声，要出声你就痛痛快快的，那么克制干什么呢?就好像全世界只有你一个人会，还怕人听见了。就好像敏鹿妨碍了她似的。

敏鹿下了床，直接来到了河边。她一直惦记着柳树下面的那两张吊床，要不是怕蚊子，昨天晚上她就过来了。大清早当然不会有蚊子。吊床又有什么好呢？似乎也没什么好，可敏鹿惦记着它。敏鹿没有用过，好奇罢了。

　　可敏鹿还是晚了。郭栋比她更早，已经躺在吊床上了，一个人，面对着远方的旷野。他的手里夹着一根粗大的雪茄，茶杯放在地上，茶盅却被他放在了自己的肚子上。——这真是一个会享受的主儿，他也太逍遥、太安逸了。敏鹿想整他一下，吓他一个激灵，故意放慢了脚步，猫一样，绕起了弯子。她想走到郭栋的脑后去。——受了惊吓的郭栋将会是怎样的呢？雪茄掉下来？茶盅从肚子上滑落下去？都是说不定的。一想起郭栋惊慌失措和手忙脚乱的样子，敏鹿就想笑。敏鹿已经笑出来了，只是没有声音罢了。郭栋纹丝不动，却用手里的雪茄指了指右侧的另一张吊床，意思很明确了——请。咦，一点动静都没有，他怎么就知道的呢？敏鹿还没有来得及问，郭栋已经开口回答她了："一条蛇游过去我都能听得见。"敏鹿也就不再蹑手蹑脚的了，直接走到吊床的面前，想躺下。可是，因为柳树和柳树之间的空间关系，两张吊床像汉字的"八"，一头是挨着的，另一头是分开的。敏鹿的脑袋如果放在柳树的那边，也就是对面，她的脚就势必要挨着郭栋的脑袋。那就不合适了。还是把脑袋放在同一侧吧。郭栋的身体是东南—西北向的，而敏鹿的身体只能是西南—东北向。

　　郭栋一直都没有睁眼，就那么闭着眼睛喝茶、抽雪茄。他用夹着雪茄的右手端起了腹部的茶盅。敏鹿注意到了，郭栋也有一双特别大的手，手指非常地长，也许更有力。因为食指与中指夹着雪茄，而大拇指与无名指又端着茶盅，郭栋手指的造型有趣了，构成了一种既复杂又奇妙的关系。很别致。傅睿的手不是这样的，哪里不一样呢？敏鹿也说不上来，只能盯着他的手看。

郭栋的眼睛突然就睁开了。猝不及防。这家伙的眼珠子早已经在眼皮子的底下斜过来了，一旦睁开，直接就是对视。敏鹿哪里能料到郭栋会平白无故地睁开眼呢？那么近，像躺在一张床上。敏鹿唬了一大跳，目光即刻就躲开了。等真的避开了，敏鹿又觉得自己小题大做了，这有什么可回避的呢？只能又看回来。嗨，弄过来弄过去，敏鹿没能吓着别人，反而把自己给吓了一回。——躲什么呢？完全没有必要。

人在尴尬的时候只有一件事可以做，没话找话。——"怎么起这么早呢，你？"敏鹿说。

郭栋把他的目光挪开了，慢腾腾说："享受生活。只争朝夕。"

也好。敏鹿原本就想找个机会和郭栋聊聊，没想到机会就这么来了，完全是不期而遇。敏鹿真正想问郭栋的其实是这样的几个问题——作为一个承受了风险的外科医生，你有压力么？——患者突然死了，你的内心是怎么处置的呢？——关键是，如何去排解呢？可是，这些话毕竟是不好说的，一时也不知道如何开口。对，敏鹿想起来，她应该回到房间去，也拿上一个茶杯来，这一来就可以和郭栋边喝边聊。这么一想敏鹿就下床了。

可是敏鹿疏忽了，这是吊床，和通常意义上的下床不是一码事。道理很简单，普通的床，即便是席梦思，质地也还是硬的，它会提供一个支撑点。吊床却是网状的,软的,支撑点随时都可以移动,也就没有支撑点了。没有支撑点就不能提供反弹力。没有反弹力就无处可依。敏鹿努力了半天,却发现自己的身体不听指挥,怎么也下不了床。她成了一条鱼,或者说,困兽,被困在了网兜里。敏鹿自己把自己弄成了犹斗的困兽。这很累,主要是难堪。吊床在晃,而敏鹿在喘,就是下不了床。

郭栋也不动,也不说,就那么静悄悄的,看着敏鹿和吊床搏斗。他的嘴角已经出现了笑容。浅浅的,歪着,很不着调了。

敏鹿还在努力。因为一次又一次的失败,敏鹿狼狈了。郭栋看得出来,这个自尊的和骄傲的女人满脸已涨得通红,很委屈,很无解,有了恼羞成怒的迹象。"小姑娘,躺平了,"郭栋教导说,"岔开两条腿,分别着地,先用脚找到一个支点,再转身。"

敏鹿真的恼羞成怒了。敏鹿说:"不用你管!"

话虽然是这么说,为了下床,敏鹿只能依照郭栋的指令去做了。尝试了一下,果然成功了。可过分的努力与过分的挣扎消耗了敏鹿,也分散了敏鹿。她早已气喘吁吁,再也想不起拿茶杯喝茶的事情来了。那就先歇会儿吧。那就再躺一会儿吧。姑奶奶不喝茶了,姑奶奶还就不下去了。

河边重新恢复了安静。雪茄在郭栋的手里燃烧,因为无风,余烟袅袅。湛蓝。

郭栋和敏鹿一点儿都没有留意到东君。这个热衷于恶作剧的女人穿过了菜地,蹑手蹑脚的,突然出现在了吊床的面前。东君憋足了力气，大喝一声——

"被我抓住啦！"

郭栋被实实在在地吓了一大跳，手里的雪茄和腹部的茶杯都落在了地上。

敏鹿说："东君，你个冒失鬼，你抓住什么了？"

东君成功地吓了敏鹿和郭栋一大跳，兴高采烈。她大声地喊道："抓住你们了！你们睡在一起，被我抓住了，这叫捉双！"

敏鹿却笑了，说："天都亮了，睡也睡过了，我们的衣服也穿好了，你还能抓住什么？"

东君没想到敏鹿会这样回话。东君说："敏鹿，你不要脸。"

敏鹿笑笑，平躺着，张开双腿，两只脚在地面上找到了支点，一边起身一边说："睡觉不犯法。你逼良为娼，这才犯法。郭栋，你老婆不要脸，要管。"敏鹿站起来了，反过手来把东君摁在了吊床上，脸上的笑容出格了，邪性了。敏鹿压低了声音，说："东君，你就是喜欢大呼小叫。要改。"

——面团和子琪也起床了，他们早就忘记了昨天的不愉快，留在了天井。子琪在喂羊，而面团的兴奋点却在猪。猪和羊当然也没什么可看的，但是，对城市里的孩子来说，不看则罢，一旦看上了，和逛动物园其实也没有区别。子琪已经确认了，羊"不咬人"。隔着栅栏用手抚摸了几次，子琪的胆子逐渐大了，干脆打开了羊圈，四只羊都来到了天井。羊到底还是热爱自由的，在它们获得广阔的天地之后，它们的身体洋溢着欢喜。最小的那只小公羊顶可爱了，它一跃而起，上半身都腾空了。就在它的两条前腿落地的时候，它的脑袋却摁了下去，这一来它的犄角就顶在了前面，仿佛要和清晨来一次搏斗。小动物就是这样，在它们成长的过程中，总要和虚无顶撞一番的。面团从这只小山羊那里得到了启发，也打算给猪自由。他打开了栅栏，猪却不领情，它们宁愿侧卧在猪圈也不愿意出来。面团说："出来！"猪的腹部一收，"嗯"了一声，听上去很像回答。却不动，原来也不是回答。面团说："你们出来！"猪的腹部再一收，说："嗯。"这样的互动给了面团灵感，面团调皮了，对着猪圈喊："郭子琪！"

猪回答说："嗯。"

"郭子琪！"

"嗯。"

子琪正打算骑羊，听见面团喊她，赶紧走到猪圈前面。她看了一眼面团，又看了一眼猪圈，懂了。子琪踮起了脚尖，伸出脑袋，对着猪圈高叫一声："面团！"所有的猪都一起答应了，它们的应答此起彼伏。

子琪开心了，对面团说："面团，它们都替你答应了。"子琪说："我只是一头猪，你厉害哦，你等于三头猪。"这话面团不爱听，他决定捞回脸面。他再一次对着猪圈高喊："郭、子、琪——"奇了怪了，这一回猪却不搭理了。

——三头猪没有搭理面团，面团的脸面上突然就有些挂不住。面团很少挫败，这样的挫败他很难面对。面团慌不择言了，对子琪说："你妈妈想和我爸爸睡觉！"这是哪儿对哪儿，前言不搭后语的。子琪没有想到面团居然这样羞辱自己的母亲，当场就给了面团最有力的反击："你妈妈想和我爸爸睡觉！"

面团说："我昨晚就看出来了！"

子琪说："我昨晚也看出来了。"

"你妈妈就是想和我爸爸睡觉！"

"是你妈妈想和我爸爸睡觉！"子琪到底是女孩子，身体的灵活性远远超越了面团，她开始跺脚，跺一脚说一句，再跺一脚再说一句，"就是的！就是的！"

从场面上看，这一场突如其来的战斗子琪并不落下风。可女孩子到底是女孩子，容易委屈。女孩子一旦委屈了，那就必然是天大的事情。子琪一撇嘴，又哭了，掉头就跑。她穿过了堂屋，来到了后院。她没有扑向自己的母亲，而是一头扑在了敏鹿——她婆婆——的怀里。敏鹿知道的，一准是面团又欺负子琪了，只能哄。子琪仰起头，无限忧伤，无限悲愤。子琪说："婆婆，面团骂我。面团说，我妈妈和我公公睡觉了。"

这话有点绕，不容易懂的。敏鹿花了好大的力气才把这句话给弄明白了。敏鹿站在河边，隔着三间房子，对着天井呵斥说："面团！你胡说什么？！"

面团尖细而洪亮的声音从天井里传过来了，河边的人很快就听清了面团遥远的申诉，同样忧伤，同样悲愤——

"子琪骂我了！子琪说我妈妈想和我老丈人睡觉！"

"你先！"后院对天井说。

"你先！"天井对后院说。

145

乡下的空气就是好，没有人流，没有马达的轰鸣。乡下的空气透明了，拥有不可思议的穿透力，再远的声音都能听得见。

"这两个小东西，"郭栋躺在吊床里，慢悠悠地说，"不是冤家不聚头，每次见面都要闹。——我看他们说的都挺好。"

"郭栋！"敏鹿厉声说。

"当着孩子呢！"东君说。

敏鹿蹲了下去，在子琪的脸上亲了又亲，抚慰说："好儿媳，回头我批评你男朋友。你乖，他不乖。婆婆回去教育。"敏鹿拍了拍子琪的屁股，补充说，"婆婆回去打他——你去玩吧。"

等子琪走远了，东君突然说："敏鹿，我看你挺高兴。"

敏鹿笑笑，说："不对吧东君，不对吧。"

气氛挺好，可隐隐约约地，似乎也有了不好的迹象。郭栋懒洋洋地说："就你们闹。"

东君掉过脸子，说："滚一边去！"

敏鹿把东君的话接了过来，说："东君说得对，郭栋你滚一边去。"

郭栋在吊床里头翻了一个身，说："我滚。"郭栋说："可滚来滚去我还在这里。"

东君扑哧就笑了。敏鹿也补了一声笑。所有的迹象表明，所有的一切都好了。

"傅睿还在睡呢？怎么还不起来？"东君说。

"我老公累了，我老公还不能睡个懒觉了？"敏鹿说。

傅睿对自己的睡眠并没有确凿的把握——睡着了呢还是没睡着呢？也不能确定。傅睿唯一可以确定的是自己的累。对傅睿来说，每一次睡眠都是一次巨大的消耗，犹如持续了一夜的逃亡。这一来，傅睿的每一次起床多多少少就有些勉强，早饭就更勉强了，一点儿胃口都没有。傅睿原先的打算是好好地睡一个懒觉的，谁能想到呢，居然撞上了乡下的鸟鸣。各种鸟，换着花样叫。傅睿并不熟悉鸟类，唯一有把握的只有麻雀。麻雀的叫声相对短促，可架不住麻雀的数量巨大，那些细碎和短促的叫声真烦人哪，犹如喧宾夺主的和声。

　　傅睿起床起得相当晚，完全是没有睡够的样子，眼睑那一把甚至还有些肿。敏鹿知道的，在精力上，傅睿永远都欠一口，不是欠一顿饭就是欠一个觉。为了等待傅睿，他们的早饭已经拖延了一些时候了。到了傅睿开始用餐的时候，敏鹿已经想好了，一吃完早饭就把后院霸占过来，就留下她和傅睿。好在傅睿吃得并不多，就一个烧饼加一碗豆浆，也就是郭栋三分之一的量。眼见着傅睿吃完了，敏鹿关照东君说："东君，女婿交给你了哈。——我要和傅睿到河边谈恋爱去，你们别打搅我们。"这么说的时候敏鹿已经把傅睿给拉起来了，来到了堂屋的北门口。就在出门的时候，敏鹿特地回过了身子，把北房门给带上了。东君冲着敏鹿说："腻去吧，腻不死你。"敏鹿抿着嘴，眯起眼睛，吊起了眉梢，冲着东君妩媚，眼睛全弯了。东君侧过脸，一摆手，说："去去去，少来。我不看。"

多么难得，多么舒服，多么轻松啊。傅睿，还有敏鹿，他们在吊床上躺下了。这里只有天，只有地，剩下的，那就是河流与植物了。榆树，还有柳树，它们是如此高大，郁郁葱葱。敏鹿有理由相信，这就是蛮荒之地，是大地的尽头和宇宙的拐角处。在这里，他们可以地老天荒。他们没有被世界遗忘，相反，他们抛弃了世界，就剩下了他们两个。上一次他们两个人待在一起是什么时候呢？敏鹿有点想不起来了。敏鹿的生活是如此正常，敏鹿结婚，敏鹿怀孕，敏鹿生孩子，敏鹿哺乳，然后呢，敏鹿就"相夫教子"了。这是面试那一天就已经被确定下来的，应当说，每一步都如敏鹿的愿。不管怎么说，她每一天都和傅睿在一起。可"在一起"和"在一起"的差异是如此的巨大，她很少能意识到她和傅睿"在一起"。但此刻，她和傅睿真的"在一起"了，远方配置了那么多的庄稼，近处配置了这么多的树。它们都是物证。

傅睿是平躺的，而敏鹿则没有，她选择了侧卧。吊床到底不是席梦思，席梦思再柔软，脑袋、胯部、膝盖和小腿总还是在一个平面上。吊床则完全不同，它不可能有平面，敏鹿的整个胯部就陷落下去了。胯部的那一把凹出了一道很大的弧。敏鹿袅娜了。敏鹿顿时就觉得自己是一条美人鱼，胯部以下的部分都是鱼的流水线。美不胜收。

"傅睿——"

"嗯。"

"老公——"

"嗯。"

"孩子他爹 ——"

"嗯。"

"老同学 ——"

"嗯。"

"小傅 ——"

"嗯。"

"傅医生 ——"

"嗯。"

"傅睿大夫 ——"

"嗯。"

"儿子 ——"

"嗯。"

"面疙瘩 ——"

"嗯。"

"手指先生 ——"

"嗯。"

敏鹿就这么轮换着呼唤，单调，无趣。这样的呼唤有什么意思呢？也没有。没有目的，没有目标，也无须劳作。然而，有两样东西又是如此地具体 —— 敏鹿自己 —— 还有丈夫傅睿。敏鹿切实地感受到了自我的存在，而傅睿就在她的眼前。把他们归拢在一起的不是吊床，而是柳树。它的枝干粗大、枝条茂密。柳树真的算得上是树的异类了，它们的枝杈从不向上，相反，它们向下，是从天而降的趋势。柳枝是多么地柔软，在无风的上午，它们安安静静，它们密密匝匝。它们就这样覆盖了敏鹿，当然也就覆盖了傅睿。

傅睿是平躺的，在仰望柳树。就在这个春天，3月13日，当着柳树的面，傅睿答应过田菲，他会把她还给她，而傅睿兑现的仅仅是一棵柳树。这就是说，柳树上的每一根枝条都有一个属于自己的田菲，临床却没有支撑这样的说法。因为理论上的假说，柳树的枝条选择了向下。只有这样，它才能和傅睿形成面对面的关系。所有的柳枝都是冲着傅睿来的，覆盖，更像万箭穿心。傅睿闭上了眼睛，胳膊耷拉了，而香烟也从傅睿的指间滑落了出去。——"这才是我呀"，田菲说、柳树说、天空说。

敏鹿还在自说自话。她是多么享受她的自言自语哦。她的眼睛一会儿是睁着的，一会儿又闭上了。她在说话，有一搭、没一搭；深一脚、浅一脚；一会儿在天上，一会儿在地上。她差不多已经是一个新娘子了，她质壁分离。

可是，吊床毕竟是吊床，它是单人的。无论如何，敏鹿也要躺到傅睿的身边去，干脆一点，躺在傅睿的怀里。依照郭栋所关照的操作步骤，敏鹿顺利地下了吊床 —— 傅睿看上去又睡着了。那也不行。敏鹿决定把傅睿给拽起来。不能躺在他的怀里，还不能扑在他的怀里么。她把闭着眼睛的傅睿给拽起来了，她就是要扑在傅睿的怀里，让他好好地听一听她身体内部的声音，吱吱的。

这个拥抱漫长了。用东君的话说，腻死了。傅睿就那么抱着敏鹿，听敏鹿一个人自言自语。可再长的拥抱也有撒手的时候，傅睿放开了他的胳膊。敏鹿开心啊，当她离开傅睿的怀抱的时候，她在傅睿的面前旋转了720度。当她决定向1080度发展的时刻，她的脚被绊了，一个趔趄。还好，敏鹿一把抓住了几根柳枝，这才稳住了。那好吧，那就附带着摆一个 pose 吧。敏鹿一手拽着柳枝，一手叉腰。她冲着傅睿微笑了，就好像傅睿的眼睛已不是眼睛，而是单反莱卡。

"放下。"傅睿说。

"什么？"

"你放下！"傅睿的口吻突然变得严厉，吓人了。

而傅睿的脸上出现了泪痕，好好的，他的脸上怎么会有泪痕的呢？她放了柳枝，用她的手指把傅睿脸上的泪珠接住了。

"这是怎么回事？"

"没有。"

敏鹿把指尖伸给了傅睿，说：

"这是什么？"

傅睿侧过了脸去，说：

"没有。"

河流的对岸全是庄稼。满满的。

郭栋在天井里晃悠了几圈，无所事事了。闲着也是闲着，那就做几组俯卧撑吧。郭栋的计划是先做六组，一组十五个。第一组只做到一半，郭栋停下了，他不过瘾。他的肌肉早已适应了健身房的负荷。一下子失去了负荷，肌肉还不适应了。郭栋便把子琪叫了过来，让她骑在了自己的脖子上。面团远在猪圈的那边，看见了，这个热闹他要凑的，他也要骑。说时迟、那时快，面团直接就爬到了郭栋背脊上。准确地说，腰部。一下子加上了两个孩子的重量，郭栋也吃力，勉强只完成了一个动作，却再也起不来了。郭栋的整个腹部贴在了地面上，气喘吁吁地说："面团，老丈人起不来了。"

面团很失落，他硕壮的岳父原来是一匹死马，连旋转木马都不如。失落的面团很固执，他赖在了老丈人的后背上，不下来。那只欢快的小山羊也赶过来凑热闹了，它来到面团的面前，用它的鼻头去鉴别面团，也没有发现什么特殊的内容。面团顺手一把抓住小山羊的犄角，站起来了。——为什么一定要骑老丈人呢？为什么他就不能骑一骑羊呢？这么一想，面团就跨到小山羊的背脊上去了。他已经想好了，他会把两条腿分开，然后，像电影里的好汉那样，用力地一夹，大吼一声："驾——！"

谁能想到呢，面团的双腿刚刚打开，却一脑袋栽了下去。同时摔倒的还有小山羊。还好，面团并没有伤着，只是受到了惊吓，在号哭。小山羊的身体却抽搐了，同时发出了十分怪异的叫声。小山羊的叫声总归是好听的，它娇媚，附带着一股柔弱的和动人的颤，十分地招人怜爱。可这只小山羊的叫声顷刻间就不一样了，它没有颤，直接就有了声嘶力竭的迹象，都不像羊了。小山羊的眼睛瞪大了，到了极限。它黑色瞳孔的周边围上了雪白的和惊恐的圆圈。而它的后腿则十分地不安，在抽搐，仿佛不能完成的蹬踏。

最早发现问题的是子琪，她发现小山羊右侧的前腿分成了两截，是小腿，折叠了，还多出了一样东西，白花花的。小山羊骨折了，它的断骨戳破了皮肤，直接顶在了外面。骨头的断口并不规则，宛若陡峭的群峰。奇怪的是，断口的四周没有血，就那么白花花的。因为剧痛，小山羊的舌头耷拉了，瘫在了水泥地面上。子琪知道的，那是疼，是钻心的和再也不能忍受的疼。子琪说："爸爸，你看。"

天井里顿时就有些乱。尽管在后院，傅睿和敏鹿还是听到了天井里的动静。他们中断了他们的蜜月，火速回到了人间。面团、郭栋、子琪、东君、大爷和大妈已经把小山羊围成了一个圈。傅睿拽开面团，他一眼就看到了躺在地上的小山羊。它备受煎熬。疼痛已毁坏了它的声音、长相和动态。它在挣扎。

郭栋正在和大爷商量。干脆，把这一只也杀了："算我们的。"

傅睿躬下腰，单膝跪在了水泥地面上。他望着小山羊，满眼、满脸和满身都是疼。傅睿疼，傅睿疼。他的表情刹那间就出现了绝望的倾向。他想做些什么，手脚却僵硬了，其实是另一种意义上的手足无措。还是先把山羊抱起来吧。可他的手指刚刚触碰到山羊的蹄趾，山羊躯体突然就是一个大幅度的颤动，傅睿只能放下米，绝望就这样变成了他粗重的呼吸。

郭栋说："那就宰了吧。"

傅睿仰起头，他想喊，他要喊救护车。可小山羊的另一条腿顶着他的喉咙了，他再也没能发得出声音。他心心念念的只有一样东西，救护车。

七

　　科技是多么地神奇，它改变了时代。科技也是戏法，它消弭了物理世界的所有维度，然后呢，仿佛神仙吹了一口气，BIU——所有的现实就被扔进了虚拟世界。那个虚拟的世界叫网络。虚拟世界就一定是"虚拟的"世界么？当然不是，那才是现实，只不过剔除了它的物理性。但事情就是这样，物理性失去了，公共性却提升了。网络正是这样的一种东西：它失去的只是维度，得到的却是整个世界。相对于那些愿意隐匿自我的人来说，公共性就是一切，是存在的最佳方式。唯有公共的才是合理的，唯有公共的才是安全的。所谓的虚拟世界，其实是一次切割，公共与私人之间彼此都实现了清除。老赵惊喜地发现，他隐匿了，可是，世界真的诞生了。

　　在爱秋的指导下，老赵走进了网络："象牙塔"。多么美妙的一个区域，人山人海，人头攒动，却又无关红尘。当然了，和贩卖百货、食品的商场不同，"象牙塔"所从事的是正义与真理的贸易。要不怎么会叫"象牙塔"呢？——拿破仑真的是慢性中毒么？西红柿的维生素含量比猕猴桃多还是少？父亲节的社会伦理意义大还是母亲节的社会伦理意义大？爱因斯坦的假说已经被证明了，霍金的假说如果可以被证明的话还需要多少年？南非为什么需要三个首都？商鞅改革最后伤害了谁？把喜马拉雅填到马里亚纳海沟，正负比是合理的么？大蒜到底有益于前列腺还是有损于前列腺？核动力的航空母舰和核动力的潜艇在海洋里相遇了，谁更有优势？卡雷拉斯、多明戈和帕瓦罗蒂同时抵达了高音，谁的中音部醇厚一些？在婆婆与儿媳的关系当中，关键因素是儿子还是公公？二进制和显微镜，谁改变了世界？贝克汉姆擅长右路传中，如果把他放在中路，他的左脚还能有多大的作用？四十岁的男人和四十岁的女人哪一方更有"性趣"？如果是购买第二套房子，一百二十平米以上的公寓房到底有利于出售还是不利于出售？西门庆踢中的如果不是武松的心窝，而是裤裆，武松打得赢么？水洗咖啡和日晒咖啡，酸度为什么不同？医改是先从药价开始还是从门诊开始？太平洋的风叫台风，大西洋的风叫飓风，印度洋的呢？檀香肥皂在夏天使用合适还是冬季？小三上位符合不符合现代伦理？轮轨高铁和磁悬浮高铁性价比究竟如何？一个清洁工和一个信访办的工作人员，你需要谁？陪酒小姐工作一年，损失的税收是演艺界的多少倍？真理到底体现为少数还是沉默的大多数？戈比诺做过托克维尔的秘书，他们的价值分野怎么会那么大？在客厅里放一块石头，西南角有利于家庭主妇还是东北角？缅甸的翡翠和巴西的碧玺在矿物性上到底有什么区别？自行车被盗，业主和保安哪一方的责任更大？海洋文明和大陆文明真的就没有中间地带么？哈斯奇和阿拉斯加哪一个品种更适合鳏夫？老百姓的生活受汇率的影响为什么超过了股市？单胎、双胞胎和三胞胎，他们的生活成本是正比例关系么？市政建设为什么一般由常务副市长担任？文身的心理机制是什么？吴三桂究竟有几个老婆？个人主义和集体主义，谁代表着未来？"玄武门之变"对中国历史伦理的作用到底是正面的还是负面的？路易十四和康德都只有一米五八，能不能说，一米五八的身高与欧洲文明之间存在着一种隐性的联系？朱生豪的翻译更具中国传统诗歌的特征，这和他没有去过欧洲到底有关系么？五十八岁最容易贪污，是真的么？大数据到底有没有支持这个说法？激素水平下降一个百分点，脂肪积累大概会上升多少？如果地球的自转不是自西向东，而是自东向西，对人类的智商究竟会产生什么样的影响？酒后吐真言，能不能说，讲真话其实是人类的心理机制和第一需要？……

　　这些都是问题。问题的背后当然是正义。网民是多么地别致，一旦面目模糊，必将热爱正义。人们在"象牙塔"里表达、辩论、考据、归纳、辱骂和威胁。而维护正义的工具则无限地开放，人们在这里裁缝正义、烧烤正义、锻造正义、堆砌正义、设计正义、驾驶正义、激打正义、治愈正义、咀嚼正义、排泄正义、贸易正义、提升正义、隔离正义、嫁接正义、熔化正义、高仿正义、水洗正义、临摹正义、粉刷正义、聚焦正义。"象牙塔"，多好的名字。"狗嘴里吐不出象牙"，这是庸俗世界的混账逻辑。"象牙塔"却不是这样，任何一个物种，只要你有勇气把嘴里的东西吐出来，

156

吐出来的东西就必须是象牙。象牙是勇气，是激情。正义也是勇气，也是激情。这一来，象牙就是正义，而大象只能退居于事实的背后。世有象牙，然后有大象。象牙常有，而大象不常有。怒吼吧，大地，正义像象牙一般光洁，像象牙一般锐利。一路纵横、一路驰骋并摧枯拉朽的，是象牙。

老赵不吼叫，也不驰骋。他只是被傅睿感动了，他滋生了传播傅睿与再造傅睿的激情。他一心想把傅睿的故事送到"象牙塔"里去。老赵尝试着做了几个不同的版本，他对自己的"文笔"相当自信，即使老赵没有做过哪怕一天的记者。老赵坚信，如果命运在当年做了其他的安排，他一个人就可以胜任"本报讯""本报特约评论员""编者的话"甚至"读者来信"。老赵发现了，他可以驾驭多种不同的语言风格，庄重可，俏皮亦可，撒泼打滚他也不在话下。老赵把不同风格的文稿都尝试了一遍，最终还是选择了他最擅长的老路子。他把文件打印了出来，给明理看。明理只看了一半，说："不好。"明理是站着看的，一只手握着拖把，一只手拿着 A4 纸，像个豪杰。老赵陪着她看，附带着把他的巴掌搭在了明理的臀部，似乎家常了。明理的注意力自然都放在了稿件上，看完了，明理再一次告诉老赵："不好。"完全是有一说一的样子。老赵并没想到明理会这么说，就问她："怎么就不好了呢？"明理撇了撇嘴角，说："和报纸上的一模一样。"老赵笑了，就对了嘛。老赵对明理解释说，他的"日记"在写法上所遵循的原则也还是新闻写作，简单地说，五个 W，一个 H，一个都不差。为了把这个问题说清楚，老赵只能用他的巴掌打比方：五个 W 就是五根手指；一个 H 呢，刚好是一个掌心。老赵把他的巴掌摁在了明理的屁股上，"——干活去吧。"

回到座位之后，老赵摁住了鼠标。只要一个点击，他的"老赵日记"可就发表出去了。老赵突然就犹豫了，他想起来了，还没审呢。这怎么可以呢？这么一想老赵就觉得事态有些重大，他陷入了深切的担忧。好在老赵担忧的时间并不长久——他糊涂了嘛，退休之前他就是报社的领导，他看就是他审，他审等于他看。这么一想，老赵舒心了，再一次收敛了自己的注意力，还有表情。他逐字逐句，一字不落，开始"把关"。几乎就在看完最后一个字的同时，老赵高呼了一声："同意。"他十分迷人地微笑了，说："发。"电脑的页面在老赵的想象当中放大起来，足以涵盖地球的表面。

老赵却没有离开他的电脑。他在看，其实是在等。用不了多久，"象牙塔"的网民一定会像蜜蜂或者像蚂蚁那样汹涌到老赵这边来的。这是网络所特有的盛景，说啸聚都不为过。网络所需要的仅仅是一点点的气味，然后就是聚拢，然后就是发酵，再然后就是澎湃。

谁能想到呢，虚拟的世界也市侩。一个小时都过去了，"老赵日记"的底下没有出现哪怕一个网民的留言。他的"和报纸上的一模一样"的帖子下面，不要说没有赞美，批评都没有，甚至连挖苦也没有。这等于说，老赵亲手在鬼城建造了一条鬼街。鬼街的两侧高楼林立，行道树挺拔、葳蕤，商家遍地、商品富足，就是空无一人。大地是阒寂的，没有人的气息。不是人迹罕至，而是根本就没有人。老赵孤零零的，一个人立在了街头。满眼望去，他没有发现同类，没有找到任何生命的遗存。这是人间的无人区和人间的非人间。这就恐怖了。老赵被自己的类遗弃了，被自己的群或部落遗弃了。但是，老赵知道，这不是真的，是所有的人一起伪装，是存在伪装成了不存在。人们不只是伪装，还凝聚起来了，他们在用众志成城这种铁血的方式建立起了一个于无声处的世界。老赵望着自己的电脑，满眼的荒凉。惊慌啊，恐惧了。但最终，老赵的愤怒取代了一切，他绝望。——这么好的帖子怎么会没有关注呢？老赵决定行动，取出了他的电话号码簿，拎起电话，同事、病友、亲戚、邻居，一个挨着一个打。其实就是通告。老赵开宗明义：到"象牙塔"去！必须去。折腾了一个多小时，老赵也仅仅为他的"老赵日记"争取到了三条留言，都是"早日康复"之类的废话，放屁了嘛！言不及义、言不及情、言不及理，言而无义、言而无据。老赵叹了一口气，上床去，躺下了。他放平了身体，像一具尸首。

意外总还是有。有时候，意外就是惊喜。黄昏之后，老赵意外地看到了另一个帖子，"老胡日记"。不看不知道，一看吓一跳，"老胡日记"几乎就是"老赵日记"的翻版，老赵有些得意，他的文章这么快就被一个姓胡的人仿写了，这说明老赵的日记确实写得不错。但很快，老赵再一次愤怒了。这哪里还是仿写，这是明目张胆地剽窃。老赵在愤怒之余把爱秋叫进了书房。爱秋耐着性子，看完了，对老赵说："你激动什么呢？"老赵说："事关知识产权，我怎么能不激动？"

老赵知道的，爱秋又要说一通"大病初愈"和"爱惜身体"之类的话了。这些他哪里能不知道呢，他不会真的愤怒。他只是想重温一下愤怒的样子。

　　爱秋对老赵说："这不是剽窃。—— 你凭什么说人家剽窃了呢？"

　　这句话老赵就不能同意了。老赵说："这么多的内容都一模一样，几乎就是重复，这不是剽窃又是什么？"

　　爱秋说："你看哈 —— 人家傅睿大夫又不是只有你一个病人，人家傅睿大夫就不能去关心别人了？"爱秋说："医生和患者之间的事都是相似的。发生在你身上的事，怎么就不能发生在别人的身上呢？—— 你看哈，你的日记，老胡日记，时间不一样，地点不一样，患者的名字也不一样。只有一个元素是一样的，傅睿大夫。"

　　老赵不停地眨巴他的眼睛，明白了。YES，YES，YEA！I SEE，I SEE！ 傅睿大夫是"这样"对待自己的，自然也是"这样"对待他人。

　　老赵到底还是想起来了，确确实实，是有一个"老胡"的，他们在医院里有过交集，不是在草坪就是在过道。当然了，因为所有的患者都必须戴口罩的缘故，患者与患者之间都没什么清晰的记忆。老赵对"老胡"之所以还能有点印象，完全是因为他的儿子，"小胡"。说是"小胡"，其实也是四十好几的人了，穿着很体面。老赵隐隐约约听护士们说过的，"小胡"似乎是某个房地产开发公司的董事长呢。老赵一听到"董事长"就知道"小胡"几斤几两了。—— 在这个城市，一个连老赵都没听说过的房地产公司的董事长，怎么好意思叫董事长呢。

不管"小胡"该不该叫成董事长，他的父亲，老胡，作为老赵的病友，到底在网络上露面了。这就是"同志"了。喜讯是接踵而至的，不到两个小时，"象牙塔"上居然又冒出来一个"老黄日记"。"老黄"的情况和"老胡"类似，自然也和老赵类似。老黄 — 老胡 — 老赵，老赵 — 老胡 — 老黄，这就是网络世界的迷人之处。空间被摘除了，在虚拟的世界，三个病友链接成了一个整体。他们在"象牙塔"会师，会师喽。这是一个胜利，也可以说，是傅睿大夫的胜利。如果没有傅睿，他们也许就已经死了。可是，他们还活着，在空间之外。

老赵拿起了电话。站得笔直，像旗杆。他权衡再三，最终拨通的是下属晚报的电话，老赵说："肖羽同志吗？请到我家里来一趟。就今天，OK？"

闻兰的每一个上午都要从一杯咖啡开始，空腹，这是她多年养成的一个习惯。咖啡却并不讲究，用的是速溶，配料则是鲜奶。说到底她还是喜欢鲜奶的润滑。究竟是牛奶配咖啡还是咖啡配牛奶，这就不用追究了。总之，这就是闻兰的口味，她要的就是这一口。为了喝好这一杯咖啡，闻兰特地订了一份报纸，是晚报。说是晚报，其实是和晨报一起发行的。闻兰喜欢一边翻着当天晨报其实是晚报，一边享用她的咖啡其实是牛奶。新闻当然没什么可看的，但是，光喝咖啡，不看报纸，哪里还像个知识分子？

在第七版，也就是"社会新闻版"，闻兰原打算只瞄一眼的。

仿佛得到了神的启示，闻兰刹那间就有了某种预感。一个熟悉的名字突然出现在闻兰的眼帘中。闻兰定睛一看，是她的儿子，傅睿。闻兰的脑袋轰的就是一下。她最为担心的事情到底还是发生了，傅睿，她的儿子，他的姓名见报了。闻兰扶了一下老花镜，尽量地克制。她在读。逐字逐句，逐句逐字。再一次让闻兰吃惊的事情却发生了——原来不是新闻，更不是所谓的"曝光"，是一篇完完整整的新闻特写。正面报道，类似于好人好事。闻兰的目光离开了版面，看着窗外。这就纳了闷了——这个幺蛾子又是从哪里放出来的呢？

闻兰摘下老花镜，站起身来。她一把抓起报纸，转身走进了卧室。老傅还在睡。隔着羊毛毯，闻兰把当天的晚报拍在了老傅的腹部，附带着就把老傅推醒了。老傅懵里懵懂的，不明就里。但是，闻兰的这个动作太吓人了。只有医院出了不可控制的"大事"闻兰才会这样。——第一医院还是见报了。老傅支撑起上身，哪里还来得及戴眼镜，只能眯起眼睛，勉强看得见标题。老傅从黑体的通栏标题当中看到了"傅睿"。都没来得及和闻兰说话，家里的电话就已经响了。来电显示，打电话的是第一医院的雷书记。老傅慢悠悠地，他从乳白色的座机上取下了乳白色的话筒。这个电话他要亲自接的。

"老书记，看到今天的报纸没有？"

"还没有。"老傅说，老傅的口吻随即就严肃起来了，"不要急。不急！有话慢慢说。天也塌不下来的。"

傅睿关机了。家里的电话也没人接听。闻兰想给敏鹿打个电话的，想了想，还是把电话放下了。老傅去了趟卫生间，他需要冷静。在需要冷静的时刻，老傅的首选是卫生间。闻兰一屁股陷进了沙发，重新把报纸平摊在了茶几上。她端详着"傅睿"这两个黑体字，心情复杂了。整整一个版面上，全是傅睿的"事迹"。这些"事迹"闻兰当然是不知情的，但是，作为母亲，她信。她相信这些都是她儿子做出来的事情。如果傅睿不是她的儿子，闻兰愿意承认，多么好的一位医生啊。但问题就在这里，傅睿是她的儿子。这孩子遭罪了，他这个医生当的，没日没夜了。这么多年了，闻兰还是第一次知道儿子是这么做医生的，换一个说法，闻兰也是第一次知道她的儿子是这样生活的。他的日子还过不过了？他的觉还睡不睡了？怎么从来就没听见敏鹿抱怨过呢？

　　闻兰这就想起一件很小的事情来了，小到几乎可以忽略。那是傅睿五年级下学期的期末，傅睿迎来了他的期末考试。就在考完语文的当天晚上，傅睿不吃饭了。他帅气的小脸上凭空就流露出了紧张的迹象。一问，是考试出了大纰漏。那是一道阅读理解题，在回答第四个问题的时候，傅睿是这样回答的："这一个小节重点描绘了欢天喜地、举家团圆的气氛。"这个回答很好，傅睿回答兼顾了"欢天喜地"和"举家团圆"这两个元素。可问题在于，在两个元素之间，他用的是逗号还是顿号呢？傅睿不确定了。想起这件事的时刻，傅睿正在剥基围虾，他停止了手里的动作，在追忆。追忆的结果很不幸，经过傅睿的确认，是逗号。这当然要扣分，可以是一分，也可以是零点五分。傅睿的脸当场就失去了

163

颜色。傅睿在意他的考分闻兰是知道的，他有对手 —— 同班同学姚子涵。核心的问题却不在这里，核心的问题是，姚子涵的母亲也是播音员，是闻兰的女同事。"女同事"是怎么回事，傅睿无师自通，他懂。因为有了这样的一层关系，傅睿的总分始终是第一，一直把姚子涵压得死死的。不幸的是，进入四年级之后，姚子涵似乎开了窍，她会学习了，也可以说，她会考试了，她的总分与傅睿呈现出了并驾齐驱的势头，也就是一两分的事儿。现在，一个逗号，其实是顿号，极有可能改变命运。傅睿听到了身后的脚步声，很压迫，他不可能不紧张。一个家就这样陷入了寂静。家就是这样，一旦出现了一个懂事的、可以替母亲出头的天才，家里的气氛基本上就取决于天才的心情。当然，在傅睿的妹妹、这个永远也不受母亲待见的假小子看来，傅睿简直就是没事找事。为了一个逗号而放弃基围虾，这不是神经病么？

　　星期天的上午是傅睿返校的日子，因为连续数日的自我折磨，傅睿不肯起床。他怕，他惧怕返校。闻兰没有叫他。她了解自己的儿子，不用逼，到时候他自己会起来的，一分钟都不会迟。这是暑假前的最后一天了，也是闻兰去学校"看一看"的日子。闻兰的重点是和傅睿的班主任兼语文老师见个面。"意思"要有，这个"意思"不能少。任何一门任课老师都不能少。当然，班主任老师会逐一帮闻兰转达的。就在学校的大门口，傅睿的语文老师迎面走上来了，傅睿立住脚，不敢动，额头上全是汗。语文老师姓戈，早早地就看见闻兰和傅睿了，她跨下自行车，微笑着，朝傅睿走来。决定命运的时刻就这样不期而至，闻兰吸了一口气，也紧张，客客气气地说："戈老师，傅睿失手了吧这次？"戈老师用她好看的眼风批评了傅睿的母亲，十分温和地说："我们的傅睿怎么可能失手呢？从来不会的。永远也不会的。"闻兰说："那么，语文到底怎么样呢？"戈老师还故意拉下脸来，说："还能怎么样，稳稳的。"

傅睿和母亲火速对视了一眼。这一眼揪心啊，只有他们两个人才懂。傅睿担心母亲询问顿号的事，而母亲更担心傅睿询问顿号的事。出门的时候都忘了相互交代了，这可怎么好呢？千钧一发了。傅睿并没有让这个危险的时刻延宕下去，他放开母亲，一把抱住了戈老师。傅睿仰起了头，大声地喊道："——戈老师好！"死里逃生了。戈老师哪里能懂得傅睿的这一声呼喊蕴含着怎样的内容呢，她唯一能够感受到的是傅睿这孩子懂得感恩。戈老师摸着傅睿的脑袋，顺便就把手里的车龙头交给了闻兰，反过来便把傅睿搂在了怀里，眼圈都红了。是啊，谁还不喜欢懂得感恩的孩子呢？当着那么多行人的面。戈老师望着这一对母子，百感交集，不知道说什么好。而闻兰也望着这一对师生，百感交集，不知道说什么好。

知子莫若母。傅睿这孩子打小就这样儿，他热衷于额外的承担，他满足于额外的承担。然而，这承担并不针对任何人，相反，他针对的仅仅是他自己。在骨子里，这孩子却冷漠，很冷，尤其是和他亲近的人。在他所认定的承担之外，具体的事和具体的人恰恰又很难走进他的内心。这孩子的冷漠也是天生的，只有极为亲近的人才能够体会得到。闻兰记得的，那同样是一个周末，一个晴朗的冬天，闻兰在厨房里剁鸡，一不小心就把自己的左手给划破了，刀口很深。闻兰尖叫了一声，捏着伤口冲出了厨房，鲜血淋漓。初中一年级的三好学生正在做作业。闻兰以为傅睿会扑上来的，没有。他抬起头，鲜艳的血光一点儿都没有引起傅睿的关注，他毫无表情。随后，傅睿低下了脑袋，继续他的运算去了。闻兰一个人去了医院，她在去医院的路上内心涌起了一股说不出口的悲凉，这孩子动都没动，那也罢了，他怎么都不知道问候一声呢？闻兰不甘心。当天晚上她就走进了傅睿的卧室，闻兰说："傅睿，妈妈的伤口那么深，你怎么都不着急的呢？"傅睿说："我着急有什么用？我又不是医生。"闻兰说："不是这个道理哎傅睿，你不关心妈妈疼不疼吗？"傅睿反问说："关心了又有什么用呢？你还是疼啊。"合情合理。闻兰说："那你也应该关心一下妈妈，对吧？"傅睿说："你也没说要我关心。"闻兰说："这个还用说么？"傅睿又想了想，是渴望结束这场对话的模样，说："我在写作业呢。"实际上，闻兰十分后悔这一场对话，她不该走进儿子的卧室的。她走不进这孩子的内心去。在她与傅睿之间，没有这一次对话该有多好呢。

有一句话闻兰始终都没有说过，她只能在一个人独处的时候玩味，她是个失败的母亲，无论她这个母亲多成功。在儿子傅睿的这一头她失败，到了女儿傅智的那一头她依然失败。这里头有它的连带性。作为母亲，她偏心。她知道她偏心。从怀孕的那一刻就决定了的。她还记得她怀上傅睿之前的那段日子，她和老傅做了多么精心的准备哦，每一天的体温都是量好了的，而日子也都是掐好了的。她哪里还是备孕，是躲在家里做生化试验。——可怀上傅智则完全是一个意外，是老傅酒后的浪。闻兰在好一通担惊受怕之后才迎来了她再一次怀孕的消息，沮丧得要命。她不想要。她不想要主要是因为傅睿给她的孕感实在是太糟糕了，从第四个月开始，闻兰就抑郁，都动了死的念头。——可年轻的老傅就是浪，傅睿还在吃奶呢，年轻的老傅也要浪。闻兰记得的，整个过程老傅都戴着避孕套，然而，到了最为紧要的关头，年轻的老傅一把就抹去了，扔了。傅智就这样一头冲进了闻兰的体内。傅智都没有出生闻兰就有些厌倦她，你折腾什么呢？你说你在肚子里闹什么闹？——你让我恶心，这就是尚未出生的傅智与闻兰之间的真实写照。闻兰恶心得都犯晕，一天都不想活。而傅智的长相就更有问题，头不是头，脸不是脸，大手大脚，没心没肺，全像她的老子，一看就是她老子的急就章。

也不能说闻兰对傅智就一点儿都不爱，也爱。但是，爱这个东西从不抽象，它具体，它有一个具体的体现——耐心。对傅睿，闻兰有取之不竭的耐心；可到了傅智这边，闻兰急躁了。她最爱做的一件事就是给做妹妹的树立标杆："看看你哥哥！"做妹妹的就知道了，哥哥是她不可企及的模板。傅智在成年之后和闻兰一直不亲密，结了婚就很少往来了。这一点闻兰也认，她不抱怨。闻兰就是不明白，傅睿的冷漠到底是从哪里来的呢？老傅不这样，她自己就更不这样了。

——敏鹿这孩子不容易啊，不容易。只有她这个做婆婆的知道，她的这个儿媳妇不容易。回过头来想，闻兰只能叹服于自己看人的眼光，她这个儿媳妇毕竟是她亲自挑选的。她看得准、选得对。闻兰之所以一眼就能看中敏鹿，还是她身上浓郁的贤内助的气质。傅睿需要这个。一个外科医生，尤其是顶端的外科医生，哪里能少得了贤内助呢？不过闻兰私底下承认，她自私了。她希望自己的儿子得到最好的照顾，然后，一心一意地忙他的事业。——可是，"事业"也不能这么一个忙法。如果不是晚报给闻兰带来了突如其来的消息，闻兰哪里能想到傅睿是这样做医生的呢。这日子还过不过了？他还要不要自己的那张床和床上的那个人了？闻兰对敏鹿突然就是一阵心疼，她失神地望着报纸，一会儿心疼儿子，一会儿心疼儿媳。哪哪儿都不对了。

老傅终于从卫生间走了出来。他魁梧，忧心忡忡。此刻应该是他的晨跑时间，然而，今天的情况有些特殊，那就只能下午了。老傅不停地在客厅里踱步，因为高大的体形所带来的压迫感，客厅顿时就有了办公室的氛围——带上了等待决策的意味。老傅在卫生间待了相当长的一段时间，比平日里整整多出了一倍。报纸他看了，是好事。当然是好事。可是，在私底下，老傅对这样的报道多多少少有些失望。这不是他所渴望的。他所渴望的傅睿不应当以"这样的"方式走向公众。傅睿应该以他的业务——理论突破，或临床上的创新——走向传媒与公众。这算什么呢？这对傅睿毫无意义。傅睿的学术背景和业务能力绝对不是"好人好事"可以概括得了的。幼稚了嘛。时机也不对。老傅对这一届班子有一股说不出的失望，抓不住重点啊，不尊重人了嘛。偏离了嘛。什么是好领导？——让合适的人走合适的路。

多亏了雷书记的电话，老傅清楚了，晚报的报道不是院方组织的，属于报社的自发来稿，类似于"人民来信"。但小雷的电话倒也不是因为一篇报道才打来的，他有他的"考虑"：市里正要举办新一期的"骨干培训"，各个单位就存在一个"报名"的问题。第一医院也开了好几次会了，名单一直都没能定下来。"坦率地说，"小雷告诉老领导，"我们没打算报傅睿。"雷书记在电话里说，"我们也难。可人算不如天算，报纸来了，那还讨论什么呢？不会有阻力的。"老傅当然知道"骨干培训"是什么意思；"名单"是什么意思那就更不用说了。这个小雷，这哪里还是请示，邀功了。老傅一下子陷入了犹豫 —— 该不该把傅睿往"那条"道路上推呢？老傅的第一反应是不赞成。既然不赞成，一时也不知道怎么答复，还是先去一趟卫生间吧。

在卫生间，老傅做了一番周密的分析。最终拍板了，傅睿的"培训"先放一放。时机合适与不合适另说，傅睿还是不应该走那条路。那是他老傅的路，并不理想。退一步说，即使将来走，也不是现在这么一个走法。傅睿的业务毕竟已经到了这个程度了，在傅睿这样的年纪，重点还是应当放在业务上。走出卫生间之后，老傅再一次走到电话机的面前，重新拿起了电话。这个电话很重要，它牵涉傅睿的未来。老傅哪里能想到呢，小雷却固执了，语调谦卑，态度却十分地坚决，一点儿也没有向老领导退让的意思。小雷再三恳请老领导不要"太低调"了 —— 事态是清晰的、明朗的，用不了太久，傅睿将会出现在各式各样的媒体上。事态万一再持续下去，傅睿的"事迹"将会遍布整个文卫系统。如果我们在这样的时刻忽略了傅睿，上面问起来，我们的"敏感性"哪里去了？

新老书记并没有在电话里达成共识。"敏感性"说大不大，说小也不小。这种事别人可以不考虑，做书记的却不能在"敏感性"上出纰漏。——无论老傅退下来有多久，这个原则他不能不懂。一屁股坐下来之后，老傅就再也不想说话了。就那么挨着闻兰，坐着。别看生活安安静静的，其实也有波澜，看不见罢了。关于傅睿，老傅很为难，可以说，两难。他很想和闻兰喟叹几句，却不知道从哪里说起。闻兰也是这么一个情况，关于她这个儿子，她也有话要说，也不知道从哪一头说起。两个人就这么干坐着，心里头都装着傅睿，却各是各的心思。最终，老傅把闻兰的手拉了过来，慢慢地抚摸着。就这么抚摸了片刻，闻兰问："你没洗手吧？"

老傅说："我记得我洗了的。"

"什么叫'我记得'我洗了的，到底洗了没有？"

"我记得我洗了的。"

"出卫生间都不洗手，还四处摸。摸什么摸！"

上午十点，按照事先的预约，党办和院办的小严主任把傅睿领进了第一医院的小会议室。雷书记在，范院长也在。灯火通明，郑重了。傅睿知道会有这样的一次谈话，任何一次重大的医疗事件，包括纠纷，都会有这样的一次谈话。可这样的谈话比傅睿预想的早了一些，人数也不对，太少了些，地点就更不对了。傅睿也提醒过自己，无论院方怎样关心那一天的冲突，他不会在打人的事情上纠缠。虽说小蔡也受了点轻伤，但作为当事人，他毕竟没有遭到袭击，那就过去了吧。至于手术，傅睿不打算在这里谈，那个还是在专题会议上讨论更合适。傅睿的身份毕竟有些特殊，刚走进会议室，雷书记和范院长都站起了身，握手，寒暄。雷书记都还没来得及说话，范院长却先开口了："周老来过电话了，他很关心。"范院长所说的"周老"当然是傅睿的导师，周教授。范院长每一次和傅睿见面都要提一提"周教授"，无非是看得起傅睿，他和傅睿也算同门师兄弟呢。雷书记点上香烟，顺手便把香烟与打火机一并丢在了桌面上，对傅睿说："上面很重视。我们也很重视。"小严在这个时候再一次走进了小会议室，他给傅睿大夫送上一杯袋泡的立顿红茶。雷书记看着小严的手，看着小严把茶杯放在傅睿大夫的面前，夹着香烟的手指向外掸了掸。他其实用不着掸的，他不掸小严也会出去。但雷书记的意思不是叫他出去，是让他随手关门。

雷书记的心情不错，门一关上就开始了他的自我批评。单位里出了这样的人、出了这样的事，他这个做书记的居然一点儿都不知情，显然是工作还不够细。雷书记在自我批评的时候心情是舒畅的。他的愉快在放大，不只是批评了自己，附带着还批评了整个"班子"。都有问题。这是傅睿第一次正式和雷书记见面，只用了几分钟，傅睿就发现有些不对劲儿，雷书记怎么就那么开心呢？——傅睿所以为的"事"是纠纷，而雷书记所说的则是晚报。岔得比较远了。不过傅睿很快就发现了另一件事：雷书记

171

和自己的父亲实在是太像了。这个像并不是长相，而是说话的口吻，还有手势，还有表情。连遣词造句和说话的腔调都像。当然了，最像的要数这个了 —— 他们的语言和他们脸上的神情往往不配套。这么说吧，在他们表达喜悦的时候，他们的面色相对严峻；反过来，到了"教训很沉痛、很深刻"的时候，他们的脸上却又轻松了。傅睿端详着雷书记，顿时就有了一个错觉，父亲唯一的儿子不是自己，父亲唯一的儿子正在对面和自己说话。—— 这就虚幻了，有些诡异。这让傅睿特别地茫然。傅睿所不知道的是，眼前的雷书记和自己的父亲一直工作在一起，他们在一起的时间远远超过了父与子的相处。单位里的工作就这样，一个用心地教导，一个用心地模仿，耳在濡，目在染，上下级之间难免会越来越像。—— 做完了自我批评，雷书记收敛了笑容，话题自然就转到傅睿的身上来了。重点是夸。雷书记的夸奖带上了演讲的性质，庄严了，逐渐走向了悲壮。傅睿其实在等，他在等雷书记能早一点切入正题。他不能知道的是，雷书记并没有跑题，他自始至终都在正题上，他的任务就是讴歌傅睿。傅睿慢慢地也就恍惚了，他有了一个错觉，他不是经历了死亡与医患纠纷的医生，是战士。为了第一医院的荣誉，他顶着枪林弹雨，已经捐躯了。现在，第一医院终于迎来了他们的烈士。傅睿，作为烈士，正躺在雷书记的悼词里。雷书记在讴歌，傅睿在听。可傅睿终于难为情了，太难为情了，他承受不了讴歌的残暴，讴歌在蹂躏他。傅睿动了动手，想打断他。但雷书记对烈士的悲情业已迸发，谁也不能阻挡。他在追思，他要缅怀，他必须抒发。傅睿只能忍，忍到最后却忍无可忍。

他想起了田菲的父亲，顺手就拿起了烟缸。这是一只硕大的水晶烟缸，造型雄伟，足以容纳天下所有的烟头和所有的烟灰。傅睿把天下所有的烟头和烟灰一股脑儿撒向了雷书记的脑袋。一部分还连带了范院长。烟头四灭，烟灰弥漫。雷书记的脸被烟灰覆盖了，只留下两只眼睛。数不清的烟头落在了雷书记和范院长的头顶。雷书记却丝毫也没有受到傅睿的干扰。头顶的烟头和满脸的烟灰同样没能中断他。雷书记岿然不动，用他仅剩的两只眼睛望着傅睿，他打着手势，在追思，在缅怀，在抒发。

傅睿愤然离开了。就在走到卫生间门口的同时，他感觉到了后背上的痒，很强烈。起初只是一个点，在他的后背上"刺"了那么一下。但"痒"是多么奇异的一个东西，像原子，可以裂变，也可以聚变。——"痒"的质量消失了，"痒"的能量迸发了出来。也就是一个转眼，"痒"，它丧心病狂了。它们密密麻麻，在傅睿的后背上汹涌澎湃。尖锐，深刻，密实，猖狂。天下所有的"痒"都是一家的，它们串通过了，商量好了，一起扑向了傅睿的后背。

傅睿只能走到卫生间去，他把门反掩了。他在卫生间的房门背面用力地蹭。蹭是对付痒的最佳方案，痒熄灭了，一个又一个。痒的熄灭必然会带来快感，快感诞生了。快感让傅睿张大了嘴巴，每一个毛孔都滋生出了吟咏与歌唱的愿望。无尽的快感就这样传遍了傅睿的全身。要是有人能够给傅睿挠挠多好啊，最好能用刀片刮一遍。从傅睿的脖子到傅睿的腰部，对，也就是腰五骶一的那个位置，全部刮一遍，所有的痒将无所遁逃，它们的尸体将会

173

掉落在傅睿的脚后跟那里，尸横遍地。

身后却有人敲门了。傅睿拉开门，是雷书记，他站在了卫生间的门口。他的面部完整，干干净净，表情一点儿也不悲伤，终于微笑了。而他的头发一点儿也没有凌乱，在脑袋的周边绕了一个圈，完完整整地覆盖了他的天灵盖。他的头顶没有烟头，面部也没有烟灰，丝毫也看不出清理过的迹象。傅睿狐疑起来，对着雷书记的面部看了好大一会儿——这么短的时间，他是如何做到的呢？

"我们已经商量过了，"雷书记对小便池说，"都讨论好了。"

为了掩饰，傅睿也只能小便。在小便池的面前，他终于和雷书记同步了。可傅睿的小便只有雷书记三分之一的量，也就是说，只有雷书记的三分之一的长度。——利用这个时间差，傅睿再一次回到了小会议室。他不放心。傅睿奇怪的是，范院长也好好的，正在喝水。小会议室被清理过了，只用了雷书记三分之一的小便时间。桌面整洁，雷书记的香烟和打火机还在原先的位置上。为了恢复原样，所有的烟头和所有的烟灰也收进了那只硕大的、造型雄伟的水晶烟缸。

"我们已经讨论过了，"范院长笑眯眯地告诉傅睿说，"都商量好了。"

八

　　严格地说，小蔡并没有独身，有家。她和胡先生生活在一起已经有些日子了。她的家离尚恩咖啡也不远，两站地铁的路。

　　胡先生的衣着给整个第一医院都留下了深刻的印象，他可真是太讲究了。讲究的衣着使他看上去分外地凝重。不过，所有医护人员都知道，让他凝重的不可能是他的衣着，还是他父亲的病。为了他的父亲，他给现场的每个人都发了一圈名片，其实也没这个必要。但父亲的病情太过严重了，太过严重的事情就必须慎重地对待。小蔡记得的，她没有看胡先生的名片，随手就塞进了口袋。年纪稍长的护士们却认识胡先生，也可以说，认识胡先生的公司。他的公司有点影响力，前一段时间电视、晚报和大街上到处都是他们楼盘的广告。小蔡不关心楼盘，既然大伙儿都对胡先生表示出了热情，利用上卫生间的工夫，小蔡便把名片掏了出来。知道了，"海润集团"的"海"原来就是董事长胡海先生的"海"。小蔡把胡海的名片丢进了垃圾桶。患者家属的名片她多了去了，对一个护士来说，无论是胡海、胡江还是胡河，都一样。地位越

175

高的人对小蔡来说就越是没意义。地位高的人只认院领导、主刀大夫、麻醉师，最多也就是对护士长客气一点儿。谁会认真地对待病房护士呢？

父亲术后的第一个二十四小时，胡海没有合眼。胡海没有合眼和傅睿大夫的交代有直接的关系。傅睿大夫说，"理论上"，移植手术有一个特征，第一个二十四小时熬过来了，一个星期就有希望；第一个星期熬过来了，一个月就有希望；一个月熬过来了，活一年就有希望；等真的熬过了第一年，三年五载都有可能。——这是不是真的，并没有临床统计数据的支撑。但傅睿大夫的话胡海不可能不听。当然了，任何一句话都有一个认知角度的问题。在傅睿的这一头，他说这番话的重点是"活"，而到了胡海的耳朵，看问题的重点却是"死"。—— 老父亲会不会在第一个二十四小时就撒手呢？这一来，在第一个二十四小时，胡海在病房的外面就处在了"倒计时"的状态里。倒计时的状态太折腾人了，是逼近死亡所特有的计时方式。

胡海没有合眼，翻班的护士却是小蔡。胡海分不清护士。胡海对人的确认有一个特点，大多都从嘴巴的那一把开始。对胡海来说，嘴巴是表情的主旋律，真的到了眼睛这一带，他反而不容易搞清楚。这一来麻烦了，护士们都戴着硕大的口罩，她们的嘴巴没了，就等于整体的表情没了，谁还认识呢？—— 所有的护士都是两只眼睛。凌晨四点，小蔡过来换药，胡海站起身，并没有凝视父亲，相反，他盯住了小蔡。这也是患者的家属们常有的心态了，在要紧的关头，他们格外在意医生或护士的眼神。他们认为，这些眼神往往包含了患者的命运。胡海注意到了，小蔡的眼睛里头有了一丝喜悦的成分。然而，因为是下半夜，每个人都懒得说话，小蔡也就懒得说话了。她的目光从胡海的脸上挪开了，迅速地瞥了一眼病床的下方。顺着小蔡的目光，胡海看了一眼父亲的导尿袋，这一眼不要紧，胡海吃了一大惊，导尿袋血红——他的父亲居然尿血了。胡海哪里能知道呢，这不是尿血，是被移入的肾脏开始代谢的征候。经过小蔡的一番解释，胡海明白了，这叫"肾存活"。也就是说，肾脏在父亲的体内参与代谢了。这是天大的喜讯。还有什么比这个更好的呢？凌晨四点，病房像鬼门关那样没有好歹。可病房护士却带来了好消息，她可是报喜鸟呢。胡海在激动之余瞥了一眼护士的胸牌。她姓蔡。

胡海再一次见到小蔡的时候，父亲已经开口说话了。一来一去，也就是几句话的事情，这就不一样了。胡海轻松了。轻松的来临和疼痛的消失极为相似，它可以把一个人还给他自己，胡海就此进入了常态。胡海再也不用把他的注意力聚集在父亲的身上啦。他的视觉和听觉都活跃了起来，比方说，无所事事地观察周边。胡海很快就注意到不同护士的不同习惯了。比方说，小蔡，到了注射的时刻，她就有一个习惯，在寻找静脉、打算进针的时候，小蔡往往要把她的口罩摘下来。也不是真的摘下来，而是挂在右侧的耳朵上，然后，伸长了脖子。她的嘴巴是张开的，不是用鼻孔，而是用嘴巴去呼吸。小蔡的胸部相当地挺，这一来小蔡的呼吸就不再是呼吸，更像喘，整个胸脯都联动起来了。那是一种十分轻微的起伏。伴随着这样的起伏，小蔡就把针头插进血管了。这是寂静的动态，全神贯注，特别地美，天然，同时还兼顾了职业的特征。胡海在他的公司从来都没有见过这样的全神贯注。这个中年男人就此知道了一件事，美女的美不在局部，不在眼角、鼻尖、嘴巴乃至于大腿、臀部和脚踝，不是的。美女的美是系统性的，是她的整个系统让某一种静态或某一种动态焕发出了无与伦比的魅力。

就在术后的第四天，一切迹象都在表明一件事，胡海的父亲绝对能活得过"一个星期"。刀口也已经"不疼"了，父亲也就摆脱了疼痛，表情里不再有忍。胡海的心情好得不能再好了，他在过道里头叫住了小蔡，特地递给了小蔡一张名片。小蔡正在忙，她背对着胡海，为了和胡海构成对话的关系，她的上身只能是后仰的。这个姿态好看得很。她看了一眼名片，看了一眼胡海，再看了一眼名片，再看了一眼胡海，最终把名片放进口袋。胡海看出来了，当小蔡拨动她的眼珠子的时候，有极好的姿态，类似于弱电的分流。胡海掏出了他的手机，在那里等。小蔡明白过来了，上眼睑弯了，应该是歉意的笑。她报出了她的手机号。她把她的号码分成了三组，第一组三位数，第二组三位数，第三组则是五位数。

就在当天晚上，小蔡待在她的单身宿舍里头，正在玩电脑，都打算睡觉了。手机上突然跳出了一行字："来我们公司吧。"这当然是诈骗短信。第二天一上班，短信的下面再一次跳出了一则短信："考虑一下呗。"小蔡突然想起什么来了，她去了一趟卫生间。从口袋里掏出了胡海的名片，一比对，果然是的。小蔡对这样的暧昧一点兴趣都没有，这样的暧昧她在病房可是见得太多了。作为一个业内人士，有一件事小蔡是知道的，这年头，护士的流动性相当大。那些年轻漂亮的姑娘们哪里去了呢？大家都有数，院方也有数。心照不宣罢了。比较下来，泌尿外科的病房就更为严重。道理也简单，肾病是富贵病，家里没有一点家底是不会把患者送到这里来的。泌尿外科是住院部的"头等舱"啊，头等舱自然会有头等舱的人生风景。

小蔡把手机窝在掌心，眨巴了几下眼睛。临了，开始打字。"胡总也想开医院哪？"又检视了一遍，口吻很得体，算是对付了。

一出卫生间，小蔡就给胡海的父亲换药去了。她端着托盘，径直从胡海的身边走了过去。这一次小蔡没有和胡总打招呼，甚至都没有对视，但是，胡总的存在感却放大了，就在小蔡眼角的余光里。余光告诉小蔡，胡总正在阅读她的信息。小蔡来到床前，把针头从空瓶子上拔下来，再把针头插到新瓶子上去。就在整理滴管的时候，口袋突然就是一阵振动。小蔡知道了，是胡海的短信回复了。护士在值班的时候当然是禁用手机的，但是，今天的手机会有特别的事态，那只能另当别论。小蔡把手机调到了振动，但振动也有它的声响，类似于昆虫的翅膀。小蔡听得见翅膀的声音，想必胡先生也听得见。可小蔡就是不接，脸上是置若罔闻的神态。换完药，小蔡却没有当即离开，她刻意逗留了片刻，掀起被窝看了一眼老爷子的刀口，说："挺好的哈。一天一个样，挺好。"都是嘴边上的话。

整整一个工作日，小蔡仿佛失踪了一样。这对胡海来说可不是什么好消息。这话也不准确，她一直都在病房。是护士在这里，那个叫小蔡的"姑娘"却不在这里。胡海刚才的短信是这样说的："医院我办不了，康复中心或者养老院我正在考虑，未来有那么多的老人呢。"胡总的这个短信很没见识了，这一套说辞在他的那一头勉强可以算一个创意，在小蔡的这一头，再普通、再平庸不过了。小蔡有过类似的机会，可乡下人有乡下人的逻辑，很看重体制。小蔡就喜欢"第一医院"这一块招牌，哪里都不会去。小蔡再怎么浪，"头等舱"的事情不会发生在她的身上。这样的男人小蔡可不玩，再说，年纪也大了。

胡老板的短信换了主题了，还是平庸的创意。请小蔡"吃顿饭"。这个小蔡答应了。在这件事情上胡海做得还算体面：时间由她定，地点也由她定。那小蔡就不用客气了。她答应了第二天的午饭，地点则是离第一医院不远的"粤仙"，是一家海鲜馆。小蔡每一次路过"粤仙"都能看见他们的广告，她喜欢图片上的澳洲龙虾。龙虾的肉剔透了，有自动的光源，婴儿的口水一般。小蔡从来没吃过龙虾，说到底，"粤仙"可不是为小蔡这样的人开的。——既然胡总要请客，也好，那就周瑜打黄盖呗，一个愿打，一个愿挨。

午餐大概只进行了一个小时。毕竟是午餐，多少有些仓促，也没酒。胡老板到底是长了一辈的人，几乎没怎么吃。那小蔡就不用客气了。总体上说，龙虾的味道相当好，比广告的效果还要好，尤其是牙齿切入虾肉的那个刹那。看着小蔡吃完了，胡海放下叉子，放下刀，抿了一口矿泉水，说了几句场面上的客套话。

概括起来说，就是辛苦你了，非常感谢。说完了客气话，胡海拿出了一张卡，摁在了桌面的白色台布上，一直推到小蔡的面前。胡老板说，一点心意。小蔡没有扭捏，说："这怎么好意思？"也就"笑纳"了。说话的工夫胡老板已经起身，一边起身一边交代密码，是六位数，12－12－12。说完了胡总就笑，小蔡也笑——这个胡总，哪里还是老总呢，就像隔壁小学的体育老师，在喇叭里喊口令呢。不管怎么说，小蔡和胡总总算笑到一起去了。胡总也没有逗留，再次道谢，起身，走人。

小蔡当然是拿过红包的，通常都是和杜蕾斯一样超薄型。露骨的也有，直接就是两张现金。胡总还是不同，是一张卡。数额就不用管它喽。卡有卡的意义，好看，也正式。小蔡到底还是个女孩子，哪里绷得住。好不容易熬到下班，小蔡故意绕了一个大圈子，来到了 ATM 的面前。她急于想知道卡内的秘密有她的动机，这动机来自于她的一个误判。她没见过护士长们拿红包，那么，一定就是卡。一张卡究竟是多少？小蔡没法问，也就不可能知道。现在好了，她也有了一张卡，护士长的价码自然就揭开了。——这里头有小蔡人生的小目标，如果值当，她就应当朝着护士长这个目标去努力。如果不值，立即拉倒。

ATM 的显示器显示了，是余额。一出来就把小蔡吓了一大跳，一嘟噜全是 0。领衔的是 2。小蔡的腿都吓软了。2 的后面一口气续了五个 0。小蔡张开了手，借助于手指，依照个、十、百、千、万这个序列，一口气数了好几遍。确认了。小蔡虽说被吓了一跳，好在也没有失去冷静，她没有取。她把卡拔了出来，一个人来到了马路边。车水马龙再也不是车水马龙的模样了。

这当然不是一个红包，不可能是。那一头很清晰，几乎是宣言，他志在必得，要睡她。可二十万究竟是怎样的一个睡法，小蔡无法确认。睡一下当然不是什么问题，和谁还不是睡呢。问题是，二十万究竟意味着什么呢？小蔡一时半会儿也理不出头绪。

出乎小蔡的意料，"粤仙"的澳洲龙虾之后，胡海的那一头没动静了，和消失了一模一样。这个就奇了怪了。胡海到底是哪一路的神仙呢？他又是怎样的一个物种呢？——老虎有老虎的方法，先起跳，整个身体都一起扑；——蟒蛇则是蟒蛇的扑法，它只用小半个身子，其余的部分原地不动，那是可以吞得下一头大象的；——蜥蜴呢，它静止，它的身体不动，需要出击的仅仅是弹簧一样的舌头。胡海不是虎，不是巨蟒，也不是蜥蜴。他又是怎样的一种打法呢？对，他是蜘蛛。蜘蛛所擅长的不只是不动，甚至还避让，它只是等待猎物自己撞上来。如果是蜘蛛，这个男人就太阴险了，和"胡总"的称呼很不相配。那么好吧，既然你决定了做蜘蛛，那姑奶奶也是一只蜘蛛。——卡在我的手里，我可以还给你，也可以不认账。说到底又不是我抢过来的。只要把密码换一换，谁知道这张卡是谁的，12－12算个屁。

胡海给小蔡打电话已经是他的父亲出院后的一个星期了。电话有些突然，正是小蔡百无聊赖的一个时段。胡海没发短信，直接就拨通了手机。小蔡都没过脑子，随口说："在班上呢。"出乎小蔡的意料，胡总没有嬉皮笑脸，相反，胡总口吻居然庄重起来了。胡总说："小蔡，我们不撒谎，敞敞亮亮的，好不好？"

"你凭什么说我撒谎？"

"你们的值班表我都能背出来。我说的是你的值班表。——出来逛逛呗，我陪你遛个弯儿。"

小蔡笑了。那就逛逛呗。小蔡让胡海在贵阳路和安庆路的交叉口等她。这里有第一医院的集体宿舍，一个人一小间的那种。小蔡很喜欢她的宿舍，再怎么说，在这个城市里，这里属于她，这是她与这座城市所建构起来的一个关系。和大部分姐妹不同，轮休的时候小蔡不喜欢逛街，她宁可一个人待着。——又有什么可逛的呢？无非是多认识一个男人，多喝几次酒，多做几次爱，然后分手。小蔡毕竟是曾经沧海的人了，情愿在休息的日子里睡个懒觉，再看看电视，也挺好。——胡海到底还是来电话了，小蔡对这一次的见面并没有自己预估的那样热心。卡她是带上了，见机行事吧。这张卡她不会要的。没睡，她不要;睡了，她也不要，就算给胡海的劳务费吧。

一见面，胡海的样子特别了。他没有衣冠楚楚，随意得都有些过分，就一件套头衫。和他的豪车很不相宜。因为套头衫是黑色的，又紧身，显肚子了。胡总的倜傥一下子就不见了，此刻，他和大街上的走卒也没什么两样。胡海说："想到哪里逛逛去？"小蔡说："就坐在车上逛逛街吧。"胡海点点头，说话的工夫胡海已经把小车启动起来了，车开得很慢，不像有四个轮子，倒像长了两条腿，真的是逛街的样子。胡海把着方向盘，慢腾腾地说："——你吧，这身衣服不好看。"这话说的，哪有一个男人一见面就批评女人的衣着的呢？也不看看他自己都穿成了什么样。小蔡说："要不换一身去？"胡海说："也行。"说话的工夫胡海的车已经掉头了。也就三四分钟，小车来到了地中海购物中心，胡海一个急拐，小车顺势就冲进了地下车库。小蔡说："你这是干什么？"胡海说："你说了，换一身去。"小蔡说："好好的换什么衣服啊？"胡海说："闲着也是闲着。你穿成这样，一点儿也不像小蔡——我这是和谁逛街呢？"这话说得没脸了，就好像除了小蔡，他就再没和女人逛过街似的。

——这里是地中海购物中心的七楼，女性服装与女性鞋帽的专卖层。小蔡没有在这里消费过，地中海哪里是小蔡消费的地方。不过话要分两头说，不消费不等于不来。小蔡偶尔来这里的，主要是逛，说得有文化一点，也就是流连。基本上属于心理行为了。小蔡在流连的同时当然也要挑选和尝试，在挑选和尝试的过程中孤芳自赏，那也是一种生活，又幽眇又高级，是梦一样的隐暗性生活。今天却有些不一样，身边站着买单的主儿呢。小蔡定心了，那就慢慢地挑呗。小蔡走到哪里胡海就跟到哪里。小蔡突然就犯过想来了，以胡海的年纪和身份，陪着一个姑娘在这里买衣服，不合适吧？胡海却反问了一句，这光天化日的，有哪里不合适呢？这话把小蔡问住了，是啊，有什么不合适的呢？倒好像小蔡怀了什么鬼胎。她一个单身女子，空窗，能有什么鬼胎？他们就一边走，一边挑，偶尔还有商有量。小蔡觉察出来，在买衣服这个问题上，胡海有品位，是高手，重点是系统性强。他们就一件一件地试，有上衣，有裤子，有裙子，有鞋。一层楼再上一层楼。在这个漫长的过程中，胡海也会给小蔡一些建议的，比方说，那件无肩的旗袍，那条紫色的重磅真丝，蛮适合你，和你的气质搭，可以试试看。——小蔡喜欢这样的建议，这一番建议里暗含了某种不易觉察的夸，小蔡是有"气质"的，那就试试看呗。——重磅真丝的坠感真的是妙不可言了，面料一路向下，拉上拉锁之后，小蔡胸是胸，臀是臀，腹是腹。这哪里还是真丝，成了她的身体，比她的身体更能体现她。哦，高档的衣服原来是这样的，不是衣服高档，是"让"女孩子高档。女孩子的高档所体现出来的不是别的，是穿的哲学——不是透过现象看本质，而是透过本质看现象。妙不可言的。当然，这件旗袍小蔡并没有买，短了。胡海说，可以去定制。两个小时之后，小蔡其实也就不关心"定制"的问题了，她开心。什么都还没买，小蔡已心花怒放。

可买总是要买的。胡海所看重的是裤子。胡海说，和裙子比较起来，小蔡的体形其实更适合裤子，可以凸显她的两条腿。小蔡的腿长，小腿瘦，却有一个短板，大腿粗，为了掩饰她大腿的粗，小蔡就规避了裤子。胡海的意思正好相反，女孩子的大腿可不能太细，关键是裤子要合适。那就来一条裤子呗。一上身，小蔡服气了，她的大腿哪里粗，是恰如其分的样子。小蔡高兴啊，这哪里还是买衣服，都解决了她的心理顽疾了，值得击掌相庆。但是，小蔡高兴得还是太早了，到了买单的时候，她不高兴了。她不高兴，胡海也就不高兴了。恰恰就为了这条裤子——就在确定了长度、锁好边、小蔡再试的时候，胡海说，别脱了，就穿着吧。小蔡不愿意，她想换上她的旧衣裳。一个要换，一个不让，两个人杠上了。一来二去，两个人还不说话了。最终还是导购小姐出面打了圆场，她站在了胡海的这一边，对小蔡说："先生都买了，你就穿着呗。穿衣要新哎。"

导购小姐的话小蔡就不好回了。胡海怎么就成了"先生"了呢？但是，胡海不是先生又是什么？也不能是女士吧。不管怎么说，胡海从头到尾一直陪着她，导购小姐都看在眼里了，这样的男人可是不多的。就算是导购小姐判断错了、说错了，又怎么样呢？小蔡到底该接着生气呢还是该高兴起来呢？很不好拿捏。还好，胡海倒是没有计较，他冲着导购小姐使了一个眼色，匆匆刷了卡，提上包好的旧衣服，对小蔡说："走吧。"

人是要衣装的，这是真理。小蔡花了半个下午置办了一身新行头，值得。她步行的动态都拉风了。胡海却反了过来，提着大包和小包，几乎成了小蔡的小跟班。商场里有许多粗大的柱子，那些柱子的外表都包裹着一层镀了镍的铝板。从实际的效果来看，它们都是镜子，圆柱形的。小蔡望着圆柱形的镜子，找到自己了，她的身体变成了一个瘦长条，犹如梦幻世界里的幻影女王。可小蔡很快就发现身上的不对劲了，是头发，和她的一身新完全不搭调。小蔡对着柱形的镜子捋了好几拨头，都没来得及说话，胡海说："还是得做一下头。"小蔡犹豫了一下，背过身去，抿着嘴笑。笑了好大一会儿，小蔡转身了，说："那要多长的时间啊。"胡海说："时间是这个世界上最没用的东西。"上帝啊，都像箴言了。小蔡想想，也对，时间又有什么用呢？

既然要做头，那就不用下楼了，得反过来，上楼。——到底是地中海的美发厅，气派。黑色的地砖，黑色的墙体，却透亮。在美发厅，就好像这个世界有一种专门的东西，叫黑光。美发师也是黑色的，黑皮鞋，黑裤子。白衬衣，外面却罩了一件黑马甲。小蔡找了一张空椅子，坐了上去。胡海则在不远处陷入了一张沙发。虽说是在小蔡的身后，小蔡却可以在镜子的深处观察到他。胡海已经做了持久战的预备，他搬来了一摞子《时尚芭莎》，二郎腿也跷上了，慢慢地翻阅。他的情态与其说是耐心的，不如说是休闲的。与其说是休闲的，不如说，这就是生活了，也就是过日子的那种。小蔡想，你一个买鲜鱼的，我一个卖咸鱼的，你都悠闲，我急什么？那就慢慢地来。先洗头，吹干了，再和美发师慢慢地讨论具体的细节。主要是发型，这是改头换面的事，要慎重。到底选择什么式样的发型呢？小蔡在直发与大波浪之间犹豫不定。她是倾向于直发的，说到底，直发更有少女感，她这个年纪的女人只要再勇敢一点，还是可以往少女的那一头挪一挪的。可现实的问题是，直发和新换的这一身的行头似乎又不妥帖。可大波浪也不行啊，再有风韵，终究还是老气。商量到了最后，小蔡终于明白过来了，干吗那么死脑筋呢，一切都交给美发师不就完了么。美发师的口吻相当地专业，说："还是要烫，烫完了再拉。"这是什么话呢，这不是闹呢么？帅气的美发师客客气气地解释说："烫完了，头发才能够蓬松；再拉，显得头发多。"哦——原来是这么一个道理。小蔡一下子就想起了电视画面上的女主播，难怪她们的头发那么多、那么好，难怪她们的小脸总是可以被头发包裹在最里面，难怪呢。那就开始吧，先烫，再拉，附带着塑型。

小蔡还是低估了做头所需要的时间。这是一项太过复杂的工程，耗时，费力，尤其在烫这个环节。美发师把她的头发一缕一缕地分开，用卷筒卷起来，固定好，烫。烫完了再洗，然后才是一梳子一梳子地吹，一梳子一梳子地拉。等所有的头发都吹得松软了，听话了，最后才能定型。小蔡的头发果然给美发师拉出了精神头，腮帮子两侧的头发居然都有了张力，呈现出富有弹性的弧度。它们与小蔡的腮帮子保持了一定的距离，却又在面部的两侧护卫着小蔡的脸。小蔡就那么望着自己，有了楚楚动人的迹象。附带着，小蔡也就看见了镜子深处的胡海。事实上，小蔡已经把胡海忘了，可胡海依然斜坐在那里，像个顾家的好男人。陪伴他的依然是那一堆《时尚芭莎》。不同的是，《时尚芭莎》已经从他的左侧挪移到他身体的右侧去了。小蔡对着镜子的深处"嗨"了一声，胡海捏着手机，走上来对着镜子说："做好了？"小蔡说："没呢——你觉得这个发型怎么样？"胡海看了看，说："很好，短一点更合适你。"口吻特别地家常，就好像他们在一起生活已经有些年头了。是从什么时候开始的？他们之间怎么就形成了这么一个局面的呢？这一问一答的，这一来一去的，就差柴米油盐酱醋茶了。

　　就在当天，他们去了酒店，没有试探，也没有交流情绪。就是过日子的样子，两个人外出旅游了。小蔡并没有体现出特别的激情，只是顺畅。胡海的状态和他购物与做头时相差无几，他稳妥，绵长，不逞能。很照顾人。唯一不同的是，小蔡在事后有了情绪上的反应，很安心。特别地安心。基于这样的心理基础，小蔡认为，有些事情还是要谈一下的。她就把话题重新给挑了出来。胡海说，还是到公司比较好。小蔡不同意，她不想舍弃她的第一医院，毕竟读了那么多年的书。胡海想了好半天，说，我还是得给你安排一个岗位，健康助理，怎么样？你可以不用去上班。小蔡思考了相当长的一段时间，最后说，好的。小蔡又想了想，说，先生还是租一套房子吧。先生说，那当然。小蔡又想了想，她感觉到了相似性。这个感觉荒谬了，没头没脑，和什么相似呢？她的这个感觉基本上就不能成立。——什么都没有，哪里来的相似？可小蔡就是感觉到了相似性。同时，这个相似性还有了深入人心的趋势。

九

新世纪的突飞猛进不可能只是体现在大街上，还有悄然的与无所不在的培训。培训，它革新了，革新了的培训充满了活力。为了提升培训自身的激素水平和代谢能力，它在招租，也在寻租。招租与寻租所带来的结果相当喜人，发展的速度它上去了。高速不只是高速，也模糊 —— 印象派绘画所表达的就是这个：一切都是顺带而过的，它稍纵即逝，来不及认知。哪怕是湖水、星辰与花朵，它们也只能模糊。模糊是一种结论，它告诉人们一件事，湖水、星辰与花朵已不再是湖水、星辰与花朵，它们飞奔了，像子弹，只要空间不要时间。物质的造型就此消失，肌理也一并消失，留给你的只有印象。它是世界赋予人类最后的馈赠。世界变成"印象"已经是一百多年前的事了 —— 现在，轮到傅睿去"印象"了。——"高级培训"很模糊，傅睿甚至都还没有来得及产生印象：它既是官方的也是民间的；它既像组织行为也像商业模式；它的结业证书既可以作为人生的硬通货也可以看成一张废纸。傅睿的"高级培训"当然很正式，有正规的来头，承办方却是一家销售机构。销售机构又把它肢解了，分包给了不同的公司。一些公司负责聘请教师，一些公司负责承包场地，另一些公司则负责综合管理。傅睿唯一能确定的是，包租的场地是一组被废弃了的民国老建筑，翻新了。当然了，再怎么新，风格还是老款式，摆脱不了废物利用的性质。围墙自然也翻新过了，顶部压了一层蓝色的琉璃瓦。

这是一堆疏朗的建筑，几经翻修，不同的建筑早就更改了它们的功能。但是，无论怎样更改，礼堂、教室、图书馆、宿舍和食堂都各归其位，正在发挥它们现有的功能。从公告栏的残留广告上可以看得出，这里不只是举办"高级培训"，也有众多的基础培训和中级培训，甚至包括寒暑假期的中学生英语和拉丁舞。想想也是，培训什么并不重要，客户需要什么，那就培训什么。

废弃的民国时期老建筑获得了新生。它不只是被翻新了，也在拓展。新的建筑物正拔地而起，那是一家多功能的图书馆，民国为体，时代为用。傅睿远远地就看见了那座吊塔，它高耸，搅拌机正在轰鸣。搅拌机会把水泥、黄沙、石子的关系搞均匀的，它借助的是水。等均匀的水泥、黄沙与石子依照设计师的意愿浇灌到预制板的内部之后，水会全身而退，水泥、黄沙和石子则一起凝固。复古主义的现代性就这样获得了它的强度和硬度。

傅睿拖着他的拉杆箱，一个人来到了东郊，培训来了。一走进这组新老并峙的建筑，傅睿就相当地恍惚。他所理解的"高级培训"当然就是上课，原来不是。开会也不像，旅游就更不像了。

但傅睿在来到培训中心的第一天就得到了一个好消息，"高培"的结业不用考试，那就轻松多了。傅睿有他的隐秘，或者说，担忧。他害怕考试，以他的睡眠状况，再简易的考试他都难以胜任，那还怎么向第一医院交代呢？培训好啊，他终于可以在培训中心踏踏实实地失眠了。傅睿失眠，他的睡眠几乎就是一只一刻也不能安稳的猴子。好在培训中心用不着上班，好在培训中心也不用手术。那就失眠呗，那就日夜颠倒呗，就当免费去了一趟美国。

睡眠不是猴子，是水藻，它一直在困扰傅睿。即使借助药物，傅睿的睡眠也从不保险。傅睿有一个沉重的和难以启齿的负担，他惧怕夜晚，那个只属于睡眠的时间。但夜晚会放大，它能涵盖到黄昏。这一来，傅睿也害怕黄昏。严格地说，黄昏一旦降临，傅睿就开始担忧，今夜他能不能入睡呢？残阳如血。但残阳从来不是答案，也不是承诺。残阳只是如血，这一来残阳就带上了不祥的性质，它的光芒与色泽都偏于凶险。关于睡眠，傅睿郁闷，他了解人体内部的所有脏器，可睡眠在脏器之外。睡眠到底在身体的内部还是在身体的外部？傅睿吃不准。它流动，也坚固，像人为，更天然。它可控，却不可控。它自主，也不自主。它静穆，也喧腾。它简单，更复杂。它亲和，又狰狞。它双目紧闭，又目光炯炯。傅睿原本的睡眠挺好，一进入大学，坏了，睡眠出了大问题。导致傅睿失眠的原因并不复杂，是解剖，严格地说，尸体。傅睿害怕尸体，这就说不出口了。医科大学最为普遍的看法是，克服对尸体的恐惧只是一个过程。等时间积累到一定的地步，自然而然就好了。傅睿一直没能"好"，他能做的只有硬撑，也就是假装。傅睿也问过自己的，他所恐惧的究竟是什么呢？傅睿最终给出了答案，是表情。尸体的表情。任何一具尸体都有它的表情，那是残留的偏执，就在牙齿、眼角、嘴角或太阳穴上。傅睿很能够体会这样的偏执，在生与死相遇的刹那，生命获得了惊悚。因为死，这惊悚就凝固了，成了固执，最后也只能是偏执。——事实上，尸体也不是偏执，那是一种坚持，是不能放弃。不能放弃就意味着一件事，他活着。是什么让他活着的呢？当然是疼。不是他不愿意放弃疼，是疼不肯放弃他。——多种多样的疼，深入的疼，隐藏的疼，剧烈的疼，撕裂的疼，无休无止的疼，一阵一阵的疼，酸疼，下坠的疼，亢奋的疼，扩散的疼，犹豫和鬼祟的疼，没头没脑的疼，发射的疼，凝聚的疼，突发的疼，吞噬的疼。这些疼都源自于哪里呢？很难确认。关节还是淋巴？牙龈还是脾脏？肿瘤还是炎症？权力还是钞票？上司还是邻里？意外还是阴谋？傅睿吃不准。为了捕捉这些表情的来由，傅睿躺直了，双脚并拢，摆出尸体的姿态，然后，去假想那种疼。傅睿就这样和黑夜构成了对话关系，这样的对话关系只有起始，没有终结。然后，天就亮了。

尸体有可能微笑么？傅睿从来没见过，一次没见过。但微笑是尸体的可能，许多人证实了这一点，他们看见了"含笑九泉"。"含笑九泉"差不多已经是人间的普遍文化了，傅睿没见过。没见过却不等于没有。傅睿也没见过睡眠，睡眠也有的。傅睿尝试过"含笑九泉"，他躺平了，摆出了尸体的姿态，然后，开始微笑。他保持着微笑，这就迷人了。这是一笔极好的遗产，应该普及。

天又亮了。

日复一日的失眠让傅睿很失措。他只有努力。但睡眠与努力所建构的是鱼和天空的关系。他的努力得到了馈赠，天亮了。

攻读研究生之前，傅睿还没有学会使用安眠药，那个凌晨的四点，傅睿站在了卫生间的镜子面前。他的样子丑陋了。像纵欲。像酗酒。像被捕与招供。像出卖。像躯壳。像奄奄一息。傅睿生自己的气。失眠成了红头的苍蝇，就一只，围绕在傅睿的脑袋周围，傅睿永远也拍不死它。

发现并关注傅睿失眠的，是傅睿的母亲。第一个反对傅睿使用安眠药的也是傅睿的母亲。——怎么能吃那个东西呢？它的副作用太大了，对肝、对肾、对神经系统都会有极大的伤害。闻兰只相信中医，中医的精华其实就是两个字：一个是调，调养的调；一个是养，静养的养。闻兰虽然没有学过医，但是，闻兰在收音机里播送过一篇稿子，闻兰很同意这篇稿子的观点：中医不是科学，中医在科学之上。它来自神示，肇始即巅峰，然后，流传有序。傅睿听从了母亲的劝告，把植物的叶子、根茎和昆虫的尸体熬成了汤剂，利用这些汤剂去"调"。"调"过来"调"过去，天又亮了。东方红肿了，化脓了，淤积了一堆的血和脓，看上去特别地疼。傅睿在气急败坏之余背叛了母亲，他去了医院，开了一板舒乐安定。舒乐安定，它的效果美妙了。夜深人静之际，那个小小的、白色的颗粒变成了一只巨大的轮子，十分缓慢、十分安详地从傅睿的身躯上碾了过去。傅睿看见自己成了一只卡通猫，巨轮压住了傅睿的尾巴，沿着傅睿的尾巴一点一点地向前推。睡眠是一个扁平的东西，傅睿很平整。傅睿就这样由三维过渡到了二维。傅睿一口气睡了八个小时，类似于消融。消融带来了惊人的结果，天亮啦。

　　培训班的开班典礼一点儿也不复杂，就在报到日的当天晚上。程序简单，气氛内敛而又低调。现场来了两个领导，象征性的。不过，礼堂里却有一股子隐匿的亢奋。是的，四十八个学员，都是四十上下的年纪，正是懈怠的时候。家里懈怠了，办公室里也懈怠了。然而，四十来岁的懈怠和六十多岁的懈怠到底不同，它所需要的仅仅是外部的一个理由。再怎么说，他们哪里是"学员"呢？是四十八个行业精英，是全社会的翘楚。现在，他们进入了"高级培训"这个阶段。除了傅睿，谁还不知道"高级培训"意味着什么呢？不言而喻的。

　　中心主任是一个已经退了休的男人，稍稍带着一些行伍气，却还是读书人的样子，说不好。他松弛而又平静。就是这样一个松弛而又平静的人，一起手就把简单的开班仪式搞得激情四溢了。他带着悠闲的姿态站在了讲台上，然后伸出了他的右手，他用右手对着下面的学员画了一个很大的圈。这个动态的含义很模糊，有可能只是一个习惯动作，也有可能代表下面所有的人，或者，预示着某个领地。不管怎么说，他绵软的手势所带来的效果气魄宏大，大伙儿即刻就安静了。等所有的人都安静下来，中心主任开口了，说话了。"我们来到这里，目的只有一个，我们。"中心主任说，"这是我们的时代，也是我们的世界 —— 我们准备好了没有呢？"中心主任说到这里突然就笑了，不是大笑，也不是微笑，是很有禅机的那种笑。然后，他伸出了右手的食指，把刚才那个很大的圈重新划拉了一遍。"这一切都属于谁？"中心主任问。台下一片寂静，无人作答。中心主任只好又问了一遍——

"属于谁？"

"我们。"礼堂里有人回答了，声音寂寥，是孤掌难鸣的样子。

"不自信嘛。"中心主任说。中心主任大声问了，是第三次问："属于谁？"

"我们。"大家齐声说。

"再来一遍！"

"我们！"

谁能想到呢？ 中心主任居然又一次在画圈了。这一次他画得格外的大，可以看作礼堂，也可以看作培训中心，当然，也可以看成培训中心的衍生空间。中心主任说："看起来大家都懂了。那就散会。"

"我们"从来都不是现成的，它只能是成果。把"我"变成"我们"，这才是培训中心的中心议题。培训的方式当然有多种，但是，培训中心革新了，他们研究了传销，在传销培训的方式当中做了甄别，然后，去粗取精。传销不可取，但传销的培训不可忽视。道理很简单，传销不是别的，是哲学。其实质就一条，把"我"变成"我们"——光有我，没有我们，传销不可能。

年轻的培训师们把四十八个学员拉到足球场上去了，他们让四十八个学员从最为基础的训练做起。培训师真的是年轻啊，清一色的年轻人。年轻人带来了年轻的理念与手段。第一个项目是"后卧"。——所谓的后卧自然是一个"我们"的项目，五个人一组。方法很简单：一个人站得笔直，双手贴紧裤缝，像一根竹竿那样向后卧倒；然后，另外的四个人——八只手——去接住他。这项训练有它的理论基础：从生理常识上说，后卧这个动作不成立，后脑勺是人体最为薄弱的一个部分，一个人不可能主动地选择这个动作。它是反人类的，除非得到保护。可要领就在这里，"我"不是我，是"我们"，"我们"的后脑勺长着八只胳膊和八只手呢。"我"反人类，"我们"却不反。那还犹豫什么？把你的后脑勺砸向大地吧，你能得到的，一定是章鱼一般的自我拥抱。

　　傅睿犯难了。当他和"我们"站立在一起的时候，他还是"我"，只是"我"，他无法建构庞大的"我们"。每一次后卧之前，傅睿其实都鼓足了勇气的，但最终，他就是做不到，实在做不到。他只能像一只熊猫，先蜷曲身体，然后呢，不是向后倒，而是向后滚。傅睿的模样极其猥琐，即使站在地面上，他也没有一次像样的后卧。就在傅睿还在为原地后卧犯难的时候，难度已经升级了。他已经站在了两米高的高台上。这是一个令傅睿窒息的高度，他在抖。如果不是"我们"的扯拽，他甚至连爬下来的勇气都没有。

　　傅睿在这个项目上最终还是达标了。想想也是，四十八个精英，是一个更大的"我们"，怎么可能有一个"不合格"呢？能不能完成是一回事，能不能达标则是另外的一回事。就在傅睿对自己的胆怯深感绝望的时候，"后卧"训练已胜利结束。"后卧"训练取得了全面的和彻底的胜利。可新的项目却又开始了。新项目叫"走路"。傅睿望文生义，以为"走路"是一个很容易的项目，顶多就是耐力训练。原来不是。"走路"，专业的说法叫"一人走"。——不是一个人单独地行走，而是十六个人一组，用同样的速度、同样的节奏、同样的步幅大踏步地向前。从地面所留下的脚印看来，不是十六个人，而是"一个人"。这就太难了。教练员是一个小姑娘，一身的迷彩，束腰，高筒靴，十分地英气。大家都以为她是退了伍的特种兵，一问，却是一个退了役的体操运动员。这个退役了的体操运动员铁血得很，尖声细气的，却霹雳。她又尖又细的嗓音犹如分割玻璃的钻石刀，嗞的一声就可以将整块玻璃分成两半。依照她的要求，所有的学员必须将脚掌完完全全地落实到前一个人的脚印里去。这不够，远远不够，必须要有同样的节奏。为了实现这一个目标，小姑娘拿来了一条绳子，按照五十八厘米这样的等距，她把每一个人的右脚都捆上了。这一捆就看出问题了，只要有一条小腿失去了节奏，一堆人即刻就会乱。乱是不行的，乱永远也不能被接受。——什么是乱？是"我"脱离了"我们"："我"比"我们"慢了，或者"我"比"我们"快了，再不就是"我"比"我们"左或者右。小姑娘望着东倒西歪的学员，俏皮了——

"我们容易么？我们不容易。"

"一人走"要了傅睿的命。再怎么说，"后卧"还是傅睿一个人的事，大伙儿可以捎带过去，它的后果也呈现不出来。"一人走"

却不行，傅睿耽误事儿了。他不会听口令。听口令表面上是听觉上的事情，哪里有那么简单？它是统感的，体现的是精神上的严丝与合缝。许多人其实并不理解命令该怎么听。听命令的要义是精神上的领先，在命令发出的时候，正好合拍。等听见了，再行动，其实就慢了半拍。慢半拍要紧么？不要紧，可你就把另外的十五条小腿给拽住了，最终的结果是一锅粥。傅睿望着草地上的"一锅粥"，知道了，他是一粒老鼠屎，他配不上"我们"。

为了实现"一人走"的硬实力，小姑娘上难度了。她扔掉了绳子，换了新教具——竹竿。现在，捆绑在十六个学员脚踝上的不再是绵软的绳索，而是硬家伙。和软东西比较起来，硬家伙没有容错率。硬家伙在统计上的体现极为极端，要么一起走，要么一起倒。作为一个低能的、慢腾腾的人，傅睿只能抢。这一来傅睿就再也不是慢了，而是激进。他的激进所带来的效果相当地惊人：一倒一大片。

"我们"并没有实现，它被傅睿一个人给毁了。他懊恼，又害怕又自责。傅睿闻到了自身的气味，类似于吲哚，类似于大便。他是屎。是的，是屎。"我"还能是什么？只能是"我们"的排泄物。他臭气熏天。

一次又一次的"再来"终于击垮了傅睿，他的背肌，尤其是腰部的肌肉，彻底僵硬了，出现了痉挛的迹象。傅睿一屁股坐在了地上，被捆绑的小腿跷得老高。无论女教官怎样尖叫，他起不来。傅睿躺在了草皮上，不远处的高空是一座吊塔，傅睿听到了搅拌机的声音。傅睿的躺倒是连带的，他躺下了，另外的十五个人也就顺着竹竿一起躺下了。没有人抱怨傅睿，没有。谁还不知道呢？在这一拨"高级培训"班里，傅睿是最为特殊的一个，他已经是这个城市最著名的新闻人物了，谁还好意思去抱怨他。傅睿感觉到了疼，他的脚踝已经被竹竿磨破了，局部都有了糜烂的迹象。傅睿望着自己溃烂的伤口、溃烂的肉，一下子就想起乌龟来了。乌龟好哇，乌龟好，所有的物种都是皮肉包着骨头，乌龟偏偏不，它用骨头包裹着皮肉。傅睿无限地神往起乌龟，如果钙质也能为他的身体提供一个硬实的框架结构，他的皮又何至于被磨破了呢？傅睿解开了脚踝上的竹竿，自由了。自由了的傅睿从框架结构的内部缓缓伸出了他的四肢，这个姿势舒坦啊，舒坦。榜样的力量是无穷的，其余的十五个人，也就是剩下的那些"我们"，一起仰在了草地上。他们像傅睿那样，也可以说像乌龟那样，做出了统一的、放松的动作，其乐融融。

理论学习大多放在上午，是讲座，在一个小礼堂里头。虽然小，但礼堂就是礼堂，有礼堂的规制和质地。它高大、壮丽，容得下百人左右。小礼堂的装潢相当地考究，灯光柔和，却辉煌。即使在大白天，礼堂内部的顶灯和壁灯也都开着，类似于手术室的无影照明。与柔和而又辉煌的灯光一起倾泻下来的，是冷气。为了恒温，高大的门窗闭合起来了。窗帘紧闭。窗帘是墨绿色的，很厚，带有浓郁的民国风。这一来礼堂的内部就有了特殊的况味，似乎有了机要性。这样的培训需要保密么？当然不需要。但是，需不需要保密是一码事，有没有保密的氛围则是另一码事。相对于"高级培训"而言，机要性是规格，也是待遇。内容包括简明哲学、人类文明史纲、经济学基本原理、行政与组织管理、传媒攻略、应急公关、交际的艺术。其实都是大路货，和保密八竿子也打不着。教师们都上了年纪，毫无疑问，他们是高校里退了休的教授。课时费都很准时，一课一结。

除了傅睿，四十七个学员绝大部分都已经在"岗位"上了，可是也顽皮。人就是这样，无论多大的年纪，一旦离开了"岗位"，他的天真与烂漫就会被集体性激发出来，仿佛回到孩提时代。他们热衷于给教授们起绰号。讲授人类文明史纲的倪教授并不那么在意历史，相反，他热衷于结论，他的知识结构就是结论，他是结论的一个谱系。所谓的人类史或者说文明史，当然是一部结论史，几张纸就可以写完了。当然，不用写，都在倪教授的脑子里。有一句话他重复得特别多——"我早就说过了"。太多的结论聚集在他的身上，他疲倦，甚至有些伤感。"早就说过了"，那还需要他重复多少遍？任何问题在他这里其实都不再是问题了，最多是"早就说过了"的翻版。但倪教授偏偏又是一个热衷于现实和未来的人，现实与未来到底是什么模样，他都知道。早就说过了。这一来倪教授所讲授的又不是文明的历史了，而是文明的未来。文明之所以还有未来，是因为时间这个东西它还存在。文明还能是什么？就是时间。——嗨，他娘的，文明就是一份职业，五十分钟五十块钱，超过五十块钱的部分就不叫文明，叫商业。同学们笑了，私底下给他起了一个绰号："先知"。"先知"很瘦，他的侧影类似于刀背，而他的手指头更瘦，像箭头。"先知"是合金，有合金的光泽和锐度，这就保证了"先知"既不高于商业也不低于商业，完全吻合于文明的属性。

简明哲学的老师则反了过来，相当胖，说话的腔调特别地委婉。实际上，他完全用不着那样委婉，可他就是要委婉。无论他说起什么，他都会习惯性地笑笑，同时强调："这需要商榷。""商榷"自然就是商量，但是，比商量郑重，具备了理性的色彩与思辨的格局。傅睿很喜欢"商榷"这个人，他是双轨制的，开口与微笑并辔而行。他就那样富富态态地端坐在麦克风的后面，微笑着，心旷神怡地和各种主义、各种思潮、各种思想、各种理论商榷。可无论他介绍什么，他的话通常只说一半，然后，用"但是"与"然而"把他的话题转到另一个维度上去，通常是反面。这么说吧，他总是用一半的时间去肯定一个问题，再用剩下的一半时间去否定同样一个问题。他是零和的。他喜欢零和，在零和之外，微笑诞生了，他是一个极好的意象，哲学是在微笑的态势下诞生的，然而，也在微笑中消亡。一个偶然的机会，傅睿在一棵树的下面发现了，"商榷"并没有微笑，他的皱纹就长成笑的走势。简明扼要，兼备了启示性。

讲授应急公关的杨教授和"商榷"有某种神似的地方，可是他不爱"商榷"，他所热衷的是"不好"。他一直把"不好"挂在嘴边。什么都"不好"。在和学员们讨论的时候，他的第一反应永远是"不好"。为什么就"不好"了呢？他也不解释。那么，与"不好"相对应的另一面，也就是相反的那一面，是不是就一定是"好"的呢？也不一定。某种程度上说，也"不好"。

比较下来，讲授经济学基本原理的褚老师则非常地乐观，他使用率最高的那个词是"滥觞"。傅睿并不熟悉"滥觞"这两个字，后来得到了解释，明白了。傅睿注意到了，"滥觞"特别受学员们的欢迎，这一点"滥觞"自己也是知道的，"滥觞"自己也在强化它。"滥觞"是怎么做的呢？重点是结合实际，当然是经济的实际。这一来，"滥觞"的课堂就有了现实的鼓动性。如果没有其他的教授，只让"滥觞"一个人上课的话，你会发现，人类的历史几乎就是空白，从来都没有出现过"经济"这么一个东西。所谓的"经济"，或者说，"经济的历史"，也就是眼前的事情 —— 它滥觞于此刻与此时。"经济"可不是别的什么，其实是我们的一个发明。"滥觞"最为令人钦佩的是他的记忆力，每一次授课，他起码可以罗列出上百个数据，很炫目。不过，嫉妒他的人也有，那些嫉妒他的人说，他记得个鬼，谁能记得那么多的数据？他的数据都是即兴的，连小数点都是即兴的。然而，即兴和令人亢奋是一码事，一个在情绪的这头，一个在情绪的那头，它们可以构成一个跷跷板。我在上面，他就在下面；我在下面，他就在上面。很好的局面。许多人都不相信"滥觞"，但是，听了"滥觞"的课，傅睿相信，人类才刚刚起步，到处都是创世记的景观。这是多么地迷人。

　　傅睿的第一个星期就是在"先知""商榷""不好"和"滥觞"的轮换当中度过的。到底是学医出身，他有些挣扎。作为一个在夜间难以入睡的人，他的上午艰难了。一般说，上午九点过后，傅睿在礼堂里坐得好好的，然后，睡意就来了。这股子睡意可不像小偷，相反，像帝王，有仪仗，很铺排，有磅礴气，是碾压式的。——在小礼堂补一觉原本就是傅睿计划好了的事，可真的到了小礼堂，傅睿也犯难。他不好意思睡，做不出来。做不出来那就只能是硬撑。傅睿只好用他的胳膊托住下巴，至少保留了倾听的姿势。可瞌睡终究撑不住，傅睿只能分段，一觉一觉地睡，再一次一次地醒。他的每一次醒都是惊醒。傅睿就始终处在了睡着与惊醒的临界点上，在睡着与醒来之间不停地折腾。傅睿后来就知道了，在深夜，他的睡眠就是这样，可以睡着的，每一次都是在睡着的同时醒来。

轮到傅睿的课了，是傅睿的物理课。傅睿在课堂上总共才站了两三分钟，他注意到了一件事，田菲在打瞌睡。也许已经睡着了。和许许多多趴在桌面上呼呼大睡的同学不同，即使睡着了，田菲依然保持着听讲的姿势。为了不让自己的脑袋耷拉下去，田菲特地用她的巴掌托住了下巴，这一来她的整个脑袋就被卡住了。然而，她的上眼睑却支撑不住，一次又一次地往下掉。傅睿就在讲台上，田菲离他只有四排的距离，是第五排。他看得清清楚楚的，田菲在和她的瞌睡做抗争。最终，瞌睡压垮了田菲，她睡着了。教室里真冷啊，傅睿感觉到了冷，想必田菲也相当地冷。——会不会感冒了呢？

既然田菲已经睡着了，傅睿干脆就停止了讲授。作为田菲的物理老师，傅睿当然不可能只为田菲一个人上课，但是，某种意义上说，这一节课是的。——田菲的单元测验又失手了，是老问题，还是浮力的这一个小节。老师们都知道，田菲也不是从不出错，但田菲有一个特点，她绝不二过。这是老师们对田菲格外放心的地方，任课老师们喜欢田菲当然是有道理的。可是，这孩子最近是怎么搞的呢？同样的题目，同样的测验，她硬是错了两次。最不可思议的是这孩子最近的变化，她突然就胖了。田菲的父亲显然也发现了这个不好的苗头，他的宝贝女儿不该如此拉胯。田菲的父亲来到了学校，专门找到了傅睿，表情焦虑。他想知道田菲在学校里的"表现"。傅睿很清楚，"表现"是一个十分模糊的说法，类似于黑话，或者说，暗语。它的潜台词是早恋。家长们通常都有一个固定的认知，女孩子的学业一旦出了大问题，最大的可能就是早恋。傅睿还没有来得及说话，办公室的一位女教师接过了田菲父亲的话题，说，没有，田菲没有早恋。田菲的父亲说，你确定么？那位老师用十分肯定的语气说，我不确定。女教师说，可田菲胖了这么多，怎么可能是恋爱？——哪有谈恋爱的女孩会发胖？田菲的父亲很不放心，刨根问底了，说，那会不会是失恋了呢？女教师说，也没有。女教师补充说，没有恋爱，失什么恋呢？田菲的父亲想了想，也是。他叹了一口气，说，田菲吃得倒也不多，比以往还少呢。就是贪睡，一天到晚都睡不醒，迷糊啊。这句话傅睿是听得懂的，田菲的父亲无非是想说明，他的女儿并不贪吃，再怎么说，一个女孩子变胖了，贪睡总要比贪吃体面一些。

是啊，田菲贪睡。可一想到田菲单元考试的一错再错，傅睿按捺不住了。这一次的单元测验傅睿之所以出了一模一样的题目，无非是想给田菲一个机会。——她居然又错了，还睡觉。傅睿怎么能不生气呢？利用田菲睡熟的机会，傅睿开始板书。他把这道测试题直接写在了黑板上，无论如何，这是第三遍了，如果田菲还不能解决这一道题目，那田菲的未来将是十分危险的。

　　盛有液体的圆柱形容器于水平桌面上，如图甲所示，容器对桌面的压强为500Pa；用细线拴住一金属球，将金属球浸没在液体中，如图乙所示，容器对桌面的压强为600Pa；将细线剪断，金属球沉到容器底部，如图丙所示，容器对桌面的压强为1500Pa。已知：容器的底面积为100CM²，金属球的密度为8G/CM³，g取10N/kg。则下列判断正确的是：

　　A 金属球所受浮力是6N

　　B 金属球的体积是100CM³

　　C 液体的密度是0.8G/CM³

　　D 金属球对容器底部的压力是10N

　　傅睿抄写得很慢。他想给田菲的睡眠再留一些时间。可这个冬天真冷啊，整座教学大楼都被浓稠的冬雾裹紧了。所有的灯都开着，浓雾并没有使教室的内部昏暗，而是分外地明亮。抄完题目，傅睿用粉笔敲了敲黑板，他这是要叫醒田菲。田菲醒来了，她不相信自己睡着了，迅速地看了一眼四周，立即做出集中注意力的样子。傅睿的这一遍讲解得格外的仔细，每一道步骤都在黑板上写下来，最终的结果是C。是C哈，C。傅睿强调说："这道题表面上容易，其实挺难。越是学得好的同学越是容易出错。"

　　傅睿的话当然有所指。他不想伤田菲的自尊。可以说，他爱护田菲的自尊。傅睿拿起黑板擦，擦去了解答的部分，问：哪个同学有兴趣到黑板上来演示一遍？田菲自然听得懂，她来到了黑板的面前，开始用粉笔演算，每写一行她手里的粉笔就缩短了一截。最终，粉笔用完了，她的答案也出来了——金属球所受的浮力是"0"。

傅睿说："田菲同学，你这个0是从哪里来的？"

田菲不回答，傅睿只能接着问："你这个0是从哪里捣鼓出来的？"

田菲什么都没说，就那么望着傅睿。傅睿也就什么都不说了，就那么望着田菲。她居然又错了，太离谱了。傅睿很生气，傅睿自己都没有想到自己会生这么大的气，所有的愤怒与失望全部写在了脸上。傅睿说："你回去吧，我教不了你。"田菲的脸上当即就改变了颜色，看得出，她的内心经历了一场重大的震动。田菲变圆的面庞羞愧难当。她转过身，离开了讲台，朝着教室的大门走去。傅睿都还没来得及做出反应，田菲已经走出大门，跨越了阳台上的栏杆。她并没有跳下去，而是跨了出去。傅睿都没来得及错愕，田菲的双脚已经行走在虚空中了。她在攀爬，在并不存在的阶梯上。田菲攀爬的样子真的是从容啊，她就那样沿着三十五度的坡面，那条抽象的斜线，一步一步走向了高处。她是断了线的氢气球，神奇和伟大的空气浮力体现出来了，田菲在天空中远去了，雾霾就这样吸纳了她。空气越来越稀薄，傅睿很清楚，在一定的高度，田菲这只氢气球会自行爆炸的。

十

"高级培训"的生活自然很热烈，可骨子里也平静，无非是日复一日。无论发生了什么或没有发生什么，一天终究是一天，来了，以及去了，不会有哪怕一丁点的富余。好端端的，培训中心却出了意外，几个小偷光顾了学员的宿舍。

培训中心怎么能出这样的事？开玩笑呢吧。它远离市区，太孤远了，小偷们怎么会想起这儿的呢？培训中心其实是一个孤立的建筑群，它的周边原先是一大片的灌木林。伴随着大规模的开发，铺张的灌木林被砍光了，变成了一个又一个的开发区。准确地说，是储备开发区。储备开发区都有一个共同的标志：除了围墙，它一无所有。当然，围墙上的大幅广告是有的，无非是科技园区、高科技园区、开发区，自然也少不了文创公司和艺术村。因为尚未开发，培训中心自然也就成了一个人迹罕至的孤岛。可事情往往就是这样，越是人迹罕至的地方，保卫工作就做得格外的严实。这一点从培训中心的围墙上就可以体现出来了。在围墙的顶部，不只有倒立的铁钉，还安置了刀片和铁丝网。几乎就是全封闭。因为安保工作的严格，培训中心内部的鸟类有福了，它不只是鸟的栖息地，而且是天堂。它们大多是常驻的，不怕人，这就祥和了。培训中心永远是一片龙凤和鸣的样子，种类最多的自然是麻雀与灰喜鹊，布谷和花翎鸟也占有一定的比例，喜鹊也有。因为安宁，培训中心的喜鹊不怎么喜欢高大的梧桐和榆树，它们更热衷于草坪。闲来无事的时候，喜鹊们习惯于栖息在草坪上，散散步。这可是真正的闲庭信步，很有派头。——喜鹊们会把它们的翅膀背在背脊上，然后，迈动左腿，再迈动右腿，气宇轩昂了。喜鹊的气质麻雀很难具备，麻雀们不会走，它们只会把双腿并在一处，跳，或者蹦。这就糟糕了。蹦蹦跳跳永远也无法展现款款而行的高贵。这就是培训中心的价值所在，任何一个人，不管他原先是不是蹦蹦跳跳的，到了他结业的时候，他都会像喜鹊那样走出培训中心的大门。

就是这样的一个培训中心居然被盗了。被盗的学员一共有三位：开发银行副行长郭鼎荣，工艺美术学院人力资源部部长须征壕，秣陵区副区长印晖。照理说，这样坏的消息应该在早饭的时候就流传开来的，实际上不是，流传开来已经是中午时分。——郭行长、须部长和印区长一个上午都没有出现在小礼堂。到了中午，他们次第从睡梦中醒了过来。第一个醒来的是郭行长，就在捋头发的时候，他发现手腕上的陀飞轮不见了，手机也不见了。再一查，放在公文包里的钱包也不见了。最可气的是，盗贼们居然顺走了郭行长的高档烟和高档酒，三瓶年份马歌和五条软中华。郭行长在第一时间就把失窃的消息汇报给了中心，中心没有耽搁，当即报了警。就在警察赶到现场之后，须部长和印区长也做了相应的汇报，他们的损失同样惨重。这就到了午餐的时间了。学员们哪里还有心思吃饭呢？他们纷纷返回宿舍，自查。自查的结果还算好，被盗的范围并没有扩大。学员们再一次回到餐厅，就着饭菜，七嘴八舌的，不能理解啊——那么严实的铁丝网，再加上二十四小时不间断执勤，盗贼是怎么进来的？他们是怎么走动的？他们又怎么离开的呢？

培训中心无小事。警方说，他们高度重视。警方派来了三名干警。年轻的警察查勘了现场，最初的结论出来了：盗贼是一个犯罪团伙，总共有两个人。他们先上了楼顶，然后，利用绳索，从窗户进入了室内。郭行长、须主任和印区长的宿舍都在顶层，是四楼，所以赶上了。培训中心的一位老人一听说这么一个情况，当场就不高兴了。多年之前，他建议按照传统的模式建一个故宫式的大屋顶。为了节约成本，相关部门并没有采纳他的建议，最终选择了平顶——结果就是这个，都看见了吧？

最初的结论只能是最终的结论。事情就是这么一个事情，情况也就是这么一个情况。经过汇总，失窃的总额统计出来了，不算大。想来还是郭行长他们有所保留了。他们犯过想来了，态度很鲜明，不想让事态扩大。——数额太大对他们又有什么好处呢？反正也追不回来。但是，依照三位学员的具体陈述，警察警觉了，两个盗贼在破窗之后分别使用了迷幻剂。这就恶劣了。它的"性质"改变了。——入夏以来，类似的"迷幻案件"已经发生过好几起，都是无头案。培训中心的案件完全可以与其他案件并案。问题是，如何破案呢？事态一下子陷入了僵局。就在三位年轻的干警一筹莫展的时候，保卫处处长突然高喊了一声 —— 还没看探头呢。是的，探头。培训中心的内部有多得数不过来的探头，它们或明或暗、或高或低，每天都在记录中心内部的一举一动。培训中心是"现代"的，"现代"就意味着监控"无死角"。年轻的干警哪里能不知道探头，可他们不情愿触碰那样的东西。——那可是大得没边的大数据，可以用汪洋一片去形容。看监控可不是看电影，它太无聊、太枯燥，绝大部分都无功而返。想想也是，每一个探头内部都是没完没了的整日子，这么说吧，假如培训中心一共有三十个探头，这意味着什么呢？意味着培训中心一天的监控画面就等于一个月。如果一帧一帧地看过去，看完一个月的监控就需要九百天。那不要命了么。就算你在海量的信息当中确定了怀疑的对象，又能怎么样？最多就是一个背影。人海茫茫，要想在现实世界里寻找并捕获到监控录像里的背影，小偷们也许已经在布宜诺斯艾利斯欢度晚年了。

当然了，既然中心具备了监控，那还是要去看一看。不看不知道，一看吓一跳，本该有专人看守的监控设备，居然都成了摆设，所有的户外探头都不在工作的状态。就在安装这些设备之前，中心的领导专门提出了要求：培训中心理当透明、理当阳光，不可以有黑夜，不可以有死角。也就是一说。现在倒好，年轻的警察们一无所获。他们反倒松了一口气，表情是极度失望的样子。说什么好哇，说什么好呢。因为盗贼是从户外入室的，可户外的探头都是摆设，没有任何数据。这还怎么查呢？

警察拒绝了茶水、拒绝了香烟，留下了"加强防范"之类的狠话，走人。事态一下子就进入了僵局。中心主任看了看四周，关照说："外松内紧吧。"这句话带有极高的科技含量，属于极为高端的方法论。何为"内紧"？何为"外松"？如何做到"内紧"？如何做到"外松"？其实没有人明白。但方法论就是这样，当它高级到了一定的地步，事情其实就已经解决了。学员们最终散去，中心也不再声张。——声张什么呢？探头都是摆设，说到哪里都不好听，闹不好还牵扯到贪腐。培训中心可不做那样的亏心买卖。怎么办？只能回过头来"做工作"。所谓做工作，那就是更加高端的方法论了，它触及灵魂。具体的做法是这样的：两个人，一个"做"，另一个就是"工作"。最终，听的人相信了说的人所说的一切，并表示完全同意。"做工作"有一个恒久的主题：什么都没有发生。"做工作"的结果不久就出现了：郭鼎荣副行长 — 须征壕部长 — 印晖副区长，他们一致认为，什么事也没有发生。事实证明，确实什么也没有发生。

　　小骆却没有死心。小骆是干部学院的一个合同制保安，瘦小，机灵，三十七八的人了，一无所长，却对侦探、缉拿之类的事情有一种隐秘的激情。就这么的，从三位年轻的警察走进培训中心的那一刻起，他一直跟随在他们的后面，理由是配合工作。警察以为他是中心派来的，而中心却以为这是办案的助理，小骆全面参与进来了。谁让他也穿着制服呢？制服在本质上都是大同小异的，在视觉上具备了合法性。就在警车开走了之后，小骆找到了中心的领导，他提出了这样一个假设——盗贼固然是从楼顶悬降的，但是，在他们得手之后，有没有可能从大楼的内部撤退呢？这个不仅是可能的，也是必然的。那好，既然是从室内撤退的，那么，室内的探头应该处在工作的状态，那就不该不检测。中心主任却没开口，不说是，也没说不是。他累了，显得很不耐烦。他用他的脑袋做了一个毫无意义的动作，随后就背着手离开了，优雅得像草地上的喜鹊。

小骆对监控室的人说，主任点头了，同意了，这个任务必须完成。小骆带上了电热水壶，泡面，香烟，打火机，一个人来到了监控中心。说是"中心"，其实就他一个人。宿舍的探头一共有五个，也就是五组画面。大厅一个，一楼一个，二楼一个，三楼一个，四楼一个。可结果很不乐观，小骆花了整整一夜的工夫，没有看到蒙面人，也没有发现任何鬼祟的动态和鬼祟的表情。

小骆坚持要看室内的监控其实另有原因：他有前科，很小很小的前科。因为数额太低，认罪的态度虔诚，最终被免除了刑事处罚。但审讯中的一个环节却给小骆留下了锐利的印象，那就是认罪。小骆刚刚被捉住的时候，抗拒过一阵子，最终却没能坚持到天亮。他招供了。让小骆终生难忘的正是这次招供。招供太他妈舒坦了，一开口就是高潮，每个字都是精子，简直就是射。——这是怎样的欲罢不能。基于此，小骆就此落下了一个毛病，一旦有了案件，他的第一反应就是自己干的，他发疯一样紧张，同时也发疯一样渴望。培训中心的宿舍楼失窃了，小骆一听到消息就成了一匹被围困的狼。如果是他干的，他一定会带上所有的赃物前去自首，他会射的。这个决定让他魂不守舍，他在抖。但是，到底是不是他干的呢？口说无凭，要证据的。他回到了宿舍，完完整整地翻了一遍，再翻了一遍，又翻了一遍，没有发现任何赃物。小骆还是不放心——没有赃物能说明什么？什么也说明不了。要接着查。要查。

小骆全力配合警察。可即便警察在场，他们也没能得到任何有价值的结果。小骆没有绝望。他只知道一件事，警察有时候也不顶事，警察要找到真相，依靠的还是千千万万个自己。只有自己才能够逮住自己。——监控设备坏了，不等于自己就没有偷，这个信念不能丢。——有没有这样的一种可能？小骆这样问自己，为了盗窃，他提前一天就潜伏在了现场。这样的可能性有没有？不能说有，也不能说没有。这是一个全新的思路，全新的思路给小骆带来了全新的势能。小骆当即决定，前溯，不能把自己的思路局限在当天夜里。

虽说工作量极其浩大，小骆却也没有蛮干。他会分析。依照盗窃的常态，小骆把他的重点放在了凌晨三点到凌晨五点之间——就在上一个星期六，凌晨5：02，小骆终于在三楼的过道里发现了一个单独的身影。这个单独的身影让小骆有了意外的收获感。但惊喜归惊喜，结果还是令人遗憾，那不过是个清洁工。男，四十上下的样子。监控图像科学地显示，清洁工的工作很有规律，大体上说，都是在凌晨五点前后完成他的打扫。

小骆的这一趟看起来是无功而返了。就在小骆打算收工的时候，小骆的天灵盖却被打开了——清洁工很有可能不是清洁工。

依照一般的逻辑，清洁工应该从楼梯上楼，完成工作之后，再从楼梯下楼。这个清洁工却不同寻常，每一次他都是从宿舍出来，然后呢，再一次回到学员的宿舍。——小骆把类似的画面检测十几遍，上午7:11，他拿起了手机，他坚信，他"突破"了。8：42，中心主任领着一干人来到了监控室。视频从不撒谎，真相出现了，画面里的"清洁工"是傅睿，他现在可是热门喽。中心主任和傅睿并不熟悉，和他的父亲老傅却是多年的老相识了，多好的朋友也说不上，可每年总要打几次交道。嗨，谁家还没个病人呢。中心主任彻底放松下来，干脆集中起注意力，往下看。这个小骆，简直就是神经病，个猪脑子，怎么能怀疑到傅睿的头上来呢？傅睿差不多在每天凌晨的五点前后都要出门，游荡，并恍惚，然后，走到走廊的尽头——探头死角的那个位置——拿起拖把，再然后呢，一心一意地拖地。中心主任点了一根烟，眯起了眼睛，哎，到底是知识分子，一点行情都不了解，这年头谁还弄这个？街区的基层干部都不这么干了。知识分子一着急就格外地蠢，弄这个，实在不好看了。当然了，也可能是睡眠不好，大清早借助于拖把运动一下，那个另说。小骆并没有在中心主任这里得到热烈的响应，还想再说些什么。中心主任却不耐烦了，把他支走了，回过头来关照身边的人，说，宣传一下吧，借他的光，中心也得宣传我们自己。内部表彰一下。

失窃案过后的第四天，是一个星期五。依照课表，星期五的上午原本是简明哲学，"商榷"却没有来。主席台也不是过往的样

215

子，它被重新布置了，简洁，正规，隆重。主席台的背景墙上其实有一块大屏幕，一直都卷在高处，此刻，它被放下了。八点整，礼堂里响起了广东音乐。伴随着《步步高》，培训中心的领导们次第走向了主席台。学员们安静下来，中心主任起立了。他并不说话，只是用他的目光不停地扫瞄。最终，他浅褐色的眼球落在了傅睿的座位上。眼神亲切，表情庄严。他就那样亲切和庄严地看着傅睿，中心主任最后说："我们临时决定开一个会。—— 闲话少说，请看大屏幕。"

大屏幕所播放的不是电影，是一组探头的录像剪接。画面幽暗，僵硬。即使剪辑过了，画面也脱不了鬼祟和丑陋的性质。傅睿很快就在视频上看见自己了，他的样子真难看啊，说狼狈都不过分。—— 这就是监控画面的特征了，为了最大限度地获取监控的空间，探头只能选择广角。广角就必然有弧度，弧度就带来了变形。在视频里，傅睿的体态和面部不只是模糊，还严重地扭曲了。在他靠近探头的时候，他的脸被拉成了橄榄状，中间鼓、两头尖，颧骨全顶出来了，是贪婪与下流并重的面相。这就是探头，它不可能是电影。电影的画面倒是好看，那可是导演调度的结果。它讲究机位，讲究角度，讲究聚焦，讲究长短的节奏，讲究光线，甚至兼顾服装和化妆，还推、还拉、还摇、还移。探头不可能是创作，它是监控，它贪大、僵死、客观，这一来它的画面就只能有一个特征：丑。对探头来说，丑即真，唯有丑才能获得视觉上的信任。—— 随便拉出一段监控就是张艺谋或王家卫的风格，你信？章子怡和张曼玉是你家的？

画面在流动，也就是说，画面在重复。一如一日。傅睿就坐在台下，一遍又一遍地看自己。他真丑。太丑了。恍惚、不堪、下流，鬼头鬼脑，神态卑劣。傅睿自己也纳闷，他为什么要耍弄拖把呢？傅睿也紧张了，刚刚经历失窃事件，培训中心播放这样的视频，出于什么目的呢？

谢天谢地，所有的视频都播放完了，傅睿只是失神、只是游荡、只是摆弄拖把，并没有干别的。可无论他有没有干别的，傅睿的脸算是丢尽了。监控显示，他是夜游的，这一点毫无疑问，傅睿也无法否认。可他的夜游值得这么多的人一起观摩么？培训中心为什么要让他在这么多的学员面前出这样的丑呢？他出汗了。他的汗腺崩溃了。汗水在他的两腋、额头和后背喷涌出来，汩汩的。他的汗珠是多么地无力，断了线，不间歇地往下滚。傅睿张开了两腋，站了起来。与此同时，傅睿低下了他的脑袋，偏右，在等。他在等巡回护士给他擦汗。巡回护士必须给主刀医生擦汗，相对于患者的创口来说，每一滴汗水都是灾难——它会导致感染。汗水在傅睿的眉毛上聚集起来了，眉毛是必须的，眉毛可以减缓汗水的流淌。任何人都可以失去眉毛，外科医生不能。人类在起源的时候并没有眉毛这一道设置，因为有了外科，这才有了眉毛。傅睿在等，架着他的胳膊。可傅睿终于没有等来他的巡回护士，他没能看见巡回护士的手。所有的手都开始了另一个工作，它们在鼓掌。傅睿回过头，四十七个学员都站立起来了，在用力地鼓掌。傅睿迟疑了片刻，也鼓掌。大家都鼓掌了他就不能不鼓掌。

这是一阵漫长的掌声。掌声结束之后，所有的学员重新坐定。中心主任则开始讲话。这一段讲话漫长了。他先做了一番感人肺腑的自我检讨，然后，盛赞傅睿、讴歌傅睿。他的口吻与行腔和第一医院的雷书记很像，和傅睿的父亲很像，应该是传承有序的。因为是礼堂，中心主任的讴歌和第一医院的小会议室不同了，有了排山倒海的气势。这一次傅睿没觉得自己是烈士，他没能静悄悄地躺在万花丛中。讴歌是多么地残暴，傅睿是患者，被捆好了固定带，他已经被推上了手术台。灯火通明，无一阴影。这一台手术要切除的不是肾，是傅睿脸部的皮，也就是傅睿的脸。傅睿很清醒。傅睿知道了，麻醉师没有对他实施全麻，是局部麻醉。稍后，中心主任、雷书记、老傅，他们齐刷刷地站在傅睿的身边。傅睿的父亲，老傅，终于拿上了他梦寐以求的手术刀。他主刀。他要亲手剥了傅睿的脸皮。傅睿亲眼看着父亲手里的刀片把自己的额头切开了，中心主任和雷书记一人拽住了一只角，用力一拽，傅睿面部的皮肤就被撕开了，是一个整张。傅睿的面目模糊了，鲜红的，像一只溃烂的樱桃。却一点都不疼，只是痒。生命显示仪就在傅睿的身边，血压正常，心率正常，呼频正常，血氧饱和度正常。

现在，中心主任就拿着傅睿的脸皮，高高举过了头顶。傅睿看见了，他认识，那是他自己么？傅睿对着主席台突然就高喊了一声：

"这才是我呀！"

傅睿当然没能叫出声。局部麻醉使他的声带失控了，他想说

218

话，却没能说得出来。仿佛是天人感应一般，中心主任知道傅睿想说话，抢在傅睿说话之前，中心主任对着麦克风说："不要感谢我们，我们要感谢你 —— 傅睿学员，就是你！"几乎是同时，麦克风把中心主任的声音播送了出去，被放大了。中心主任被放大的声音一头撞上了小礼堂的墙壁，全是大理石。

郭鼎荣副行长的座位就在傅睿的正后方。他听见了大理石的回响，很震撼。某种程度上说，今天所发生的一切都是因为他。如果他没有失去该死的陀飞轮、该死的烟和该死的酒，今天的一切就不会发生，哪里轮到傅睿呢？这是命，是他成全了傅睿。小偷为什么就偏偏选中了他呢？郭鼎荣做了深刻的反思，他露富了？轻狂了？似乎也没有。郭鼎荣平日里相当注意这些细节。那么，究竟是为什么呢？郭鼎荣找不到结果。

郭鼎荣很了解自己，他不算聪明，但是，有一个心理顽疾一般的优点，他渴望不停地进步。作为一个在省城读了低级文凭并成功地留在省城的乡下人，郭鼎荣是从柜台开始起步的，可以说，一步一个脚印。但郭鼎荣最痛恨的就是"一步一个脚印"，这是乌龟唯一能做的事。郭鼎荣的人生"第一步"是副科，这个副科来之不易了，他是靠点钞票给"点"来的，很不容易。郭鼎荣一没有学历，二没有背景，心里头又盼望着"进步"，怎么办呢？他把他的突破口放在了点钞票上。银行对每一个柜员的点钞速度有它的硬指标，合格线是十分钟二十本。"本"就是现钞，一万元一"本"。依照这样的速度，点完一万元也就是三十秒。郭鼎荣做了一番全面的研究，把各种点钞法的优劣都做了分析。—— 点钞一共有四种手法：单指多张、多指多张、扇面式，还有一个较为原始，那就是单指单张。哪一种好呢？郭鼎荣也搞不清楚。搞不清楚就做实验。每一种方法郭鼎荣都苦练了一个月 —— 四个月之后，结果出来了，速度最快的是扇面式。然而，扇面式也有扇面式的短板，如果钞票是全新的，票面就没起毛，钞票与钞票就难免会粘贴，那就容易错。问题就在这里，点钞没有容错率，错一次就等于全错。放弃。为了保证百分之百的正确率，郭鼎荣决定，最原始最保险：单指单张。单指单张那就考究了，它考验的是手指的频率。为了提高手指的应急能力，郭鼎荣给自己下了狠手，没事的时候就往茶杯里头倒开水，然后，捧在手上。茶杯真的烫啊。为了避免烫伤，他的手指就必须不停地轮换。彩蝶翻飞了。他哪里还是银行的柜员呢，简直就是一个钢琴家，每一天都在练习《野蜂飞舞》。—— 这个有用么？郭鼎荣也不确定。但是，有一点郭鼎荣很确信，他的手上必须有一门独门暗器，在要紧的关头，它可以一击致命。他有耐心，他可以等。—— 银行系统其实也热闹，过几年就会来一次点钞"大比武"。可这个大比武到底在什么时候，那也说不定。说起来就遗憾了，自从郭鼎荣练起了"茶杯功"，大比武就一直没有来。这一等就是五年，都超过了一个奥运会的周期了。可老话是怎么说的？机会会留给有准备的人。机会来了：一位女性的市级领导到他们柜台视察来了。其实也就是遛遛。女领导也是一时的兴起，她提出了一个要求：让柜员点钞给她看。这就麻烦了，事先也没预案，到哪里去找表演的人呢？

郭鼎荣不声不响的，从人缝里钻了出来。他走进了被人围成的那个扇形的空间，随手拿过来一本，拉开封条，说了一声"计时"。郭鼎荣的发挥相当不错，27秒49。这是一个相当好的成绩。当然了，这个成绩到底好不好，女领导并不知道，也不在意。她在意的是视觉上的效果——郭鼎荣的手指眼花缭乱了，重点是贯通，一口气。女领导连着说了一通"好"，抓起了郭鼎荣的手。女领导像一个拳击的裁判那样把郭鼎荣的左手举过了头顶，大声说："我们就是要把钱交到这样的手上。"这也是表演。即兴的。大伙儿先笑，再鼓掌。笑完了，鼓掌完了，大厅寂静了。所有的人都记住了这样的一句话——"我们就是要把钱交到这样的手上。"这句话是有结果的，郭鼎荣的人生在七个月后就走上了正途。郭鼎荣，他"青云直上"了。然而，多年之后，大家回过头来，奇了怪了，郭鼎荣的好运到了副处这一级似乎就止步了。他自己也反思，反思的结论是这样：他是一个取决于"贵人"的人，而任何一个"贵人"的辐射都有他的极限。女领导的极限就在他的副处。要怪只能怪自己，他不够精进，他没有能够积极地寻找他的下一任"贵人"。他鼠目寸光——该！

　　——傅睿曾经给郭鼎荣留下过深刻的印象，那是拓展训练的"后卧"阶段。他和傅睿被分在了一个组。为了把站在高处"后卧"的队友接住，有好几次，郭鼎荣和傅睿就必须手拉手。就在拉手的刹那，郭鼎荣被吓了一大跳。这是怎样的一双手哦，掌心巨大，手指修长，却非常地绵软。然而，到了需要发力的时候，傅睿绵软的双手其实相当有力量，像软绵绵的绳索，一下子就收紧了。作为男人，郭鼎荣的手偏小，照理说，这也是富贵相。可是，傅睿一发力，郭鼎荣的手就被傅睿"缠绕"住了，严格地说，是包裹。——这是女人的手么？显然不是。这是男人的手？似乎也不是。傅睿的手是另类的、独此一家的，一句话，属于"异象"。郭鼎荣对任何一种"异象"都有超乎常人的敏锐，这就和他的阅读有关了。为了提前了解自己"进步"的可能和程度，郭鼎荣在阅读上下足了功夫。先从《易经》入手，可是，《易经》难啊。郭鼎荣读明白了没有呢？也不好说。他只是迷上了"卦"。不论怎样的大事与小情，郭鼎荣总要先打上一卦。不准的时候有，准的时候也有，这就不好办了。但是，正因为有时候不准，郭鼎荣对"卦"产生了信托一般的信。道理很简单，问题不在"卦"，而在他自己。"卦"和事实的关系就是领导和下属的关系，是下属领悟的问题。郭鼎荣立足于《易经》，却也不拘泥于《易经》，他的学术研究慢慢呈现出了跨学科的趋势，带上系统的开阔性。他把星座、属相、血型、面相、骨相、掌纹等学科综合起来了，他甚至研究起手抄的、竖版的、繁体的《麻衣神相》。郭鼎荣的学术研究涉及了国学，也涉及了西学。他的原则是，时而中学为体、西学为用；时而西学为体、中学为用。在艰苦卓绝的研究中，郭鼎荣有关自身的"进步"也有了理论上的突破。——何为"进步"？说到底就是体用。"进步"为体，学术为用。具体说，这个"用"，就是运用学术的方式找到下一个"贵人"。

实事求是地说，郭鼎荣一开始并没有把傅睿看在眼里。即使媒体上接二连三地出现傅睿的报道，他也就是一个有了"名气"

的人，连演艺明星都不如。一个医生，一个手拿手术刀的知识分子，又能有多大的空间呢？关键是傅睿的气质不对，他过分地孤傲了，几乎不和人交流。也是，知识分子么，傲慢与冷漠就是他们常规的设备。顺利了，傲慢一下；不顺利了，冷漠一下。就这么回事。离开了傲慢与冷漠，他们什么都不是。傅睿不社交，不下棋，不斗地主，不参加文娱活动，不喝酒，不串门，不侃大山。这样的人不可能有前景。比较有意思的就要数傅睿去用餐了，他总是刻意迟到一会儿，一个人晃悠过去，一个人取餐，一个人找一个僻静的角落，一个人慢悠悠地咀嚼，一个人慢悠悠地下咽。最终，一个人离开。害羞得很。一个害羞的人能有什么前景呢？

但此刻，郭鼎荣犯过想来了。他犯了一个致命的错。他低估了傅睿。他低估了知识分子。傅睿哪里是清高、傲慢、冷漠和害羞，这个人的水深得很。傅睿精明。这么帅气、这么干净、这么儒雅的一个人，硬是在大清早起来拖地板。这种事谁能干得出来？这年头，最基层的社区干部都干不出来。——不能在培训班出头，这个常识哪一个老油条不懂呢？但傅睿逆风而动、逆水行舟，他就是这样干了。这样干的效果完全可以用惊天动地来形容，傅睿一下子就出类拔萃了。知识分子，厉害的。

中心主任的讲话在小礼堂里回响，郭鼎荣却再也听不进去了。他盯着傅睿的后脑勺，品鉴他的颅相、回味他的手。这是一双大吉而大利的手啊。"众生芸芸，皆为平常。人若异象，非是极凶，即为极贵。"这几句话他烂熟于心了，他记住了么？没有。郭鼎荣在用力地回忆，傅睿的手掌暗含了下面的三个特征：一，"细嫩隆厚"；二，"掌平如镜"；三，"或软如绵"，此为大吉，是"龙虎相吞"。再看看他的额头吧，开阔，却是偏于方型的。开阔的头颅如果偏圆，那必须是"富而有寿"；偏方则大不同，它所显示的是"贵亦堪夸"，重点落在了"贵"上。傅睿是贵人。是贵人。——命运早就把傅睿送到了郭鼎荣的身边，是郭鼎荣有眼无珠，他执迷不悟。——该！

郭鼎荣真的想抽自己。郭鼎荣，你糊涂，糊涂。傅睿的未来如何，且不说。他傅睿是什么人？外科医生，泌尿外科的肾移植医生。一个出租车司机得了尿毒症会选择移植么？一个幼儿园的舞蹈老师得了尿毒症会选择移植么？能让傅睿手术的，会是谁？郭鼎荣居然把这样的事情给忽略了。愚蠢哪——该！

会议一结束，傅睿就离开了小礼堂，径直走出了培训中心。他要去哪里？他不知道。他没有目的地。然而，奇怪的是，他的两条腿格外地冲动，涌现出了不可遏制的势能。傅睿清晰地感受到自己的身体成了一辆车，分成了上下两个部分。上半身，车身，相对静止；下半身却欲罢不能。傅睿从未体会过他的下半身有如此剧烈的动能，整个上半身就这样成了下半身的附属，搬过来又搬过去。他在走。在培训中心的大门口，他来回地走，一刻也没有停歇。

不远处有一辆出租车，靠在一棵樟树的下面。司机看见傅睿了，傅睿在急速地行走，很迫切的样子。司机把出租车发动起来，十分缓慢地靠在了傅睿的身边，笑容是招揽式的。小伙子客客气

224

气地问:"师傅去哪里?"去哪里呢？傅睿的上半身都还没来得及想，下半身却已经上车了。小伙子拉下了"空车"的标志牌，又问了一遍:"师傅去哪里?"这个问题当即就把傅睿给问住了。傅睿不知道"去哪里"，傅睿的脑海里没有具体的地名，有关这个城市，他也说不出几个具体的地名。傅睿只能挑他熟悉的。傅睿最终说——

"郑和里。"

小伙子一听到"郑和里"就有些失望，哪一个跑出租的愿意跑郑和里呢？那可是市中心，出租车进去难、出来更难。一个小时都做不来一单的生意。没完没了的红绿灯先不说，"郑和里"住着的都是有钱人，哪一家没有私家车？要你的出租车干什么？小伙子收敛了笑容，说:"拐了弯，一两公里就是地铁四号线的终点站，换地铁去郑和里，也就七八站。"这句话傅睿没听懂，听不懂就不接。就算是听懂了，傅睿也不可能听司机的，傅睿不可能坐地铁的，他坐过地铁，仅一次，不会有第二次了。

——傅睿的地铁之旅给了傅睿相当不好的体验。沿着滚动电梯，他进入到了地下。在车厢里，地铁的特殊性展示出来了。就是黑。在窗户的外面，一片漆黑。这不是黑夜的黑，也不是墨汁的黑，是地下的深处才有的那种黑，是九泉之下的黑。这种黑是由死去的脸庞构成的，它们孤立、悬浮、表情凝固。地铁的地下深度是全人类的死亡聚集地。因为地铁的速度，速度本身也就成了脸，密集的、穿梭的、几乎无法统计的脸。地铁是亡魂的运行方式，亡魂没有目的地，亡魂只是在一个封闭的循环里穿梭，穿梭就是它的目的，速度也是。它们稠密。那些无疾而终的人，那些病死的人，那些战死的人，那些烧死的人、撞死的人、溺毙的人、冤死的人，所有死去的人都在这里，没有终点，没有起点。傅睿就这样和它们相遇了，在地铁。那些粘贴在窗户外侧的脸，它们在审视地铁里的每一个人。傅睿就此拒绝了这个漆黑的运行方式。活着的人绝对不应该这样奔波。

小伙子在不停地说话，这才是人间应有的样子。出租车在市区走走停停，最终，稳稳当当地，停在了郑和里的大门口。傅睿问："为什么停在这里？"司机说："你说的，郑和里。"可问题是，傅睿为什么要来郑和里呢？——上一次来到这里是因为他的一个噩梦，他梦见老赵死了。他需要证实，他需要亲眼看见他。——回过头来看，上一次的见面才真的是一个噩梦，老赵用他独特的方式把傅睿的生活全给毁了。傅睿再也不想见到他。

傅睿再也不想见到他。傅睿在爬楼，一边爬一边后悔。傅睿就是这样，越是后悔的事情他越是要做，看上去反而像全力以赴了。——这是一栋老旧的楼盘，没有电梯，傅睿只能爬。等傅睿站在老赵家门口的时候，他已在喘息。喘息当然不是愤怒，但是，喘息和愤怒有它的相似性。傅睿来到了老赵家的门口，开始敲门。这一次给傅睿开门的不是爱秋，是老赵。老赵没有来得及惊喜，他从傅睿的脸上看见了不同寻常的愤怒，他在喘息。

老赵的胸口咕咚就是一下，好好的，傅睿为什么就不高兴了呢？他不高兴和自己的病情有没有实质性的关联呢？傅睿没有寒暄，老赵也就没有寒暄。既然老赵和傅睿没有寒暄，爱秋也就不好再寒暄。客厅刹那的气氛十分怪异，凝重了。

好在老赵对所有的程序都很熟悉，他什么都没有说，走向了三人沙发，一边躺下，一边撩自己的上衣。他知道的，在他与傅睿之间，有一个巨大的关联，这个关联就是这个刀口。

傅睿并没有观看刀口的意思。他只想休息，他只想一个人，躺下来，把腿跷上，深入细致地吸一支烟。但老赵既然撩上去了，那就只能看一看。不过很显然，傅睿的注意力还在小礼堂，还在他的那些丑陋的视频，他的注意力无法集中到老赵的腹部，严格地说，刀口。他的眼神在游移。不像医生。傅睿失去了他的亲切，眼神与表情都不确切，有了言不由衷的迹象。因为注意力难以集中，傅睿终于和老赵上衣的下摆干上了。拉下来，掀上去；再拉下来，再掀上去。如此反复。是什么让傅睿大夫如此反复、如此欲罢不能和如此欲言又止的呢？老赵吃不准了。吃不准就不能问。最好不要问。只能等。等过来等过去，傅睿却还是什么都不说，显然，不是不说，是不肯说。是难以启齿。是在酝酿，在选择措辞。时间在一分一秒地过去，不要说老赵，就连站在一边的爱秋都相当忐忑了。爱秋说："傅睿大夫你请坐！"这是一句客套话，这句客套话此刻也是一句空话。傅睿恍惚了好大一会儿，没有坐，再一次把老赵的上衣给撩了上去，接着看。——老赵有数了，他知道了。他的身体出了大问题。极有可能是肾源。傅睿这是特地来通知他来了，这才难以启齿。恐惧和绝望即刻涌上了老赵的心房。老赵的内心出现了崩塌的迹象。他用他的肘部支撑起身体，从沙发上下来了。刚及地，老赵顺势就在傅睿的面前跪了下去。老赵的这个举动连他自己也没有想到，可以说，自然而然，也可以说，势在必然。

"傅睿大夫，"老赵说，"你要告诉我实话。"

傅睿低下头，拉他，却拉不动。他能看到的只是一个因为恐惧格外虔诚的老赵。

"你告诉我。"老赵说。

"告诉你什么？"

"你告诉我实话。"

"你挺好。"

"不是，"老赵说，"你要告诉我实话。"

"你挺好。"

"不是，你要告诉我实话。"老赵说。

"那你说，什么实话？"傅睿说。

"你就说，'老赵，你已经完全康复了，我保证你能活下来。'你说了我就起来。"

傅睿没有答应老赵。这句话他没法说。他做不到。在这个问题上傅睿承诺不了任何人，他的承诺没有意义，是废话。然而，老赵跪着，不起来，在仰望着傅睿。僵持了。

"你起来。"

"我不起来。"

傅睿扶了一下他的眼镜，这个动作消耗了傅睿相当长的一段时间。傅睿只能妥协，他俯视着老赵，说：

"你已经完全康复了，我保证你能活下来。"

"你再说一遍。"

傅睿耐心了，目光柔和。傅睿说："你已经完全康复了，我保证你能活下来。你起来。"

激动人心的事情就这样发生了。老赵不仅没有起来，相反，他匍匐了上身，他的脑袋对准了傅睿两脚之间的空隙，他磕下去了。当他再一次仰起脸来的时候，他的眼眶里已经闪动着泪光。这是一种奇特的光，只有被拯救的人才会有的光，是大幸福和大解放。

傅睿从未面对过这样的场景，它在傅睿的认知之外、能力之外、想象之外。这是他生命里的全新内容和全新感受。他的内里滋生出了非同寻常的感动，具体说，一种异乎寻常的激情，一种具备了优越感的情绪，与他内心深处的渴望出现了叠合与相融的迹象。傅睿舒服。有了光感。他的生命到底被拓展了，他内心最为深处的东西出现了。傅睿并不能命名自己的新感受，但是，他高兴，接近于幸福，他确凿。傅睿伸出了他的双手，他的掌心是朝上的，而老赵则把他的双手覆盖在了傅睿的手掌上。就在老赵家的客厅，傅睿几近泄密，他告诉了老赵一个秘密：

"我保证你能活下来。"

傅睿听到了自己的声音，他的声音遥远，并不来自他的身体，没有物质性。

借助于傅睿的力量，老赵站起来了。他再一次和傅睿对视了，他注视着傅睿，傅睿注视着老赵。他们都意识到了，这一眼超出了注视，超出了普遍性，同时又带上了普遍性。老赵很安宁，傅睿也很安宁。那种优越的情绪再一次降临，在傅睿的内部横冲直撞。

即使已经离开了老赵的家，傅睿的身心还滞留在他和老赵之间。小礼堂，见鬼去吧；监控视频，见鬼去吧。一切就这样发生了，在客厅，在老赵和傅睿之间，经由爱秋的旁证，发生了。多么自然，多么必然，仿佛理当如此。作为一个医生，傅睿从不承诺。他和田菲是不能算的，那只是门诊，很随意，属于错进与错出。今天不一样，今天是庄严的，伴随着必备的仪式。一个从不承诺的人终于目睹了承诺所带来的神奇。傅睿低估了承诺的力量，这力量不可限量，足以修正别人和提升别人，反过来又可以感染自己。——承诺是天下最重要和最神圣的一件事，承诺之所以如此神圣，就在于对方需要，需要可以屏蔽验证，让结果悬置。

太难得了，傅睿的步履轻飏起来了。就在离开老赵家不久，傅睿体验到了自身的轻飏，他诞生了登高的愿望。他放弃了地面，特地爬上了不远处的一座天桥。天桥是穹隆形的，傅睿来到了它的顶部，大街笔直，一下子就拉出了幽远的纵深。傅睿发现了一个从未留意的事实：大街是由两侧的楼宇构成的，而大街两侧的楼宇都跪着，一直都跪着。所有的建筑都跪在傅睿的面前，分出了左右。所谓的大街，是对称的、整齐的、恒久的跪。——傅睿又能对这些跪着的楼宇承诺一些什么呢？傅睿没有把握。试一试？那就试一试。傅睿突然对着所有跪着的建筑物大喊了一声：

"我保证你们都能活下来！"

大街没动，大街两侧的大楼也没动，它们岿然地跪着。好好的。傅睿极目望去，他其实有点担心所有的建筑都像老赵那样站起来，那将是一幅不可承受的景象。还好，它们没有。这多好，所有的建筑都跪着，以钢筋和水泥的姿势。钢筋在，水泥在，跪姿就在。什么都不用担心。

大街上都是车。拥堵的汽车把大街分成了两半，一半是去路，一半是来路。无论是来路还是去路，它们都焦躁。人们在来路与去路上突围，满怀着超车的冲动。因为做不到，只能急刹车。刹车是一种临时的克制，骨子里是急迫，是狂暴。一盏又一盏刹车灯亮了，它们鲜艳，妖媚。刹车灯绵延起来了，犹如一片火海。大街被拉出了纵深，它真长啊，很深。这是急迫所构成的风景，是被遏制的超越所构成的风景。傅睿再也没有想到，刹车灯居然装点了世界。所有的焦躁聚集在这里，构成了如此巨大和华美的寂静。

傅睿又来电话了，这是"偶实"的第二个电话。小蔡不再惊喜，只有喜悦。如果不是命运在如此短暂的时间里把"惊喜"和"喜悦"搁置在小蔡的面前，小蔡区分不出它们。——比较起"惊喜"来，"喜悦"可有意义多了。惊喜没有向度，就是刹那间的一件事；喜悦则不同，它的内部却蕴含了逐步走强的方向性，足以派生一路风景。

小蔡答应了，却把见面的时间延后了"两个小时"，她是女孩子，拥有天然的权利。这才多少天？傅睿已不再是傅睿，到处都是他的新闻，名副其实的"偶实"了。—— 可越是这样就越是不能惯着他，他要习惯等。

因为轮休，小蔡在家里已经猫了大半天了。昨天夜里先生是在这里过的夜，一大早正是从小蔡这里去的机场。他要去新西兰，看望他的女儿去。先生有一个习惯，出差之前喜欢在这里过夜。返回的时候却不一定，有时候先回那个家，也有时候先回这个家。小蔡没有在这些细节上纠缠，道理很简单，就算先生为她离了婚，她也不会嫁。—— 他们彼此都不"管"，先把日子"过"起来再说，能"过"成什么样，谁知道呢？至于未来，那是"过"的结果，不是"过"的目标。相处了一些日子，小蔡终于弄清楚先生如此慷慨的原因了，公司是他的，也不是他的，换句话说，公司的钱是他的，也不是他的。—— 这究竟是怎样的一个魔法？小蔡懒得问，她不可能搞得懂。她能从先生的身上感受到魔法的灵动和自由，她愿意和先生生活在一起，她能体会到时代。时代就是枕头的样子，放在她的床单上。她在生活，也在发明生活。

先生真的爱自己么？小蔡不知道，有时候也想知道。但小蔡还算克制，她很好地控制了自己，不涉及爱的生活才更像生活。当爱被抽离之后，生活的边界一下就拓展了，像地平线的上方。小蔡自豪了，她也是为拓展生活做出了贡献的人呢。当然，先生需要自己，很需要，这一点小蔡很有把握。—— 先生就是不快乐，小蔡也是相处了一段日子才发现的，他很不快乐。—— 先生这样的人又有什么理由不快乐呢？不应该，小蔡也归纳不出来。但是，无论小蔡能不能归纳先生不快乐的理由，这个结论成立，它源自于先生的性。性耿直，它从不撒谎。小蔡对先生的性当然有过假想性的预估，他这样的男人么，淫是要务，在风格上极有可能偏向于蛮横或亵玩。先生却不是，反过来了，在精神上，先生来到小蔡这里更像是避难，避难才是先生的整体需求和战略需求。在先生裸体的时候，他的战略性显示无遗了，他撒娇，特别渴望在小蔡的面前裸露他的孱弱，乃至无助。小蔡呢，更像一个护士。先生热衷于下体位，每当小蔡替他进入的时候，小蔡都会产生这样的错觉——他不是来过夜，不是，是遭到了意外的暴击，奄奄一息了。小蔡还能怎么办？只有竭尽全力才能把他抢救过来。先生对性的需求真的是次要的、附带的、辅助的。他真正需要的，是突发的暴击之后所采取的救治措施。他想起死回生，他渴求能有下一个机会。小蔡有时候真的想笑场啊：天底下所有的机遇都被你一个人拿走了，你还想起死回生，你还想得到机会，别人还活不活了？这只能说，先生真的是会玩，还有这么一个弄法。可这又有什么不好的呢？也挺好。小蔡就觉得她做爱一次就救人一命，胜造七级浮屠。

现在，先生去了新西兰，小蔡留守了。就在先生跨出房门的当口，小蔡的内心发生了一个小小的意外，她有了离别感。按理说不应该。小蔡也算是老司机了，经历了一任又一任的男人，她的内心从来都没有出现过这样的东西。——怎么就在这里出现了呢？就好像她和先生在一起有年头了，是老夫与老妻。这都是哪儿对哪儿。就在先生离别之后，小蔡回床了，想补一觉。到了入睡的关口，小蔡想起来了，哪里有什么离别感，所谓的离别无非是认同。她的感知抢先于她的认知，认同了，这是生活。小蔡闭着眼睛笑了笑，很平静，很满足，是的，她是为拓展生活做出了贡献的人。为了奖励自己，她在再一次起床之后特地换了一身睡衣，只有新换的睡衣才能体现她留守女士的身份。先生说，她很干瘦，她很丰饶，是不是真的？新换的睡衣说，是真的，不该有摩擦的地方没有摩擦，该有摩擦的地方统统出现了摩擦。没有比这更好的了。小蔡就这样光溜溜的，赤着脚，泡了一壶色彩沉稳的普洱——那也是先生带来的——靠坐到飘窗上去了。小蔡都已经养成这样的习惯了，每一次，在先生离开之后，她都要在飘窗上枯坐一会儿，好好地、聚精会神地走一会儿神，喝点茶，附带着把夜里的救治再梳理一遍。性不是做出来的，有时候也是梳理出来的。小蔡想，自己真的不再年轻了，都知道梳理自己的性了。

小蔡就这样在飘窗上枯坐了一个上午。都过了通常意义上的午饭时间了，小蔡却一点儿没有吃午饭的意思，那就再睡一个午觉吧。又睡了。小蔡就是这点奇怪，男人一旦不在家就格外地贪睡。这个午觉小蔡照样睡得挺深，无梦，最终还是被手机的铃声给吵醒了。小蔡已经睡魇了，迷糊得很，以为是先生，嗨，先生还在大气层呢。居然是傅睿，从电话的背景音来判断，在街上。小蔡醒了，喜上心头。

毕竟在男人堆里摸爬滚打了那么多年，小蔡懂得一条真理，男人与女人的故事往往不取决于第一个电话，第二个电话才可以算作开始。什么开始了呢？开始什么呢？都不好说。不管怎么说，一个留守女人接到另一个男人的电话都带有可喜可贺的性质。

小蔡这一次一点也没有慌乱，呈现出来的是一个已婚的和居家女人的心态。这个心态原本处在隐秘的状态，现在，它跳跃出来，格外地触目惊心。已婚的和居家多年的女人就这样，内心总有一些蛰伏。生活就是这样体现它的稳定性的，也是这样体现了它的绽放。

小蔡在淋浴——其实是洗头——的时候设想了一些具体的画面，这画面直接跳过了诸多的时光，直接进入了手术室。此刻，小蔡已经是傅睿的器械护士了。在手术的进程中，傅睿会不停重复同样的动作——对着小蔡摊手。然后呢，小蔡会把傅睿所需要的器械递给他。也不是递，是拍。这是护士与主刀医生的传递方式。小蔡有百分之百的把握，她的传递准确无误，换句话说，他们之间天衣无缝。这就是他们的工作，是一体的，不得已被分成了两个部分。像铰链，像打开的书，像大海里的贝，像窗户的两扇。他们就这样，一台又一台，一年又一年。枯燥，无与伦比。他们俩就是在无影灯的下面一起老去的，都没能留下哪怕硬币大的阴影。而那个时候，小蔡很可能又成了寡妇，那又怎么样？生活要继续，那就到傅睿的休息室去休息一会儿吧。他们没有隐私，像旷野的一棵树。树上布满了枝丫，树就是这么长的。任何人都不能以任何理由指责任何一个枝丫。

——和上一次见面不同，傅睿这一次并没有选择大堂，他点了一个包间。这样的选择足以说明，"偶实"并没有丧失他的人间性。包间好哇，只有私密的空间才是真正的空间，它符合东方的人际。在这个城市，没有包间的餐馆、茶社和咖啡馆是不能叫作餐馆、茶社和咖啡馆的。不能说这个城市的人多么地喜欢私密性，只能说，这个城市的人从根本上就摈弃了公共性。

咖啡馆的导台小姐接待了小蔡，她直接把小蔡领进了"巴塞罗那"。沿着蓝白相间的地中海内装风格，小蔡知道了，这家咖啡馆的老板是一个足球迷，正如小蔡的某一任男友。途经马德里竞技、西班牙人、皇家贝蒂斯、塞维利亚和毕尔巴鄂，小蔡来到了"巴塞罗那"的门口。导台小姐停下了脚步，她对小蔡做了一个"请"的姿势。——她没有和小蔡交流，仅仅依靠她不可思议的直觉，或者说，时代的职业性，导台小姐一把就把小蔡拍在了傅睿的掌心。这个怎么可能错呢？

傅睿的模样让小蔡有点不敢相信，他邋遢了，与他以往的模样有些不搭调，疲惫，似乎吃了很多的苦。他的邋遢集中体现在他的衬衣上。在小蔡的记忆里，傅睿的衬衣有一个特征，几乎就没变过，它永远都塞在西裤的内侧。以腰带作为分界，傅睿向来都一分为二：下半身，深色的、裤缝挺拔的西裤；上半身则永远是干干净净的白衬衣。这两个部分结合在一起，共同形成了完整和优雅的傅睿。——今天傅睿到底有多邋遢呢？也说不上，但是，他的白衬衣却没有塞进西裤，自然也就失去了腰带的管控。就这么一点小小的变化，傅睿的外观出现了系统性的崩坏，皱巴巴的。皱巴巴的当然是衬衣，可是不对，是整个人皱巴巴的，还胡子拉碴。邋遢了。傅睿哪里还是邋遢，是落魄的模样。这就奇了怪了，如今的傅睿正赶上青云直上的光景，意气风发才对。——他却落魄了，这怎么可能？他这算哪一出？小蔡眨巴了一下眼睛，明确了，傅睿，这个养尊处优和意气风发的中年男人，单相思了，他单相思喽。

而傅睿的坐姿也出了问题，几乎就是瘫进了沙发。上半身在不停地扭动。傅睿从不这样。不能说傅睿真的就有多么帅，他又不是演电影的，又能帅到哪里去呢？但是，只要在公共场合，傅睿一定有他的站姿和他的坐姿。这绝不是一件小事。这起码说明了一个问题，傅睿对自己有要求。有要求的男人到了哪里都可以立于不败之地。可现在，傅睿哪里还有一点"偶实"的样子，他的模样绝对配不上围绕着他的那些新闻。

傅睿也不说话，却用一种十分怪异的目光盯着小蔡。小蔡从没有见过傅睿这样的目光，伴随着有求于人的神情，附带还伴随了欲言又止的样子。按理说傅睿应该在这样的时候说些什么的，傅睿偏不。他这样的人似乎就这样，哪怕他的目光已经开始了现场直播，他也要紧闭他的嘴巴。他在喝咖啡。可这杯咖啡已经失去了品质，傅睿不再具备把咖啡抿在嘴里的那份从容。他喝得匆忙，咽得也匆忙，像解渴，更像饮鸩止渴。

傅睿不说话，小蔡也就不说话。显然，傅睿被他想说的话难住了。这个忙小蔡可帮不上他，一些话还是要由当事人自己说出来的。话又说回来了，傅睿的欲言又止很有意味，特别地有意味。好男人的欲言又止和坏男人的欲言又止就是这么不一样。傅睿就在那里磨叽，最终还是开口了，他一开口就把小蔡吓了一大跳。他想请小蔡给他挠痒。这就过分了，近乎冒失。小蔡不相信傅睿会有这样的张狂。按理说不该的，傅睿不应该这样。看见小蔡如此地犹豫，傅睿当即改了口，表示算了。小蔡不太相信傅睿有如此的孟浪——也许真的就是痒了呢？饥可以不择食，慌可以不择路，痒为什么要择人？小蔡抿着嘴唇笑了，是会意的笑，格外自信的笑。不管傅睿是真的痒还是假的痒，傅睿蠢，死蠢。看见小蔡没动，傅睿逐渐红了脸。也不能算逐渐，其实很迅速的，一眨眼就成了那种全面的、彻底的红。这个从不求人的人看上去要被人拒绝了，他很羞愧。

　　小蔡并没有让这个尴尬的时刻延续太久，她知道的，傅睿承受不了这样的尴尬。护士小蔡出手了，她来到傅睿的面前，拉起傅睿，直接解傅睿的纽扣。就在小蔡解完最后一颗纽扣之后，小蔡摆动了傅睿的身体，她让他背身，她把傅睿的衬衣撩了上去，反过来扣在了傅睿的脑袋上。——这就是傅睿，这才是傅睿。他背脊干干净净，没有哪怕一处的红肿，没有斑点，没有疙瘩。这样的皮肤或这样的后背怎么可能出现瘙痒呢？小蔡把她的嘴唇一直送到傅睿的耳后，问："哪里痒？"说话的工夫，她的发梢已经蹭到傅睿的肌肤了，傅睿一个激灵，说："就这里。"小蔡就给傅睿挠上了。然而，痒不是别的，它类似于爱情，它从不在这里，它只在别处。小蔡还能怎么办？她不再询问傅睿，她的双手开始了四面出击。傅睿的嘴巴张开了，钻心的快感弥漫起来，他发出了绝望的呻吟。那是解决了问题之后才可能出现的声音。尖锐的快感在迅速地消耗傅睿，他的双臂很快就撑在了桌面上，在抖。傅睿侧过脸，问："我的后背究竟出了什么问题？"

　　"我不确定。"小蔡说，"也许只有医生才知道。"

十一

　　一连数日的雨天，从天亮到天黑，没有停息的意思。毕竟是
郊外，在暴雨的阶段，其狂暴的劲头与市区迥然不同，它开阔，
拥有大海一般的纵深。雨是有势的，当暴雨势不可挡的时候，它
反而不是降落，像升腾。傅睿待在宿舍，一个人立在窗前，对着
雨水发愣。没有飞鸟，没有飞鸟的天空就此失去了上下与左右，
傅睿就这样失去了方向。他仿佛站在了世界的外部。但天很低，
低到可以使人产生企图的地步，这一来傅睿眼前的天空就很可疑，
怎么就下雨了呢？真实的世界它现在是怎样的局面？

　　傅睿无处可去，他只能一个人待在宿舍。图书馆在扩建，他
去不了；小礼堂正在举办"向傅睿学员学习"的集体研讨，他可
以去，却不能去，也不敢去。傅睿设想过他参与讨论的场景，他
认准了他会死在那里。是谁发明了这样的场景？一个人需要怎
样的畸形才能配得上这样的地方？傅睿并没有伫立在雨中，可
他就是觉得自己被淋透了，雨水和他的衣裤搅拌在一起，捆绑了
他。傅睿低估了潮湿的纠缠能力，傅睿怎么努力都没能脱下他潮

湿的衣服。

　　在暴雨初歇的当口，傅睿回了一趟家。培训中心离傅睿的家其实并不远，最多也就四十分钟的车程。照理说傅睿是可以经常回家的，但中心主任颁布了明确的指令：没有特殊情况，"原则上"不可以回家。傅睿没有特殊情况，没有特殊情况傅睿就只能站在了"原则上"。这一来敏鹿给他预备的拉杆箱就不够充分，太小，不到一个星期就轮替了一遍。傅睿都到了把他换下来的衣服再换上去的地步，哪怕换上的衣服实际上更脏。傅睿在意的其实并不是脏，是皱。他的衬衣向来都是一换洗一熨烫。即便如此，傅睿也没有动过回家的念头，他习惯这样，喜欢这样。傅睿感受到了对指令的遵守所收获的高尚。

　　傅睿把他所有的衣服一股脑儿塞进了拉杆箱，回家了。他推开了自家的门——这是他的家，虽说敏鹿还没有下班，然而，这已经是很完整的一个家了。离开家并不久，傅睿受尽了折磨，他哪里能想到呢，离开了敏鹿他其实是活不成的。——傅睿多么想立即走进卧室去，完完整整地拥有一张大床，他想躺一会儿。可他等不及了。就在他经过沙发的时候，他改变了主意，不是坐，而是像自由落体那样直接掉进了客厅的沙发。傅睿躺下了，不想再动。除了呼吸与眨眼，他的身体再也不想做出任何一个动作。拉杆箱就在身边，照理说他应该打开他的拉杆箱，把那些脏衣服统统放进洗衣机才是。那些衣服真的太脏了，带上了不可饶恕的气味。傅睿却没动，一只手托在脑袋的下方，另一只手放在了腹部，就那么躺着。差不多就在躺下的同时，傅睿意识到了，他躺得过于急促了，身体的各个部位并没有安置在最为舒适的位置上。要不要调整一下体位呢？傅睿犹豫上了，傅睿的身体再也不愿意做出哪怕一个微小的动作。——是调整一下体位让自己舒服一些，还是保持原样，就这么躺着？傅睿就此陷入了漫长的自我挣扎。他苦闷于此，似乎也沉湎于此。——如果傅睿是一条蛇，那该多好呢。傅睿想起了他看过的一段电视，那是蛇的蜕变，俗称脱皮。一条蛇静止在树的枝杈上，然后，另一条蛇，也就是另一个自己，十分顽强挣脱了自己的头顶，从身体的内部"游"了出去。在它的身后，它留下了管状的和完整的躯壳。傅睿多么希望自己的身体内部能诞生一个新自己，挣脱自己，并摆脱自己。一个在游走，而另一个自己则静悄悄的，空洞，并悬挂。

敏鹿一推开家门就知道傅睿在家了，家里的空气告诉她的。这样的情形多少有点罕见——在这个家，通常都是敏鹿守着，然后呢，傅睿从外面回来。生活是多么地可爱，仅仅是一个序列上的变更，它就成小惊喜了。敏鹿咬住了下嘴唇，蹑手蹑脚的，却发现傅睿没在书房，正躺在幽暗的沙发里。这是他们的久别重逢，难得了。嗨，哪里有什么久别重逢，是他们从来就没有分开过。远方的人，他回来喽。

敏鹿没有开灯，无声走向了傅睿脚边的单人沙发，他睡了，敏鹿就也半躺着。她没去厨房，久别的重逢就该寂静，可不能锅碗瓢盆。作为一个资深的法国影迷，敏鹿是多么地喜欢法国电影里的厨房哦，她向往厨房里低能耗的亲热，那些见好就收，发乎情，也止乎情。可傅睿却从不进厨房，他们家的厨房里什么也没有发生过。那就在客厅里黑咕隆咚地躺着吧，静悄悄的。

敏鹿就这样黑咕隆咚地，半躺着，傅睿就睡在她的身边。她会守着他的，一直到他醒来。就这么想想心事，敏鹿也小眯了一会儿，也就二三十分钟的光景。傅睿还在睡。敏鹿探出了身子，靠到傅睿的脑袋边，想叫醒他。让敏鹿魂飞魄散的事情就在这个时候发生了——傅睿并没有睡，他的眼睛一直都睁着，正注视着敏鹿。敏鹿似乎已经意识到傅睿在看她了，客厅却过于幽暗，为了看清楚一些，敏鹿又靠近了一些，还凝了神。是的，傅睿在看她，幽静，隐秘，一动不动。敏鹿被傅睿的眼神吓得跳了起来，而她这一跳反过来又把傅睿给吓着了。好端端的，闹鬼了。这是一次失败的对视，双方都毫无预备，双方都猝不及防。

傅睿虽说被敏鹿吓着了，也就是一个颤动，像咳嗽。他依然不想起来。他的身体似乎已经完全丧失了动作能力，几乎就是静物。他想起来了，拉杆箱还在身边呢，他把他的眼珠子慢腾腾地从眼眶的正中央挪到了眼角，这是他的一瞥，像慢镜头。敏鹿便把拉杆箱拖向了卫生间。敏鹿打开箱子，她把傅睿的衣服一股脑儿塞进了滚筒洗衣机。傅睿远远地听着，松了一口气，这是他一直想做的事，活生生地被他延误到了现在。敏鹿终于替他了结了这个心愿，他吸了一口气，闭上了他的眼睛。

傅睿就是在敏鹿倒腾洗衣机的时候睡着的，睡了十来分钟的样子。一觉醒来，客厅里依然幽暗，阳台上的窗户却亮了。是不是天亮了呢？傅睿对着窗户上的玻璃研究了好半天，确认了，不是天光，是马路的华灯初上。显然，他并没有在凌晨时分醒来，真正的夜晚尚未开始。这个意外的发现让傅睿沮丧。他感受到了夜给他的负荷，已经压过来了。而他已经睡了一觉了，就在刚刚。

敏鹿听见了傅睿的一声叹息。她回到傅睿的身边，替傅睿把他的身体往沙发的内侧挪了挪，紧挨着傅睿，她坐下了。借助于敏鹿的移动，傅睿顺势调整了自己的体位，舒服了。敏鹿则拿起了傅睿的手。他的手很冷，因为是夏季，这个冷就有了一些特殊的地方。敏鹿在傅睿的身上趴下了，她回忆起了农家乐。这一趟农家乐只给敏鹿留下了一个印象——傅睿不健康。一天到晚整天厮守在一起的夫妇就这样，很难判断对方的。然而，万事都害怕比较，跟郭栋一比较，傅睿的不健康就相当醒目了。有好几次，敏鹿很想和傅睿谈谈的，傅睿却避开了。显然，这不是话题，或者说，他不情愿涉及这个话题。但农家乐之后傅睿的健康依然给敏鹿带来了深刻的担忧，也说不上来。傅睿到底是哪里不对劲儿呢？真的说不上来。——要不要先谈谈呢？敏鹿鼓足了勇气，然而，话都没到嘴边，她又咽下去了，她有了哭泣的愿望。以傅睿现在的处境，有些话还怎么对他说呢？也不是时候。

敏鹿就这样趴在傅睿的身上。客厅里没有一点儿动静，没有光，犹如一座空巢。时间终止了。所有的家具都安安稳稳，在它们的轮廓上，发出了幽静的、咖啡色的光。这幽静既像积蓄，也像肇始；美满，同时又勉强，总有些不对劲儿。敏鹿的指头在傅睿的身上动了动，傅睿挺好，毕竟小睡了一会儿，他的手指居然也有了回应。敏鹿就把上身凑上去，吻住了傅睿的唇。是下嘴唇。

敏鹿开始了她的吮吸。傅睿则把敏鹿的上唇给衔住了，吮了几下，最终还是让开了。但敏鹿在这个吻里敏锐地捕捉到了陌生的信息，是傅睿的胡子。严格地说，也不是胡子，是胡子的楂儿。她不再吻，干脆把嘴唇就闭上了，开始在傅睿的下巴上来来回回地蹭。敏鹿的身体抖动了一下，开始固执，想行动。这一次一定不能由着他了。她摸到了傅睿的纽扣，先给他解开了再说。傅睿就由着她。等傅睿的纽扣全部被敏鹿解开了之后，敏鹿从沙发上下来了。她弯下腰，使出了吃奶的力气，终于把傅睿给拽起来了。敏鹿说："妈妈给宝贝洗澡去。宝贝都臭了。"

敏鹿费了好大的周折终于把傅睿和自己一起脱光了，就在客厅。这就了不得了，两个人一丝不挂，都站在客厅里了。挺新鲜，也刺激。敏鹿就这么抱着傅睿，嘴巴都不会发声了，所有的声音都是从喉管里直接给喷出来的，是光秃秃的气流。还是先给他洗个澡吧，他们都已经很久没有在一起洗过澡了。别看傅睿这样，他也经不起敏鹿的洗。那还耽搁什么呢？敏鹿拉着傅睿的手，一起走进了卫生间。卫生间比预想的还要暗淡，敏鹿摸着墙上的开关，啪的一声，卫生间亮堂了。敏鹿把傅睿推到了镜子的面前，两只胳膊分别从傅睿的腋下绕了过去，在他的身后搂紧他。这个动作别致了，敏鹿一下子就成了傅睿的双肩包，胸脯全被他的背给压扁了。

敏鹿不着急。奶奶早就对面团说了，爸爸不在家，得给妈妈放个假，让她一个人舒服几天。这个家现在只有她和傅睿两个人，急什么呢？敏鹿就一点一点把玩她的男人了，她会让他急的，她要让他申请她。她会把整瓶的沐浴露一股脑儿倾倒在他的身上，让他满身的泡沫发出不要命的、接近死亡的吟唱。她会让他不想离开这个家，睡眠会覆盖他，他会知道的，他的睡眠不好完全是因为他在床上没有完成他的劳动量。

敏鹿拿起了沐浴露。就在拧瓶盖的时候，敏鹿发现了傅睿背后的异样。这哪里还是后背呢？简直就是农家乐外围的土质停车场，遍地都是车轮的痕迹，交叉，混乱。那些痕迹却不是单线，四五条一组，四五条一组，很规则。这就奇了怪了，这就不大对了。敏鹿把沐浴露放下了，张开她的手指，指头却对应到划痕上去了。合得上，是一只手的五个手指留下的痕迹。敏鹿往前跨了一步，拦在了傅睿的面前，赤裸裸正对了赤裸裸——

"怎么回事？"

"什么怎么回事？"

"你的背。"

傅睿想了想，说："痒。"

"我是问，划痕哪里来的？"

傅睿显然被敏鹿的口吻吓着了，尤其是表情。这样的口吻与表情从来都不属于这个家。傅睿嗫嚅了好半天，说："挠的。"

"谁？"

"我，"傅睿说，"我自己。"

"傅睿，不会撒谎你就别撒，好吗？"

敏鹿一把就把傅睿拽到了镜子跟前，敏鹿指着镜子，说："傅睿，你挠给我看看。——自己挠！"

傅睿望着镜子里的自己，他背过了手去。他企图用他的手指去覆盖后背上的划痕。然而，无论他怎样努力，这样的努力都力所不及。傅睿自己也没有想到，他的背怎么就这样了？——小蔡并不乱，她的双手以傅睿的脊椎作为中界，左手负责左侧，右手负责右侧。划痕就这样呈现出了对半分流的局面。乱石穿空，惊涛拍岸。张狂啊，张狂。镜子与灯光一起照亮了"巴塞罗那"。可"巴塞罗那"的事傅睿不能说，这不公平。傅睿抬起胳膊，望着自己的双手，他的手不能自证。

　　"谁？"

　　"我自己。"

　　傅睿的愚不可及彻底要了敏鹿的命。敏鹿刹那崩溃了，严格地说，傅睿在敏鹿的眼里刹那间就崩溃了。——这都能撒谎？——这样低劣的谎傅睿居然撒得出口？傅睿，你狗血，狗血啊——

　　"我再问一遍，傅睿，谁？"

　　"我自己。"

　　"傅——睿！"敏鹿暴怒了，傅睿再也不敢说话。

　　"你不会说是一个男人吧傅睿？"敏鹿尽量克制住自己，她说。

　　"是女的。"

　　"谁？"

　　"我不能说。"傅睿说。

　　"放你妈的屁！"

"真的不能说，人家是无辜的。"

"傅睿你不要逼我！"

"敏鹿你不要逼我。"

"傅睿你不要逼我！"

"敏鹿你不要逼我。"

傅睿，还有敏鹿，还光着。他们就站立在卫生间的镜子面前，放弃了镜子的折射，彼此用崭新的目光瞄准了对方。最终放弃对视的还是傅睿。他掉过了头去，附带着从阳台的附近拉起了拉杆箱，直接往客厅的大门而去。

"傅睿，你光着呢！"

是的，他光着呢。那就回过头来穿上。傅睿在内心对自己说——

"就是痒。没别的。痒起来我很痛苦。我会去看医生的，可我担心住院，许多人都出院了，都是成功的例子，意外从来都不可避免。没有原因，找不到原因。很悲伤。领导说培训，我说，没有问题。这是最糟糕的结果，我回不来了。处罚从来都不可避免，处罚从来都不是意外。从一开始我就知道这是一条错误的路，老傅觉得行。好吧，每个人都有权利选择一件事，接二连三。我请人帮助，这不是一个帮助的问题。我也请求了上帝，其实还有菩萨，没用。我只想睡一个好觉，睡着了一定会很好，那时候就这样。我看过老赵，这个人我很不喜欢，可他是患者，我必须去。我觉得是个阴谋。这是彻底的否定。真的痒。我不会欺骗你，真的痒。你很难从临床上解释这样的征兆，那是千真万确的感受。

247

我会去看医生的，可以商榷，现实就是需要公关，怎样的一部历史呢？人一定会生病，这个很复杂，这里牵扯到自然的环境，基因，还有人类自身生活，许多习惯、饮食，不可避免。历史证明了必须痊愈，疾病是一种异常的痛苦，必须解除它们。这是我的责任。老傅他不了解，主要的问题来自呼吸道，一旦感染就会下沉，当然是肺部，速度很快。动脉血管栓塞了就很麻烦，就是消炎，我做不到。我渴望和大家一起同步而行，左腿还有右腿。我在分析。责任一定在我，虽然我没帮助他们，可我觉得这样的努力意义不大。我会尽力。我真正不能原谅的是小严主任、范院长、雷书记。是小严主任打来的电话，我都关机了，范院长和雷书记都在，见了。很客气，你知道他们很客气。这个结果我没有想到，也许就被打死了。老傅一直想做一个外科大夫，很冲动。他不是想做医生，他想决定生和死。那是上帝才有的快感。我了解他。我也想有。结果呢？当然不是，就培训了。我没有。你要相信，就是痒，没别的。问题不会太严重。可以看医生的。我能，别人也能。我不能，不等于别人不能，那就都耽搁了。通常不会这样。是懒吗？不，并不懒。我不想动，想躺着，坐着。我把香烟拿起来了，打火机就在旁边，站起来，一步之遥。可我叼着香烟，宁可坐两个小时，我也不想去拿打火机。许多次了，没有洗澡，还有刷牙。不是懒，是不想动。这不好。我知道的，这不好。就这样，我说的都是实话。我发誓，就这样。

"好吧，我知道你不会相信。很难控制的。谁愿意这样呢？我不乐观。一个睡眠的问题，可以吃药的。我做了一个无尽的尝试，并不成功。这些我不好对别人说，你是我太太，我不能隐瞒你，我都告诉你了，不乐观了。培训就是两个月。命运在此。记忆力也是一个问题，有了沙化的迹象，你可以去请教一下土壤学的专家，培训的时候并没有邀请他们。土壤有黏性，沙化了就不好办，你懂的。他们说，是一伙的，我信么？我不信。这怎么可能？消化与呼吸都不可能同步，还有内分泌。其实都是混。语文也没有学好，就是表达的问题。很严重。一个人，西瓜一样，劈成了好几瓣。听好了，你要注意的，不是好几瓣西瓜，是一个西瓜被分成了西瓜、冬瓜、红木、酒精药棉、竹竿，与键盘。各说各的。西瓜就这样变成了酒精药棉，很可笑，很可笑的。回头我可以给你看看笔记本，也许还有录像，并不好看。我始终不能明白弧度的问题。你应该相信我说的都是真的。我思考过了，可以去郊外，开饭馆，养羊。玉米和水稻完全可以辨认。"

说到玉米和水稻，傅睿就笑了，他并没有看着敏鹿，也没有看任何一样东西，他学会了冲着绝对的抽象兀自微笑。他的微笑至真、至诚。笑完了，傅睿重新拉起了拉杆箱。敏鹿光着身子，却愣在了那里。她没有敢做出任何反应，就那样看着傅睿开门，出门，走人。

培训中心的门卫是一个小伙子，一脸的疙瘩。很凑巧，每一个疙瘩都长在了恰当的位置上，这就正确了。这些排列有序的疙瘩助长了小伙子的威严，小伙子看上去就真的威严了。他拦住了傅睿，向傅睿讨要证件。——这是周末，出门可以不出示证件，进门就一定需要。傅睿当然有，却丢在了宿舍。他告诉小伙子，他可以回去拿。这一来两个人在证件这个问题上就陷入了一个可爱的循环。看得出，小伙子热衷于这个循环，这循环就在他的基因里。不需要则罢，一旦需要，他随手就可以拉个人，一起跳将进去。好在来了一位年纪稍大的门卫，他认出了傅睿。这张脸都上过报纸，他见过。——怎么可以把上了报纸的脸挡在门外呢？年纪稍大的门卫走上去，对准"疙瘩"的后脑勺撸了一巴掌。"疙瘩"还想理论的，却看见对方的眼珠子瞪起来了，小伙子脸上的疙瘩们也就瘪了下去。

傅睿拽着他空无一物的拉杆箱，走在了空无一人的培训中心。在夜色与路灯的双重作用下，傅睿觉得，这很像探险。傅睿走得很慢，就在宿舍楼的大门口，傅睿站住了。他想起来了，他的宿舍里只有一样东西，叫无聊。无聊不是无，是有，是确凿和坚定的有，却被弃置了，一起堆积在潜在的倒霉蛋那边。无聊是一种十分特别的储藏，就在傅睿的宿舍。无聊不能构成记忆，想象力也不可企及。它却精确，只要推开门，它会像神一样降临。无聊是膨胀的、漫漶的、凝聚的。傅睿时刻可以体会到它的挤压。

那还是逛逛吧。图书馆关闭了。教学楼关闭了。活动室也关闭了。所有的建筑物都黑乎乎的，它们被夜色容纳了，一坨又一坨。不久前的雨水加深了它们的颜色，它们看上去反而像凹陷进去的窟窿，比黑还要黑。傅睿能做的只是避开它们，所有比黑还要黑的黑洞都万劫不复。因为每一次都可以避开黑洞，傅睿哪里还是闲逛，简直是游荡。游荡可不是闲逛，闲逛没有目的性，无我；游荡却有，在放逐。拉杆箱已经空了，在发出空洞的回响，它们证明，傅睿不是闲逛，是游荡。傅睿在游荡的过程中很快就发现了一些野猫，它们在过马路。傅睿留意到了，所有的猫都害怕道路。在它们横越道路的时候，体现出了警惕道路或躲避道路的倾向，要么极速而过，要么就缓慢地试探，再匍匐而行。但不管怎么说，在它们穿越成功的时候，都与死里逃生相仿佛。傅睿再也想不到郊外的夜晚如此地喧嚣，因为水汽重的缘故，路灯的光显形了，每一盏路灯的灯光都像一只倒扣着的大喇叭。数不尽的昆虫聚集在这里，它们在喇叭形的光里盘旋，而相当的一部分已经死了，剩下来的则在等死。傅睿想起来了，光是昆虫的死地。昆虫是大地上的秘密，是大地的智者，是先驱，它们愉快地选择了见光死。它们只愿意把自己埋葬在光里。然而，昆虫的尸体实在是太多了，他立住脚，蹲下身去。死亡的现场并不复杂，大多是飞蛾，还有相当数量的独角仙，不远处还有油葫芦和椿皮蜡蝉。独角仙傅睿当然见过，只是不知道它的名字，应该属于甲壳类，它的形状特别了，脑袋的前端有一只犄角，就一只，又黑又硬。它们的死亡很有意味，无论个头的大小，姿势都一样：平躺着，肚皮朝上。它们的小腿是多么地瘦小，数量却极为繁多，僵硬了，统统朝上。这一来它们就不像死亡，而像拥抱。拥抱什么？只能是夜空了。可夜空是遥不可及的，它们的拥抱就显得无限地盛大，也执拗。傅睿不能接受独角仙的这个死法，它的死哪里是死，是未竟——还有一个拥抱没找到拥抱的对象呢。这就留下了不尽的哀伤。当然，傅睿不能接受独角仙的死亡姿势还有一个重要的原因，只有人类才有资格以他的死亡去面对天空。其他的物种完全没有这样的必要，侧卧就可以了。马就是这样，猪、羊、骆驼、狗、猫、老鼠、长颈鹿、狮子、羚羊和水里的鱼都是这样，连自行车和火车的车厢都是这样。死亡的姿势就是灵魂的姿势，一只甲壳虫，它有什么理由选择人类的死亡姿势呢？傅睿决定修正它们。他拿起了独角仙的尸体，让它们的尸体侧过去。很遗憾，傅睿一次也没有成功。傅睿也就不再勉强了。傅睿只是明白了一件事，独角仙的灵魂和人类的灵魂有一个共同点，它们是朝着同样的一个方向飞走的，那就去吧。它们有资格拥抱。经历了灯光下的啸聚、飞行和喧闹，它们配得上一次拥抱，与那个绝对的夜空。傅睿打开了他的拉杆箱，他决定了，他决定给独角仙入殓。他要把独角仙的每一具尸体都收进他的拉杆箱。然而，这是一个仓促的决定。昆虫的世界就是这样，但有灯光处必然有尸体。灯光是没有尽头的，这就是说，死亡也没有尽头。傅睿几乎选择了一项不可能完成的任务。

2003年的一个下半夜，在一个介于荒芜和现代的地方，傅睿差不多走遍了所有的路灯。然后重复。他也累了。他只能站立在路灯的下方。夜深了，水汽分外地浓郁、分外地迷蒙，接近于雾。那些路灯的灯光再也不是一只倒扣的喇叭，是迷蒙的却闪耀着光芒的坟墓。一盏路灯一座坟。无数的坟墓在深夜的道路上依次地、等距离地排开了。傅睿抬起头，路灯就在他的正上方，灯光埋葬了他，他在坟的中央。埋葬原来是一件如此轻盈和如此明亮的事，傅睿因此闪烁着光芒。

傅睿可不想在坟墓里待得太久，他离开了路面，换句话说，他避开了灯光。草地有些潮湿，显然，拉杆箱一旦进入草地，它的万向轮就再也不灵光了。好在它的内部只有一些昆虫的尸体，离满员还差得很远。傅睿在草坪上并没有游荡太久，他意外地发现了一群人。三五个一组，两三个一群，犹如分组讨论。然而，他们不说话，也不动，就那么黑黢黢地站着。傅睿离他们并不远，他立住脚，想和他们打个招呼。出乎傅睿的意料，几十秒钟都过去了，他们依然不说话，一动不动。傅睿的头皮顿时就有些发麻，只好也不动。就这么僵持了相当长的一段时间，傅睿最终鼓足了勇气，走上前去。嗨，原来是一组人物的雕塑。傅睿想起来了，图书馆的门前有一条大道，它的左右两侧安放了许许多多的先贤，左侧是十个，依次是老子，孔子，屈原，司马迁，杜甫，朱熹，王阳明，汤显祖，蒲松龄，曹雪芹。右侧则是苏格拉底，柏拉图，奥古斯丁，哥白尼，莎士比亚，培根，笛卡儿，康德，莱布尼茨，牛顿。傅睿并不认识他们，还好，在雕塑的基座上，艺术家留下了他们的名字。因为这些名字，傅睿反过来又记住了他们的面庞。历史就这样，要想完成它，必须通过想象。历史还能是什么呢？必须是想象，而历史的发展只能是有关想象的追加想象。是的，图书馆在扩建，图书馆门前的想象物就碍事了，施工人员只能把它们弃置在这里。也好，在2003年的一个下半夜，因为弃置的随意性，这一组人物的空间关系意味深长了，它们不再肃正，也不再庄重，它们在这里相聚，随意，散漫，仿佛重要会议的休会，也可能是会后。说到底，它们也不是雕像，是水泥的复制品，属于可以批量生产的那种。

闲着也是闲着，依靠记忆，傅睿就给它们点名。清点了好几遍之后，不对了，少了一个人。怎么就少了一个人的呢？是谁？傅睿只能追忆，却怎么也想不起来。历史经不起追忆，它缺少了什么也很难追忆。借助于手机的照明功能，傅睿就着基座一个又一个地检查，还是想不起来。傅睿只能朝四周打量。借助于黑暗，他终于在不远的地方发现了一堆更黑的黑暗了。然而，它已经被一堆搅拌过的水泥覆盖了。傅睿侧过脸，不远处有一台大吊车。沿着大吊车再往上看，吊车的车斗早就翻过来了，悬挂在遥远的高空。不用说了，吊车的车斗翻车了，搅拌的水泥浆覆盖了一位先贤。谁呢？傅睿没有把握了。还好，傅睿看见了一只胳膊，其实也就是一只手，它是高举的，即使这尊雕塑已经面目全非了，依靠这只胳膊，傅睿想起来了，是哥白尼。傅睿记得的，在他第一次见到哥白尼的时候，他惊诧于哥白尼手上的苹果，为什么他要高举一个苹果呢？凑上去一看，苹果的表面有密密麻麻的经纬线。嗨，哪里是苹果，是地球。

现在，哥白尼，他消失了。这尊水泥塑像遭遇了水泥，更多的水泥把他彻底淹没了。只能说，水泥把哥白尼还给了水泥。傅睿伸出手去，搅拌物固然还有些湿，却早已凝固，硬了。傅睿的目光在刹那间就有了透视的功能，透过搅拌物，他看到了哥白尼窒息的表情。哥白尼已不能呼吸了，他的瞳孔里全是求助的目光。傅睿企图用他的手指和指甲把哥白尼的鼻孔解救出来，徒劳了。指甲哪里是水泥的对手。

哥白尼是一个医生。傅睿是记得的，哥白尼医生的嘴巴原先是半张的，他的瞳孔被雕塑家处理成了一个不规则的窟窿。窟窿不是空无一物，是有，它让水泥拥有了特殊的生理性，是凝视。这一来水泥就有了目光。因为目光的存在，水泥的内部出现了律动、呼吸和内分泌。哥白尼就那样站在图书馆的门前，半张着嘴巴，在看。

和排列在图书馆门前的其他塑像不同，哥白尼医生并没有紧闭他的嘴巴，这是绝无仅有的。在他的上嘴唇和下嘴唇之间，有一道明显的缝隙。显然，那是言说的欲望。傅睿曾听到过一些声音，它来自水泥的内部，似空谷足音。哥白尼到底要告诉傅睿什么呢？傅睿把他的耳朵靠了过去。他什么都没有听见，他只是在哥白尼的两唇之间听到了空气的流动，那也是声音，带有波兰语或拉丁语的痕迹。傅睿的英语很好，尤其是听力。即便如此，傅睿也只是在哥白尼的嘴唇之间听到了一只空旷的肺。那是哥白尼的呼吸，水泥的呼吸，石头的呼吸。石头的呼吸必然就是轰然而出的呼吸。

可此刻，哥白尼被水泥淹没了，他的粗布长袍不见了，他眼眶里不规则的窟窿不见了，他的凝视不见了，他的手不见了，他手里的地球不见了，他半张半开的嘴巴不见了，他体内的律动、呼吸和内分泌不见了。傅睿所听到的不是呼吸，是水泥、黄沙与石子们的抽搐。那是凝固之前的抽搐。这让傅睿无限地难受，是那种接近于死的难受。——如何才能处理这些多余的水泥呢？如何才能把哥白尼还给哥白尼呢？这成了一个棘手的问题。水泥即将凝固。——如果是周教授在，他又会有什么好的方案呢？

周教授和傅睿的父亲是老朋友了。医科大学一直有这样一个说法，说，周教授之所以把傅睿当作他的开门弟子，其实是因为傅博书记的脸面。这样的传闻周教授当然也听说了，笑了笑。事实上，周教授第一次和傅睿握手的时候就喜欢上这个面貌柔弱的小伙子了，傅睿修长的手指头几乎把周教授的手裹在了他的掌心，还害羞，其实是想抽出来。周教授低下头，望着傅睿的手，笑了，说："比你父亲的还要长。"傅睿说："练过五年琴。"这话文不对题了。什么琴呢？傅睿没说，周教授也没问。周教授倒是经常弹钢琴的。他弹钢琴完全不是他喜欢音乐，更不是他热爱演奏，都不是。他仅仅是为了锻炼自己的无名指和小拇指。对一个普通人来说，尤其是男人，无名指和小拇指类似于盲肠，差不多就是个摆设。但是，对于钢琴演奏来说，哪里有没用的手指头呢？外科大夫也一样。为了提高小拇指和无名指的力量，周教授像模像样地练了好几年的车尔尼。效果是显著的，小拇指和无名指的灵敏度有了根本性的提高，尤其是感受力。周教授感觉到了自身的周全，他完整了。"周一刀"一点儿都没有浪得虚名。周教授喜欢手啊，他在意手指与手指之间的组织性，在意它们的分配能力和协商能力。指尖上的智慧才是真正的智慧，一直可以延续到他人的生命里去。他握着傅睿的手，就在"分手"的时候，他给傅睿留下了一句话："外语要好。"

"外语要好。"对一个做了博导的人来说，这样的关照已不再是潜台词,它接近于赤裸。在医科大学和第一医院,谁还不知道周教授呢,他的话足以使一个年轻人一步登天。以周教授的地位,他的话不只是通途,某种程度上说,也是光辉的通途。傅睿却沉重了。他知道的,他的人生再一次被按揭了。他望着不远处的足球场,可供二十二人踢球的球场混乱了,挤满了人,少说也有四五十个。他们堆积在同一个球场之内,分别踢着三四场不同的"足球"。傅睿能够看见的也只有混乱。外语要好,外语要好哇。

傅睿从来没想过自己会学医,父亲的眼里只有医院,平日里几乎是不管他的。傅睿所倚仗的,一直都是他的母亲。和大部分母亲一样,她在傅睿六岁的那一年就安排傅睿学演奏去了。然而,傅睿的母亲和别的母亲到底又有所不同,她清醒。哪里能真的指望孩子成为演奏家呢?傅睿的母亲所期盼的是全面和多能,什么都能拿得起来。傅睿最早练习的是二胡,等傅睿在弓和弦的关系上有了初步的认识之后,他的母亲独辟蹊径了,让傅睿改练小提琴去了。两根弦变成了四根弦,这显然是一个进步。把二胡横过来再夹在脖子底下,能差多少呢?这就多了一门手艺。到了九岁那一年,傅睿的小提琴刚刚有了起色,傅睿的母亲偏偏又看上了键盘。怎么说傅睿这孩子好呢,不争辩,不抗拒,你安排什么他就是什么。他只管学,从不让别人失望。傅睿在音乐上到底有多大的天赋呢?这个也说不上,但是有一点,常人不能及了——任何一次文艺汇演,他起码可以登台三次:二胡独奏,小提琴独奏,钢琴独奏。这是令人望而生畏的。傅睿是天才,众口一词了。好好的,这位演奏的天才怎么就走进了医科大学呢?当然是因为他的父亲。傅睿的父亲傅博有些复杂，早年是一位军人，在舰艇上服役。可说到底傅博又不是严格意义上的军人，他是舰艇上的一名医生，稳妥的说法当然是军医。傅博是在转业之后来到第一医院的，在这里他当然不能算作医生，他负责的只是医院的宣传。这就失落了。失落的傅博并不消沉，这个与大海打交道的人早就习惯于披荆斩棘和劈波斩浪。他在最短的时间内就弄清楚了什么是"新闻"，新闻就是尽快把单位搞到报纸、电台和电视上去。这又有什么难的呢？完全取决于一支笔的肺活量。傅博浩大的肺活量没有白费，不到两年他就做到了院办和党办的副主任了，同时还娶上了一位电台的播音员。做了副主任的傅博并没有放下手里的笔，他既是细水长流的又是高歌猛进的。就在傅博当上了副书记之后，他产生了一个无限美妙的联想——如果把他所有的新闻稿件都摞在一起的话，他实实在在地创造了一座医院。是他亲手创造的。建制完整，类似于竣工了的巴别塔。这个联想没有给傅博带来任何的欣喜，相反，他沮丧。傅博很快就发现了，这座"医院"里恰恰没有他自己。这怎么行？这怎么行呢？如果他沿着医生这条路一路走下去，那该多好哇。沮丧之余，傅书记做出了一个决定，不允许大家叫他"傅书记"，要叫他"傅大夫"。大家都以为他是客气，低调了呗，谁还能当真呢？傅书记却当真，谁叫他"书记"他就对谁摆脸子。那就没法再叫了。可"傅大夫"大家实在也叫不出口，他怎么能是"傅大夫"呢？难办了。是谁那么聪明呢，突然就叫他"老傅"。这就定了调了。傅书记从此就是"老傅"。老傅再也没有想到会是这样的一个结果，更沮丧，很挫败。"老傅"就此成了老傅的病根，类似于高血压、关节炎和支气管炎，拖成了慢性病，过些日子就要犯。就在这个节骨眼儿上，他的儿子，傅睿，就要高考了，他迎来了人生的第一次选择。某种程度上说，这也是老傅的第一次选择。——他终于有权力做出选择了。老傅军人的作风体现出来了，他在客厅里颁布了军令："学医。"没什么可商量的。"不能当逃兵。""我说的。"是的，再怎么说，这个家里必须要诞生一个"傅大夫"。

老傅到底是老傅，他不是普普通通的转业军人。他是"懂医"的，是行家，更有眼光。难能可贵的是，他兼备了国际的视野。就在二十世纪九十年代初期，老傅终于"到外面"考察去了。考察的结果很不妙，和"国际"最前沿的医疗科学比较起来，第一医院还不够"前卫"，更不够"全面"，同时也远远谈不上"尖端"。举一个例子，脏器的移植，"我们就还没有开始搞"。这个要补上。要勇于挑战、要勇于实践、要勇于完善。同时也要勇于牺牲——"在外面就不要这样说了哈，尤其不要说是我说的。"医学嘛，也是战斗。要战斗就会有牺牲。这就是科学。公正地说，老傅这个人"有魄力"，他虽然不是一线的医生，但是，他可以将将，他可以领导好一大批一线的医生。这是老傅最爱听的一句话，它更符合老傅的自我认知与期许。在这个问题上，老傅的"小我"与老傅的"大我"达成了高度的统一。在老傅的"手上"，第一医院获得了空前的发展和巨大的进步，学科的完善方面尤其是这样。周教授正是在这样的一次"巨大进步"当中确立他的地位的。他原先的专业其实是前列腺手术，虽说也是泌尿外科，两码事了。但是，第一医院要追赶，唯一的选择就是跨出去。周教授了不起啊，正是他，带领着他的团队，完成了这个不可思议的创举。再怎么说，一个全新的学科建立起来了。当然了，周教授也有周教授的苦恼，他不再年轻了，年纪不等人了呢。培养后备力量成了周教授的重中之重，也成了第一医院的重中之重。反过来说，又有哪一个有志于泌尿外科的年轻人不想成为"周教授的弟子"呢？一旦进了周门，那就意味着一件事，你就站在了国际医学的最前沿。同样是博士毕业，一个是医生，一个是抵达了"国际水准"的医生，这里的区别一望而知。

老傅在他的办公室接到了周教授打来的电话——又是要钱来了。是啊，新学科就是新生儿，要喂。老傅瞥了一眼墨绿色的电话显示，懒洋洋地拿起了电话。周教授不要钱，他要人。他发现人才了，就在医科大学足球场的边上——多亏了这孩子没有去搞音乐，要不然，糟蹋了。老傅手握着话筒，听了好半天，终于听明白了。刚刚听懂，老傅就沿着办公桌的边沿站了起来。他站得笔直，像站军姿。老傅像接到了使命，而不是发布命令的将军。——这是不同寻常的。肾移植毕竟是他拍板、经他推出的新科目，现在，领军人物，他点将来了，这是求贤哪。这已经不再是举贤不避亲的问题了。老傅动情，提着话筒的右手禁不住颤抖。他在颤抖的过程中对着话筒说："我看行。"挂了。挂了电话之后，老傅就用他食指的指甲在办公桌上不停地划拉。可惜了，办公桌的桌面只是木头，并不是患者柔软的腹部。即便如此，老傅当场就看见了突然翻腾的、雪白的脂肪。他想象中的电烙铁沿着刀口在游走，刀口平稳，犹如婴儿的开口大笑。

傅睿当然不可能给周教授打电话，平日里他和他的导师就没有任何联系，说不上为什么。周教授仅仅是他的一个念头，偶尔冒出来，然后就没有了。——傅睿对水泥无能为力，只能带着他满怀的、接近于死的窒息返回他的宿舍大楼。一屋子的无聊迎接了他。傅睿终于看见无聊的表情了。无聊就是窒息，傅睿能做的只能反反复复地深呼吸。为了让自己的呼吸更加地彻底，他拉开了窗帘。天已经微微地亮了，这让傅睿多多少少得到了一丝安慰。又是一夜过去了。从这个意义上说，天亮无异于一场胜利，哪怕它毫无意义。可毫无意义的胜利也还是胜利。一回到宿舍傅睿就躺下了，走了一夜的路了，他累，一动都不想动。刚刚躺下傅睿就后悔了，无论如何，他不该一进门就躺下的，依照先后的逻辑次序，他应该先做这样的几件事：一，把空调打开；二，把电视打开；三，去一趟卫生间；四，冲一个热水澡；五，回到床上，躺下。很遗憾，这几件事傅睿都没做，既然没有做，那就不用做了。那就躺着吧。躺着有躺着的好处，它有益于缅怀。傅睿在缅怀哥白尼，他被水泥浇筑了的呼吸。

傅睿却饿了，难得的。他想了想，是的，确实有很久没有吃东西了。饿的感觉并不好，然而，傅睿委实很久没有体验过饿了，这一来，饿的感觉似乎又有些好了。2003年，傅睿十分罕见地邂逅了一个饥饿的黎明。——饥饿从东方升起，饿，没有吃的。不用找，哪里都没有吃的。可水是有的，傅睿也渴，这个很容易解决。培训中心的宿舍配备了电热水壶。只要傅睿从床上下来，接点水，插上插头，几分钟之后他就可以喝上水了。—— 要不要给自己烧一点开水呢？ 傅睿再一次陷入机械轮回般的自我抗争。只要傅睿的油箱里还有一滴油，傅睿就会永不停息地抗争下去。他在犹豫，而红日依然照遍了东方，傅睿是该睡一会儿了。

一接到傅睿的电话，郭鼎荣就行动了。第一时间，他去了五金商店。郭行长买了两把铁锤，还有两只钢錾。—— 傅睿要这些东西究竟要干什么用呢？ 郭鼎荣没有问。他是不需要问的。郭鼎荣相信，问完了再执行和不问就执行，这里头有广阔的区别。对郭鼎荣来说，傅睿的话就是指示，他必须不折不扣地执行。

这是星期天的上午。郭鼎荣原打算和他的家人去郊外走走的，他放弃了。依照傅睿的指示，买完了东西郭鼎荣就回到了培训中心。几乎没有寒暄，傅睿随即就把他带到了图书馆的工地，他们站在了哥白尼的面前。郭鼎荣不明所以，好在他的领悟力极强，明白了，傅睿不想让培训中心的图书馆白白地损失一座雕塑。郭鼎荣在明白过来的同时愈发惭愧了，这就是他和傅睿的差距。傅睿能发现问题，他却不能。可郭鼎荣依然感觉到了幸运，傅睿并没有给别人打电话，而是选择了自己。他望着傅睿焦躁的面孔，问："开始？"傅睿点了点头。郭鼎荣从汽车的后备厢里取出了铁锤和钢錾。当然，还有手套。傅睿在看见手套的同时看了一眼郭鼎荣，这一眼让郭鼎荣格外地受用。傅睿的左手拿着钢錾，右手紧握铁锤，郭鼎荣笑笑，说："我是左撇子。"他的左手拿着铁锤，右手拿着钢錾。说动手就动手了。傅睿选择了哥白尼的身前，郭鼎荣就只能站在了哥白尼的背后。

傅睿说："快！"

这样的事其实用不着快。既然傅睿说快，郭鼎荣在行动上就必须加快他的节奏。令郭鼎荣没有想到的是，这项工作比他想象的要困难得多。从天而降的水泥早已经脱水了，干透了的水泥无比地坚硬，比石头还要硬。郭鼎荣把钢錾对准的是哥白尼的腰部，一锤子下去，当的一声，只留下了一道痕。郭鼎荣对自己极不满意，可他又能怎么办呢？他手上的力量只能对付纸币，他从来都没有想过他会去对付水泥。

傅睿在最后的关头重新整理了手套。事关重大，事态紧急。他的内心升腾起了急救的冲动。这是一个医生对另一个医生的使命。他会的，他会将哥白尼身上多余的水泥剔除干净。他小心了，可他的小心毫无意义。水泥不是肌肤，那是他从未经历的硬度。也就几分钟的工夫，他感觉到了手套的滑。他脱下了手套，突然就想起电视里的米开朗基罗了，电视里说，米开朗基罗在每一组动作的开始之前都要朝自己的掌心吐一口唾沫。这是必须的，潮湿的掌心提高了钢錾与铁锤的稳定性。米开朗基罗就那样一边吐、一边凿，最终，石头让步了，巨石的内部提供了人类的新生命。傅睿顾不得脏了，他也吐。他的激动呈现出了澎湃的趋势。可谁能想到水泥这么硬呢？傅睿的钢錾每一次都无功而返。时间可不等人，傅睿终于焦躁起来了，依照现有的速度，傅睿最多只能得到哥白尼的尸体。傅睿后悔啊，他不该把电话打给郭鼎荣，他应该通知郭栋。这样的硬度也许只有郭栋才能够对付。

傅睿的努力并没有能坚持太久，他的肩部酸胀了，就是三角肌的那个部位。在平日的手术中，傅睿的大臂总体是下垂的，他的大臂与小臂一般有一个一百二十度的弯曲。而此刻，傅睿的胳膊必须伸直，还得双手过顶，这就艰难了。傅睿想使劲，也不太敢，一旦用力过猛，哥白尼难免会受伤。这可如何是好呢？傅睿的努力仅仅持续了三四分钟，他停止了，垂下了双肩，气喘吁吁。

郭鼎荣看了一眼傅睿，提出了一个建设性的建议："要不，我们把它放平了吧？"

傅睿围绕着哥白尼转了一圈，也是，还是放平了好。放平了更符合急救的常态，医生做动作总是要方便一些。傅睿决定了，先放平。然而，如何放平，是后卧还是前卧，或者说，侧卧，这都需要考察。郭鼎荣建议，趴着好。两个人就通力合作，差不多使出了全部的力气，哥白尼到底卧倒了。却不平整。因为有一个基座的缘故，卧倒了的哥白尼形成了一个斜坡，头部着地、基座着地，身体却悬空。不尽如人意了，可也只能这样。要想把如此沉重的一整块水泥再翻过来，傅睿和郭鼎荣无论如何也做不到。

因为吃够了力量不足的苦头，郭鼎荣决定，放弃钢錾。先粗后细，先用铁锤把大块的水泥剔除了再说。他发力了，着力点选择了哥白尼的肩部。那里厚实，堆积物也多。郭鼎荣只是想在傅睿的面前表现得积极一些，谁能想到呢？肩部的堆积物尚未脱落，塑像的颈部却断了。就在傅睿的眼皮底下，哥白尼居然出现了身首分离的局面。这是一个惊人的现场，骇人的现场，石破天惊的现场，差不多也是谋杀的现场，近乎恐怖。傅睿望着颈部的断口，失神了，面色骤变。——断口的颜色并不统一，外圈深一些，而内里的圆柱形要浅得多，灰白色。傅睿知道，所谓的灰白色就是哥白尼了，他见过。郭鼎荣的脑袋差不多空了，他知道他闯下了大祸。这个大祸的性质究竟有多严重，目前他无法判断。出于本能，他掏出香烟，给傅睿递了上去。傅睿没有看，也没接。他只是出汗，一头的汗，表情煎熬。钢锤从傅睿的手中滑落了，掉在了草坪上，而钢錾则是被傅睿扔出去的，它砸在了哥白尼的腹部，又被哥白尼的腹部给反弹了出去。郭鼎荣再也不敢看傅睿了，他又自责又害怕，当然，也痛心。他的手在颤抖，多亏了他用的是防风打火机，否则，这口烟他无论如何也吸不上。

十二

　　敏鹿这个傻瓜真的是傻到家了。她哪里能想到呢，她担心的事情并没有发生，她从不担心的事却迫不及待地来到了她的面前。敏鹿一直以为傅睿的健康出了什么问题，她被他的假象迷惑了。他健康，健康得很呢，都有富余的力气搞外遇了。回过头来看，他的异态种种完全不是异态，是出轨的常规征兆。敏鹿却麻痹了，从来都没往那边想过，从来没有。傅睿会不会出轨是一码事，敏鹿认准了傅睿不可能出轨则是另外的一码事。——他凭什么就不会？敏鹿凭什么就那么信？敏鹿如此相信的依据又是什么？——也没有。没有依据就信，一个字，傻。

　　敏鹿冤枉，冤。一点也不夸张地说，她把她的一生毫无保留地贡献给了这个男人，而她得到的仅仅是背叛。一想起这个，敏鹿的双腿就被抽空了，彻底失去了力气，站不起来了，只能躺。敏鹿一口气躺了四十八个小时，奶奶倒是来过一个电话，她没接。她不想听傅家的任何一个人说话。她不接也还有一个更加充分的理由，她要折磨一下她的婆婆。联系不上儿媳妇，她这个做婆婆

266

的一定会急，她急了，敏鹿的话就好说多了。然而，敏鹿错了，婆婆没有再来电话，她才不会为打不通敏鹿的电话而着急呢。——傅家都没有一个好东西。都虚伪，都自私，都冷酷，是同一套制冷设备冰冻出来的东西。敏鹿算是看出来了，不要说敏鹿不接电话，就算敏鹿死在了床上，她闻兰也不会伤心的，最多再举办一次面试。经历了四十八个小时的悲愤交加，敏鹿已经急火攻心，差不多到了歇斯底里的程度。然而，敏鹿稳住了自己，她想通了一件事，就算她用脑袋撞翻了医院小区所有的墙，这件事她也只能是自己扛。没有人会关心她的死活，她必须自己扛。这就是底层人的特征，来自底层的人有底层的坚定哲学，他们的心是小的，脑袋也是小的，哪怕他们在闲暇的时刻假装着去关心所谓的"大"，一旦牵扯到自身，他们会立即放弃一切，立即回归到他们的小心思和小脑袋上去。——她会失去什么，最终又能得到什么，这才是她现在必须面对的。

　　——她在等。她在等待傅睿的电话。傅睿会来电话的，他会向她道歉，他犯了"天下的男人"都会犯的错，他会做出保证，绝不可能再犯。这是一个基本的蓝本，不是敏鹿的预设，这样的蓝本来自这个家的基本面。它不可能更改，除非生活不再是生活，而傅睿也从来不是那个傅睿。问题恰恰就出在这里，敏鹿会原谅傅睿么？这差不多已经是敏鹿对自己的灵魂之问了。——会么？敏鹿躺在床上，她没法回答，她拒绝了自己的天问。她拒绝是因为她不能，为这个家，她的付出实在是太多了。一个如此付出的人不该面对这样的问题。可是，不原谅又能怎么办呢？只有忍。

敏鹿很清楚,为了这个家,她能忍,也会忍,她可以忍到底。一想到这里,敏鹿的眼泪又流下来了。过去的四十八个小时她可是浸泡在自己的泪水里,她的眼角膜浸透了,一直在疼。

傅睿却没来电话。不只是不来电话,短信都没有。这让敏鹿始料不及。这不像傅睿了,它超出了傅睿。这哪里还是她认识了二十年的傅睿呢？他竟然冷战了,一个人的心肠要冷漠到何等程度才能在这样的时刻选择冷战？关于傅睿,敏鹿有一个强有力的信念,即使他有了外遇,他也依然是一个可以信赖的人。他的底线会永远在。但是,漫长的和没有结果的等待在告知敏鹿,傅睿没底线。——他居然还玩起了失踪,这个医学博士、第一医院的主刀医生,和小混混、小青皮有区别么？没有。一样的低级,一样的粗鄙,甚至还不如。小混混有小混混的仗义,小青皮有小青皮的血性,傅睿没有这些。敏鹿不再是急火攻心,她陷入了死寂的、深刻的怀疑。傅睿,还有她与傅睿这么多年的生活,是真的么？怀疑是一种特殊的痛苦,它能动,自主,具备了递进和深入功能,它导致的是更深和更广的痛。——她值得么？

她值得么？如果说,此刻的傅睿才是真实的,那么,命运对自己就太残酷了。命运下凡了,它让敏鹿自己给了自己一个预设,从"面试"的那一天起,这个没有见过世面的女大学生就预设了傅睿的高贵,然后,命运给敏鹿做了进一步的推演,所谓的高贵,可以分解为懒惰、低能和冷酷这样的几个元素。它们和高贵不相干,然而,经过化学反应,或者说,炼丹术,高贵就这样诞生了。一想到这里,敏鹿就再也没有了眼泪。她的身体凉了,她体会到了苍凉。什么是苍凉？失败不是，所有的失败叠加在一起那才叫苍凉。敏鹿的目光直了，散了。她看见了一切，就等于什么也不能看见。她什么都看不见，就等于什么都明白了。敏鹿在这个夏季突然就打了一个寒噤，所有的鸡皮疙瘩都像螃蟹的眼睛那样竖了起来，在望着她。

傅睿就是不来电话，好，你不打，敏鹿也不打。这个电话敏鹿是不可能打给他的，她要是先打，就算投降了，以后的话就没法说了。——敏鹿突然就打了一个嗝，这个不吃不喝的女人自己也闻到了，那不是人该有的气味，可确确实实就是她的气味，来自她的内部。她馊了，是隔了两夜的剩饭。

敏鹿决定吃。她不能不吃。再不吃她真的会死在床上，浑身都是蛆。敏鹿能看见那些蛆，它们不是从外部钻进敏鹿的体内的，相反，它们从敏鹿的内部钻了出来，沿着皮肤的表层，翻滚，并涌动。用不了几天，她的身边将会布满白亮和肥硕的蛆，那她，仅剩下白花花的骨架子。——就当是自己已经死了吧，那也要给自己收尸，起码还是一具活尸。可敏鹿实在没有力气去做饭了，只能下楼去买几个面包。在楼梯上，她的膝盖一软，差一点就栽了下去，那样倒好了，也省事了。

敏鹿就着矿泉水吃了半块面包。因为饿，她的开口很大，这一来就阻塞了咀嚼，只能干咽。可干咽毕竟又困难，只能借助于脖子的力量，敏鹿的脖子不知不觉地伸长了，就像郭栋那样。她想她的吃相一定丑，她看见了自己的丑，附带着补了一些水，然后，坐在沙发上发愣。到底是吃了，也喝了，敏鹿的发愣体现出了质量，有了规划感。她想起了傅睿的妹妹，傅智，一个平日里几乎就没有联系的小姑子，一个敏鹿既不爱也不恨的女人。敏鹿拿起了手机，都没有来得及过脑子，她就把给小姑子的电话给拨了出去。敏鹿都没来得及开口，小姑子却先说话了："自驾游呢。"敏鹿听出来了，小姑子的心情不错。她在开车，正是心旷神怡的时分。这样的感受敏鹿再熟悉不过了。那是享受的时刻，自然也是不希望被打搅的时刻。那就不打搅她了，敏鹿只好说："你好好玩吧，好好玩。"掐了。掐了之后敏鹿才想起来，私底下，她还是想搬救兵。可铁一样的事实在告诉敏鹿，小姑子傅智也不可能是她的救兵。即使是把她约出来了，最多也就是喝喝茶。她不可能偏心她的哥哥，可她也绝对不会偏心她这个嫂子。她不可能掺和别人家的事。但是，傅智的语调还是刺痛了敏鹿，傅智的语调是最没有希望也不可能绝望的人才有的那种幸福。傅智的婚姻是多么地平庸，她平庸，她的先生更平庸——没有昨天，也不可能有明天。可傅智就是要嫁。谁想到呢，她还嫁对了，她嫁给了今天。敏鹿比傅智倒是聪明多了，她哪里是嫁给了明天，她直接就嫁给了未来——这个未来就是敏鹿的现在。

不能再躺下去了，要行动。生活即将洗牌，一切都将重新开始。婆婆那里她还是要去一趟的，首先要把面团接回来，她需要做饭，她需要把日常的生活先找回来。只要面团回来了，他给傅睿打一个电话，这也不是不可能。面团需要待在家里，万一她和傅睿果真到了离婚的那一步，这个家——房子——必须是她和面团的，她绝不会不明不白地从傅家卷着铺盖走人。傅家的势力敏鹿很清楚，在当年，这是敏鹿最感自豪的地方，现如今，自然也就成了敏鹿最为担忧的一个节点。不管怎么说，她的利益她必须争取。敏鹿不指望法院。和傅家打官司，没她的便宜。所以说，婆婆那里敏鹿还是要跑一趟的，她会当着闻兰的面，把事情挑明了，过错方是她的儿子，谁错谁买单。

敏鹿在出发之前好好地淋了一次澡，然后，上了点淡妆。她的脸说什么也要盖一盖了。一进门，闻兰就喜气洋洋的，特地拥抱了敏鹿，这可是头一回呢。"面团呢？"敏鹿问。"爷爷带他去玩了。——我们买了新房子啦！"闻兰说。——哦，怪不得要拥抱，她买了新房子了。很理想的套型，是一个独栋，两层。"我终于可以和你爸分居了——他一个卧室，一间书房，楼上；我一间卧室，一个书房，楼下。白天是同学，晚上做邻居。多好呢。"敏鹿疲惫地笑笑，说："是好。"闻兰还想就这个话题再说什么的，打了一个意义含混的手势，随后就欲言又止了。

敏鹿进门之前，闻兰正在画画。这些日子闻兰主攻的是石头。闻兰一张又一张的，铺开了，要给敏鹿看。敏鹿一点也不懂画，更别说石头了。想夸，也不敢夸。这个婆婆她是知道的，夸错了还不如不夸。敏鹿采取的是折中的办法，她用鼻腔发出了一连串的声音，这些声音并没有确凿的含义，却包含了惊讶、赞赏和仰慕的情绪。从实际的效果来看，这些声音所表达的意义反而是精确的，婆婆都领略到了。

可敏鹿毕竟疲惫，她的体能也只能对付一会儿，时间久了到底还是撑不住。她就回到了客厅，一屁股坐下了。再开始盘算，她只想和婆婆好好地谈一谈。但怎么个谈法呢？从哪里说起？这些都还没有想好。就这么犹豫的时候，一阵难过袭上了敏鹿的心头。——她在这个家里扮演了这么多年的好儿媳，真的需要为自己说点什么的时候，她依然是不知所措的。

"傅睿最近还好吧？"闻兰说。

敏鹿没有即刻就回答，她还在犹豫，或者说，盘算。在这个家里，有关傅睿，如何去评判与描述，这永远是一个难题。大致的情况是这样，如果敏鹿夸奖自己的老公了，敏鹿得到的一定是数落，哪有你这么当老婆的呢；反过来，敏鹿要是数落老公几句，所有在场的人都会全力以赴地替傅睿辩护。这样的辩护有它的潜台词——你都嫁给他了，都是你的福。这一刻，闻兰主动问起她的儿子来了，敏鹿又能怎么说呢？语塞了。

"你这个老婆当的，"闻兰说，"老公最近怎么样你不知道？"

敏鹿说："你儿子做了什么，我哪里能知道。"

闻兰叹了一口气，附带着把两只手交叉起来了，说："这是什么话说的呢？——他爸爸最近总是生他的气。"

"这是什么话说的呢？"

"他爸爸希望他做一个医生，一个百分之百的医生。"

"傅睿不就是一个百分之百的医生么？"

闻兰的脸上不高兴了，反问了敏鹿一句："——你是真傻还是装傻？"

敏鹿被婆婆的这句话问糊涂了。傅睿是医生，这还有什么可怀疑的呢？

闻兰用她的食指指了指天花板，说："看样子是要用他。——外面可不能说哈。弄不好傅睿就要走他爸爸的老路。我是不反对的。"闻兰想了想，交代敏鹿说，"你也要自律。"

　　敏鹿当然知道闻兰说的是什么。但是，"你也要自律"，这话把敏鹿给刺痛了。敏鹿呼的一下就站了起来，说："妈——我还不够自律么？还要我怎么自律？"

　　敏鹿的反应吓了闻兰一大跳，闻兰白了敏鹿一眼，这丫头，疯了，这么明白的话她还听不懂。因为心情好，闻兰倒也没有和敏鹿计较，苦口婆心了，说："都为了傅睿好！"

　　是的，为了傅睿好。过去是为了傅睿好，现在要为了傅睿好，未来还是要为了傅睿好。一切都要为了傅睿好。为了傅睿的好，她敏鹿唯一能做的，就是"自律"。可敏鹿现在已经站在悬崖的边上了，她的脚下连立足之地都快没有了。

　　"妈，你了解你的儿子么？"敏鹿说。

　　闻兰笑了。这是一个母亲的笑，那种满足的、来自灵魂的笑，放松极了。"没人比我更了解傅睿了，他就是天使。坐。"闻兰坐了下来，一只手搭在了敏鹿的膝盖上，说，"老实说，你们结婚之前我也有点担心，现在说出来也不用担心你不高兴——你们的家境到底不一样，傅睿呢，老实，我就怕你欺负了他。"

　　这是闻兰的心里话了，一点也没有担心敏鹿"不高兴"。如果不是她的心情好，她十有八九还舍不得说呢。敏鹿已经给傅睿做了这么多年的护士、保姆、厨师和洗衣工了，而他的母亲唯一担心的，依然是她的儿子被"欺负了"。

"妈，你儿子有外遇。"敏鹿说。

敏鹿一出口其实就后悔了。她不该这样说。这是大事，也是丑事，她总得先有个铺垫。就这么愣头愣脑地说出来，万一冷场了，下面的话就没法往下说了。

闻兰又笑，她的笑容还是那么放松，流露出来的永远是"闻兰牌"的美满和幸福。敏鹿所担心的冷场并没有出现，闻兰压根儿就没把敏鹿的话往心里去，这个做婆婆的甚至把她的身体靠了过来，小声地和敏鹿开起了玩笑：

"那一定是你先有人了。"

"妈——"敏鹿急了，"你怎么能这样说？"

"敏鹿，是你先开这种玩笑的。"

"这不是玩笑。"

闻兰瞥了敏鹿一眼，拍了拍敏鹿的屁股。就因为她买了一套房子，她在高兴之余居然拍起了敏鹿的屁股。在这个客厅，是不是玩笑不取决于敏鹿，取决于闻兰。闻兰又笑了，那敏鹿的话就只能是一个玩笑。闻兰的笑容不只是知足，还是洞察的、上了年纪的、体谅的笑。作为一个过来人，她还能不知道么，女人到了敏鹿这样的年纪都没有安全感，尤其是嫁给傅睿这样的男人。闻兰很理解儿媳妇的焦虑，人到中年了呗。人到中年了嘛。闻兰心疼自己的儿媳妇了，她伸出手，又拍拍敏鹿的腮帮子，很亲昵，很怜爱，类似于开导。闻兰说："有我呢，你就知足吧丫头。"这就不只是开导了，也暗含了精神上的保障。

话都到了这一步了，敏鹿也就不纠缠了。敏鹿没有在闻兰的面前流泪，她告辞了。面团她也就不用等了。面团是你们的孙子，该你们付出一些了。

　　敏鹿一个人钻进了小汽车，没有愤怒。她没有力气，她的身体已经无法向她的愤怒提供体能。敏鹿点上火，走人。她走的是回家的那条路。刚刚开出去一两分钟，敏鹿犯过想来了，回家干什么呢？在敏鹿的家里，生活的日常或者说日常的生活其实只有两件事：一，服务傅睿；二，服务面团。傅睿不需要她服务了，面团也不需要，那还去那儿干什么呢？问题是，不去那里，又能去哪里？这一来敏鹿就彻底失去了方向。可发动机不管这些，它在作响。敏鹿只能任由她的小车往前行驶，绿灯行，红灯停，完全符合交通规则。敏鹿就这样开开停停，一会儿往左拐，一会儿又往右拐。注意力也不集中。就在等待红灯的时候，敏鹿再一次想起了闻兰的话——"你就知足吧。"但话就是这样的一种东西，能听，不能玩味。玩味到了最后，敏鹿自己把自己给激怒了。这个家太傲慢、太傲慢了。这样的傲慢又是谁给予的呢？还是敏鹿她自己。敏鹿到底还是愤怒了，她摁下了喇叭，喇叭在嘶吼。悲伤再一次奔涌上来，她的视线模糊。敏鹿只能伸出手，抹了一下眼角。并没有泪水。天空又下雨了，是小雨，它们模糊了挡风玻璃。敏鹿打开了雨刮器，调到了低速。雨刮器就在挡风玻璃上来来回回，像个傻瓜在摇晃冬天的枣树。

　　敏鹿就是在摇晃枣树的状态下迷路的，在自己的故乡，自己的城市，敏鹿居然调向了。她的眼睛丧失了东西和南北。调向带来了奇迹，她来到了一座完全陌生的城市，自驾游来了。陌生的城市潮湿了，陌生的大街也潮湿了。潮湿使路面拥有了水的反光，路面上的反光是多么地魔幻——它让整个城市以倒影的姿态敷陈了开来，高楼在向下延伸，大树在向下生长，整个城市都悬置了。在汽车的尾灯与刹车灯的渲染下，大地一片斑斓，好看啊，谎言也最多是这样。然而——

"她"是谁？敏鹿问自己，那个在傅睿的背后张牙舞爪的女人究竟是谁？

"她"是谁？这个问题耗干了敏鹿的油箱。如果不是油箱显示仪的提醒，敏鹿也许可以追问到油尽灯枯的那一刻。加过油，马达轰鸣如新，敏鹿却追问不动了，也开不动了。只能回家。那就回家吧。一进家门，敏鹿就体会到了家里的空，那种与空间不沾边的空。——又有什么变化了呢？没有，一切都是原先的样子。早在给面团喂奶的日子，敏鹿一直欠觉，她有一个幻想——这个家要是能够停摆一天该有多好啊，空荡荡的，只留下她一个人。哪怕就一天。现在，她的愿望实现了，迟到了，更超前。一句话，突如其来。敏鹿站在房门口，朝着客厅、卫生间、主卧、客卧和厨房张望了好几遍，有些无措。她想起来了，这样的日子在这个家里已经维持了一段日子了，她没有发现罢了。一旦发现，敏鹿看到的反而不是空，是那些家具。它们很滑稽，一副理所应当的样子，一副舍我其谁的样子，都商量好了，还不可更改。凭什么？

无所事事，想过来想过去，无所事事。也只有淋浴了。开了那么长时间的车，敏鹿已经产生了一个错觉，她经历了一次漫长的旅途，她的一生都走完了，归来已是晚年。那是生命里仅有的一次风尘仆仆，带有总结性，这个总结当然是一生的疑虑。——那还是再冲一个热水澡吧。这个热水澡敏鹿淋得格外的长，她采取的是傅睿的方式。说到底她和傅睿的生长环境太不一样了，落实到具体的局部，那都是差异。就说淋浴，敏鹿这个来自城南的丫头是多么地节俭，她的用水量极为局促，打完了肥皂她必定会把水龙头关上，怎么能让自来水毫无意义地流淌呢？那都是钱。这一次敏鹿却没有关，反正是傅家的自来水，它爱怎么流淌就怎么流淌，它爱怎么哗啦就怎么哗啦。

　　这个淋浴差不多耗费了一个小时，卫生间早已是雾气腾腾，而镜子的表面已一片模糊。敏鹿拽了两张卫生纸，在模糊的镜面中央擦出了一小块，敏鹿的模样清晰了。必须承认，这个女人漂亮，尤其在出浴的时候。然而，是废墟。"废墟"这个词犹如一把锉刀，就这么从她的心坎上给锉过去了。

　　因为淋浴的时间太长，敏鹿出了一身的汗。那就只能光着了。既然光着，那就只能把窗帘都拉上了。既然把窗帘都拉上了，那就只能开灯。敏鹿把能开的灯都开了，屋子里顿时就像灵堂一样亮堂了。似乎不对，那就再都关上。都关上也不对，又不是到自己的家里来做贼。敏鹿对着开关折腾了好大一会儿，怎么都不对。最终，她只留了客厅里的吊灯。——这一来似乎更不对了，这是他们家的常态，可这个家哪里还有什么常态呢？再也回不去了。

电话却响了。敏鹿来到茶几的跟前，是面团打来的。这孩子，磨磨蹭蹭的，想表达的意思只有一个，他不想待在奶奶的家里。如果换了平时，敏鹿也不会耽搁，她会在第一时间把孩子接回来的。这一次敏鹿没有妥协，她明确地告诉面团，不可以，你要适应没有妈妈的生活。这本是一句无心的话，它的本意是让孩子提高自己的独立性。可真的说出来了，敏鹿把自己吓一大跳，都像安排后事了。——生活是经不起变故的，一旦有了变故，做什么都不对，说什么都不对。到处都是命运感，到处都是悲剧性。

放下电话，敏鹿却没有离开，就这么望着座机。想了好半天，要不给东君打一个电话吧，也好久没有聊了。说些什么？敏鹿委实也没有想好。但敏鹿有一个大概念，傅睿再怎么小心，总会在第一医院留下一些蛛丝马迹。郭栋如果知道了，那东君就一定知道。他那样的男人在床上怎么可能藏得住话？试试看吧。

拨完了八位数，敏鹿顺势在沙发里躺下了，这个电话她必须躺着打，需要时间的。趁着东君拿话筒的工夫，敏鹿咳嗽了一声，把自己的嗓音也调整好了。敏鹿兴兴头头地问："忙什么呢？"东君的语气却有些懒，说："还能忙什么？看了一场电影，在家猫着呢。"敏鹿说："都多大岁数了，还浪，还看电影呢。"东君说："看什么电影哪，就是干坐一会儿。——就好像你们家不看电影似的。"敏鹿说："我们不看。我们累了就坐在自家的客厅里，我看看他，他看看我。"东君说："敏鹿，你现在怎么一开口就这么骚呢？"敏鹿笑了，说："我是骚。家里没男人，我憋急了。"听敏鹿这么一说，东君明白了，敏鹿哪里是想聊天，她这是炫耀来了，傅睿"培训"去了嘛。——到哪里说理去呢？照理说，第一医院出了那样的事，作为当事人，傅睿多多少少应该受点影响的，傅睿岂止是没有，还福星高照了，还扶摇直上了，还不是因为他的老子。那好吧，既然敏鹿想把话题往傅睿的身上引，东君也不傻，东君偏偏就不接这个茬儿。东君没有过渡，直接就把话题转到别墅上去了。——原先看好的别墅呢，最后也没买。不是价格问题，不是，是有了更好的选择。东君说："这就是日新月异啊，东西没买，后悔；买了，更后悔。还是晚买的好。"敏鹿就只能听着，东君这个女人她还不了解么，她可以在一秒钟之前坚定地、绝对地维护一个结论，而到了下一秒，她又可以坚定地、绝对地否定这个结论。这女人见到风就是雨，就是喜欢喊。

别墅的话题刚刚开了一个头，东君又把话题转移到护肤霜上来了。东君的皮肤并不好，油性，这就需要护肤霜了。——敏鹿你知道吗，东君说，化妆品其实也不能乱用，有人种的问题。一句话，欧洲的化妆品针对的是欧洲人，美国的化妆品服务的是美国人。我们亚洲的女人不同，我们亚洲的女人嫩哪。比较下来，还是资生堂好。为了充分说明这个问题，东君特地举了一个相反的例子，兰蔻。东君说，就因为用了兰蔻，她的脸上都长起疙瘩来了。敏鹿当然不会让东君这般炫耀，当即就堵了她一嘴：东君，是你自己长歪了，不能怪马桶。

东君的话题既然来到了法国，干脆，跨过英吉利海峡，这就来到英国了。这一次东君没有抱怨别的，是英语。英语的重要性还要说么，子琪的英语东君一直在抓。可谁能想到呢，一个闲散的午后，东君意外地得到了一份告诫——英语这么个抓法可不行哪，要正规，要请好老师，要报"班"。这一报不要紧，刚刚进"班"，子琪的差距就显示出来了，她还在蹦单词呢，"人家的孩子"都能用英语讨论旅游与吃喝了。这就把东君给急死了，整个人都处在了奋起直追的状态里。东君恨死了这种状态，她这一生一直都是这样的，自己是这样，到了孩子还是这样。敏鹿这一次没有堵她，而是认认真真地把东君责备了一通，说，东君你发什么癔症？子琪才多大？十岁的孩子，练哪门子口语？东君静穆了好大的一会儿，说，敏鹿，你是真糊涂还是在装糊涂？

敏鹿是真糊涂。她过惯了悠闲的日子，是真糊涂。东君当即就把问题推向了本质：面团将来要不要高考？

——那当然了。这还用说么，当然要考。

——既然要高考，敏鹿，我把话撂在这儿，就我们的这两个熊孩子，撑死了也就是去医科大学，接着做我们的学弟和学妹。——你以为呢？——你还在做梦呢。

敏鹿本想在东君这里试探一些"别的"，没想到，她真的从东君这里得到了"别的"，是别的"别的"：他们这一代人居然早就开始为孩子们的高考做准备了。这让敏鹿私底下吃了一大惊。人家的方案都很具体了，道路也很清晰，那就是出国——男孩子送美国，女孩子送英国。加拿大也行。实在不行的话，澳大利亚和新西兰则可以保底。为了把这个问题说得更具体一些，东君开始摆事实了：某某师姐的儿子在普林斯顿，某某某师兄的儿子在康奈尔，而某某师哥的女儿在多伦多。——敏鹿你知道么？

敏鹿不知道。

伴随着电话的深入，敏鹿慢慢地清晰起来了，也可以说，警觉起来了，也可以说，震惊了。生活早就不一样了。她一直待在"象牙塔"里，麻木了，她一点都没有留意身边的沧海桑田。世界并没有变小，没有，是家庭放大了。随便拉出一个家庭来，都可以涵盖这个世界。一个残酷的事实摆在敏鹿的面前：她的儿子，面团，其实已经被时代拉开了好大的一段距离。敏鹿差一点儿就给吓出一个激灵。

敏鹿有些走神，准确地说，恍惚。——如何才能把面团的损失给补回来呢？敏鹿一下子就陷入了窘境，她没头绪，没方向，她这个做母亲的，居然都不知道孩子的起跑线在哪里。

——"关键是钱。"东君说，语调铿锵。敏鹿刹那就回过了神来，问："什么钱？"

"什么什么钱？留学的钱！敏鹿我告诉你，从现在开始，你就得预备，到时候你掏不出来的，你来不及的。"

不怕不识货，就怕货比货。有一件事她敏鹿必须承认，东君这个母亲做得比她好。敏鹿相信，即使东君的女儿明天就出国，东君都可以把于堍的一切安排得妥妥当当的，她做足了功课了。学费，一年几何。生活费——房租、吃饭、杂费，一年几何。东君的功课不只有纵向，也包括了横向。东君甚至已经把功课分门别类了，分出了不同的板块：欧洲——英国、法国、德国、意大利、荷兰为一类；北美——美国、加拿大为一类；亚太地区——

澳大利亚、新西兰、日本、韩国和新加坡为一类。东君的功课数据化了，有具体的数据支撑。一个孩子，将来选择哪个国家、什么级别的大学，读完本科、硕士、博士，总共需要多少英镑、欧元或者美金。东君门儿清。这门儿清不是别的，是二十年之后的差距。也就是面团和子琪的人生差距。这差距也许要到二十年之后才体现出来，而起点，则是今晚的这个电话。

敏鹿其实都有些慌了。她哪里还顾得上这个电话的初衷，顾不上了，随便扯了一个谎，说厨房里炖着牛肉，挂了。敏鹿是诚实的，虽然厨房里并没有"炖着牛肉"，为了言而有信，她真的去了一趟厨房。——此刻，她的厨房冰锅冷灶。敏鹿在厨房的门口抱起了胳膊，全面而完整地打量起这个厨房。是的，就是这间厨房，它把敏鹿给害了。——这句话说起来长了，就在敏鹿快要结婚的当口，第一医院刚刚完成了最后一拨福利分房，老傅，第一医院的傅书记，傅睿的父亲，她敏鹿的公公，第一个拿到了钥匙。都没等傅睿开口，老傅就把房钥匙丢在了傅睿的面前，也就是说，丢在了敏鹿的面前。敏鹿哪里还等得及？她在第一时间就冲进了她的婚房。——这是一个四居室的大套间，还没装修。敏鹿当场就被这套住房的宏伟给镇住了，这哪里还是"家"？和她在城南的那个家比较起来，这里简直就是宫殿。先声夺人的则是厨房，简直比得上一间主卧。敏鹿至今都还记得她第一次走进这间厨房的感受：这一辈子待在这里她都愿意。可敏鹿忽略了一件事，她在"厨房"炖着牛肉的时候，大时代已悄然而至，金钱已揭竿而起，它们绕开了敏鹿的厨房。等敏鹿看到这个时代的时候，她失去的不是一套别墅，是孩子的前程。面团被她耽搁了。敏鹿不能原谅自己。不能。她在将来怎么向面团解释这一切呢？滔天的悲伤向她卷来，她再也没能忍住，号啕大哭。

十三

不声不响的，郭鼎荣旷了课，他可没有闲着。利用旷课的工夫，他见了许多人，谈了许多话，最终，完成了一件要紧的事。他请来了一位愿意出资的私营老板，募了一笔钱。然后，去了一趟艺术学院的油（画）雕（塑）系。通过油雕系，他找到了朝霞机械厂，一家老牌的国有企业。郭鼎荣没有耽搁，直接扑到了国企老板的办公室，开口就问，有没有哥白尼？老板说，不要说哥白尼，古今中外的先贤都有，就看你要谁。郭鼎荣扯着的心一下子就放下了，问，什么尺寸？老板说，看你愿意花多少钱，钱越多，哥白尼的个头就越大。问，送货吧？老板说，哥白尼属于全人类，你让他在哪里降生，他就在哪里降生。问，多久才能见到他？老板说，肯定用不了九个月。问，两天呢？老板说，两天？总要等水泥干透喽哇。

郭鼎荣的这件事做得相当地隐秘，他对谁都没说。按照他原先的估计，这件事相当地难办，没想到，很容易，相当于在大街上买一个西瓜。当天夜里十点多钟，郭鼎荣回到了培训中心，还没洗澡，就敲响了傅睿的房门。傅睿却不在。郭鼎荣倒也没有着急，那就到大院里逛逛，总能遇到他的。

——月光真好啊。月亮大约只有满月的二分之一，却足以保证培训中心满目的清辉。郭鼎荣不慌不忙的，在溜达。他想起来了，前些日子下了好几天的暴雨，是它们把空气冲洗干净了。夜空一碧如洗，这才是夜空应有的样子。多么难得，月亮的周边甚至还点缀了几朵浮云。这可是真正的浮云，浓淡相宜，有清晰的轮廓。郭鼎荣也有相当长的一段日子没有见过云朵了，即使有，那哪里还是云朵呢，就糊里糊涂的一大堆。因为难得一见，普普通通的夜空居然也成了风景。郭鼎荣就这么一路走、一路看，他不用急着去找傅睿的，傅睿一定会看见他。当傅睿十分意外地巧遇郭鼎荣的时候，郭鼎荣正在仰望星空，这多好呢。今天的夜空格外的高，也格外的大，绝对配得上培训中心的正上方。

郭鼎荣果然就让傅睿给遇上了，就在体育场的跑道上。郭鼎荣不喜欢运动，然而，他对这一片体育场印象深刻。无论是"后卧"还是"一人走"，都让他脱了一层皮。还好，他和傅睿同组，傅睿笨手笨脚，比他还不如，要不然，出尽洋相的就只能是他。

既然遇上了，那就一块儿走走吧。傅睿对郭鼎荣很冷淡，即使月光并没能清楚地交代出傅睿的脸色，郭鼎荣也能够感觉得出来，傅睿对他冷淡。这又有什么要紧的呢？两个仰望星空的人在野外相遇了，就应该少说话，甚至不说话。月光照耀着他们，他们在漫步。姿态深沉，是思考的模样。思考的模样提升了生命的质量感，接近于荣誉。郭鼎荣对这样的场景分外满意，他也是可以思考的，这可比"单指单张"高级多了 —— 哪怕思考的是傅睿究竟在思考什么。

有好几次，郭鼎荣都想把傅睿带向图书馆的方向了，—— 他今天敢这么做，他有底。哥白尼的重新诞生毕竟已经倒计时了。但傅睿在刻意地回避那个方向，那也无妨。有好几次，郭鼎荣都差点把朝霞机械厂的事情给说出来了，郭鼎荣都忍住了。他现在克制，像傅睿一样克制。没有做好的事他坚决不说，即使做好了，他也可以不说。会有人说的。这么一想郭鼎荣感觉到自己的成长了，连地上的影子都长了一些。等哥白尼再一次降临到培训中心的图书馆的时候，傅睿一定会握着郭鼎荣的手，说，这件事你办得好。而郭鼎荣呢，一定会这样告诉媒体：榜样的力量是无穷的。

总走路也不是办法，郭鼎荣偶尔也会停下来，掏出两支香烟，给傅睿点上，再给自己点上。有月光，有云朵，有星星，还有香烟，傅睿的冷淡算什么？他不想说话就不说话。再怎么说，他们也是一起抽烟的人了。

能不能和傅睿一起喝酒呢？一想起这个，郭鼎荣突然就不那么淡定了。云朵远去了，星星也远去了，郭鼎荣现在要思考的问题就是能不能和傅睿搞一次酒。郭鼎荣没有把握。傅睿不可能不喝酒，这个是可以肯定的。所谓的滴酒不沾，天底下就没有这样的人，尤其是男人。郭鼎荣亲眼在动物园看见有人给猴子扔啤酒，猴子都知道拉开易拉罐。在一起喝酒好哇，它重要。"酒肉朋友"之所以遭到那么大的非议，说白了，是他们没有在一起喝。一起喝过了，他们反而不会把自己定义为"酒肉朋友"，相反，是心灵之约。所谓的酒后吐真言那是儿戏，要"真言"干什么？重要的是在同一个时空把心律给拉上去。当两个男人在酒精的燃烧下每分钟的心跳抵达120，心脏就成了蒸汽机，身体这个小历史的内部就必然会导致革命。一切皆有可能。郭鼎荣听说过这样的一句话，男人与男人要想肝胆相照，要么"一起扛过枪"，要么"一起嫖过娼"。这话轻浮，浅薄了。根本的问题就在于，扛枪之后和嫖娼之前，男人们都在干什么。不把这个问题上升到理论的高度，酒与喝酒就统统失去了传统的、文化的、社会的和科学的意义。

　　"观自在会馆"给郭鼎荣发来了短信。这一周的周末要聚。是该聚了，"观自在"那边郭鼎荣也很久没有去了。一看见短信，郭鼎荣的脑子里顿时就冒出了傅睿，难住了。首先是该不该。该不该请呢？"观自在"的档次当然够，人员的组成也合适，这没问题。可"观自在"毕竟是一家私人会馆，风格很独特，与傅睿的脾性到底合不合，郭鼎荣没有把握。"观自在"这种地方，第一次喝好了、玩好了，一切都会顺；可第一次没喝好、没玩好，很可能就没有第二次。这个郭鼎荣要拿捏好的。再就是能不能，傅睿愿意和郭鼎荣一起出去喝酒么？他们之间到底"到了"没有？郭鼎荣也没把握。郭鼎荣的人脉极其广，却是分类的，一类有一类的喝法，这就是说，一类有一类的玩法。多种不同的喝法和玩法构成了郭鼎荣这样的整体性——谁又不是这样呢？傅睿也应该是这样。想过来想过去，郭鼎荣决定，请。再怎么说，他必须把傅睿拉到自己的"圈子"里来，不是这个圈子就是那个圈子。比较下来，"观自在"毕竟高档，不能用一般的会馆或餐厅去概括。

好不容易熬到了下午"放学"，郭鼎荣来到了傅睿的面前，一把拽住了傅睿的手腕。这是郭鼎荣的杀手锏了，一不邀请，二不商量，直接拉。对傅睿这样的知识分子只能这样。他们的情商低，说"不"没有负担，一旦回绝了，没有任何回旋的余地。不管怎么说，一定要把傅睿纳入自己的交际圈，在郭鼎荣的目标管理里，这是他的近期目标。先把傅睿塞进他的帕萨特再说。

"哪里去？"

"上车。"

"什么事？"

"没有事。"

"怎么会没有事呢？"

郭鼎荣一反他平日里温顺的模样，高声反问了傅睿一个问题："留在这里你有什么事？"

傅睿说："没有。"

"还是啊。"郭鼎荣说，"在这儿没事，到其他地方也没事。这不一样？上车。"

傅睿还没回过神来，稀里糊涂的，就已经被郭鼎荣推上车了。上车之后傅睿不停地眨巴眼睛，他怎么就上车了呢？

黑色帕萨特并没有驶向市区，相反，它爬上了绕城高速。在绕城高速行驶了一段之后，直接向更远的远郊而去了。也就是一支烟的工夫，帕萨特驶入了丘陵的深处，这里是江南丘陵，那些低矮的山头都算不上山，然而，相对于小汽车的行驶而言，山区的特征反而更加显著了。道理很简单，这里没有高架，隧道就更不用说了，所有的道路都依附在山体上，大部分干脆就在山脚。它随山赋形，不只有上下的起伏，还兼有左右的蜿蜒。傅睿远远地望过去，满眼的碧绿。这一带的植被是如此的单一，全是竹子。漫无边际的竹海高高低低、郁郁葱葱。竹子们又瘦又直，与树木所构成的森林比较起来，竹海却疏朗了，近乎抽象，就是大片大片的绿。竹海的绿与树木的绿是多么地不同，竹海的绿是一根筋的、纯粹的、过分的、说一不二的，很容易形成视觉上的势能。郭鼎荣刻意放缓了驾驶的速度，借助于山路的起伏与逶迤，错觉出现了，帕萨特是不动的，竹海却波动起来，还盘旋，像电影的广角长镜头。——这是哪儿呢？傅睿终于被无穷无尽的竹子搞得有些不放心了，他摇下了窗户，问："这是去哪儿？"郭鼎荣笑而不答，郭鼎荣最擅长的一件事就是避实就虚，说："快了。"

"观自在会馆"不只是在丘陵的深处，也在竹海的深处。人迹罕至，犹如世外。从外表上看，它只是红砖围成的一道围墙，围墙之外，除了竹子就再也没有别的东西了。两个农民模样的年轻人正把守在院子的门口，其中的一个却戴着耳麦。戴着耳麦的年轻人斜着身子，看了一眼郭鼎荣的车牌，打了一个"放行"的手势。隔离杆抬了上去，帕萨特一个加速，停在了"观自在会馆"的停车场。停车场的不远处，则是一片不算很大的水面，似乎是人工湖，说不定也是自然湖，不好说。就在人工湖或自然湖的中央，一栋小楼立在了水的表面。设计师显然是用足了心思，因为柱体被掩盖的缘故，小楼无依无据，漂在了水面上，犹如静态的翱翔。小楼只有两层。白色，四四方方。先声夺人的是小楼的南大门，连接大门的是一座笔直的石桥。傅睿一走上石桥就看见了水面的睡莲，睡莲的下面，则是一群又一群的锦鲤。它们是多么地从容，动作缓慢，速度匀速。无论老少，一律都是安度余生的样子。它们的前行非常有特点，只是懒洋洋的一个扭动，剩下的，统统交给了惯性。这里的鱼是多么地自在，仅仅依靠惯性，就可以安度它们的一生。

　　郭鼎荣一路小跑，始终是带路的样子。即使在狭窄的石板桥上，他也保持着"这边走"的姿态。在大门口，郭鼎荣站住了，示意傅睿里面请。兴达集团的高总已经带领着他的工作人员在客厅的门口候着了。一番久仰，一番恭维，高总带领着傅睿观摩起他的会客厅。大厅非常地开阔，比外观大多了。内装却混合了多种不同的风格。左侧的落地窗差不多和水面平齐，沿墙的书架却是荸荠色的，明款，码了一堆的线装书。博古架自然也有，罗列着汉镜、唐三彩、明代瓷器和多款紫砂。傅睿并不熟悉文玩，也就是听听。高总就站在傅睿的身边，事实上已经是一个讲解员了。傅睿并不说话，也没有表情，偶尔点一点头。他的做派已经接近于"高仿官员"了。只要傅睿一点头，郭鼎荣一定会做一个补充："好。"有时候也说"真好"。博古架的不远处，是一张巨大的画案，笔墨纸砚都齐全，虚席以待的样子。毫无疑问，这里也是接待画家和书法家的地方。

　　客厅的右侧则配置了琴架和琴凳，琴也在。这一来右侧自然就是琴房的样子。不过，说茶室也可以。醒目的则是那张茶桌，是一块巨大的整木。高总介绍说，木料来自加纳，很完整。傅睿对这张桌子表现出了浓厚的兴趣，他目测了一下，茶桌的长度接近四米，宽度最起码也有一米五。——桌面的宽度就是树的直径，按照3.14这个倍数，这棵树的周长差不多就该有五米了。傅睿无法想象这棵树的样子，糊涂一点说，也就是参天大树吧。郭鼎荣伸出手去摸了摸茶桌的厚度，大声说，起码八个厘米。

离茶桌一步之遥，摆放着一圈高档的意大利沙发。沙皮，褐色。中间的茶几是方形的，蒙着一层薄薄的牛皮。也是褐色。这一组褐色与远处的莘莘色书架遥相呼应了，构成了对角与相互眺望的关系。这一来客厅就显得分外地宏伟。傅睿一屁股坐进了沙发，当场就陷进去三分之一个屁股。意大利的沙发好啊，好，妥帖。傅睿十分地享受。就这么半躺半坐着，说着闲话，听着汇报，半个小时都没到，傅睿居然瞌睡了。这一阵儿瞌睡来得真不是时候，是压迫性的，统治性的。不只是强度大，速度也快。睡眠糟糕的人就这样，除了夜里，随时都可以安然入睡。突如其来的瞌睡傅睿猝不及防，别人也猝不及防。这可怎么好呢？高总对着郭鼎荣指了指窗外，水面的远方，也就是远处的湖畔有一排小木屋。这个郭鼎荣当然知道。可郭鼎荣同时也知道，那些小木屋看上去近，真的要绕一圈走过去，其实也挺远。郭鼎荣摇摇头，回过头来再看傅睿，傅睿的眼皮已经合上了，发出了均匀和深沉的呼吸。显然，傅睿已陷入了深度睡眠。郭鼎荣把食指竖在了嘴边，示意了一圈。大伙儿笑笑，也就不再说话了。

傅睿自然没有能够睡到自然醒。他是被郭鼎荣叫醒的。傅睿迷迷糊糊地睁开眼，落地玻璃上的天光暗淡下去了。郭鼎荣轻声说："客人们差不多到齐了。"傅睿揉了揉眼睛，注意力很难集中，稀里糊涂的，跟着郭鼎荣上楼去了。

傅睿的脑袋刚刚和二楼齐平，一下子就感受到二楼灿烂的灯光。那盏吊顶的水晶吊灯真的是大，数不清的光点在水晶的几何形状里闪烁，华光四射。就因为这一盏吊灯，整个二楼都一片辉煌。二楼没有别的，就一个餐厅。巨大，豪华。墙面上挂着一幅巨大而崭新的"红双喜"。到处都是气球与彩带，它们缤纷，五彩斑斓。原来是一场婚宴呢，喜气洋洋的。客人们真的已经到了，直到这个时候，傅睿才意识到刚才的睡眠是多么地不合适，他错过了这么多的客人，都还没招呼过呢。——傅睿是多么地在意人前，只要有任何一个别人，傅睿都渴望给别人留下一个良好的印象。

差不多就在傅睿走上二楼的同时，所有的客人都站了起来，这就是名人效应了。傅睿自己也知道，他是名人了。郭鼎荣给傅睿一一做了介绍：许行长，姜书记，肖董事长，邵总，还有画家文先生。与他们相关的，则是美女一，美女二，美女三，美女四，美女五和美女六。按照法国式的排席方式，也就是竹桃相隔的种植方式，女士与先生相隔而坐。然而，首席依然空着，显然，新郎和新娘尚未到来。高总请傅睿坐在了主席的左侧，傅睿谦让了一番，高总差不多就要动手了，傅睿只能入座。入座之后的傅睿也不知道该说些什么，只能看桌面上的餐具。餐具华美了，白瓷，金边，一副冰清玉洁的样子。而座椅则分外地讲究，靠背又高又宽，呈反弓。很绒，介于绛红与紫红之间。傅睿就坐在这样的座椅上，座椅是一个自带气质的东西，它可以肃穆，可以高贵，同时还很可能权威。因为座椅的缘故，酒席上的每一个人顿时就成了高端人士。

挨着傅睿的是郭鼎荣，很显然，在今晚，傅睿与郭鼎荣都没有女伴。一群人干坐着，谈兴不高，酒席的场面偏于冷清了。然而，这冷清只能是假象，所有人都知道，伴随着新郎与新娘的到来，晚宴即刻就呈现出另一副样子。在真正的主人来到之前，所有的冷清都不能算作冷清，蓄势罢了。

高潮会迟到，但永远也不会缺席。就在郭鼎荣给傅睿点烟的当口，楼梯的拐角处突然传来了两声爆炸声，傅睿吃惊地回过头，数不清的彩纸已经翻飞在了楼梯的过道里，这是固体的礼花，彩纸光怪陆离——礼花弹终于被引爆了，一声连着一声。新郎和新娘头顶着飞舞的彩纸出现在了楼道口，新郎是胡海，新娘则是小蔡。他们手拉手，笑容满面，款款而上。一副幸福到永远的样子。

郭鼎荣在"观自在会馆"吃过一顿饭，婚礼却没办。他谢绝了高总。——高总这个人有意思了，实力很雄厚，只有一个业余爱好，替朋友们张罗婚礼。——所谓的婚礼当然就是"观自在"的晚宴。晚宴之后，新郎和新娘愿不愿意去湖畔的小木屋，这个他不管。他要的是饭桌上的这个"气氛"。——郭鼎荣在最后的时刻取消了他的婚礼，一切有关婚礼的"说法"，一个字都不许提。但是，饭是在这里吃的。和郭鼎荣一起过来吃完饭的是他的手下——小裘，一个年轻的客户经理。郭鼎荣与小裘的这顿饭来源于如意集团的项目贷款。如意集团郭鼎荣可是打过交道的，多多少少有点数。这家公司不清爽。他们的项目一点儿也不新鲜，无非就是"装潢"。这个"装潢"不是那个装潢，它针对的不是建筑物，更不是建筑材料，是数据。简单说，就是"装潢"一个公司所需要的数据和报表。——目标是向银行借贷。不能说这样的"装潢"就是骗贷，那就言重了，不能那么说。郭鼎荣一页一页地翻，看完了小裘为如意公司所做的报表，很惊诧，关键是自叹弗如。这姑娘厉害，尤其在政策法规方面，她做得相当专业。可以说，滴水不漏。她一定自学了法律。小裘就坐在郭鼎荣的对面，面部娴静，无欲无求。然而，这是一个假象。她挣钱的欲望没被她写在脸上，却扛在了肩膀上。她的肩膀在燃烧，热焰摇荡。如意公司的项目呢，说大不算大，说小也不算小。一亿三千万。依照三个点的返还率，小裘的这一票确实又不算小了。作为分管领导，郭鼎荣当然有风险。所谓的风险，首推合作双方的默契程度。双方的默契度越高风险就小，反过来也成立，就这么回事。——小裘如何才能和自己的领导达成默契呢？默契到什么程度呢？郭鼎荣也好奇，那就往下看吧。小裘却不说话，也不拍马屁，就那么斜着身子，坐着，等。这就有意思了。郭鼎荣也不发话，也坐着，也等。等到最后，小裘一点都没有扭捏，平平静静地说："家里的事，你给个话。"这话说得好，说得好。可以大，也可以小；可以浅，更可以深。郭鼎荣把材料推到了一边，随口就问了一句："家里都好吧？"小裘回答说："好。爸挺好的，妈也好。你放心。"小裘补充说："孩子也好。"话都说到这一步了，哪里还是报批，是久别后的重逢，完全可以拿出来当日子过。郭鼎荣说："我还有点事，你先休息吧。"小裘瞥了郭鼎荣一眼，说："好。你也别累着。"郭鼎荣拿起不锈钢的保温杯，喝了一口水，附带着咀嚼了两粒枸杞，说："知道了。"这就妥当了。小裘站起身，她在起身的过程当中两只巴掌分别捂在了臀部的两侧。小裘的这个动作给郭鼎荣留下了极其美好的印象。妩媚是次要的，主要是贤惠。是应该出去吃顿饭了。郭鼎荣在下班之后领着小裘去了"观自在会馆"，只通知了很少的几个兄弟。

理论上说，今天的聚会郭鼎荣也可以把小裘叫过来。在这个会馆，谁和谁还不是心心相印的？一切都光明磊落。要不然就开餐馆了，还要会馆干什么。但是，到了最后一刻，郭鼎荣收住了，他在傅睿的面前，还是悠着一点的好。好日子还长着呢。——那就好好地给胡海接风呗。嗨，谁能想到呢，这个胡海，又结婚了。事先都不知道说一声，郭鼎荣连一个红包都没来得及预备。回过头来想想，也对，这正是胡海说话和办事的派头，从机场直奔婚礼的现场，挺别致。

就在昨天下班之前，小蔡收到了先生从新西兰北岛发来的短信，就六个字：明天下午到家。这是小蔡所熟悉的语调，伴随着内分泌的动静。在万里之外，像南半球的蝴蝶翅膀，它颤动了。

有意思的事情发生在下班的路上。小蔡邂逅了安荃。她们在无意之间就构成了一前一后的步行关系。一开始小蔡并没有留意，等小蔡看见安荃的时候，她刻意了，故意在安荃的背后尾随了相当长的一段路。路上那么多的人，谁又会发现小蔡是故意的呢？小蔡意外地发现，安荃没那么光彩夺目了。这不是安荃有了什么变化，小蔡知道，是她自己变化了。此刻，更加从容和更加心安理得的，是小蔡。她这个有家有口的女人在"外面"到底也有了可以搔痒的男人了。急什么呢？不急。该来的一定会来。小蔡的这一段路走得格外的缓慢，缓慢是对的。只有缓慢才能走在时间的前面，同时也走在了共识的前面。小蔡相信，离她不远处一定有人在打量她，她只有不慌不忙才有可能成为别人的典范。

　　下班了，在天成花苑的门口，小蔡并没有忙着回家，她先去了一趟菜市场。菜市场离小蔡的家并不远，如果小蔡现在还是独身，菜市场和她将构不成任何关系。但小蔡是有家的人，这一来她与菜市场就相互依附了，菜市场就成了她生活里的一个部分。小蔡沿着蔬菜、肉类、禽蛋、海鲜和淡水水产的柜台一路走了过去，她不会买，只是逛。她逛得相当日常，偶尔也会驻足，主要是问价。在问价的过程当中，小蔡始终觉得她的身边还站着一个人，亦步亦趋，在陪伴她，那个人只能是先生。

　　回过头来看，先生把房子租在天成花苑确实是一个上好的决定。它在闹市区，因为附近连着机关的家属院，它就失去了被开发的机会。这一来，天成花苑多少就有点凋敝，它幽静。闹中取静的则是小区北侧的那条林荫小道，行道树在清晰地表明，这条路有些年头了。每一次在林荫小道上晃悠，小蔡都格外地满足，这就是她的故乡了。所谓故乡不就是一间房子加一条路么。因为不会开发，外地人很少在这里买房子，天成花苑的人口流动就相当小。——都是老面孔，这才是故乡应有的样子。没有高楼，低矮的四层建筑，没有电梯，最适合老年人生活了。这多好，一想到这里，小蔡就禁不住眯起了眼睛，她把自己想象成年过半百的女人，她把她斑白的头发捋向了耳后。一天就这么过去喽。

小蔡晚餐并没有吃地摊，她逛完了菜场，回家去了。与每一次回家一样，小蔡首先要在客厅里换一次衣服，洗过手，然后才进卧室。小蔡热衷于躺在床上看电视剧，无论多烂的电视剧她都喜欢。小蔡看电视有一个显著的特点，她代入。每一部电视剧她都可以找到一个剧中人，那个人就是小蔡她自己了。不管是三十集还是六十集，换句话说，不管是一个月还是两个月，小蔡都可以沿着电视剧的剧情十分跌宕、十分凄凉或十分幸运地走完她的这一生。然后，再一生，又一生。——小蔡的卧室里永远都有人在说话，像一个公共的空间。小蔡躺在床上，作为一个独自的旁观者，她在看电视机里的小蔡，她推动了剧情，也承担了剧情。

要不要做一顿饭吃吃呢？小蔡胡思乱想了一通，她趿拉着拖鞋，来到了厨房的冰箱前。冰箱是满的，所有的食材都结满了霜，白花花的一片。这个冰箱终究特殊了，小蔡喜欢逛菜场，偶尔买，却不做，这一来冰箱就始终是爆满的状态。这也怪不得小蔡，每一次先生过来，最重要的事情都不可能发生在饭桌上。等一切都了结了，小蔡哪里还有下厨的心思？只能拖着先生去饭店。小蔡对着冰箱愣了好大一会儿，最终还是把冰箱给合上了。

合上冰箱，小蔡陪着冰箱站了一会儿，朝四下里看。发现客厅里有些乱，也脏。要不要做一次卫生呢？这么一想，小蔡到底想起来了，她的家可不是单室间，是三居室，还有一间书房和客卧呢。平日里实在也用不着，一直都是关着的。严格地说，还锁着。小蔡从冰箱上取过钥匙——那就从书房开始呗。小蔡推开了书房，往里走，顺手摁下了开关。就在书房被照亮的同时，小蔡已经往书房里走进去两三步了。这两三步是惊天动地的，厚实的、寂静的尘埃被激活了，几乎就是无声的爆炸，尘埃升腾起来，如风起而云涌。这再也不是人类生活的场景，她是探险者，她来到了史前。乱云飞渡。但尘埃翻卷的高度毕竟有限，差不多只能到小蔡的腹部。小蔡的脑袋一下就处在了九万里高空，透过云层，她俯瞰着大地，多么辽阔的荒凉，一派壮丽，却没有任何生命的迹象。静啊，静。像原因的原因，也可以说，是结果的结果。沙丘却逶迤，它们的波峰连成了线，丝绸一般柔和、妩媚、性感。小蔡当然注意到荒漠上的那几个深坑了，那是她的脚印。是的，她是闯入者，地老天荒。她不敢动了。

书架在远方，空的。书桌和转椅在远方，也是空的。它们伫立在荒漠的周边，像祁连，像喀喇昆仑，像巴颜喀拉，像喜马拉雅。小蔡的观察点远在天穹，既是俯视，也在远眺。——大地如此荒芜，它的形态取决于风，一阵风就是一个局面，一阵风就是一个世界。所谓的静态，只不过是一阵风和一阵风之间的过渡。

小蔡并没有久留，她跑了出去。刚刚动脚，阒静的荒漠刮起了风暴，天地玄黄，宇宙洪荒。小蔡当即就关上门，一阵又一阵咳嗽。

就在先生回家之前，小蔡做了一夜的梦，她梦见了先生。都是很短的梦，这些梦特别短促，凌乱，涉及人生的诸多环节。但是，这个梦有意思了，小蔡知道自己在做梦，只要愿意，她的梦完全可以衔接起来，这一来刚好等于她的一辈子。等这些零碎的、短暂的梦做完了之后，小蔡发现，她梦见的原来不是先生，是傅睿。小蔡吓了一大跳，这一阵惊吓带来了不可思议的后果，天居然都亮了。天亮了，先生也就回家了。

先生在机场给小蔡打来了电话，先生说，他给小蔡预备了一份礼物。不要猜。也就是半个小时，公司派出的商务车就把小蔡给接走了，一直送到"观自在会馆"。——胡海已经在那里等着她了。先生什么也没说，看不出长途飞行的疲惫，一脸的含英咀华。他拉起小蔡的手就往会馆的内部去。小蔡哪里能想到呢？先生送她的居然是这样的一份礼物。她的礼物在楼梯的拐角揭晓了，礼花弹骤然响起，吓得小蔡一个激灵。啪、啪、啪、啪，又啪、啪、啪、啪，左右两排，八响。眼看着漫天飞舞的彩纸，小蔡的瞳孔又黑又亮。这个男人哪，他太会前戏了。他所有的心思都用在了这里。

这么些年了，有一个问题一直盘踞在傅睿的脑海里，是关于病房的护士的——好好的，那些漂亮的姑娘们一个一个就不见了。傅睿也问过这件事，回答他的是中年妇女们特殊的语气，还有中年妇女们独特的眼风，很不堪。傅睿大体上也就有数了。傅睿哪里能想到呢，他居然走进了"不堪"的风暴眼，这哪里还是不堪，没法形容了。胡海气场强大，他和傅睿握了握手，这次握手准确地告诉了傅睿一件事，他们不认识，所以，"认识你很高兴"。胡海和傅睿不认识，小蔡和傅睿当然也就不可能认识。傅睿和小蔡握手的时候没敢看她的眼睛，他想起了那些特殊的语气，还有那些独特的眼风。他站在了"不堪"的现场，就觉得痒，钻心地痒。——生活是多么地幽深，几天前他们俩刚刚在咖啡馆见过，她帮他搔痒。现在，他们就认识了。傅睿相信，他只要看小蔡一眼，他的灵魂就足以毙命，他的头发会竖起来的。

傅睿坐了下来。他克制，必须克制。他不能拂袖而去，他拂袖而去了，留给小蔡的只能是一场灾难。傅睿实在不知道自己该如何自处了。他不想让小蔡在众人的面前不堪，虽说她已经很不堪了。傅睿坐得笔直，他并没有意识到自己坐得笔直。傅睿痛心，只是痛心。他再也想不到小蔡会这样，不能接受。——她堕落了，就在傅睿的眼皮底下，她竟然堕落成这样！

傅睿决定喝酒，他唯一能做的事就是喝酒。他的这个举动被郭鼎荣看在了眼里，郭鼎荣开心了。别看傅睿那样，到底也是爱酒的。这就好办了。——在这个酒席上，谁和谁"结婚"，郭鼎荣不关心，他关心的只是傅睿。既然他愿意喝，那就要让他喝好。可傅睿的酒量究竟如何，他不知道，也不便问，郭鼎荣只能采取陪领导喝酒的原则：上限是让他喝开心了，底线是不能让他喝醉。郭鼎荣早就盘算好了，今天是星期五，喝完酒，送他回家，正好认个门。基于这样的心思，郭鼎荣在喝酒的时候一再向傅睿保证，有他这个"专职司机"在，什么都不用担心，他会把傅睿"保质保量"地送回家。——傅睿看起来已经把有关哥白尼的不愉快彻底忘记了。酒是可以改变一个人的，这正是喝酒的妙处。傅睿不只是和郭鼎荣干了杯，甚至对郭鼎荣都不再那么冷淡了，他都能好好地应对郭鼎荣的话题了。郭鼎荣发现，傅睿哪里傲慢？一点不，甚至有些谦卑。他是多么地随和，乃至亲切。都因为酒。酒是个好东西，它的内部暗藏一个人的原形，它可以将一些人打回原形，也可以将一些人带回原形。这多好。随着酒局的深入，酒局上甚至出现了这样的一个局面：一堆人围绕着胡海与小蔡的婚宴在那里热闹，而傅睿和郭鼎荣，这两个高级培训班的同班同学，闹中取静了。他们开始了私人交流。有好几次傅睿都把他的身体斜了过去，主动把他的耳朵送往郭鼎荣的嘴边。郭鼎荣想搂傅睿的脖子的，最终没敢。可那又怎么样？郭鼎荣的这顿酒喝得格外的好，当然，他时刻在提醒自己，不能飘，不能醉，最多喝到六成。他要开车的，他要把傅睿送回家，保质保量。

傅睿却不回家。傅睿对郭鼎荣说，他要回培训中心。傅睿为什么要在周末的夜晚回到培训中心呢？傅睿没说，郭鼎荣就没有问。郭鼎荣的任务就是把傅睿送到他想去的地方 —— 小汽车掉了一下头，驶向了来路。郭鼎荣心情舒畅。要是细说起来的话，郭鼎荣最为热衷的就是酒后驾车。人就是这样，一旦喝了酒，身体会放大，直接就等于车。反过来说也成立，车就是他的身体。

这就随心所欲了。工具一旦体现了人的意愿，人就是工具，没有比这更好的了。郭鼎荣感觉出来了，他不只是舒畅，说亢奋都不为过。这亢奋和酒有关，也可以说和酒无关。——他的车上坐着傅睿呢。今天是郭鼎荣的好日子，不管怎么说，傅睿被他"整合"到自己的圈子里来了。有了第一顿酒，自然就有第二顿、第三顿、第四顿和第五顿。郭鼎荣相信，他在哥白尼那里所承受的损失今天晚上算是弥补回来了。慢慢地走下去，傅睿终究会是自己的人。车灯前的道路平整了，是开阔的纵深。夜景不由人，迷人哪。汽车在江南丘陵的内部前行，狭长的、起伏的、弯弯曲曲的山间公路上呈现出了另一种景观的一马平川。郭鼎荣真他妈的想吹口哨。当然了，他没吹。傅睿在车上呢，也不能太那个什么。

"这个酒啊，还是要喝高度的，低度的不行。"郭鼎荣说。他说这句话是一个试探，他想看看酒后的傅睿有什么反应。傅睿没搭腔，傅睿上了车之后就再也没有动静了。他在后排，又看不见他的脸。郭鼎荣只能给自己的发言做一个简单的总结："喝高度酒高兴得快。"

此刻，高度酒都聚集在了傅睿的太阳穴上，在跳。傅睿平日里几乎不碰酒，难得喝一次，酒却不在胃里，直接就往脑袋里冲。小蔡却没有往傅睿的脑袋里冲，她在傅睿的脑袋里往下滑，她堕落了，还在堕落。多亏了今天，多亏了今天晚上，傅睿参加的不是一场晚宴，是老天爷刻意安排的一次门诊。医生——傅睿，患者——小蔡，小蔡就这么出现在了傅睿的面前，带着她命垂一线的病态。傅睿根本不需要小蔡出示血项。小蔡的血项数据在中年妇女特殊的语气里、在中年妇女特别的眼风里。那是诊断书，小蔡的终极诊断。1500，46，这是田菲的肌酐和尿素的数据，是它们最终夺走了田菲的性命。傅睿的太阳穴在跳，每跳动一次就会自动报出一个数字，1500，46，1500，46，1500，46。它们是多么地不祥。傅睿能做的是给田菲置换一只肾，是左肾，——可小蔡需要怎样的移植，傅睿才能把原先的小蔡还给小蔡，傅睿现在还吃不准。他在想。他需要一套全新的临床方案。

汽车突然拐了一个很大的右拐弯，似乎是下了高速。郭鼎荣开得太快了，傅睿感到了一阵晕，离心力把他的身体重心全部挤压在了身体的左侧，而他的脑袋似乎只剩下了左边的半个。如果人类的灵魂果真隐藏在大脑内部的话，傅睿相信，这不是晕，不是恶心，是灵魂出窍。灵魂出窍落实到具体的生理反应上，那就是吐。郭鼎荣听到了傅睿嗓子里的动静，想刹车，可是，太快了，他不敢刹。郭鼎荣斜着身子脱口说："忍着点，就好了。"

帕萨特终于在高速公路的出口停稳了，离培训中心也就十来脚油门。郭鼎荣弓着腰，离开了驾驶室，他围着帕萨特转了半个圈，终于替傅睿拉开了后门。傅睿钻了出来，打算吐。不是他的身体想吐，是他产生了吐的愿望。他渴望着借助于刚才的灵魂出窍把他身体的内部全吐出去。但傅睿仅仅吐出了一些声音，没有内容。郭鼎荣重新绕到了后备厢，取出一瓶矿泉水。傅睿说："上车吧。"两个人重新上了车，真的也就是几脚油门，帕萨特驶进了培训中心。郭鼎荣把注意力全部集中起来了，他的车如一辆高级礼宾车，缓慢、平稳、精准，停靠在了培训中心宿舍楼的前厅，近乎无声。郭鼎荣停好车，扶好了傅睿。傅睿推开郭鼎荣，说：

"你忙去吧，不用管我。"

郭鼎荣把矿泉水塞进了傅睿的裤兜，在后视镜里反复看了傅睿两眼，他的帕萨特远去了。郭鼎荣走远了，傅睿并没有上楼，他不想一个人待在宿舍里。他来到了足球场，那个他进行拓展训练的地方。夜色笼罩了球场。巨大和厚实的黑完完整整地堵在了傅睿的面前。他一头就走进了黑暗。在伸手不见五指的黑暗里，他看见了灯火通明的婚宴的现场，他看见了小蔡。可小蔡一直都在回避傅睿的目光。当着天下所有黑暗的面，傅睿说："小蔡，你到底要回避什么？"小蔡没有回答他，黑暗也没有回答他。不回答怎么行？傅睿的双眼紧盯着黑暗，目光炯炯，一口气追问了好几分钟，可黑暗终究也没有开口。傅睿指着小蔡的鼻子，明确地告诉她："你把你的生命弄脏了，你需要一次治疗，治疗！"傅睿似乎和"治疗"这个词干上了，他反反复复地问，反反复复地强调"治疗"，最后，他终于把自己问累了，关键是问渴了。他想喝水，他的手十分意外地在他的裤兜里碰到了一样东西，小蔡满脸羞愧，给傅睿送来了一瓶矿泉水。傅睿接过矿泉水，一口气喝了一个底朝天。傅睿最想发生的事到底还是发生了，矿泉水没有遵循水往低处流的原则，它翻涌了，开始往上顶。傅睿相当地郑重，弓下腰，两只手撑在了膝盖上，他摆好了架势，开始吐，就在足球场球门的一侧。他的呕吐伴随着丧心病狂的喉音，类似于呐喊。傅睿一口气吐了五次半，最后的半次，他实在吐不出任何东西了。

但他相信，他吐干净了，肮脏的水晶灯、肮脏的餐具、肮脏的靠背椅和高度酒都被他吐了出去。傅睿的身体顿时就舒服多了，这是升华。小蔡实在不忍心傅睿吐成这样，走上去扶了他一把。傅睿推开了她，他从呕吐那里得到了启发，呕吐即净化。傅睿的体内诞生了极为不同的激情，他对着小蔡大声地说："吐，把自己吐干净了，重新做人。"

傅睿说："吐！"

哥白尼离这里不远，向北走，最多两百米，哥白尼就死在那里。那个已经被郭鼎荣敲断了脖子的医生也许还躺在图书馆东侧的草地上，脑袋是一个部分，其余的则是另一个部分。他彻底死去了。是死亡之后的死。无尽的悲伤奔涌上来，傅睿对哥白尼说——

"就是她，她堕落了！"

哥白尼的脑袋埋在了草丛中，面朝下。哥白尼的嘴巴陷在泥土里说："你要挽救她，你是医生。"大地的表层泛起了涟漪，把哥白尼的嘱托一直传递到了傅睿的脚下，傅睿的双脚听见了，哥白尼在说："你要挽救她，你是医生。"

傅睿郑重了。夜色是使命的颜色，笼罩了傅睿。傅睿说："我会。"

十四

    多么幸福啊，多么地幸福。老赵醒来了。不用说，是北京时间早晨六点整。钟表一样的生活终于使老赵变成了一座钟。有一度，老赵以为他的日子就是机芯，但现在，老赵躺在床上，他看见了自己的五脏六腑，它们才是机芯。所有的配件都是圆形的，半径不等，但是，周边都长满了齿轮。伴随着心脏的转动，他的肺、胃、肝脏、双肾、膀胱、胰脏、大肠和小肠都一起转动起来了，齿轮与齿轮严丝合缝。——这一切都得益于爱秋，是爱秋让他完成了这个庄严的转换。爱秋是一个多么无私的女人，她牺牲了自己，她成全了老赵。而老赵呢，他的人生已经进入了另一种光景，可以说，涅槃了。现在的老赵和光同尘，时间在，他就在。

    老赵醒来了，他在等。他只是装睡，他在等爱秋醒来。北京时间六点整，爱秋的枕头传来了一天的消息："起床。"

    老赵翻身，起床了，顺势跪在了席梦思上。他对着坐起来的爱秋磕一个软绵绵的头，说："老婆大人早安！"老赵磕头是这个家里新增的仪式，它代表了一天起始。

关于跪，老赵并没有具体的认知 —— 它是古老的仪式，别的也就说不出什么来了，谁没事还琢磨这个玩意儿呢？然而，老赵对着傅睿跪下了，就为了傅睿能给他一个承诺。老赵至今都不知道自己是怎么跪下去的，他相信他是神灵附体了，要么就是某种休眠的机能在他的体内随机复活。都说"说时迟，那时快"，是的，这个"那时"就是膝盖。老赵就是这么跪下去的，其简单的程度就像眨了一下眼睛。神奇就在这里 —— 老赵相信了灵魂，人是有灵魂的，灵魂一直都隐匿在大腿与小腿的直角关系里。谁能想到呢？就一个意外，老赵的大腿和老赵的小腿就这样构成了直角，膝盖的缝隙打开了，灵魂它不再幽闭。不，这不是巧合，不是意外，是神的启示，是恩典。—— 跪下去的老赵安宁啊，安宁。老赵即刻就顿悟了，他得到了傅睿的承诺，天圆地方。

老赵就此迷恋上了大腿与小腿的直角关系，他迷恋上了跪。傅睿大夫当然不可能每天都来，那又有什么关系呢？不能给傅睿跪，那就给爱秋跪，差不太多。老赵认真地比较过的，确实差不多，只要能跪下去，膝盖的缝隙都会微笑。当然，这是老赵初步的认识，要想在这个世界里取得灌顶般的认知，坚持是必须的，坚持它势在必行。真正的发现往往取决于跪的次数，还有时间。老赵就有了新发现，震惊不已。跪给老赵带来了希望和幸福。

这是一个夜晚的九点五十左右，就要睡了，他别出心裁了，决定不在床上，而是在地板上给爱秋磕个头。就在老赵仰起脸来的时候，被吓住了。老赵记得的，爱秋在年轻的时候是尖下巴，也就是所谓的"瓜子脸"。年轻的爱秋说不上多好看，可也不难看。

老实说，老赵在婚后就再也没有特意留意过爱秋的脸，每一天都看在眼里，就是"她"呗，"老样子"呗。而实际上，所谓的"老样子"完全不能成立，都几十年了，谁还不变呢？但不管怎么说，做丈夫的对老婆长相总有定见，这个定见来自于日常——他们一直平视，即使躺在床上，那还是平视。一旦跪下去，不同了：这是一个全新的角度，爱秋在长相上的区别特别地大。——毕竟上了岁数，她的尖下巴已不再像"瓜子"，相反，很富态，有了双下巴。爱秋的"双下巴"是浑圆的，线条柔和，似乎能发光。这个发现把老赵给惊着了，他眼里的爱秋已面目全非，像一尊菩萨。准确地说，像观音菩萨。他还要请什么佛像呢？家里就有，活的，现成的。一切都不用舍近求远。爱秋在，他的家就佛光普照。幸福从天而降，多亏他失去了一只肾，否则，哪里来得如此圆满？他的命就是这样，他必须跪，应该跪。因为虔诚，老赵欢愉。他体会了赤子的至诚。他看见了洁净、如意、吉祥。五彩云霞空中飘。

老赵的家里从此就有了仪式，生活只是生活，而有意义的生活则不是生活，是仪式。仪式有它的实际意义——每一天用磕头作为起始，白天就令人放心；而每一天用磕头做一个总结，夜晚就令人放心。老赵的生活就此变得简单，成了功课。他把自己当成了一个学龄前的孩子，他学会了看。无论在何时、在何处，他在他的每一个行动之前，或者说，他在他每说一句话之后，他都要看一眼爱秋。爱秋的双眼已不再是爱秋的眼睛了，在佛光普照之外，也具备了奖惩的含义——老赵的言行到底正确不正确，爱秋的眼神会告诉他的。有爱秋的眼神在，老赵就能确保生活的正确性。老赵多么有慧根的一个人，他学会了用爱秋的思维去思维，用爱秋的感受去感受，更懂得用爱秋的判断去判断。这一来好了，不只是老赵的灵魂得到了精进，还有了意外的收获，那就是革新了的家庭。这个家是多么地和睦，天国也不过如此。莲花劲放。

这个家当然不只有两个人，是三个。远在旧金山的儿子经常要来电话。电话来了当然就得接。放在过去，一旦显示器上有了显示，爱秋总会这样对老赵说："美国。"其实就是家里的通讯员。至于通话，那只能是老赵的事，那可是讲话呢。现在不同了，类似的情况颠倒了过来，病快快的老赵会自动承担起通讯员的职责，他会拿起话筒，对爱秋说："—— 你儿子。你讲话。"

老赵的生活里就此少了一项内容，相应的，也多出了一项内容，那就是"看"爱秋打越洋电话。在大部分时候，爱秋都拿着话筒倾听。在听的间歇，爱秋自然会发出一些回应，诸如"哦""嗯""嗨""是吗"，偶尔也"嗯哼"。这个无疑是受到了儿子的传染。老赵听上去很别扭，"嗯哼"这个音爱秋学不好，也学不像。但老赵现在就不会把他的别扭表现出来。对老赵来说，任何不舒服都可以克服。克服到了一定的地步就可以习惯，习惯到了一定的地步就能接受，接受再积累到一定的程度，那就是欣赏了。要说老赵有什么变化，最大的变化就在这里了。只要和爱秋有关的事，再别扭他都能欣赏。老赵把这样的演变命名为"进化"。老赵的进化其实已经下沉到表情管理了，他的表情每时每刻都可以随喜。

老赵就是在这样的过程当中重新审视爱秋的。这话不通，严格地说，他第二次爱上了爱秋。爱秋也能够感觉到。她会奖励。比方说，在某些时候，在她和儿子聊得很欢的当口儿，她刻意不用话筒，而是会选择免提。这一来她和儿子的通话就不再是私密的，老赵就参与进来了，这就是共享。老赵绝不会多话，就听，表情随喜。

这个下午的三点，也就是旧金山的晚十二点，儿子喝了一点儿酒，他的声音越过了太平洋，和母亲讨论起父亲来了。

"你没有觉得他很奇怪么？他好像有点不对劲哎，像换了一个人。"

爱秋摁下了免提，说："怎么会不对劲？换了一个人，这是真的。进步特别大。"

儿子羞答答地说："我怎么不习惯了呢？"

"要习惯。"爱秋的口吻郑重了，"他现在非常好，很配合。我比任何时候都更爱你的爸爸。"

老赵就坐在不远处的红木椅子上，他侧着身子，当然在听。从现场的效果来看，这已经不再是电话，成了一次家庭的扩大会议。但儿子说什么，老赵并不在意，老赵在意的是爱秋。爱秋说了，"我比任何时候都更爱你的爸爸"，这话当然是动情的，老赵喜欢。可老赵真心喜欢和真正爱听的，还是这句话 ——"很配合"。这话很重，它超越了爱，成了结论。这说明了一件事，老赵所有的努力爱秋并没有忽视，都看见了。在老赵看来，爱秋这番表白更是表彰。这是理性的享受，但奇怪的是，老赵却动情了，眼眶里慢慢地就有了泪光。他想表达，却很难用准确的语言把他内心的东西传递出来。就在电话机的旁边，老赵又跪了。——除了跪，他实在不知道自己还能做什么。老赵搂紧了爱秋的小腿，仰着脸，看着爱秋，他禁不住啜泣。爱秋并没有看老赵，她伸出手来，仅仅依靠自己的膝盖与老赵的脑袋所构成的空间关系，她居然摸到老赵脸上的眼泪了。她在帮他抹。儿子不明所以，他在旧金山，他被远方长时间的静所困扰，不停地问怎么了。爱秋说："没什么孩子，你爸爸高兴，你爸爸获得了新生。"

这一次轮到电话的那头静默了。显然，他听到了这边的动静。电话这一头的啜泣感染了他，他也啜泣了。他当然知道，这个家是妈妈一个人支撑起来的，他想说"谢谢你妈妈"，可这太美国腔了。美国腔完全不能表达中国人的深情。儿子说："妈，儿子给你跪下了。"

"儿子，你起来，"爱秋抹了抹眼泪说，"都是我应该做的。"

儿子已经带上哭腔了，他大声地说："多亏了我来美国，要不然，我到死也不知道我有多么爱你们。"

爱秋再也听不下去了。她想哭，她太想哭了。这个家从来没有这样过，洋溢着爱，正在凝聚。老赵就跪在身边，儿子却跪在遥远的美洲大陆，可此刻，他们仿佛长在了爱秋的身上，成了爱秋的左膀与右臂。爱秋想对电话机说些什么的，但是，没能够。她不能说话，只要一开口，她会喷出来的。爱秋伸出了她的食指，想把免提键给摁了。没想到电话的那头冲动了，再一次传来了儿子的声音："我一定要回去！我要回去！"爱秋一个激灵，想都没想，对着电话机就骂了一句粗话："放你娘的屁！"这才是爱秋，再怎么动情，她也不会被亲情冲昏了头脑。她当即就把电话给挂了，附带着回过了头来。她望着地上的老赵，自语说："这个家多好。我再也没有想到我能有今天。"

窗明几净。在光合作用下，每一块玻璃都舒张开来了，兼备了生命的迹象。

"老赵，"爱秋拉着老赵的手，十分柔和地说，"起来。"

老赵在爱秋的搀扶下站了起来。虽说站了起来，可情感依然在撞击他，一阵，又一阵。宛如下体位的性爱。——这个家什么时候这样过？从来没有。这个家一定是被祥云环绕了，都圣洁了。

老赵就在这个家。问题是，他圣洁么？圣洁，这个高光的问题，一下子就摆在了老赵的面前。他不能不面对——明理也在这个家里，他老赵的手和明理的屁股苟且过。老赵是有罪的。罪证就是他的书房，还有他的书架。老赵的书房和书架时刻在提醒老赵，他有过可耻的、短暂的、灵光一现的欲望，这里头自然也少不了明理可耻的、短暂的、稍逊风骚的配合。但主要的责任还在老赵。老赵曾满足于此。它给了老赵相当程度的自信。回过头来看，老赵是多么地肮脏，他玷污了这个家。书房在沉默，每一本书的背脊也在沉默，时刻都有检举并揭发的可能。老赵悔恨啊，他欲洁何曾洁？

罪恶感相当地顽固，它太缠人了。解决的办法有没有呢？当然有，那就是认罪。说得高级一点，叫忏悔。那个就相当专业了。老赵渴望忏悔，可忏悔所带来的究竟是什么，他吃不准。吃不准就需要分析。依照老赵初步的估算，忏悔所带来的可能性无非是两头和两种。两头，一头牵扯到爱秋，一头牵扯到明理。至于两种，也就是两个女人的两种情况。爱秋的这一头：一，爱秋能原谅；二，爱秋不能原谅。明理的这一头：一，明理继续留下来；二，明理直接就滚蛋。无论是两头还是两种，老赵都吃不准。但是，有一个原则老赵非常清楚，赔本的事他不能干。万一赔了，这个悔就不如不忏。基于这样一种矛盾的心态，忏悔的事也就被老赵拖下来了。忏还是不忏，还真他娘的是个问题。

老赵最终还是忏了。这个动人的瞬间发生在清晨时分。——老赵的腹部暖和了，又暖和了。这一次要强劲得多，显得厚实。老赵的身心处在了蠢蠢欲动的好光景。可所谓的蠢蠢欲动也不是别的，就是特别想说话。老赵又不能说。爱秋还没有宣布起床呢。那就只能躺着，自己先和自己说一会儿吧。说什么呢？不说不知道，一说吓一跳，全是忏悔的内容。虽说老赵到现在都没有忏悔，但是，老赵体会到了，忏悔毕竟有它的诱惑性，它在暗地里很容易给人带来满足。如果连这点甜头都没有，人类怎么可能发明忏悔呢？老赵想，在骨子里，也许每个人都渴望忏悔，都好这一口。

好不容易熬来了爱秋的起床令，老赵一骨碌翻起身，跪着，磕了一个头，说："我有罪。"

话一出口老赵就愣住了。他其实也没有想好。

爱秋打了一个哈欠，她知道的，他喜欢在起床的时候来一出，他年轻的时候就是这样。爱秋没搭理他。爱秋没好气地说："你能有什么罪？"

"我有罪。"老赵的表情坚决了，口吻也一同坚决。他坚定地认为，他有罪。

老赵有一肚子的话要说，打过无数遍的腹稿，已经到了烂熟于胸的地步。无数的腹稿给老赵带来了无数的感动。可真的到了交代的时候，老赵不到两分钟他就把事情讲完了。——这怎么可以呢？两分钟，太草率了。不该是这个样子。老赵就希望重来一遍，显然，不能够。爱秋的表情不支持他那样。

既然不能，那就扩大。如何才能扩大呢？老赵选择了自我控诉。控诉是可深可浅和可大可小的。老赵的控诉却奇怪了，他把重点放在了自己的生理反应上，他夸大了他的硬度。唯一不能确定的是，他的硬度究竟来源于哪一只肾。老赵还做了具体的分析，如果来自被移植的那一只，问题的严重程度似乎就轻一点了，如果是原先的呢？那他的罪恶显然就属于本我，那就要严重得多。不过，老赵对自己的灵魂提出了新要求，无论他的欲望来自哪一只肾，都是他的自我管理出了大问题。他的灵魂都不洁，他的猥琐和无耻都不可饶恕。老赵说，他背叛了自己，不可原谅。为了这个家，他愿意接受爱秋的任何处置。

爱秋的反应有些出乎老赵的意料，她似乎不关心这件事，最终居然不耐烦了。——"你又能硬到哪里去？"

"是真的。"

"那么，"爱秋平静地问，"你到底在屁股上拍了几下？"

"就两下。我发誓。"

"她说什么了没有？"

老赵想了想，说："说了。"

"我问你她说什么了？"

"她说，"老赵说，"叔叔闹。"

"这话什么意思？"

"我也琢磨过，没明白。"

"很享受这句话，是吧？"

"这个，我不知道。不知道。我发誓。"

"老赵，打开心扉，要诚实！"

"是的，诚实地说，我享受。"

"然后呢？"

"我又摸了一下。"

爱秋的表情怪了。她居然笑了。笑完了，爱秋问："还有呢？"

"没有了。"

"没有了？"

"没有了。我发誓。"

"老赵！不要动不动就'我发誓'，动不动就发誓不好，很不好。"

"我知道，誓言不可亵渎。我发誓。"

"好。"爱秋点了点头，说，"好。"

"还有呢？——你脱衣服了没有？"

"没有。"

"为什么？"

"我不敢。"

"为什么不敢？"

"你——就在家里。"

老赵的这句话虽说是实话，但是，欠妥当了。爱秋又笑。这笑很不对，形状不对，皱纹的走向也不对。老赵想都没想，顺手就给了自己一个嘴巴。

"我要是不在家呢？"

"也不敢。"

"为什么？"

"也不只是不敢，"老赵说，"其实是不能，那个什么，一会儿，几秒钟，后来就不行了。"

爱秋侧着脑袋，在看，在端详老赵。这一次她没有笑，说话了："要是不下去呢？"是啊，要是不下去呢？老赵居然没有思考过这个问题，这个问题把老赵彻底难住了，他顺手又给了自己一个嘴巴。当然，用的是另外的一只手，抽的是另外一侧的脸。

"老赵啊，"爱秋抱住了自己的膝盖，说，"你说你是不是闲得慌？你对我说这些干什么？就算我不在家，你说你又能干什么？啊？能干什么？你已经是不能犯错误的人了，你自己没数么？——你不说，这就不是个事儿，也就过去了，是吧？这倒好，你偏偏要说，你让我怎么办？明理我还用不用？——用吧，你怎么对得起人家？你连明理都能出卖。——不用吧，人家一生气，在外面乱说，我这张老脸往哪里放？你轻浮啊老赵。你轻浮。"

　　爱秋叹了一口气，也没有和老赵纠缠，下床去了。她要预备早饭的。老赵一个人瘫在了床上，陷入了颓然。这件事不应该这样。

　　明理来了，她上班来了。

　　老赵坐在书房里，紧张了。他后悔。那个悔他无论如何也不该忏。圣洁他没能得到，而原本已经得到的安宁也再一次失去了——老赵竖起了耳朵，在书房里偷听。爱秋会不会审讯明理呢？审讯一旦开始，明理又会对爱秋交代些什么呢？都是不好说的。但老赵就是老赵，思考到最后，他自信了。他有杀手锏，万一到了不可收拾的地步，比方说，到了法庭上，他会把傅睿亲手填写的出院证明给拿出来——他这样的一个病人，再怎么说也做不出出格的事情。

　　十几分钟就这样过去了，爱秋和明理在客厅里说着闲话，没有任何异动。再后来，爱秋和明理一起发出了笑声。笑声很爽朗，老赵听得很真切。他紧张与窘迫的心终于放下了，他找到了自己的呼吸，那就做进一步的调息吧。他小瞧了爱秋喽，小瞧了。她没有审讯明理。阿门。阿弥陀佛。

　　说起呼吸，老赵自有一套心得。在老赵的这一头，呼吸已不再是呼吸，是哲学。这话说起来已经有些日子了。老赵在报社有一个旧同事，几乎把一生的时间都交给了"内家功"，就在老赵出院不久，他专门来探视过老赵，附带着送了老赵一样礼物——

吐纳法。老赵可不想听这些，他可不想听这些。但听到后面，老赵听出头绪了，呼吸——吐纳，它们可不是一码事。呼吸只是一个简单的生理运动，而吐纳呢，不同了，它是东方的方法论。老赵的前同事说，人体就是一个银行，所谓的吐纳，就是零存。这话好。

——气分两股，因为人的鼻子有两个鼻孔。你的鼻子一高兴，气就进去了，然后又出来了，这叫呼吸。吐纳不是。吐纳是意念指导下的呼吸。两股气进来了，用意念，让它们合成一股，集中在百会，也就是头顶。再经过意念，把它们分回到两股，沿着脖子的两侧下行，分配至两个肩膀。接着再往下引导，从身体的两侧下沉，分别进入左右两个肺叶。再集中，入胃、进肝，这就来到了肚脐的下部，也就是丹田。丹田是东方智慧对全人类的贡献，解剖学不可抵达也不能证明。它在解剖之外。丹田是一个特定的存在，是内部宇宙的一个特定空间。它就是身体的仓储，也可以说是银行，或者说，金融中心。人体每天要做多少次的吐纳？可不能浪费了，吐纳一次就储存一次。那么多的"气"存在这里干什么呢？再加工，转化，这一转就变成了血。血还会转化，成精。当精积累到一定的地步，精就是神。人类就是这样区分开来的，一部分人只是在呼吸，他们无精无神；而另一部分人则不同，他们的生命伴随着神。

老赵的"静坐"在前同事的辅导下完成了蜕变，他不再呼吸了，而是吐纳。他时刻注重自己的意念，获得了一种"指导之下"的储存方式。为了让自己的储存更加地充分，他想改变一下自己的环境——去哪里好呢？他自我封控了，当然是出不去的。然而，既然意念可以决定内宇宙，它凭什么就不能改变外宇宙？老赵想起来了，他去过莫高窟，那可不是一块普通的峭壁，它连接了河西走廊和塔克拉玛干。向西，那是黄沙所构成的瀚海，是枯死的荒漠；回溯到东方，则返回了人间。这么说吧，无论是向东还是向西，莫高窟都是极限地，是生死界。干旱、戈壁、沙漠和风雪在这里同在。一切都未知、未卜。在这里，你唯一不能相信的就是你自己，你需要神的护佑。你能做的，只有宏誓、发愿、效忠和感恩。老赵虽说端坐在书房，那也是出生入死。——他书房里的墙壁为什么就不能是峭壁呢？他的书房为什么就不能是洞窟呢？完全可以。老赵当即就决定了，他要通过他的意念，在他的书房建构起只属于他一个人的莫高窟。

建构一个莫高窟，老赵有这个资格，他毕竟有那么多的房产。无论是用水泥在大地上围起来的，还是用镢头在峭壁上凿出来的，它们都是空间，一个凸、一个凹、一个正、一个负。这个不会有错。只要老赵把他凸的正空间变成凹的负空间，他的书房不就是莫高窟了？——所有的房间，所有的房间都来吧，老赵要在峭壁上安置你们。你们是洞窟，一个又一个洞窟，或上下合纵，或左右连横。经过老赵的一番纵横，惊人的效果出现了——老赵所有的房产都在峭壁上各归其位了。夕阳残照，老赵站立在想象的另一端，他在回望，他在远眺。老赵所有的房产——也就是他所有的洞窟——正沉浸在夕阳里，就在敦煌的峭壁上，千佛耸立，一片灿烂，壮丽辉煌。老赵当即决定，他要给自己的房产重新命名，也就是给一个又一个编号——001窟——002窟——012窟——037窟——086窟。它们属于同一个供奉者：老赵。它们是赵家窟。——如此这般，老赵就再也不只是空间的纵横家，他也成了展馆布展的里手：一些洞窟在演奏，琵琶在空中飞旋，不弹自鸣。另一些洞窟则在舞蹈，彩练当空，丝走龙蛇。也有宴乐，也有宣讲，也有经变。这是人间的天上，天上的人间。最为动人的当然是天女散花了。天女为什么要散花？那是天上的信众对宣讲的内容表示了高纯度的赞同。散花即同意、即称颂、即感动。一言以蔽之，即鼓掌。掌声当然无法绘制，但画师们的创造性从天而降，他们用"散花"这种绚烂和芬芳的方式凝固了雷鸣般的、经久不息的掌声。一花一世界，一瓣一掌声。至于八大菩萨，虽然说什么的都有，但老赵认为下列几位靠谱，哪一个也不能少——大势至菩萨，无尽意菩萨，宝檀华菩萨，药上菩萨，弥勒菩萨，观世音菩萨，除盖障菩萨，药王菩萨。他们栩栩如生。他们尽善尽美。

——敦矣！——煌哉！——噫吁嚱，危乎高哉！

一想起药王菩萨，老赵的眼睛睁开了一道缝隙。老赵被自己的想象力惊呆了，他惊出了一身汗。与此同时，爱秋和明理正在客厅里说笑，有一搭没一搭的。老赵端坐在写字台后的椅子上，眼睛睁开了。——所谓的八大菩萨，唯一具有现实意义的必须是药王菩萨。药王菩萨还能是谁？只能是傅睿。这是确凿无疑的。问题是——据报道——傅睿依然在培训班打扫卫生。他依然只是一个扫地僧，扫地僧离菩萨就太过遥远了，这怎么可以？这怎么可以呢？这怎么可以哦？为了傅睿，老赵决定，他要加倍地供奉。精诚所至、金石为开。老赵打开了电脑。他要做天女，他要以最婀娜的姿态飞到天上去，他要散花。老赵手持着花篮，花篮里放满了花瓣。老赵亲眼看见自己的身姿摆脱了万有引力，飘浮起来了。他在飘荡，盘旋，他的小腿被视力的错觉越拉越长。老赵，他一边盘旋、一边投放。花瓣如雪、如血，它们纷飞，掌声雷动。柔软的、漫长的丝带在老赵身体的两侧迎风飞舞。——傅睿已霞光万丈，品貌庄严。

老赵在电脑上供奉，可他的供奉没能给老傅带来欣喜，相反，老傅不高兴了。闻兰也不高兴了。老傅与闻兰不再搭理对方，各自把自己关在了自己的房间。

事情的起因其实是一件好事，电视台不想输给网络，他们想给傅睿做一期专题。他们联系傅睿，傅睿的手机却像一块石头。转过来转过去，他们的电话终于打到老傅这边来了。老傅很喜欢媒体，他答应了。访谈的地点就在家里的客厅，这是老傅的创意。老傅不只是有创意，他甚至都替节目组拟定好了访谈的方案。所有的提问都是他设定的，最终当然也是由他来回答。至于方案，老傅有这样几个初步的设想：方案一，傅睿一个人接受访谈，老傅和闻兰做一些补充；方案二，傅睿、老傅、闻兰分别接受访谈，节目组可以依照自己的需要自由剪辑；方案三，他们一家坐在同一张沙发上，在主持人的引导下走向不同的小话题，也就是漫谈。老傅强调说，演播厅他是不会去的，那个太高调了，关键是假。

节目组好说话，他们的回答是"一切按你们的方案办"。都妥当了，老傅着手联系傅睿。傅睿很不像话，手机不接，短信不回。这是前所未有的。这很伤害老傅。老傅对闻兰抱怨说，膨胀了这是。于私，我是你的爸爸，伦理总应该讲一讲；于公，我毕竟做过你的领导，你还有没有公德？你一不接电话，二不回短信，这是哪儿对哪儿？傅睿联系不上，可节目不等人哪。

依照老傅所约定的时间，节目组准时抵达了。傅睿呢？杳无踪影。当着节目组的一堆年轻人，老傅很窘迫，这就没法收场了。但老傅就是老傅，越窘迫就越果断，越不可能他的气势就越磅礴。老傅挥动了他的胳膊，说——

"不管他，我们拍！"

节目组是一个年轻的团队，导演、摄像、录音、文案和主持都很年轻，面对的又是老傅这样的大人物，不知所措了。为了掩饰他们的不知所措，他们的手上就必须有动作，只能不声不响地架灯、摆机位。这一来反而变成了预备，看上去分外地专注和认真。——节目组好不容易逮到傅睿这条大鱼，自然想做大，重视了，他们采用了多机位。不管几个机位吧，老傅已经决定了，他会把他的谈话重点放在医院的建设上。傅睿这个人是不能夸的，不谈他。

老傅、闻兰和节目组就这样达成了初步的方案，老傅夫妇一起接受访谈。挺好的。节目组却难办了。好在导演是个机灵鬼，他在私底下拿出了一个终极方案——傅睿不在现场，节目能不能播放其实不确定，但是，作为素材，或者说资料，先保存起来再说，说不定哪一天就能用得上。

节目的录制却不顺，很不顺。摄像很快就注意到了，录制刚进入起始阶段，老傅就显得不痛快了。——让老傅不痛快的不是别的，恰恰是闻兰的普通话。闻兰是大牌的播音员，普通话实在是没说的，老傅听过她在收音机里的播音，着实好。可问题是，这是哪儿？这是你家里的客厅，不是录音棚。可闻兰一看见话筒就条件反射，她就是要播音。冷不丁地，闻兰在自家的客厅里昂扬起来了，是那种自顾自的昂扬，事态特别重大的样子。老傅很不适应。闻兰还不只是语调昂扬，她几乎就不会说话了。听听她的吐字吧，她是咬着说的，每一个字的声母和韵母都被她咬得清清楚楚的。这倒好，客厅里回荡的再也不是她的声音，到处都是她的牙痕。老傅承认，这样的吐字方式确实让闻兰的普通话更加标准，可是，做作，太做作了。老傅受不了闻兰的做作，全身都不自在。闻兰却浑然不觉，正全身心地咬字，确认并维护每一个字的字正腔圆。

播音员就是播音员，播音员的工作就是念稿子。问题是，这是访谈，闻兰没有稿子，这一来麻烦了。闻兰其实不会说话。这是闻兰第一次接受访问，她哪里知道她不会说话呢？——相对于不会说话的人来说，开头容易，可结尾结在哪儿，不知道了。年轻的主持人也不知道。因为镜头的缘故，闻兰多多少少有些紧张，这一来闻兰就更不知道在哪里中断她的谈话了。但是，不知道中断的人就这样，会想方设法一路说下去。完全是东一榔头西一棒子。主持人又能怎么办呢？只能不停地点头，表示在听。主持人

323

的点头反过来又激励了闻兰，闻兰说得好哇，她越说越来劲，想到什么就说什么，说到后来，闻兰自己也不知道在说什么了。但是，闻兰流畅，无论她的逻辑多么混乱，如何前言不搭后语，闻兰的特征算是保持住了：永远流畅，永远一气呵成。

闻兰一乱，老傅插不上话了。虽说退休在家，老傅毕竟做过第一医院的当家人。所谓的当家人，其实就是说话，附带着也听。但是，一定是说的时候多，听的时候少。即使是听，那也要不停地插话，要询问的嘛。闻兰倒好，她说话的时候连注射的针头都插不进去。是要包场的样子。主持人好不容易把她的话题转移到老傅这边来了，闻兰倒好，她插话了。在老傅的领导生涯里，他的讲话是很少被人打断的，一打断，逻辑就会中断。因为闻兰不停地干预，老傅也乱了，也不会说了。说不起来更好，闻兰就接过话题接着说呗，反正也不需要逻辑。老傅压抑了，很压抑。当着外人的面，尤其是，当着镜头，老傅也不能有失风度，只能忍。他的忍是双重的，一是说话的愿望，二是闻兰的做作。闻兰已经说得嘴滑了，手势都起来了，表情也配套了，还加上了许许多多的特殊的语气，完全成了表演。老傅的身上终于竖起了鸡皮疙瘩，一阵又一阵。是可忍，孰不可忍。老傅不忍了，他呼的一下就站了起来，动作相当迅猛，一点都不像一个退了休的老人。

"老傅你什么意思？"

"你说。"

"老傅你什么意思？"

"你尽情说。"

"我在问你，老傅你什么意思？"

导演虽然年轻，镜头前的种种却并不陌生。导演说："阿姨，叔叔的意思也对，你先说，你说完了叔叔再说。"

"说什么说？"闻兰可用不着担心有失风度，装给谁看呢？闻兰当场就撂下了脸子，站起身，回到了她的画室，再也没有露面。

老傅是在一堆年轻人的劝说之后重新回到了座位的。余怒未消。老傅没能立即进入工作的状态，那就喝茶。他喝的是绿茶。在他看来，绿茶不是茶，是洗涤剂。混乱的思绪尤其是混乱的情绪都是污垢，污垢不可怕，绿茶会把它们荡涤干净。老傅在当年就是这样的，在会议室，在情况复杂的时候，他一言不发，只是喝茶。等第一泡绿茶喝完了，他就安静了。他安静了，会议室也就安静了。安静下来的会场干干净净，每个人都干干净净，像手术室的器械，整齐，一尘不染，由着老傅的手术刀虎虎生风。

老傅开始了。从哪里说起呢，那就先介绍一下第一医院吧。老傅漫谈的感觉回来了，他宏观，他的谈话从一开始就铆在了"第一医院"这个大局上。他认真地对待主持人的每一个话题，每一个话题都可以分解成三个方面。"这个问题我们可以从三个方面来看"，这是老傅的开场白和分开场白。不难发现，"三"是老傅的立足点，也是老傅的基本方法。在老傅看来，这个世界永远是由"三"这个基本数字构成的，反过来，任何事情也都可以拆解为三个组成，自然了，任何问题也就可以从三个方面得到解决。何为"第一医院"呢？老傅问了自己这样一个问题，答案是现成的，它是由"第一医院"的历史、现状和未来这三个部分构成的。至于现状，也是三个板块：科研、教学和临床。说到临床，医生、设备与药物自然是最为基本的前提。而一个好的医生一定会体现在德、能、勤这三个方面。老傅在侃侃而谈，他谈得特别好，理性，同时也伴随着感情。好不容易谈到医生了，摄像、录音和主持人都以为老傅要谈一谈傅睿了，老傅却挥了挥手，说："就这样吧，就这样。"

闻兰已经画上了。她在画，其实也在听。她不想听，就是做不到。不听还好，越听闻兰就越生气。——人家是来说傅睿的，他倒好，说了一大堆的空话和废话。有这么做父亲的么？学医，是你让学的，儿子每一步都是依着你确定的。好不容易混出来了，你连儿子的一句好话都舍不得说。——他哪里是在谈第一医院呢？那是在炫耀他自己。这么一想，闻兰就格外地心疼傅睿。他这个儿子啊，一切都和他的老子反着来，他的心里总装着别人，永远是别人。

闻兰望着桌面上的宣纸，她画的哪里还是石头呢？像一个又一个馒头。闻兰丢下手上的笔，对自己说：孩子，你怎么就摊上了这么一个父亲！

十五

如何才能拯救小蔡？傅睿亟须一个临床的方案，哥白尼却什么都没有说。

堕落是灵魂的肿瘤或炎症，和心脏无关，和大脑无关。在这个问题上，解剖学从来不支持东方的自发性"医学"。傅睿很难用脏器的移植去兑现使命。但问题是，如果灵魂不是心脏，不是大脑，不是胃，不是肺，不是肝脏、肾脏、脾脏，不是皮肤、骨骼、肌肉、脂肪、淋巴、血液、细菌、真菌、病毒，那么，灵魂又是什么？当一切生理组织和生理依据都被排除之后，灵魂还能是什么？

还能是什么？又能是什么？

灵魂不可听、不可见、不可触，这只能说，现代医学放弃了灵魂，它选择了止马不前。然而，中年妇女的表情和眼风并没有放弃，它们借助于神秘主义做出了判断——堕落从来都是身体内部的事。多么遗憾，内科、外科与药学却没能从生理上面对这个问题。这是医学的局限、医学的滑头、医学的麻木和医学的保守主义。医学如果不能从根本上治愈堕落，所谓的现代医学都比不上给宠物洗澡。拯救小蔡不只是为了小蔡，也是为了现代医学，小蔡的背后耸立着苍生。

傅睿多么希望自己的注意力能够完全地集中起来，他做不到。他的宿舍出现了一只该死的蚊子。一只蚊子等于所有的蚊子，它闹。

蚊，一种虫，傅睿对它相当了解了。如果不做医生，傅睿也许会研究昆虫。他极有可能把他的一生都奉献给蚊子，谁知道呢？蚊子是一种具有刺吸式口器的小飞虫，它在这个世界已经存在了一亿七千万个年头了。人类在地球上出现之后，蚊子经历了一个多世纪的慌乱，但最终，它们放弃了消灭人类，它们决定与人类共存。蚊的身体与腿脚都细长，却有两对翅膀、二十二颗牙齿。就在蚊子确认了人类不可能被它们清除之后，它们举行了一次全体公投。它们决定，改变——也就是进化——自己。它们缩小了身体的体量，同时退化一对翅膀，也就是内侧翅膀的功能。因为退化，内侧的翅膀不再用于飞行，只用来提升身体的稳定性。毫无疑问，这个决策针对的是人类。蚊子充分地估计到了，它们未来的主食只能是人类的血。这就存在一个就餐的问题，在它们飞向人类之前，它们需要减速，它们更需要平衡，否则，它们会撞伤自己，就像一亿七千万年之后的撞机事件。回过头来看，这是一次失败的进化，这个失败依然体现在翅膀上。因为内侧翅膀的退化，外侧翅膀的功能就必须提升，这一来外侧翅膀的振频惊人了，达到了每秒594次。它带来了噪音。这种噪音使蚊子变成了人类的死敌，蚊子在人类的面前就此丧失了它的隐秘性。这不是个案，苍蝇也是这样。苍蝇与蚊子就这样一起走到了人类的反面。它们当然后悔，它们想推翻它们的公投，但有一件事它们是不知道的——"进化"没有回头路，哪怕"进化"所带来的都是灾难。在许多时候，进化就是一头撞死。

蚊子就这样带着无尽的悔恨与人类共存了。它们知道人类厌恶它们，它们渴望做出一些反击。它们有口腔、咽喉、食管、胃、肠和肛门。最终，蚊子和其他绝大部分的物种一样，它们的嘴巴武器化了。它们首先在胸腔的内部进化出一个唾腺，每一个唾腺再分出三片叶子，而每一片叶子上都长出一个叶管，最终，三个管子汇总起来，就压在了舌头的下面。每当它们攻击人类的时候，它们都会把唾液射进人类的肌肤。简单说，吐口水。这是最为原始的诅咒。伴随着痒。痒是由蚊子发明的，也是由蚊子传承的。蚊子就是要用这样一种古怪的体感告诉人类：你可以和我们共存，但必须痒。痒意味着一件事，这个世界不是你的。你可以在，但蚊子永远也不会把你当作同类。

蚊子的反击还有一个手段，它们知道人类选择了光明，好，那它们就选择黑暗。对蚊子来说，黑暗不是视觉的效果，是它们的道路。黑暗在，它就在。

傅睿就是在宿舍的黑暗中被那只蚊子盯上的。傅睿开灯，它消失；傅睿关灯，它出现。它的出现给傅睿带来了每秒594次的振频。这样的振频有它的诱惑性，它诱惑傅睿去聚精会神，去听。听到最后，它就成了轰鸣。他的听觉都痉挛了，只能起床，开灯。

再一次明亮了，蚊子微小的腮部浮现出了针尖般的笑容。它又像幽灵一样隐退了。那就关灯吧。要命的情形就是在这个时候出现的，那只该死的蚊子它又回来了。在这个漫长的黑夜里，蚊子替代了小蔡，傅睿一直在重复两件事：开灯、关灯。光明与黑暗合谋了，它们用轮替这样一种毁灭性的办法去折磨傅睿。

就在天亮之前，傅睿得到了巨大的收获 —— 他看见蚊子了。他的肉眼终于看见了一只蚊子，就在床头柜上方的墙壁上。傅睿蹑手蹑脚，屏住了呼吸，他调动起全部的力量，一巴掌就拍死了蚊子。他的这一巴掌足以拍死一头水牛。墙面上留下了一摊血。这是傅睿的血，新鲜、殷红。傅睿的内心涌上了大功告成一般的喜悦。那就关上灯吧，补一个小觉也是好的。可傅睿美好的愿景并没能实现，房间里的蚊子并不只有一只，还有一只，最起码还有一只。傅睿在绝望之中发现了一个真理，他永远也不可能战胜最后的一只蚊子。在他与蚊子之间，永恒选择了蚊子。

那就不睡了吧。天就要亮了。天就要亮了，傅睿坐在了沙发上，认认真真地点上了一支烟。现在，小蔡，这个问题重新摆在了傅睿的面前。他拿起了手机，认真地翻阅手机里的通讯录。他把小蔡的名字调到了屏幕的页面上，盯着它，看。

这一看傅睿就发现了问题，很严重。页面显示，小蔡没有给他打过一个电话，也没有给他发过短信。这就太不正常了，小蔡已经堕落到了这样的地步，她为什么还不向傅睿求救呢？她是护士，她知道门诊的常识，不应当由医生去找患者，而应该是患者找医生。老赵是自己来的，带着一脸的浮肿。老黄是自己来的，带着一脸的浮肿。田菲也是自己来的，带着一脸的浮肿。小蔡没有问诊，只能说明一件事，堕落的人永远都不知道自己堕落，这正是堕落的基本面貌。

但是，有没有这样一种可能，不是小蔡不想向傅睿求救，是她不能 —— 小蔡很可能已经失去了自由。这么一想傅睿紧张了。她的确是堕落了，这一点毫无疑问，但她首先是被侮辱与被损害的，这一点毫无疑问。一个被侮辱与被损害的女人，哪里来的自由？如果小蔡真的失去了自由，傅睿的拯救将变得分外地艰难。傅睿点了一支烟，十分负责地抽完了它。就在掐灭烟头的时刻，他的内心诞生了崇高的冲动。天亮了，太阳已经在东方升起，傅睿再一次点燃了一支烟，他的烟头与远方的日出遥相呼应，悲伤，也对称。

小蔡，你在哪里？

远处的太阳在升高，不可遏制，不可抗拒。

小蔡，你在哭泣么？

小蔡，胡海逼着你都做了什么？

小蔡，你怎么就被骗了？

小蔡，你为什么会甘心于堕落？

小蔡，胡海一直在强暴你么？

小蔡，你怀孕了没有？

小蔡，你被关在黑屋子里么？

小蔡，有水喝么？

小蔡，你为什么还不逃跑？

小蔡，你报警了没有？

小蔡，手机还在你的身边么？

小蔡，你的父母知道你的处境么？

小蔡，你是不是身无分文？

小蔡，你受伤了没有？

小蔡，你的小腿有没有骨折？

小蔡，胡海毒打你么？

小蔡，你反抗了没有？

小蔡，你的嗓子还能发出声音么？

小蔡，在每一天的天亮之前，你都做些什么？

小蔡，你究竟有多恐惧？

小蔡，你旷工都这么久了，医院的人找你了没有？

小蔡，你到底是哪里的人？

小蔡，你的父母知道你的下落么？

小蔡，你有没有兄弟或者姐妹？

小蔡，你向邻居们求救了没有？

小蔡，你的手机还有电么？

小蔡，是不是手机欠费了？

小蔡，你动过自杀的念头没有？

小蔡，你恐高么？

小蔡，你写了遗书没有？

小蔡，我是傅睿。

小蔡，我是傅睿大夫，你为什么一直都没有向我求救？

傅睿的脑海里填满了小蔡，他调动了所有的记忆，他要把有关小蔡的一切都回忆起来。但记忆有记忆的可怜处，它是一个限量，它局促。但崇高的冲动有一种辅助性功能，它能控制记忆并突破记忆。傅睿的记忆被突破了，许多毫不相干的内容就这样构成了傅睿记忆的一个部分，傅睿的记忆能动了，开放了，浩浩汤汤，风起云涌。

小蔡早已是遍体鳞伤，这一点毫无疑问。堕落了的年轻女子只能是这样，她承受了暴力，左肋有两处骨裂，这一点毫无疑问；上门牙松动，这一点毫无疑问；颈部瘀紫，这一点毫无疑问；胸前有显著划痕，这一点毫无疑问；胯骨周边的软组织多处挫伤，这一点毫无疑问。事实证明，小蔡已遍体鳞伤。小蔡蜷缩在一间黑屋子的角落，地面铺满了稻草。好在小蔡并没有流泪，小蔡没有流泪是因为小蔡决定去死，她不能确定的只是死的方式。小蔡究竟会以哪一种方式走向死亡呢？傅睿也不能确定。撞墙？割腕？上吊？跳楼？绝食？服毒？投水？然而，不管小蔡选择怎样的死法，她的生命只能终止于窒息，这一点毫无疑问。傅睿什么也做不了，他帮不上她，即使是在急救室，他做不了什么。他唯一能做的只能是大口大口地吸烟，烟头的猩红朝着傅睿步步紧逼。

小蔡最终做出了抉择，她选择跳江。跳江是坠楼与溺毙的双重死亡。傅睿亲眼看见小蔡的身影在黑色的角落里蠕动了一下，她站了起来。光着脚，上衣与裤管布满了血痕，那是皮鞭所造成的长条形血痕。小蔡其实已经站不稳了，她踉跄了几步，好不容易站住了，然后，缓慢地往前走。自杀是一件无法阻挡的事，自杀它无坚不摧，什么都挡不住。墙壁，铁门，楼梯，小蔡正在赴死的身体洞穿了它们，它们在小蔡的面前犹如无物。小蔡一路向北，那是长江流过这个城市的地方。事实证明，小蔡选择了跳江。

长江如此壮阔，它分割了大地，它使本来就连在一起的大地变成了两岸对峙。而长江大桥则无比地巍峨，倚仗于大桥的高度，它的中央是自杀的圣地。许多生命就在两岸对峙的最中间走向了往生。事实证明，许多人都死在了这里。

就在傅睿的面前，小蔡越过了大桥的栏杆。她并没有跳下去，而是跨了出去。傅睿都没有来得及错愕，小蔡的双脚已经行走在虚空中了，她在攀爬，在并不存在的阶梯上。小蔡攀爬的样子真的是从容啊，她就那样沿着三十五度的坡面，那条抽象的斜线，一步一步走向了高处。她是断了线的氢气球，神奇和伟大的空气浮力体现出来了，小蔡在天空中远去了，雾霾就这样吸收了她。空气越来越稀薄，傅睿很清楚，在一定的高度，小蔡这只氢气球会自行爆炸的。

傅睿是多么地悲伤，却无奈。事实证明，一个灵魂都没能得到拯救的人，她就这样飘走了，越来越高。

却有人在宿舍说话了，似乎是对傅睿说的，那个人说——

"你怎么还不死呢？"

宿舍里除了傅睿，没有人。这是谁呢？他为什么要采取这样一种隐蔽的说话方式呢？傅睿想把他找出来。然而，要把一个人从自己的宿舍里找出来，谈何容易。傅睿只能下床，找。他挪开了沙发、茶几，检测了床下，傅睿没能找到声音的源头。他甚至去了一趟卫生间，他把自来水的龙头拧开了。自来水什么都没有说。它们是从水管里出来的，随即就从下水道走了，什么都没有留下。可傅睿好歹喝上水了。他喝足了，打了一个水嗝。借助于忧伤的水嗝，傅睿想起来了，这句话不一定来自室内，也有可能来自室外。傅睿就来到了门前，站在房门的背后，敲门。门外没有人对傅睿说——"请出。"那就是没人了。不过傅睿还是把房门拉开了，过道里空空荡荡，过道两侧的窗户正彼此眺望。

那句话有没有可能来自门缝呢？傅睿只能接着找。就在傅睿检查门缝的时候，那句话再一次在他的宿舍响起了。和上一次一模一样。——"你怎么还不死呢？"这一次傅睿可是听清楚了，说这句话的不是别人，是他自己。这就放心了。这说明他的房间里并没有会说话的东西。但问题是，这句话既然是傅睿说的，他对谁说的呢？他要让谁去死？傅睿又不放心了。他只能像刚才那样，从头到尾又寻找了一遍。未果。傅睿郑重地告诉自己：谁都不能死，拯救的人不能死，被拯救的人更不能死。

北京时间上午十一点二十四分，就在傅睿的宿舍，傅睿最终还是把小蔡的号码给拨出去了，傅睿很清楚，他这个行为相当冒险，万一他这个电话被胡海接了，等于是给他的营救设置了障碍。傅睿不能再等了。传呼音响了起来，它空洞，幽远，完全符合小蔡作为幽闭者的身份。伴随着小蔡手机传过来的传呼音，傅睿的

心揪紧了 —— 这个电话不会有人接听的，这一点毫无疑问。

谁能想到呢，手机却通了。远方传来了小蔡的声音 —— "是傅睿大夫吗？"傅睿一下子就不知道说什么好了。

"是我。"傅睿说。

小蔡急促地说："傅睿大夫，你先听我说。"

傅睿打断了小蔡，说："小蔡，你听我说。"

"傅睿大夫，你还是先听我说。"

"小蔡，你必须先听我说。"

小蔡就不再吱声，说："好吧，你先说。"

"你 —— 说话方便么？"

"—— 方便。"

傅睿开始眨巴眼睛了。小蔡怎么可能方便说话呢？这不可能。一定有人用匕首顶住了她的咽喉，这一点毫无疑问。可傅睿也不是好糊弄的，他决定约小蔡出来。只有亲眼看见了小蔡，他才能相信小蔡是不是真的"方便"。

"你 —— 能出来么？"

小蔡犹豫了，不说话了。小蔡静止了好大一会儿，有些勉强地说："什么时候？"

"现在。"傅睿说。

"现在不能。"

"为什么不能？"

"现在不能。"

"什么时候能？"

"——明天，可以么？"

傅睿想了想，明天当然可以。他需要的是和小蔡见面，只要见了面，他所有的拯救行动将会变成现实："好。明天，下午两点。"

这是田菲手术的当天下午。依照计划，田菲将在今晚的九点推进傅睿的手术室。下午三点四十二分，傅睿接到了肾源的通知，他来到了手术室。他将在这里完成手术的前期准备。肾移植和别的手术不同，它是成双的。作为一个主刀医生，照理说傅睿不该有任何的倾向性，但傅睿知道，他有。在田菲和另外一个男性患者之间，他优先选择了田菲。肾源就是这样，它永远供不应求。给谁做，首先取决于患者的运气，也就是说，看组织配型的结果。院方一旦得到肾源，会把肾源里的淋巴细胞毒提取出来，把它们和患者的血清混合在一起。只要淋巴细胞毒的成活率在百分之九十以上，理论上说，这个肾就可以在患者的体内存活。——这就是组织配型。田菲是 B 型血，组织配型的概率要高很多。但是，任何一句话都可以从两头说，B 型血的肾源多，B 型血的患者自然也就多。配型基本上就是碰运气，主刀医生并没有选择余地。然而，选择总是有的，哪怕是在极其狭小的空间里。

傅睿走进手术室的时候只带了一个巡回护士。她将协助傅睿"修肾"。移植手术毕竟很复杂，学理上叫"移植"，却不是把一样东西从307房间"移"到309房间那样简单。就说肾源，仅仅是把它们取下来，并不能达到移植的要求。要"修"。比方说，脂肪，一定要清除干净，把"他"的属性降到最低。"他"的属性降下去了，"我"的可能性才有可能得到提升，这就是"修肾"的本质要义。当然了，技术性的环节也有，重点是"两管一道"：动脉血管、静脉血管、尿道。——取肾有严格的时间限制，理论上说，越快越好。这就仓促了。仓促必然会带来问题：无论是"两管一道"的切口与长度，都不可能太讲究。但是，手术有手术的要求。所谓移植首先是两根血管的缝合：动脉血管对接动脉血管，静脉血管对接静脉血管。相对说来，静脉血管要简单得多。静脉血管的脾气好哇，那是身体内部好不容易形成的岁月静好，要不然，人家哪里好意思叫"静脉"呢？静脉对静脉，90度的切口对90度的切口，一切都OK。——动脉血管则不行。动脉是身体内部的逆子，是枭雄，它的内部是沸腾的和渴望咆哮的血。这就带来了问题，动脉血管的切口缝合必须坚固。只有45度才能够保证缝合面积的最大化，也就是坚固程度的最大化。傅睿的左手抓着肾源，中指与无名指夹住了动脉血管，抻长了。右手的剪刀伸了过去，咔的一下，45度的切口就形成了。当然，咔这一声并不存在，一切都是无声的。傅睿还是一个新手，但是，这一刀是45度，这个不会错。他有绝对的把握。这个"绝对"是先验，也是唯心的，它经历了A4纸的验证，千万次了。千万次的训练提升了傅睿的工具性，他就是度量衡了，他早就是度量衡了。好啦，静脉的切口90度，动脉的切口45度，尿管的留长15厘米。Perfect, Parfait, 完美。外科手术就这样，细节即大局。任何一个细节出了纰漏，所谓的大局都不复存在。

傅睿从手提冰柜里取出肾源。当然是两个。现在，傅睿亲手把它们取了出来，走上了手术台。他把它们放进了离体肾保护液。离体肾保护液就是营养液，温度上却有非常苛刻的要求，很冷。就指尖的感觉而言，比冰还要冷。虽然隔着手套，傅睿依然可以感受到它的刺骨。傅睿坐了下来，做了一个很浅的深呼吸。出于习惯，他拿起了左肾，然后是右肾。这个肾源居然有点特殊——动脉血管不是一根，而是两根。当然，无碍。人体是多么地可爱、多么地顽皮，粗一看，每个人都一样。真的打开了，到了细微的地方，区别却又是如此地巨大。每个人有每个人的上帝，医生所能做的，就是让不同的上帝归拢到同一个上帝。那好吧，那就先从动脉血管的合并开始吧。傅睿一口气修理了七十分钟。七十分钟之后，傅睿在口罩的后面松了一口气，放下了两条大臂。他的三角肌有些酸胀，那就先歇会儿。保护液早就被肾源内部的血液染红了，它不再澄澈，污浊了。休息了四五分钟，傅睿把他的十个手指伸进了液体，再一次把肾源给捞了出来——左手托着左肾，右手托着右肾。它们像一对括号。傅睿有些亢奋，十分渴望张开自己的双臂，让这一对括号容纳进更多的内容。傅睿克制住了，他没有做多余的动作，他不能孟浪。手术室里的空气再干净，那也是保不齐的——万一有一粒肉眼所看不到的尘埃附着在了肾源上，对患者来说，那就是灾难。

　　现在，无影灯照耀着它们，多余的生理组织已经被傅睿剔除干净了，可以说，抵达了视力的极限。它们漂亮啊。此刻，它们只是静物，但傅睿知道，它们不是。它们是生命。暗含了勃发的和无穷的生机。它们所需要的，仅仅是奔涌而至的热血。傅睿突然就在括号的中间看到一个动人的画面，十五岁的田菲正站在柳树的下面，一手叉腰，另一只手揪着风中的柳枝，冲着傅睿微笑。挺土气的，当然还有害羞。傅睿的注意力集中了，他在端详手里的肾。两个肾一模一样，造型一样，体积一样，色彩一样，功能也一样。当然，傅睿知道的，其实不一样，有极为微妙的区别。——左肾是学理意义上的主肾，相对说来，"理论上"要好一些，却也是说不定的。谁知道呢？傅睿也不知道。不知道就只能犹豫。傅睿犹豫了又犹豫、选择了又选择，决定了，他会把左手上的左肾留给田菲。

与此同时，傅睿也留意到了，左肾其实有一个小小的遗憾。它的表面有一点微小的破损，很浅。那是取肾的时候因为动作的急切所留下的。从功能上说，它可以忽略不计。要不要缝上呢？傅睿又犹豫，思忖了很长的一段时间，最后还是缝上了。因为凭空多了一道伤痕，在视觉上，左肾比右肾又不如了。哪一个更好呢？傅睿就接着犹豫。他其实是知道的，那一道伤痕无关大局。可是，万一呢？这就费思量了。无论如何，这两只肾都很漂亮，都很完美。虽说浸泡得有些久了，失了血，可它的弹性说明了一件事，它的血脂很低，胆固醇也很低。它良好的延展性充分说明了这一点。即使隔着手套，傅睿的手指与巴掌也能感受到肾源的柔软，它很娇嫩，吹弹可破。年轻啊，年轻，不超过二十五岁。

所有的修复、一切的修复——都妥当了，傅睿决定试一试通水。傅睿没有作声，甚至都不用抬头，巡回护士的手已经伸过来了，就在十点四十的那个方向。能够来到手术室的护士当然是冰雪聪明的，经过严格的培训，她们的手总能够长在主刀医生的心坎上。什么时候递过来，从哪个方位过来，递过来的是什么，在主刀医生的这一头可都是心想事成。巡回护士一直就在傅睿的身边，她知道下一个环节是通水，早就把输液管捏在了指尖，在等。傅睿接了过来，接上了。液体流进了肾源。因为液体的支撑，傅睿手里的左肾膨胀了，迅猛而又缓慢。几秒钟的工夫之后，液体从尿道的另一端——也就是傅睿食指的指尖流淌了出来。尿道的长度是15厘米。傅睿挺直了食指，他让生理盐水在他的指尖恣意地流淌。好极了，Perfect，Parfait，真的是好极了。冰冷。令人欣悦的冰冷。用不了几个小时，它会暖和的，它的温度就是田菲额头上的温度。这个温度将会有一个可爱的名字，田菲。——为什么不是田菲呢？就是它了吧，就它了。左肾。它叫田菲。

"这才是我呀！"傅睿突然说。

手术室里无比地阒寂，傅睿的声音太大了，巡回护士被傅睿吓了一跳，连忙问傅睿什么意思。傅睿看了一眼护士，眨巴着眼睛，反问说："什么什么意思？"护士说："你的话是什么意思？"傅睿认真地说："我没有说话。"护士说："你说了。"傅睿没有反驳，他在这样的时候怎么可能说话呢？不可能的。他笑了笑。傅睿并不知道自己笑了，但是，他的苹果肌与口罩之间有了动人的摩擦。他的笑容堆满了口罩的背面。他确认了，他确实在笑。

傅睿就这么打量着手里的肾。年轻啊，年轻，它们很年轻。他当然是健康的生命，可惜，他终止了。他的肾却在等待复活。

巨大的直觉就是逻辑,逻辑在告诉傅睿,他一定会活下来。只要他活下来,田菲就一定能活下来的。傅睿都想和自己打一个赌了。赌什么呢? 傅睿一时也没能想得起来。

"可以赌一赌的。"

"什么?"护士问。

傅睿没再说话。他的喜悦躲藏在口罩的背后,浅蓝,伴随着褶皱。

事关小蔡,傅睿并没有贸然行事,他做好了足够的准备。为了预防胡海的跟踪,傅睿第二天便让郭鼎荣用他的帕萨特把小蔡直接接到了培训中心的足球场。这里的安全可以得到保证。郭鼎荣把他的帕萨特一直开到了傅睿的脚边,停好车,钻出小汽车,绕了一圈,替小蔡开门。小蔡从车里出来了,和傅睿彼此都打量了一眼,彼此都吃了一惊。小蔡看见了傅睿的脸,面无表情,然而,有表情。他所有的表情都聚焦在他的目光里,灼热,急迫,惊恐,这样的眼神给了小蔡极大的震惊。傅睿就这样用他异乎寻常的目光望着小蔡,垂直,也深入,似乎还伴随着泪光,时刻都有溢出的可能。只用了一眼,傅睿就要了小蔡的命。她知道了,傅睿爱自己。爱的。是她伤害了他。可她哪里会想到胡海会玩这一出呢? 傅睿偏偏又在那样的地方给冒了出来。这只能说,上天自有安排。可话又说回来了,他们本来就认识,又都是场面上的人,见面总归是迟早的事。——从傅睿的模样看,他的心已经碎了。小蔡当然知道他为什么会心碎,他嫉妒了。嫉妒让优雅的傅睿面目全非。不该让这样的男人嫉妒，不该。傅睿的心碎让小蔡更加心碎。她对不起他。可说到底，小蔡是一个女人，亲眼目睹自己的"偶实"因为自己而嫉妒、而心碎，毕竟又是一件弥足珍贵的事。她的下巴几乎都被侧到肩膀上去了，差一点就闭上了眼睛。

傅睿更震惊。他并没有急于和小蔡说话，他只是盯着她，从上到下看，从下到上看。——小蔡好好的，不要说面目全非，连神态都是日常的样子。——小蔡怎么会好好的呢？怎么可能呢？然而，她就是好好的。一个堕落的、被侮辱与被损害的女人怎么还能这样地完整无缺呢？这不是装出来的，装不出来。但是，不管小蔡怎样完整，她堕落了，她的灵魂已命悬一线，这一点毫无疑问。如果灵魂可以移植的话，傅睿现在就可以用一把榔头敲开小蔡的脑袋，然后，把自己的灵魂全部贡献出去。当然，灵魂不能移植，但这不等于说，傅睿就放弃了。傅睿没有。经历了一番苦思冥想，傅睿有办法了。他能够救她。

傅睿用他的下巴指了一下帕萨特的副驾驶座，对小蔡说："上车吧，我们车上说。"

郭鼎荣当即就明白了，他以为傅睿想带小蔡去"观自在会馆"，他走向了驾驶室。傅睿却拦住了他，说："你忙去。"郭鼎荣犹豫了，他看了看傅睿，又看了看车，最终什么都没有说，一个人离开了。他在离开的过程中自己给自己点了一下头。

傅睿上车了，关上了车门。傅睿说："系好安全带。"小蔡便把安全带给系上了。傅睿却哪里也没有去，更没有离开足球场的意思，帕萨特就这样缓缓地行驶在了足球场周边绛红色的跑道上，那是傅睿拓展训练的地方，他在这里练习过"后卧"，包括"一人走"。他开得相当慢，目不斜视。帕萨特像一头驴，就这样在跑道上转圈了。小蔡想，傅睿还是浪漫，一个如此爱着自己的男人，不可能是榆木疙瘩，他在骨子里总会透着一股子浪漫。

"离开他。"傅睿说。

这句话说得相当简洁，"他"是谁？不用说了。小蔡却没有说话——她所承受的尴尬还不够么？她不想和傅睿再谈论这个，她也不喜欢傅睿用这样的口吻和她说话。他这是下命令。她喜欢傅睿，她愿意承认这一点；傅睿更喜欢她，她亲眼看见了。但这并不意味着傅睿可以这样和她说话。

"你必须离开他。"傅睿说，他的口吻越发严厉了。

"不说这个了，好不好？"小蔡说。她的口吻也不那么好了。——嫉妒真的会使一个男人失去自己，"结婚"是怎么回事，"观自在"的所有人都懂，到了你这里怎么就不懂的呢？它就是胡海的一个游戏，一台综艺。就算小蔡接受了你，你接受了小蔡，充其量也就是另一组郭栋和安荃，表白也不是这么玩儿的。

"你堕落了，"傅睿说，"你在堕落！"傅睿用他的巴掌拍响了帕萨特的喇叭。

小蔡再也没有想到傅睿会说出这样的话，还动用了汽车的喇叭。这是哪儿对哪儿？你也没有离婚，你也没有对我说要娶我。总不能和你这个已婚男人睡了就高尚，和另一个已婚男人睡了就堕落。小蔡生气了，很生气，她不说话了。

"离开他！"傅睿怒吼了，他的模样已接近撒泼。这哪里还像一个主刀医生，哪里还像"偶实"，哪里还像三天两头在媒体上晃荡的新闻人物。小蔡说：

"傅睿，你也想睡我，对吧？"

这一次轮到傅睿不说话了。还要说什么呢？他必须拯救她，现在，马上。傅睿再也不能看着这样一个姑娘在他的眼前溃烂下去。他决定救治。他的救治在临床上并不复杂，是物理疗法，尽最大的可能让患者呕吐。——傅睿经受过最为严格的现代医学的教育，可傅睿已经不相信它们了。它们只不过是尝试，稳妥的尝试和激进的尝试。肾移植是老傅选择的激进尝试，傅睿的激进尝试则是拯救灵魂。他要治愈堕落。——患者只需呕吐，肮脏的灵魂完全可以伴随着体内的污垢被剔除干净。——灵魂不属于任何具体的脏器，这话对，反过来说，灵魂类属于所有的脏器。拯救灵魂，靠药物是不行的，移植手术也不行，它所需要的仅仅是一辆小汽车。

傅睿的灵感得益于郭鼎荣的驾驶。在下高速的过程中，郭鼎荣加速了。傅睿清楚地记得，离心力让他所有的脏器都承受了压迫。是，当所有的脏器都挤压在一起的时候，他晕，他想吐，他的灵魂渴望飞升。——无论灵魂躲在哪里，它都会出窍，就像滚筒洗衣机对纺织物所做的那样。速度会把污渍甩出去，这是清洗；速度会把水甩出去，这是甩干。傅睿的天才假设就在于，汽车的离心力会重组每个人的灵魂，只需一次呕吐。

不能小看了汽车对现代医学的贡献，不能。傅睿很冷静，他知道的，他理性——刀片可以治病，剪刀可以治病，钳子可以治病，锯子可以治病，夹子可以治病，斧头可以治病，针可以治病，所有工业革命的元素都可以。事实证明，汽车可以拯救灵魂，这一点毫无疑问。

傅睿的左脚踩下了油门，黑色帕萨特像煤矿工人嘴里的痰那样，飞出去了。小蔡的脑袋猛地甩向了后方，随即就被靠背反弹了回来。

在培训中心，在培训中心的足球场，在培训中心足球场边的跑道上，在傅睿练习"后卧"和"一人走"的地方，一辆黑色的帕萨特开启了它的灵魂拯救之旅。它是多么地迅疾，它以逆时针的方向绕道而行。事实上，傅睿所需要的不是整个跑道，而是跑道顶端的两个一百米圆弧。那是离心力的诞生地，是临床意义上的关键点，类似于天国。傅睿极其镇定，帕萨特却疯了。傅睿一上直道就减速，一旦冲上了弯道，他就拼命地抽帕萨特的屁股，驾！——驾！小蔡想喊，可哪里还能喊得出来，她所有的脏器都翻卷，它们挤压，碰撞，分离，发出了沉闷与肉搏的声音。傅睿的驾驶技术毕竟粗糙，帕萨特并不完全听他的使唤，它冲进了球场，行驶的半径越来越小，足球场上的草皮飞扬起来了，而帕萨特也已经出现了侧翻的倾向。小蔡并没有感受到身体内部的物质向左侧挤压，相反它们在向上拱，压在了小蔡的喉咙。小蔡张大嘴巴，并没有来得及吐，许多无法明确的物质就自行冲出了她的嘴巴。傅睿无比地亢奋，他大声地喊道——

吐，吐干净！

吐，吐干净！

帕萨特的轮胎轨迹其实已经有些紊乱了，它一头冲进了足球场的球门。球门网被连根拔断，它们缠绕在轮胎上，帕萨特就此失去了方向。它冲出了球场，冲出了跑道，直接驶向了一排冬青。它碾压过去了，一头扎进了球场边的小树林。它撞断了两棵瘦小的樟树，却被两棵同样瘦小的樟树卡在了中间。安全气囊就是在这个时刻启动的，它们像两记直拳，一拳击中了傅睿，一拳击中了小蔡。而汽车的左前轮已经架空了，它在空转，无辜而又疯狂。

小蔡没有受伤，却已面无人色。傅睿的鼻子因为气囊的重击出血了，一样面无人色。小蔡的灵魂早就出窍了，傅睿望着魂不守舍的小蔡，还有她周边凌乱的呕吐物，脸上露出了神秘的、隐忍的和涟漪一般的微笑。事实证明，小蔡的灵魂不属于小蔡了。事实证明，灵魂是身体的隐藏物，即使它离开了身体，它依旧不会暴露它的藏身之地，这是现代医学亟须解决的一个问题。事实证明，第一次治疗疗效显著。事实证明，小蔡的灵魂被拯救了。事实证明，这样的治疗对患者不会有任何的副作用，医生很痛苦，患者却很安全。事实证明，小汽车可以预防堕落、根治堕落。最合适的品牌是帕萨特。颜色不限。

小蔡与傅睿在帕萨特的内部闲坐了四五分钟，她在喘。这是患者与她的灵魂相互搏斗的新常态。最终，小蔡先于傅睿离开了帕萨特。就在小蔡离开座位的时候，傅睿承诺小蔡说，明天下午她可以去门诊室找他，他明天就会回到第一医院，他必须上班。傅睿说，他再也不会待在这个鬼地方了，完全是浪费时间。小蔡没有和傅睿说话，也没有看傅睿，小蔡的身体刚挤出车门就健步如飞了，很可惜，她的健步如飞并不成功，一路上她连着摔了好几跤。傅睿注视着小蔡所有的行为细节，他会把这些情况写进报告。作为一条附加建议，傅睿希望，所有的治疗都能有家属陪同。

走出驾驶室之后，他十分小心地做了几组拉抻，他想看看他的骨骼有没有问题。没有。至于他的鼻血，那是小事情，只不过是安全气囊暴击的结果。他没有受伤，但即使受伤他也觉得值得。拯救者理当以性命相许，一根鼻梁骨完全算不了什么。傅睿没有违背他对小蔡的诺言，他弃车而去，去了一趟宿舍，收拾好他的衣物。十分巧合的是，所有的杂物刚好装满他的拉杆箱，和来的时候一样。他决定回家。为了庆祝今天的成功，他会喝一杯咖啡。傅睿离开他的第一医院有些日子了，明天他一定要上班。他会去找郭栋，他想建立一个全新的学科。事实证明，傅睿即将开创的新学科比泌尿外科重要得多，他需要郭栋的帮助。

十六

　　傅睿在上岛咖啡的那一杯咖啡还没有喝完，一个男人就朝着傅睿走来了，是款款而来的，穿了一身土黄色的长袍。高大，光头，笑容可掬。右手的手腕缠着一只布口袋。光头对着傅睿作了一个揖，可能是一个和尚，可能也不是，傅睿吃不准。傅睿喜欢这个男人，他一出现，时光就变得缓慢了，就好像他参与了时间的审核与配置。他走路很慢，说话很慢。连他的眼神都是慢的。他的目光从他的眼眶里行驶出来，这才看见傅睿了。

　　"等人呢？"光头男人说。他的目光很绵软，面部则更加绵软，像进入烤箱之前的面包或者馒头。

　　傅睿没有回答。光头男人却和傅睿商量了："我能不能坐一会儿呢？"

　　当然能。傅睿打了一个手势，是"请坐"的意思。

　　上岛咖啡，环境幽静，很适合交谈了。光头很满意的样子，还没开始呢，他却已经做起了总结："你到底还是来了。"

　　傅睿问："你在等我？"

"没有。"光头闭了一次眼睛，又睁开了，"我没有等你。我只是高兴。"

傅睿给光头要了一杯水。光头看起来有些渴了，一口气喝了四五口。但是，杯子里的水位几乎没有动，他没有喝，只是很小地、很轻地啜。那里有极好的节奏，能够看出他对外部世界的需求经过了他的压缩，每一次只撷取一点点。光头也不说话了。他饱满的、开阔的面庞在微笑。微笑让他的上眼眶带上了一道弧线，弯弯的，说妩媚不可以，说慈祥则万无一失。他分外和悦。可光头脸上的微笑与和悦正一点点散去。经历一个沉默的季节，他肃穆了。数不清的肃穆悬挂在他多肉的脸上。光头说："有麻烦吗？"

傅睿说："没有。"

"那就好，"光头说，他脸上的笑容第一次如此地迅速。光头说："气色不太好。"

傅睿有些骄傲了，说："我是医生。"

光头闭上眼，又睁开，说："知道。"他当然不知道。过了相当长一段时间的静穆，光头说："知识分子。"

"你是谁？"

——我？ 光头恢复了他的微笑和亲切，摊开了他的一双大手，肉嘟嘟的。光头说，你是第一个这么问我的人。没人这么问我。我呢，估计大伙儿都是这样想的——这人是一个和尚。光头诚恳地告诉傅睿，我不是。真不是。出家人不打诳语，没出家的人也不能打诳语。我不是和尚。傅睿就有些好奇了，问，那你是谁？ 光头说，一个过路人。渴了。傅睿拿出钱包，抽出了一张，放在桌面上，用他特别长的手指给推了过去。没想到光头却推了回来，速度也许只有傅睿的四分之一。因为慢，气度雍容了，却格外地坚决。傅睿笑笑，说，我只是困了，我想打个瞌睡。他的意思已经表达得很明确了。你的睡眠不好？光头问。不好，傅睿说。你是医生，医生也可以看看医生。傅睿说，不需要，医生也做不了什么。光头回答说，这话对。可我还是想睡一会儿，傅睿说，运气好的话，也许能睡着。话说得彬彬有礼的。话说到这里自然就进一步明确了，光头拿起杯子，再抿了一口，放下水杯，起身，走人。

"我可以送你一样东西。"光头说。

"我不要你的任何东西。"

"东西是你自己的。睡眠。一个好觉。"

"催眠术？"

光头摇了摇他的光头，说："那是科学，我不懂科学。"

"我不相信。"

"你不需要相信。睡着了的人什么都不需要相信。——跟我走，就几步路。"

光头已经站起来了，他在站起来之前再一次拿起了水杯，抿了一小口。再放下。然后，就站在那里，等。傅睿并没有跟他走的意思，但是，光头的等待无欲无求，绵软、盛大、雍容、至善至诚，洋溢着号召力和感染力。傅睿只好起身，拉着他的拉杆箱，跟着光头离开了。光头说得没错，不远，几步路的事。就在电信大厦附近的那条小街，光头带领傅睿走进了一个小区，他们在地下停车场的出口沿阶梯而下。最终，他们跨过了一道又厚又大的人防大门，拐一个弯，光头和傅睿就来到了一间地下室的门口了。啪的一下，光头打开了灯，一间小小的地下室呈现在了傅睿的眼前。这是一间四四方方的房间，没有窗户，干净，整洁，犹如一间洞窟。说整洁其实是一句废话，因为房间里几乎就没什么东西。一张床，干干净净。一张地毯，干干净净。地毯上放着一把木椅和一张沙发，干干净净。墙边有一张桌子，一只水杯。看得出，这里的东西都是捡来的，它们的色彩与款式彼此毫无关联。

光头并没有关门。他在木椅上坐下了，附带着用手示意傅睿，他请傅睿坐在了一张双人沙发上。傅睿放好拉杆箱，尽他的可能把它放正。你是医生？光头说。我是医生，傅睿回答说。谢谢你，光头说，他指了指傅睿所坐的沙发，说，许多人在这张椅子上坐过，就在你坐着的椅子上，都是这个时代的精英，也有医生。他们就这样进入了聊天的模式，有一搭，没一搭。光头确实不是和尚，这个是确凿的，他的谈话甚至涉及了耶稣，当然，还有霍金与荣格，也有王阳明和马云。光头的谈话甚至还涉及了姚明和科比·布莱恩特。地下室没有一本书，可光头显然是一个有阅读面的人，因为广，自然就没那么深，也零散。因为零散，就显得杂，反过来又可以证明他确实不是读书人。他的长处是记忆，他记得许许多多的名人名言。总之，他属于傅睿的上一代人，怀才不遇，却随遇而安。

就这么说着闲话，光头已经站起来了，张开他的手掌，沿着傅睿的身体，在空气中抚摸。仅仅摸了两圈，光头把他的巴掌攥成了拳头，向傅睿相反的地方拉。显然，他发力了。傅睿不知道有什么东西需要他发那么大的力量。

"你弄什么？"

"我在拔。"

"拔什么？"

"你身体里的东西。"

"什么东西？"

光头正在发力，没有回答傅睿。傅睿只是注意到，光头每"拔"一次都要甩一次手，似乎是把拔出来的东西摔在地面上。不过光头很快就拔不动了，他抱怨说，你这个人固执。话说到这里光头自己也笑了，他怎么可以批评一个刚刚认识的人呢？好在傅睿也没介意，想笑。

但光头的拔却越来越费劲了。看得出，他在深入。常识是，越深的东西越难拔，光头的嘴里到底还是发出了一些动静了。他在全力以赴。就因为全力以赴，光头发出了一些奇怪的声音，还拐了弯。傅睿没有忍住，笑了。但傅睿一发出笑声就意识到了，这不好，他便把自己的笑声收住了。

这不对。很不对。光头突然就是一声吆喝——

"不要忍，不能忍，不要控制！你笑，你笑！——你笑！"差不多就在同时，光头的声音也变了。如果说，他刚才的声音是逼不得已的话，现在，他所有的声音都是他刻意制造出来的了。

吱————～～～～～～～～～

咦————～～～～～～～～～

嗨——————～～～～～～～～～

吁——————～～～～～～～～～

　　傅睿真的忍不住了，笑了。光头的声音实在是太滑稽、太离谱了，傅睿哪里还忍得住。他的笑声是爆破式的，几乎就是喷涌，而喷出来的笑声本身又很可笑，这一来就形成了循环。

　　"——不能忍，忍了你会受伤的。"

　　这是不是真的呢？傅睿也不知道，傅睿也就不再忍了。他的身体全部参与了他的笑，他已经记不得他是不是这样笑过了，即使有，那也是很久之前了，青年时代，或少年时代。他的笑声一下子就出现了历史感，这就太悠远了。傅睿不再控制，事实上，他也控制不住了，他的笑势如破竹，整个身体都颤动起来了，每一块肌肉和每一块骨头都蜂拥而至。

　　傅睿哪里还是笑，已经是狂笑了。他不知道的是，这不是终结，仅仅是一个开始。因为笑，傅睿的身体已实现了自动化。利用这个机会，光头已经迈开了弓步，换句话说，他找到了傅睿体内根本性的问题，也就是那个"东西"。他逮着了，使劲往外拔。他的决心已定，他一定要把傅睿身体内部那些无法命名的"东西"给全部拔出来。傅睿顿时就感觉到他身体的内部液化了，在兀自汹涌。

　　为了不让自己的"内部"受伤，傅睿再也不敢克制，他的泪水夺眶而出，鼻涕汹涌而出，口水澎湃而出，也许还有别的。傅睿突然间就看见了一只羊。实际上傅睿发现自己才是这只羊，他趴在地摊上呢，尽他的可能发出了羊的叫声。傅睿的生命自由了，甚至都可以切换了，还可以是牛，还可以是鸡，还可以是狗与猫。傅睿究竟是什么呢？这取决于傅睿的叫声。为什么一定是叫声呢？动作也一样可以替换，他开始像一条狗那样舔光头的衣袖了。傅睿紧闭着双眼，伸出他的舌头，在光头的裤管上、衣袖上、肩膀上、手臂上、面颊上、头顶上，到处舔。傅睿是多么地乖巧多么地讨好，傅睿已势不可当。

光头却闭上了眼睛，不再搭理傅睿了。那又怎么样呢？傅睿也半眯上眼睛，用他的脸庞在光头的身上蹭。他甚至还把他的脑袋钻进光头的腋下了。多么安全。他忠诚。他就是要依偎，他还想抱抱。光头却不抱他，这让傅睿多生气啊，他冲着光头叫喊了，是单声和单音，汪，汪汪，汪！

疯狂的爬动和疯狂的吼叫持续了相当长的时间。时间被地下室埋葬了。傅睿的动作降低了节奏，吼叫的声音也一点一点减弱了。他趴下了。他不是狗，不是狗。是蛇。他完全可以像蚊香那样盘起他的身躯。傅睿想把自己的身体蜷曲起来，这并不容易。既然不容易，那就是春蚕了，是的，他是一条剔透的、类似于果冻的春蚕。——他要吐丝。他要用自己的生命作为原材料，自己给自己吐一个茧，然后，把自己紧紧地包裹起来。傅睿昂起了头，他吐丝了。傅睿在环绕，他在他自己的内部蠕动了，一圈，又一圈。不依不饶、反反复复、专心致志。这一次他没有笑。傅睿花了相当长的一段时间才把自己吐干净，他就睡在自己的茧里了。傅睿睡着了，像悬挂在外宇宙，那里有宽宏大量的黑。

傅睿醒来的时候整个人都是空的，他睡了多久？他不知道。傅睿只是感受到了前所未有的轻松。他的对面是师父的椅子，师父却不在，他的椅子上有一条毛巾，还有一杯水。他把水喝了，他决定等，不管怎么说，他要等师父回来。

　　敏鹿正在做梦，在这个夏天，敏鹿做了一个有关寒冷的梦。显然，这是空调作的孽。敏鹿实际上是被空调冻着了。在梦里，敏鹿置身于广袤的冰雪地带，她，敏鹿，还有傅睿，领着一个面目模糊的年轻人，正在穿越一片雾凇森林，满世界都是刺花花的白。这个年轻人敏鹿没见过，当然是已经长大了的面团。面团高中毕业了，执意要去北方的冰雪之国留学。为了节约路费，敏鹿的一家做出了一个豪迈的决定，他们要靠自己的双脚步行到地球的最北方。他们在指北针的引导下一路向北。他们必须穿过雪白的森林与雪白的平原才能够抵达国界线。天寒地冻，积雪淹没了他们一家三口的膝盖，寒气逼人。他们都穿着厚重的皮毛大衣，脑袋上则扣着一顶翻毛皮的帽子，戴着墨镜。笨重了。敏鹿的每一步都要把她的小腿拔出来，然后，再一次陷入没膝的积雪。这样的跋涉太耗人了，因为乳酸的积压，敏鹿大腿的肌肉开始酸胀，而小腿则开始了颤抖，几乎站不稳了。但是，不管怎么说，儿子留学的事是大事，不可耽搁。无论怎样艰难的跋涉，敏鹿与傅睿也要把面团送上他所渴望的极寒地带。

　　一条宽阔的大河终于挡住了敏鹿的一家。他们知道，这就是国境线了。敏鹿之所以知道这是一条河，并不是因为她看到了波浪，而是因为这个长条形的地带上没有树。他们一家终止了跋涉，只能站在了此岸。而彼岸依然是一片雪白，天寒地冻，此岸与彼岸毫无二致。但在视觉上又是有区别的。彼岸更苍茫、更辽阔、更阴郁。就在无限的远方，敏鹿看见了一样东西，一群塔尖，那些绛红色的洋葱头。面团吐出一团白色的雾，指着北方对敏鹿说："妈，看到了没？过了河就到了。"敏鹿知道的，她和傅睿也只能到此为止了。他们没有签证，他们过不去。然而，梦就是这样，梦习惯于给自己的主人设置障碍，这是梦的残酷处。让敏鹿揪心的事情到底还是发生了，他们迷路了，他们找不到过境的口岸。而江面上没有一座大桥。没有桥，面团怎么过得去呢？他如何才能踏上自己的人生路呢？敏鹿、傅睿和面团只能再一次迈开步伐，四处寻找。天苍苍，雪皑皑，大地只是大地，天空只是天空。这是绝对的史前，没有任何生命的迹象。敏鹿担忧啊，何时才是尽头？面团要是耽搁了最后的报名期限，那可如何是好？敏鹿无能为力，只能站在大江的南岸大口喘息，每一次喘息都要附带出乳白色的雾气，像一匹吐着秃噜的牝马。她再也没有力气了，她也不能在积雪里再挪动哪怕一步了。彼岸就是冰雪国，绛红色的洋葱头在召唤，然而，桥呢？绝望就这样布满了敏鹿的脸，结冰了。

梦无绝望之路，这又是梦的动人处。面团往前跨了一步，站在了敏鹿和傅睿的面前。他取下墨镜，掀开了翻皮帽，面色红润，满脸洋溢着一个留学生才有的活力。他脑袋的上方冒着热气，像刚刚出锅的馒头。面团说："妈，爸，你们回去吧，我到了。"敏鹿叹了一口气，说："你疯了吗孩子？一座桥都没有，你怎么过去？"

面团什么都没说，只是笑。他告别了父母，直接从河岸走了下去，他走上了江面。严格地说，是冰面。面团站在冰面上，单腿站立，另一条腿却跷了起来。他张开了双臂，身轻如燕，他就这样以如此简单、如此原始、如此流畅的方式滑向了北岸。敏鹿真的是老了，她只知道一条河可以挡住这个家的去路，但儿子是知道的，冰不只是寒冷，冰也是通途。只要有足够的严寒，所有的零散都能结成一块整体的冰，一切将畅通无阻。